HEYNE<

JEFFREY ARCHER

SCHICKSAL UND GERECHTIGKEIT

· DIE WARWICK-SAGA 1 ·

ROMAN

Aus dem Englischen
von Martin Ruf

WILHELM HEYNE VERLAG
MÜNCHEN

Die Originalausgabe NOTHING VENTURED
erschien 2019 bei Macmillan, London.

Dieses Buch ist auch als E-Book erhältlich.

Verlagsgruppe Random House FSC® N001967

Vollständige deutsche Erstausgabe 10/2019
Copyright © 2019 by Jeffrey Archer
Copyright © 2019 der deutschsprachigen Ausgabe
by Wilhelm Heyne Verlag, München,
in der Verlagsgruppe Random House GmbH,
Neumarkter Straße 28, 81673 München
Redaktion: Thomas Brill
Printed in Germany
Umschlaggestaltung: Johannes Wiebel
unter Verwendung von Motiven von Shutterstock.com
(TTstudio, Smirnoff, Mickis-Fotowelt) und
Trevillion Images (James Wragg)
Satz: KompetenzCenter, Mönchengladbach
Druck und Bindung: GGP Media GmbH, Pößneck
ISBN: 978-3-453-47182-5

www.heyne.de

Für John und Margaret Ashley

**Dies ist keine Polizeigeschichte,
sondern eine Geschichte über einen Polizisten.**

Lieber Leser,
nachdem ich den letzten Band der Clifton-Saga beendet hatte, schrieben mir mehrere Leser und meinten, dass sie gerne mehr über William Warwick erfahren würden, den Titelhelden der Romane von Harry Clifton.

Ich muss gestehen, dass ich über diese Idee bereits nachgedacht hatte, bevor ich schließlich an »Schicksal und Gerechtigkeit« zu arbeiten begann, dem ersten Band in der Reihe der Romane um William Warwick.

»Schicksal und Gerechtigkeit« beginnt, als William die Schule verlässt und zum großen Missfallen seines Vaters beschließt, der Metropolitan Police beizutreten, anstatt Anwalt wie sein Vater zu werden. William behauptet sich, und in diesem ersten Roman folgen wir ihm, wie er auf Streife geht und anderen Figuren begegnet, einige gut, die anderen nicht ganz so gut, während er versucht, Detective zu werden, um schließlich für Scotland Yard zu arbeiten.

Im Laufe der Reihe werden Sie die Abenteuer verfolgen, die William erlebt, während er seinen Weg vom Detective Constable zum Commissioner der Metropolitan Police macht.

Im Augenblick arbeite ich am zweiten Roman der Reihe, der Williams Zeit als junger Detective Sergeant in einer Eliteeinheit der Drogenfahndung behandelt.

Sollte er es jemals bis zum Commissioner bringen, hängt das genauso sehr von William Warwicks Entschlossenheit und sei-

nen Fähigkeiten ab wie von der Tatsache, ob mir ein langes Leben geschenkt sein wird.

Jeffrey Archer
September 2019

1

14. Juli 1979

»Das kann nicht dein Ernst sein.«

»Es gibt nichts, womit es mir jemals ernster gewesen wäre, wie du längst wissen könntest, wenn du mir in den letzten zehn Jahren auch nur ein einziges Mal zugehört hättest.«

»Aber man hat dir einen Platz an meinem alten College in Oxford angeboten. Du kannst Jura studieren, und wenn du deinen Abschluss hast, kannst du als Anwalt arbeiten, genau wie ich. Was könnte ein junger Mann denn noch verlangen?«

»Dass man es ihm überlässt, welchen Beruf er wählen will, und nicht von ihm erwartet, dass er in die Fußstapfen seines Vaters tritt.«

»Wäre das denn so schlimm? Schließlich habe ich eine faszinierende Karriere, die vielerlei Nutzen bringt. Und ich darf sogar behaupten, dass ich bisher einigermaßen erfolgreich war.«

»Du warst sogar ganz außerordentlich erfolgreich, Vater, aber es geht hier nicht um deine berufliche Laufbahn, sondern um meine. Vielleicht möchte ich ja kein führender Barrister dieses Landes werden, der sein Leben damit verbringt, einen Haufen Kriminelle vor Gericht zu verteidigen, die er niemals zum Lunch in seinen Club einladen würde.«

»Du hast anscheinend vergessen, dass einige dieser Kriminellen deine Schule bezahlt und dir das Leben ermöglicht haben, das du im Augenblick führst.«

»So etwas kann ich unmöglich vergessen, Vater. Und genau deshalb will ich dafür sorgen, dass diese Kriminellen für lange Zeit hinter Gitter kommen. Ich will verhindern, dass sie sich nur deshalb, weil du als Anwalt so brillant bist, in Freiheit ein Leben aufbauen können, das auf nichts als Verbrechen gründet.«

William war es endlich gelungen, seinen Vater zum Schweigen zu bringen, doch nur für einen kurzen Augenblick.

»Vielleicht könnten wir uns auf einen Kompromiss einigen, mein Junge.«

»Ganz sicher nicht«, sagte William nachdrücklich. »Du hörst dich an wie ein Anwalt, der für eine geringere Strafe eintritt, weil er weiß, dass sein Fall auf wackligen Füßen steht. Doch in dieser Sache trifft deine Eloquenz auf taube Ohren.«

»Willst du mir nicht einmal gestatten, mein Plädoyer vorzutragen, bevor du es beiseitewischst?«, erwiderte Williams Vater.

»Nein, weil ich *tatsächlich* nicht schuldig im Sinne der Anklage bin. Und es gibt auch keine Geschworenen, denen du, nur weil es dir selbst Vergnügen macht, beweisen wirst, dass ich unschuldig bin.«

»Aber bist du möglicherweise bereit, etwas mir zuliebe zu tun, Liebling?«

Im Eifer des Gefechts hatte William fast vergessen, dass seine Mutter schon die ganze Zeit über am anderen Ende des Tisches saß und die Auseinandersetzung zwischen ihm und seinem Vater genau verfolgt hatte. Es fiel ihm nicht schwer, es mit seinem Vater aufzunehmen, aber er wusste, dass er gegen seine Mutter keine Chance hatte. Er schwieg, und sein Vater nutzte dieses Schweigen.

»Woran haben Eure Lordschaft gedacht?«, fragte Sir Julian, indem er die Aufschläge seiner Jacke umfasste und sich an seine Frau wandte, als sei sie ein Richter am Obersten Gerichtshof.

»William soll das Recht haben, eine Universität seiner Wahl zu besuchen«, sagte Marjorie. »Er soll das Fach studieren, das er studieren möchte, und wenn er seinen Abschluss gemacht hat, soll er sich für den Beruf entscheiden, der ihm liegt. Und was noch wichtiger ist: Wenn er das tut, wirst du großmütig nachgeben und nie wieder auf das Thema zu sprechen kommen.«

»Ich muss gestehen«, sagte Sir Julian, »dass ich dein kluges Urteil akzeptiere, obwohl es mir schwerfällt.«

Mutter und Sohn brachen in Gelächter aus.

»Dürfte ich vielleicht auf eine Abmilderung der Bedingungen plädieren?«, fragte Sir Julian in unschuldigem Ton.

»Nein«, sagte William, »weil ich nur dann auf Mutters Vorschlag eingehen werde, wenn du in drei Jahren ohne Wenn und Aber meine Entscheidung, zur Metropolitan Police Force zu gehen, unterstützen wirst.«

Kronanwalt Baronet Sir Julian Warwick erhob sich von seinem Platz am Kopfende des Tisches, deutete seinem Sohn gegenüber eine Verbeugung an und sagte widerstrebend: »Wenn das der Wunsch Eurer Lordschaft ist.«

William Warwick hatte seit seinem achten Lebensjahr Detective werden wollen; damals hatte er den »Fall der verschwundenen Mars-Riegel« gelöst. Das Papier war der Schlüssel, hatte er dem für seine Hausgruppe verantwortlichen Lehrer an seiner Schule erklärt. Man brauchte dazu nicht einmal ein Vergrößerungsglas.

Die Beweismittel – die Verpackungen der fraglichen Schokoriegel – waren im Papierkorb des Verdächtigen gefunden worden, und Adrian Meath, der unglücklicherweise ein Freund Williams gewesen war, hatte nicht nachweisen können, dass er in jenem Schuljahr überhaupt irgendetwas von seinem Taschengeld im nahe gelegenen Süßwarenladen ausgegeben hatte. Seine Mitschüler, die davon träumten, Ärzte, Anwälte, Lehrer und Buchhalter zu werden, hatten ihn zwar verspottet, doch der für die Berufsberatung zuständige Lehrer war nicht überrascht gewesen, als William ihm mitgeteilt hatte, dass er Detective werden wollte. Schließlich hatten ihm die anderen Jungen noch vor dem Ende des ersten Schuljahres den Spitznamen »Sherlock« gegeben.

Williams Vater, Barrister Sir Julian Warwick, wollte, dass sein Sohn in Oxford Jura studierte, genau wie er selbst es dreißig Jahre zuvor getan hatte. Doch trotz aller Bemühungen seines Vaters war William entschlossen, unmittelbar nach seinem Schulabschluss zur Polizei zu gehen. Die beiden Dickköpfe erreichten schließlich einen Kompromiss: William würde die London University besuchen und Kunstgeschichte studieren – sein Vater weigerte sich, dieses Fach ernst zu nehmen –, und sollte der Sohn nach drei Jahren noch immer Polizist werden wollen, so würde Sir Julian ohne zu murren einwilligen. William wusste jedoch, dass das nie geschehen würde.

William genoss die drei Jahre am King's College in London, wo er sich mehrmals verliebte. Zuerst in Hannah und Rembrandt, dann in Judy und Turner und danach in Rachel und Hockney. Am Ende jedoch fiel seine Wahl auf Caravaggio, eine Affäre, die sein ganzes Leben lang bestehen sollte, obwohl sein Vater ihn darauf hinwies, dass der große italienische Künstler ein Mörder war, den man hätte hängen sollen. Ein gutes Argument für die Abschaffung der Todesstrafe, hatte William gemeint. Wieder einmal waren Vater und Sohn nicht einer Meinung.

Nachdem William die Schule beendet hatte, war er im Sommer nach Rom, Paris und sogar St. Petersburg gefahren, wo er sich in die langen Warteschlangen anderer Kunstbegeisterter einreihte, die den Meistern der Vergangenheit die Ehre erweisen wollten. Nachdem er seinen Abschluss gemacht hatte, fragte ihn sein Professor, ob er nicht über die dunklere Seite Caravaggios promovieren wolle. Genau diese dunklere Seite, erwiderte er, wolle er erforschen, doch dabei habe er die Absicht, mehr über Kriminelle des zwanzigsten Jahrhunderts zu erfahren und weniger über die des sechzehnten.

Am Sonntag, dem fünften September 1982, um fünf Minuten vor drei Uhr nachmittags, meldete sich William im Hendon Police College in North London. Von dem Moment an, in dem er den Treueeid auf die Königin ablegte, bis zur Abschlussparade sechzehn Wochen später genoss er fast jede Minute seines Ausbildungskurses.

Am Tag darauf erhielt er eine Uniform aus marineblauer Serge, einen Helm und einen Schlagstock; jedes Mal, wenn er an einem Schaufenster vorbeikam, konnte er nicht widerstehen, einen Blick auf sein Spiegelbild zu werfen. Eine Uniform, warnte ihn sein Kommandant am ersten Tag seiner Ausbildung, konnte den Charakter eines Menschen verändern, und das nicht immer zum Besseren.

Der Unterricht in Hendon hatte am zweiten Tag begonnen und fand teils in Schulungsräumen, teils in der Sporthalle statt. William lernte ganze Abschnitte von Gesetzestexten auswendig, sodass er sie wortwörtlich wiederholen konnte. Forensische Untersuchungen und Tatortanalysen lagen ihm ganz besonders, auch wenn er schnell herausfinden sollte, dass seine Fähigkeiten allenfalls rudimentär waren, als man ihn im Umgang mit Polizeifahrzeugen schulte.

Nachdem er sich jahrelang hitzige Debatten mit seinem Vater am Frühstückstisch geliefert hatte, fiel es ihm leicht, von seinen Vorgesetzten ins Kreuzfeuer genommen zu werden, als er in einer fingierten Gerichtsverhandlung in den Zeugenstand treten musste. Und er behauptete sich sogar im Selbstverteidigungsunterricht, wo er lernte, wie man einen viel größeren Gegner entwaffnete, ihm Handschellen anlegte und mit Gewalt festhielt. Ebenso unterrichtete man ihn in den Rechten eines Constables im Hinblick auf Festnahmen, Durchsuchungen und das Betreten einer Wohnung sowie im Hinblick auf den Gebrauch angemessener Gewalt. Und vor allem brachte man ihm das Wichtigste bei: Diskretion. »Sie sollten sich nicht immer an Ihr Lehrbuch halten«, empfahl ihm sein Ausbilder. »Manchmal sollten Sie Ihren gesunden Menschenverstand benutzen, der, wie Sie noch herausfinden werden, wenn Sie mit der Öffentlichkeit zu tun haben, nicht allzu verbreitet ist.«

Es gab genauso viele Prüfungen wie während seiner Zeit an der Universität, und er war nicht überrascht, dass einige Kandidaten auf der Stecke blieben, bevor der Kurs zu Ende war.

Nach einer schier endlosen Pause von zwei Wochen nach seiner Abschlussparade erhielt William einen Brief, der ihn aufforderte, sich am folgenden Montag um acht Uhr vormittags im Polizeirevier Brixton zu melden. In dieser Gegend Londons war er noch nie zuvor gewesen.

Police Constable 565LD besaß zwar einen Universitätsabschluss, als er in die Metropolitan Police Force eingetreten war, doch er hatte beschlossen, auf die für Hochschulabsolventen vorgesehenen rascheren Beförderungsmöglichkeiten zu verzichten, denn er wollte seinen Dienst auf gleicher Ebene wie seine Kollegen beginnen. Er war bereit, als Anfänger im Polizeidienst wenigstens zwei Jahre lang Streife zu gehen, bevor er darauf hoffen konnte, Detective zu werden, und konnte es in Wahrheit gar nicht abwarten, ganz unten anzufangen.

Von seinem ersten Tag als Polizist an wurde William von seinem Mentor Constable Fred Yates angeleitet, der achtundzwanzig Jahre Polizeidienst auf dem Rücken und vom zuständigen Inspector die Anweisung erhalten hatte, »sich um den Jungen zu kümmern«. Beide Männer hatten kaum etwas gemeinsam bis auf die Tatsache, dass sie schon in frühester Jugend Polizisten werden wollten und der Vater des einen wie des anderen alles in seiner Macht Stehende getan hatte, seinen Sohn von dessen angestrebtem Beruf abzubringen.

»ABC«, war das Erste, was Fred sagte, als ihm der junge Mann vorgestellt wurde, der noch grün hinter den Ohren war. Er wartete nicht ab, bis William nach der Bedeutung fragte.

»Akzeptiere nichts. Besser, du glaubst niemandem. Check erst, ob's auch stimmt. Das ist die einzige Regel, an die ich mich halte.«

Während der nächsten Monate führte Fred William in die Welt der Einbrecher, Drogendealer und Zuhälter ein – und er konfrontierte ihn mit dessen erster Leiche. Mit dem Eifer eines Sir Galahad wollte William jeden, der sich ein Vergehen zuschulden kommen ließ, hinter Gitter bringen und die Welt zu einem besseren Ort machen. Fred war da realistischer, aber er versuchte kein einziges Mal, das Feuer von Williams jugendlichem Enthusiasmus zu löschen. Der Neuling im Dienst fand schnell heraus, dass die Menschen nicht wissen können, ob ein Polizist erst ein paar Tage oder schon seit Jahren bei der Truppe ist: Bereits am zweiten Tag auf Streife sollte er zu dieser Erkenntnis kommen.

»Es wird Zeit, dass du deinen ersten Wagen anhältst«, sagte Fred und blieb bei einer Reihe von Ampeln stehen. »Wir bleiben hier, bis jemand ein rotes Licht überfährt, und dann gehst du auf die Straße und winkst ihn raus.« William wirkte besorgt. »Überlass mir den Rest. Siehst du den Baum dort drüben, etwa dreihundert Meter entfernt? Versteck dich dahinter und warte, bis ich dir ein Zeichen gebe.«

William konnte hören, wie sein Herz hämmerte, als er hinter den Baum trat. Er musste nicht lange warten, bis Fred rief: »Der blaue Hillman! Schnapp ihn dir!«

William trat auf die Straße und wies den Fahrer mit erhobenem Arm an, an den Straßenrand zu fahren.

»Sag nichts«, forderte Fred seinen jungen Kollegen auf, als er neben ihn trat. »Pass auf und sieh genau zu.« Sie gingen zum Wagen, während der Fahrer das Fenster herunterkurbelte.

»Guten Morgen, Sir«, sagte Fred. »Ist Ihnen bewusst, dass Sie gerade eine rote Ampel überfahren haben?«

Der Mann nickte stumm.

»Könnte ich Ihren Führerschein sehen?«

Der Mann öffnete das Handschuhfach, nahm seinen Führerschein heraus und reichte ihn Fred. Nachdem Fred den Führerschein eine Weile lang gemustert hatte, sagte er: »Um diese Zeit am Vormittag ist das besonders gefährlich, Sir, denn hier in der Nähe gibt es zwei Schulen.«

»Es tut mir leid«, sagte der Mann. »Es wird nicht wieder vorkommen.«

Fred gab ihm den Führerschein zurück. »Diesmal werde ich Sie nur verwarnen«, sagte er, während William die Autonummer des Mannes in sein Notizbuch eintrug. »Aber vielleicht könnten Sie in Zukunft ein bisschen vorsichtiger sein.«

»Danke, Officer«, sagte der Mann.

»Warum nur eine Verwarnung?«, fragte William, als der Wagen langsam davonfuhr. »Sie hätten ihm einen Strafzettel verpassen können.«

»Einstellungssache«, erklärte Fred. »Der Herr war höflich, hat seinen Fehler eingesehen und sich entschuldigt. Warum sollte ich einem ansonsten gesetzestreuen Bürger den Tag verderben?«

»Und wann hätten Sie ihm einen Strafzettel verpasst?«

»Wenn er gesagt hätte: ›Haben Sie denn nichts Besseres zu tun, Officer?‹ Oder, schlimmer noch: ›Sollten Sie nicht ein paar richtige Kriminelle verhaften?‹ Oder meine Lieblingsantwort: ›Ist Ihnen klar, dass ich Ihr Gehalt bezahle?‹ Wenn eine dieser Reaktionen gekommen wäre, hätte ich ihm ohne zu zögern einen Strafzettel verpasst. Tatsächlich gab es da mal einen Typen, den ich aufs Revier schaffen und für ein paar Stunden hinter Gitter bringen musste.«

»Ist er gewalttätig geworden?«

»Nein, viel schlimmer. Er sagte zu mir, er sei ein Freund

des Chief Superintendent, und ich würde von ihm hören. Also habe ich ihm erklärt, er könne ihn vom Telefon im Revier aus anrufen.« William musste laut lachen. »Genau«, sagte Fred. »Und jetzt verschwinde wieder hinter deinem Baum. Beim nächsten Mal führst du das Gespräch, und ich schaue zu.«

Kronanwalt Sir Julian Warwick saß am einen Ende des Tisches und hatte seinen Kopf in den *Daily Telegraph* vergraben. Gelegentlich gab er ein »Tss-tss-tss« von sich, während seine Frau, die am anderen Tischende saß, ihren täglichen Kampf mit dem Kreuzworträtsel der *Times* zu Ende brachte. An guten Tagen schaffte Marjorie die letzte Frage, bevor ihr Mann nach Lincoln's Inn aufbrach. An schlechten musste sie seinen Rat in Anspruch nehmen – einen Dienst, für den er üblicherweise einhundert Pfund pro Stunde verlangte. Regelmäßig erinnerte er sie daran, dass sie ihm bisher über 20.000 Pfund schuldete.

Sir Julian hatte den Leitartikel erreicht, während sich seine Frau mit der letzten Frage abmühte. Er war immer noch nicht davon überzeugt, dass die Abschaffung der Todesstrafe sinnvoll war, besonders in Fällen, in denen ein Polizist oder ein Mitarbeiter des öffentlichen Dienstes das Opfer war, und der *Telegraph* sah die Sache genauso. Sir Julian wandte sich der letzten Seite zu und erfuhr, wie der Blackheath Rugby Club beim jährlichen Derby der beiden Mannschaften gegen Richmond gespielt hatte. Nachdem er den Spielbericht gelesen hatte, ignorierte er die übrigen Sportseiten, denn er fand, dass die Zeitung Fußball viel zu viel Platz einräumte. Ein weiteres Anzeichen dafür, dass die Nation vor die Hunde ging.

»In der *Times* ist ein hübsches Bild von Charles und Diana«, sagte Marjorie.

»Das hält nie«, sagte Sir Julian, stand auf und ging zum anderen Ende des Tisches, wo er wie jeden Morgen seine Frau auf die Stirn küsste. Dann tauschten sie die Zeitungen aus, damit er auf seiner Zugfahrt nach London die Gerichtsreportagen lesen konnte.

»Vergiss nicht, dass die Kinder am Sonntag zum Lunch kommen«, erinnerte ihn Marjorie.

»Hat William inzwischen seine Prüfung zum Detective gemacht?«, fragte er.

»Wie du sehr wohl weißt, Liebling, geht das erst, wenn er seine zwei Jahre Streifendienst abgeschlossen hat, und das dauert mindestens noch weitere sechs Monate.«

»Wenn er auf mich gehört hätte, wäre er jetzt Anwalt.«

»Und wenn du auf ihn gehört hättest, wüsstest du, dass ihm viel mehr daran liegt, Kriminelle hinter Gitter zu bringen, als eine Möglichkeit zu finden, wie sie in Freiheit bleiben können.«

»Ich habe noch nicht aufgegeben«, sagte Sir Julian.

»Dann sei wenigstens dankbar dafür, dass unsere Tochter in deine Fußstapfen tritt.«

»Grace tut nichts dergleichen«, schnaubte Sir Julian. »Dieses Mädchen verteidigt jeden hoffnungslosen Fall, der ihr über den Weg läuft, auch wenn der Betreffende keinen Penny in der Tasche hat.«

»Sie hat ein Herz aus Gold.«

»Dann kommt sie ganz nach dir«, sagte Sir Julian und las die letzte Frage, die seine Frau noch nicht beantwortet hatte: *Schlanker Gefreiter, der einen Stab bekam.* Dreizehn und vier Buchstaben.

»Feldmarschall Slim«, sagte Sir Julian triumphierend. »Der einzige Mann, der jemals als einfacher Gefreiter in der Armee begonnen und sie bei seiner Verabschiedung als Feldmarschall verlassen hat.«

»Hört sich nach William an«, sagte Marjorie. Aber erst, nachdem sich die Tür geschlossen hatte.

2

William und Fred verließen das Revier kurz nach acht, um ihre morgendliche Runde zu beginnen. »Um diese Tageszeit gibt es nicht allzu viele Verbrechen«, versicherte Fred seinem jungen Kollegen. »Kriminelle sind wie die Reichen. Sie stehen nur selten vor zehn Uhr auf.« Während der zurückliegenden achtzehn Monate hatte sich William an Freds oft wiederholte Perlen der Weisheit gewöhnt; sie hatten sich als weitaus wichtiger erwiesen als irgendetwas, das im Met-Handbuch über die Pflichten eines Polizeibeamten stand.

»Wann ist deine Prüfung zum Detective?«, fragte Fred, als sie entspannten Schrittes dem Lambeth Walk folgten.

»In ein paar Wochen«, sagte William. »Aber ich glaube nicht, dass du mich so schnell loswerden wirst«, fügte er hinzu, als sie sich dem lokalen Zeitungshändler näherten. Er warf einen Blick auf die Schlagzeile eines der Blätter: »Police Constable Yvonne Fletcher vor libyscher Botschaft umgebracht«.

»Es sollte wohl eher ›ermordet‹ heißen«, sagte Fred. »Armes Ding.« Er schwieg lange. »Ich war mein ganzes Leben lang Constable«, fuhr er schließlich fort. »Für mich ist das ganz in Ordnung. Aber für dich ...«

»Wenn ich es schaffe«, sagte William, »habe ich das dir zu verdanken.«

»Ich bin nicht wie du, Chorknabe«, sagte Fred. William

fürchtete, der Spitzname würde ihm für den Rest seines Lebens bleiben. »Sherlock« wäre ihm lieber gewesen. Er hatte seinen Kollegen auf dem Revier niemals davon erzählt, dass er als Schüler tatsächlich im Kirchenchor gesungen und sich immer gewünscht hatte, älter auszusehen, obwohl seine Mutter zu ihm gesagt hatte: »Kaum dass es so weit ist, wirst du dir wünschen, jünger auszusehen.« Gibt es irgendjemanden, der jemals mit seinem Alter zufrieden ist?, fragte er sich. »Wenn du Commissioner bist«, fuhr Fred fort, werde ich im Altersheim sein, und du wirst meinen Namen vergessen haben.«

William hatte sich noch nie darüber Gedanken gemacht, ob er eines Tages Commissioner sein würde, aber er war sich schon jetzt sicher, dass er Constable Fred Yates nie vergessen würde.

Fred sah den Jungen, als er aus dem Laden des Zeitungshändlers stürmte. Schon einen Augenblick später erschien Mr. Patel, doch er würde den Jungen niemals einholen. William nahm die Verfolgung auf, und Fred folgte ihm mit nur zwei Schritten Abstand. Beide überholten Mr. Patel, als der Junge um die nächste Straßenecke bog, aber es dauerte weitere einhundert Meter, bis William ihn zu fassen bekam. Die beiden Polizisten führten den Jungen zurück in den Laden, wo er Mr. Patel ein Päckchen Capstan zurückgab.

»Möchten Sie Anzeige erstatten?«, fragte William, der Notizbuch und Bleistift bereits in der Hand hatte.

»Welchen Sinn hätte das?«, fragte der Ladenbesitzer, während er die Zigarettenpackung zurück ins Regal stellte. »Wenn Sie ihn einsperren, wird sein jüngerer Bruder an seine Stelle treten.«

»Heute ist dein Glückstag, Tomkins«, sagte Fred und gab

ihm eine Ohrfeige. »Wenn wir das nächste Mal hier vorbeikommen, solltest du in der Schule sein. Wenn nicht, müsste ich deinem alten Herrn vielleicht erzählen, was du hier vorhattest. Wahrscheinlich«, fügte er hinzu, indem er sich an William wandte, »waren die Zigaretten für seinen Vater.«

Tomkins rannte davon. Als er das Ende der Straße erreicht hatte, blieb er stehen, drehte sich um und schrie: »Polizeiabschaum!« Dazu machte er das Victory-Zeichen.

»Vielleicht hättest du seine Ohren irgendwo festmachen sollen.«

»Was soll das denn heißen?«, fragte Fred.

»Wenn im sechzehnten Jahrhundert ein Junge beim Stehlen erwischt wurde, nagelte man ihn mit einem seiner Ohren an einen Pfahl, und es gab nur eine Möglichkeit, wie er wieder freikam: Er musste sich losreißen.«

»Keine schlechte Idee«, sagte Fred. »Ich muss zugeben, dass ich mich nie an das moderne Auftreten der Polizei gewöhnen werde. Wenn du in Pension gehst, wirst du die Kriminellen wahrscheinlich mit ›Sir‹ ansprechen müssen. Aber sei's drum. Ich habe nur noch achtzehn Monate, bevor der Dienst für mich zu Ende ist, und bis dahin bist du bei Scotland Yard. Als ich vor fast dreißig Jahren zur Polizei kam«, fuhr er fort, um die tägliche Ration seiner Weisheiten zu verkünden, »haben wir solche Typen mit Handschellen an die Heizung gefesselt, das Ding voll aufgedreht und sie erst wieder gehen lassen, nachdem sie ein Geständnis unterschrieben hatten.«

William lachte.

»Das war kein Witz«, sagte Fred.

»Was meinst du, wie lange wird es wohl dauern, bis Tomkins im Gefängnis landet?«

»Bevor er endgültig einfährt, wird er wahrscheinlich erst noch eine gewisse Zeit in einer Besserungsanstalt verbringen. Was einen wirklich verrückt machen kann, ist die Tatsache, dass er dann seine eigene Zelle und drei Mahlzeiten am Tag bekommen wird, während er von Berufsverbrechern umgeben ist, die ihn nur allzu gerne in ihr Metier einführen werden, bevor er an der Universität des Verbrechens seinen Abschluss machen wird.«

Jeden Tag gab es Dinge, die William daran erinnerten, wie viel Glück er gehabt hatte, in eine Familie der gehobenen Mittelschicht hineingeboren zu werden, mit liebevollen Eltern und einer älteren Schwester, die geradezu vernarrt in ihn war. Obwohl er gegenüber seinen Kollegen natürlich niemals erwähnte, dass er eine der führenden Privatschulen Englands besucht und dann einen Abschluss in Kunstgeschichte am King's College in London gemacht hatte. Und ebenso wenig sprach er darüber, dass sein Vater regelmäßig üppige Honorare von einigen der berüchtigtsten Kriminellen des Landes erhielt.

Während sie ihre Runde fortsetzten, trafen sie immer wieder Menschen, die Fred grüßten, und einige sagten sogar »Guten Morgen« zu William.

Als sie ein paar Stunden später aufs Revier zurückkehrten, verzichtete Fred darauf, den jungen Tomkins dem diensthabenden Sergeant zu melden, denn gegenüber dem Papierkram hatte er dieselbe Einstellung wie gegenüber dem modernen Auftreten der Polizei.

»Wie wär's jetzt mit 'ner Tasse Tee?«, fragte Fred und wandte sich in Richtung Kantine.

»Warwick!«, rief eine Stimme hinter ihm.

William drehte sich um und sah, wie der diensthabende

Sergeant mit einem Umschlag in der Hand auf ihn deutete. »Ein Gefangener ist in seiner Zelle zusammengebrochen. Bringen Sie dieses Rezept in die nächste Apotheke, und lassen Sie sich das Medikament aushändigen. Und beeilen Sie sich.«

»Ja, Sarge«, sagte William. Er nahm den Umschlag und rannte zum nächsten Boots in der High Street, wo er sah, dass eine kleine Gruppe Kunden geduldig am Ausgabeschalter wartete. Er entschuldigte sich bei der älteren Dame an der Spitze der Schlange und reichte der Apothekerin den Umschlag.

Die junge Frau öffnete den Umschlag und las die Anweisungen sorgfältig. Dann sagte sie: »Das macht dann ein Pfund sechzig, Constable.«

William kramte in seiner Tasche nach etwas Kleingeld und gab es ihr. Die Apothekerin legte das Geld in die Kasse, drehte sich um, nahm eine Schachtel Kondome aus dem Regal hinter sich und reichte sie ihm. Williams Mund klappte auf, doch es kam kein Wort heraus. Verlegen wurde er sich bewusst, wie mehrere Kunden in der Schlange grinsten. Er wollte gerade so schnell wie möglich aus der Apotheke verschwinden, als die junge Frau sagte: »Vergessen Sie Ihr Rezept nicht, Constable«, und ihm den Umschlag zurückgab.

Mehrere amüsierte Blicke folgten ihm, als er wieder auf die Straße trat. Er wartete, bis er außer Sichtweite war, bevor er den Umschlag öffnete und die Notiz darin las.

Sehr geehrter Herr, sehr geehrte Dame,
ich bin ein schüchterner junger Constable, der es endlich
geschafft hat, dass ein Mädchen mit ihm ausgeht, und ich

hoffe, heute Nacht bei der Dame Erfolg zu haben. Aber ich möchte nicht, dass sie schwanger wird. Können Sie mir helfen?

William musste laut lachen. Er steckte die Schachtel Kondome in die Tasche und machte sich auf den Weg zurück aufs Revier. Sein erster Gedanke war: Ich wünschte, ich hätte eine Freundin.

3

Constable Warwick schraubte die Kappe wieder auf seinen Füllfederhalter. Er war sich sicher, dass er die Prüfung zum Detective mit, wie sein Vater das nannte, fliegenden Fahnen bestanden hatte.

Als er an jenem Abend in sein Zimmer im Trenchard House zurückkehrte, waren diese Fahnen auf halbmast gesunken, und als er seine Nachttischlampe ausschaltete, war er sicher, dass er mindestens noch ein Jahr seine jetzige Uniform tragen und auf Streife gehen würde.

»Wie ist es gelaufen?«, fragte der diensthabende Beamte, als William sich am nächsten Morgen wieder zum Dienst meldete.

»Ich hab's hoffnungslos vermurkst«, antwortete William und warf einen Blick in das Dienstbuch. Er und Fred waren zur Streife in Barton Estate eingeteilt, und sei es auch nur, um die Kriminellen vor Ort daran zu erinnern, dass in London immer noch ein paar Bobbys ihre Runden drehten.

»Dann werden Sie es nächstes Jahr eben wieder versuchen«, sagte der Sergeant, der nicht gewillt war, sich vom trübsinnigen Ton des jungen Mannes anstecken zu lassen. Wenn Constable Warwick sich in Selbstzweifeln suhlen wollte, so hatte sein Vorgesetzter nicht die Absicht, den jungen Mann da rauszuholen.

Sir Julian fuhr fort, das Tranchiermesser zu wetzen, bis er davon überzeugt war, dass Blut fließen würde. »Eine oder zwei Scheiben, mein Junge?«, fragte er.

»Zwei bitte, Vater.«

Mit dem Geschick eines erfahrenen Tranchierers schnitt Sir Julian den Braten an.

»Und, hast du deine Prüfung zum Detective bestanden?«, fragte er William, indem er ihm den Teller reichte.

»Das werde ich erst in ein paar Wochen wissen«, antwortete William, während er die Schale mit dem Rosenkohl an seine Mutter weitergab. »Aber ich bin nicht besonders optimistisch. Du wirst jedoch erfreut sein zu hören, dass ich im Finale der Billard-Meisterschaft unseres Reviers stehe.«

»Wirst du gewinnen?«, fragte sein Vater.

»Unwahrscheinlich. Mein Gegner ist der Favorit, der während der letzten sechs Jahre den Pokal geholt hat.«

»Das heißt also, du bist durch deine Prüfung zum Detective gefallen und stehst kurz davor, Zweiter im …«

»Ich habe mich immer gefragt, warum das, was in anderen Ländern ›Rosenkohl‹ heißt, bei uns *Brussels sprouts* genannt wird. Was hat das denn mit Brüssel zu tun? Es gibt ja auch keine Brüsseler Karotten oder Brüsseler Kartoffeln bei uns«, sagte Marjorie, womit sie versuchte, ein weiteres Duell zwischen Vater und Sohn zu verhindern.

»Anfangs hießen sie tatsächlich so wie die Stadt Brüssel – Brussels sprouts«, erklärte Grace. »Über die Jahre hinweg jedoch wurde aus dem großen ›B‹ ein kleines ›b‹, und dann verschwand das ›s‹, und heute glaubt jeder, dass ›brussel‹ ein richtiges Wort ist. Außer natürlich den Pedantischeren unter uns.«

»Wozu immerhin das Oxford English Dictionary zählt«, sagte Marjorie und lächelte ihre Tochter an.

»Und wenn du doch bestanden hast«, sagte Sir Julian, der sich weigerte, sich von der Etymologie englischen Rosenkohls aus dem Konzept bringen zu lassen, »wie lange wird es dann dauern, bis du wirklich Detective bist?«

»Sechs Monate, möglicherweise auch ein Jahr. Ich muss abwarten, bis sich in irgendeinem Revier eine freie Stelle ergibt.«

»Vielleicht solltest du ja direkt zu Scotland Yard gehen«, sagte sein Vater und hob eine Augenbraue.

»Das geht nicht. Ich muss mich in einem anderen Revier beweisen, bevor man mich auch nur zur Bewerbung um eine Stelle beim Heiligen Gral zulassen würde. Obwohl ich morgen zum ersten Mal im Yard sein werde.«

Sir Julian hielt mit dem Tranchieren des Bratens inne. »Warum?«

»Das weiß ich selbst nicht«, gestand William. »Der Superintendent hat mich am Freitag zu sich rufen lassen und mir mitgeteilt, dass ich mich am Montagmorgen um neun bei einem gewissen Commander Hawksby zu melden habe, aber er hat keinen Grund dafür genannt.«

»Hawksby ... Hawksby ...«, sagte Sir Julian, während die Falten auf seiner Stirn immer tiefer wurden. »Warum kommt mir dieser Name nur so bekannt vor? Ah ja, ich weiß. Bei einem Betrugsfall haben wir einmal die Klingen gekreuzt, als er noch Chief Inspector war. Ein beeindruckender Zeuge. Er hatte seine Hausaufgaben gemacht und war so gut vorbereitet, dass für mich einfach nichts rausgesprungen ist bei ihm. Er ist jemand, den man nicht unterschätzen sollte.«

»Erzähl mir mehr«, sagte William.

»Er ist ungewöhnlich klein für einen Polizisten. Vor denen sollte man sich hüten. Meistens haben sie mehr im Kopf als die anderen. Man kennt ihn auch als ›the Hawk‹, den Falken. Zuerst schwebt er über einem, und dann lässt er sich plötzlich im Sturzflug nach unten fallen und jagt den Leuten seine Krallen in den Leib.«

»Einschließlich dir, wie es scheint«, sagte Marjorie.

»Wie kommst du darauf?«, fragte Sir Julian, während er sich ein Glas Wein einschenkte.

»Du erinnerst dich immer nur an die Zeugen, die sich von dir nicht haben unterkriegen lassen.«

»Touché«, sagte Sir Julian und lächelte seine Frau an, während Grace und William in spontanen Beifall ausbrachen.

»Grüße Commander Hawksby bitte von mir«, sagte Sir Julian, wobei er die Gefühlsbekundungen seiner Kinder ignorierte.

»Das werde ich ganz sicher nicht tun«, sagte William. »Ich habe vor, einen guten Eindruck zu hinterlassen, und nicht, mir einen Feind fürs Leben zu machen.«

»Ist mein Ruf denn so schlecht?«, fragte Sir Julian mit einem gequälten Seufzer, der einem abgewiesenen Liebhaber alle Ehre gemacht hätte.

»Ich fürchte, dein Ruf ist so gut«, antwortete William. »Die bloße Erwähnung deines Namens führt in meinem Revier jedes Mal zu einem verzweifelten Aufstöhnen angesichts der Erkenntnis, dass schon wieder ein Krimineller auf freien Fuß gesetzt werden muss, obwohl er es verdient hätte, sein Leben hinter Gittern zu verbringen.«

»Wer bin ich denn, dass ich mich dem Urteil von zwölf guten und aufrichtigen Männern widersetzen würde?«

»Es mag dir noch nicht aufgefallen sein, Dad«, sagte Grace, »aber seit 1920 sitzen in diesem Land auch Frauen auf den Bänken der Geschworenen.«

»Was umso schlimmer ist«, sagte Sir Julian. »Wenn es nach mir ginge, hätte man ihnen nie das Wahlrecht gewährt.«

»Diesen Köder solltest du ignorieren, Grace«, sagte ihre Mutter. »Er will dich nur provozieren.«

»Was ist der nächste hoffnungslose Fall, für den du dich einsetzen wirst?«, fragte Sir Julian seine Tochter, als wolle er das Messer noch tiefer in die Wunde drücken.

»Das Recht auf das Erbe von Adelstiteln«, sagte Grace und nahm einen Schluck von ihrem Wein.

»Wessen Recht im Besonderen, wenn ich fragen darf?«

»Mein Recht. Du magst zwar Baronet Sir Julian Warwick sein, aber wenn du stirbst...«

»Was hoffentlich noch lange nicht der Fall sein wird«, sagte Marjorie.

»Wird William deinen Titel erben«, beendete Grace ihren Satz, indem sie den Einwurf ignorierte. »Obwohl ich die Erstgeborene bin.«

»Welch schändliche Lage der Dinge«, spottete Sir Julian.

»Das ist nicht zum Lachen, Dad. Und außerdem prophezeie ich, dass das Gesetz noch zu deinen Lebzeiten geändert werden wird.«

»Ich kann mir nicht vorstellen, dass die Lordschaften deinen Vorschlag so einfach gutheißen werden.«

»Weil ihnen die alte Regelung unmittelbar zugutekommt. Denn wenn das Unterhaus begriffen hat, dass damit Wählerstimmen zu holen sind, wird eine weitere heilige Festung unter dem Gewicht ihrer eigenen Absurdität zusammenbrechen.«

»Wie willst du dabei vorgehen?«, fragte Marjorie.

»Wir fangen ganz oben an, mit der königlichen Familie. Wir haben bereits einen Peer, der bereit ist, im Parlament einen Gesetzesentwurf zur Neuregelung des Erstgeburtsrechts einzubringen, der es einer Frau erlauben würde, Monarchin zu werden, sofern sie die Erstgeborene ist, ohne dass ein jüngerer Bruder sie ins Abseits drängen könnte. Niemand hat je behauptet, Prinzessin Anne wäre nicht in der Lage, dieser Aufgabe ebenso gerecht zu werden wie Prinz Charles. Und wir werden Königin Elizabeth die Erste, Königin Victoria und Königin Elizabeth die Zweite als Beispiele für unsere Sache heranziehen.«

»Dazu wird es nie kommen.«

»Noch zu deinen Lebzeiten«, wiederholte Grace.

»Aber ich dachte, du hältst grundsätzlich nichts von Titeln, Grace«, sagte William.

»Allerdings. Aber in diesem Fall geht es ums Prinzip.«

»Nun, ich werde dich unterstützen. Ich wollte ohnehin nie ›Sir William‹ sein.«

»Aber was ist, wenn du dir diesen Titel selbst erwerben würdest?«, fragte sein Vater. William zögerte so lange, bis sein Vater schließlich mit den Schultern zuckte.

»Ist diese arme Frau, die du letzte Woche verteidigt hast, freigekommen?«, fragte Marjorie Grace, in der Hoffnung, einer weiteren Auseinandersetzung vorzubeugen.

»Nein. Sie hat sechs Monate bekommen.«

»Und ist in drei Monaten wieder draußen«, sagte ihr Vater. »Woraufhin sie zweifellos sofort wieder auf der Straße zu finden sein wird.«

»Bei diesem Thema solltest du dich lieber nicht mit mir anlegen, Dad.«

»Was ist mit ihrem Zuhälter?«, fragte William. »Er ist doch derjenige, der hinter Schloss und Riegel gehört.«

»Ihn würde ich liebend gerne in Öl kochen«, sagte Grace. »Aber er wurde nicht einmal angeklagt.«

»Wir warten immer noch darauf, dass du endlich die Konservativen wählst«, sagte ihr Vater.

»Niemals«, erwiderte Grace.

Sir Julian griff nach dem Tranchiermesser. »Möchte irgendjemand Nachschlag?«

»Darf ich fragen, ob du in letzter Zeit jemanden kennengelernt hast?«, fragte Marjorie, indem sie sich an ihren Sohn wandte.

»Ja, sogar mehrere Menschen«, sagte William, der sich über den Euphemismus seiner Mutter amüsierte.

»Du weißt genau, was ich meine«, sagte sie vorwurfsvoll.

»Wie sollte das denn gehen? Letzten Monat hatte ich Nachtschicht, jeweils sieben Nächte am Stück. Am letzten Tag war meine Schicht morgens um sechs Uhr zu Ende, und am selben Nachmittag um zwei musste ich mich wieder zum Dienst für die nächsten sieben Tage melden. Zu dem Zeitpunkt wollte ich nur noch schlafen. Machen wir uns nichts vor, Mum, Police Constable Warwick ist nicht gerade das, was man eine besonders gute Partie nennen würde.«

»Hättest du meinen Rat beherzigt«, sagte sein Vater, »dann wärst du jetzt ein begehrter Barrister, und ich muss dir sagen, dass es mehrere attraktive junge Frauen in den Anwaltsbüros gibt.«

»*Ich* habe jemanden kennengelernt«, sagte Grace, was ihren Vater zum ersten Mal zum Schweigen brachte. Er legte sein Messer nieder und hörte aufmerksam zu.

»Sie ist Solicitor in der City, aber ich fürchte, Dad wäre

nicht gerade überzeugt von ihr, da sie sich auf Scheidungen spezialisiert hat.«

»Ich bin ganz gespannt darauf, sie kennenzulernen«, sagte Marjorie.

»Wann immer du möchtest, Mutter. Aber ich muss dich warnen. Ich habe ihr nicht gesagt, wer mein Vater ist.«

»Bin ich etwa eine Kreuzung zwischen Rasputin und Judge Jeffries?«, fragte Sir Julian und richtete die Spitze des Tranchiermessers auf sein Herz.

»So nett bist du nicht«, sagte seine Frau. »Aber manchmal kannst du ganz nützlich sein.«

»Nenn mir eine Gelegenheit«, sagte Grace.

»Im Kreuzworträtsel gestern gab es eine Frage, die mich immer noch verwirrt.«

»Ich stehe für eine Konsultation zur Verfügung«, sagte Sir Julian.

»*Da ist noch eine Menge Arbeit in so einer Familie*, dreizehn Buchstaben. Der dritte Buchstabe ist ein ›s‹, der zehnte ein ›o‹.«

»Dysfunktional!«, riefen die anderen drei gleichzeitig und lachten.

»Möchte irgendjemand Obstkuchen?«, fragte Sir Julian.

William hatte seinem Vater zwar gesagt, dass er wohl kaum gewinnen würde, aber jetzt hatte er den Sieg so gut wie in der Tasche – oder besser gesagt: die letzte Kugel im Eckloch. Er würde die letzte Kugel vom Tisch fegen, die Lambeth-Billard-Meisterschaft gewinnen und im siebten Jahr der Siegesserie von Fred Yates ein Ende bereiten.

Darin lag eine gewisse Ironie, dachte William, denn es war Fred gewesen, der ihm das Spiel beigebracht hatte. William hätte es nicht einmal gewagt, das Billardzimmer zu betreten, wenn Fred ihm gegenüber nicht angedeutet hätte, dass es ihm helfen könnte, einige der Kollegen kennenzulernen, die bisher noch nicht wussten, was sie von dem Chorknaben halten sollten.

Fred hatte dem jungen Mann mit genauso viel Eifer das Billardspiel beigebracht, wie er ihm zeigte, wie er seine Runden im Viertel zu drehen hatte, und jetzt würde William seinen Mentor zum ersten Mal auf dessen eigenem Gebiet schlagen.

In der Schule war William im Winter ein ausgezeichneter Rugbyspieler auf der Außendreiviertelposition gewesen und im Sommer ein exzellenter Sprinter auf der Aschenbahn. In seinem letzten Jahr auf der London University hatte man ihm die begehrte Siegestrophäe verliehen, nachdem er die College-Meisterschaften gewonnen hatte. Sogar sein Vater rang sich ein schiefes Lächeln ab, als sein Sohn nach einem Einhundert-Yard-Rennen das Band auf der Ziellinie zerriss, obwohl William vermutete, dass »re-rack«, »maximum break« und »in off« nicht zu seinem Vokabular gehörten.

William warf einen Blick auf die Punkteanzeige. Drei Durchgänge insgesamt, und vom letzten Spiel hing alles ab. Er hatte recht gut mit einem Break von 42 angefangen, doch Fred hatte sich Zeit gelassen und Williams Vorsprung immer weiter verringert, bis schließlich alles möglich war. Obwohl William noch immer mit 26 Punkten führte, waren jetzt alle Farben an den passenden Stellen, sodass Fred, als er wieder an den Tisch trat, nichts weiter tun musste, als die letzten sieben Kugeln einzulochen, um erneut die Trophäe zu gewinnen.

Im Raum im Untergeschoss drängten sich Polizeibeamte

aller Ränge. Einige hockten auf den Heizungen, andere saßen auf den Treppenstufen. Schweigen senkte sich über die versammelten Männer, als Fred sich über den Tisch beugte und die gelbe Kugel ins Visier nahm. William begann sich damit abzufinden, dass er seine Chance verspielt hatte, der neue Champion zu werden, denn er musste mit ansehen, wie Gelb, Grün, Braun und Blau in den Löchern verschwanden. Fred musste nur noch die rosafarbene und die schwarze Kugel vom Tisch stoßen, um das Spiel zu gewinnen.

Fred fixierte die rosafarbene Kugel, bevor er die weiße auf den Weg schickte. Doch er hatte diese etwas zu heftig getroffen, und obwohl die rosafarbene Kugel auf das Seitenloch zuschoss und darin verschwand, blieb die weiße direkt an der Bande liegen. In dieser Position war sie sogar für einen Profi schwer zu spielen. Die Zuschauer hielten den Atem an, als Fred sich vorbeugte. Er ließ sich Zeit damit, die letzte Kugel ins Visier zu nehmen. Sollte er sie versenken, würde ihm das einen Vorsprung von 73 zu 72 bringen, wodurch er der erste Spieler wäre, der den Titel sieben Jahre in Folge gewonnen hätte.

Sichtlich nervös richtete er sich auf, rieb die Spitze seines Queues noch einmal mit Kreide ein und versuchte, seine Ruhe wiederzufinden, bevor er erneut an den Tisch trat. Dann beugte er sich nach vorn, spreizte die Finger, konzentrierte sich und versetzte der weißen Kugel einen Stoß. Unruhig sah er zu, wie die schwarze Kugel auf das Eckloch zurollte. Mehrere seiner Anhänger versuchten, sie gleichsam mit der bloßen Kraft ihrer Gedanken auf den richtigen Weg zu lenken, doch zu ihrer Enttäuschung blieb sie wenige Zentimeter vor dem Loch liegen. Ein Stöhnen der Verzweiflung erhob sich unter den Zuschauern, die erkannten, dass

William nur noch einen Stoß zu machen brauchte, mit dem auch ein Anfänger die Kugel hätte einlochen können, und sie bereiteten sich darauf vor, dass ein neuer Name auf der Ehrentafel eingetragen werden würde.

Der Herausforderer holte tief Luft und sah dann selbst auf die Ehrentafel, auf der Freds Name in den Jahren 1977, 1978, 1979, 1980, 1981 und 1982 in Goldbuchstaben stand. Aber nicht 1983, dachte William und rieb die Spitze seines Queues mit Kreide ein. Er fühlte sich, wie Steve Davis sich wenige Augenblicke vor dem Gewinn der Weltmeisterschaft gefühlt haben mochte.

William wollte gerade die schwarze Kugel versenken, als er sah, dass Fred resigniert und niedergeschlagen am anderen Ende des Tisches stand.

William beugte sich über den Tisch, fixierte die beiden Kugeln und versetzte der weißen einen perfekten Stoß. Er sah zu, wie die schwarze Kugel die Kante der Bandenöffnung streifte, gefährlich nahe vor dem Loch hin und her schwankte, aber auf geradezu provozierende Art auf der Lochkante liegen blieb und sich weigerte, in die Tiefe zu fallen. Die benommenen Zuschauer schnappten ungläubig nach Luft. Der Junge hatte dem Druck nicht standgehalten.

Fred verstand es, seine zweite Chance zu nutzen, und die Zuschauer brachen in lauten Jubel aus, als er das Spiel und damit die Meisterschaft schließlich mit 73 zu 72 Punkten gewann.

Die beiden Männer gaben einander die Hand, während mehrere Kollegen zu ihnen traten, ihnen auf die Schulter klopften und »Gut gemacht«, »Hätte nicht knapper sein können« und »Wirklich Pech, William« sagten. William trat zur Seite, als der Superintendent Fred den Pokal überreichte, den der Champion unter noch lauterem Jubel als zuvor hoch in die Luft hob.

Ein schon etwas älterer Mann, der einen eleganten Zweireiher trug und den keiner der beiden Spieler bemerkt hatte, zog sich unauffällig aus dem Billardzimmer zurück, verließ das Gebäude und bat seinen Fahrer, ihn nach Hause zu bringen.

Alles, was ihm über den jungen Mann gesagt worden war, hatte sich als wahr herausgestellt. Er konnte es gar nicht erwarten, Constable Warwick in sein Team bei Scotland Yard aufzunehmen.

4

Als Constable Warwick aus der U-Bahn-Station St. James's Park trat, war das Erste, was ihm auf der gegenüberliegenden Straßenseite auffiel, das sich drehende dreieckige Zeichen von New Scotland Yard. Voller Ehrfurcht betrachtete er das Gebäude. Etwa so mochte sich ein aufstrebender Schauspieler fühlen, der zum ersten Mal das National Theatre sieht, oder ein Künstler, der zum ersten Mal in den Innenhof der Royal Academy tritt. Er zog den Kragen hoch, um sich vor dem eisigen Wind zu schützen, und schloss sich dem Strom seiner Mitmenschen an, die sich frühmorgens auf den Weg zur Arbeit machten.

William überquerte den Broadway und ging dann direkt auf das Hauptquartier der Metropolitan Police Force zu, ein neunzehnstöckiges Gebäude, an dem nicht nur die Zeit, sondern, so mochte man fast glauben, auch das Verbrechen selbst seine Spuren hinterlassen hatte. Er zeigte dem Polizisten an der Tür seine Dienstmarke und ging weiter zum Empfangstresen. Eine junge Frau lächelte ihn an.

»Mein Name ist Constable Warwick. Ich habe einen Termin bei Commander Hawksby.«

Sie fuhr mit dem Finger über eine Liste mit den offiziellen Besprechungen.

»Ah ja. Das Büro des Commanders befindet sich im vierten Stock, am anderen Ende des Flurs.«

William bedankte sich und ging auf die Aufzüge zu, doch als er sah, wie viele Menschen dort warteten, beschloss er, die Treppe zu nehmen. Er betrat den ersten Stock, DROGEN, passierte im zweiten die Abteilung für BETRUG, sah im dritten diejenige für MORD und erreichte schließlich den vierten Stock, wo ihn GELDWÄSCHE, KUNST UND ANTIQUITÄTEN erwarteten.

Er schob eine Tür auf, die ihn in einen langen, strahlend hell erleuchteten Flur führte. Dann ging er langsam weiter, denn er war sich bewusst, dass ihm immer noch ein wenig Zeit blieb: Besser ein paar Minuten zu früh als eine Minute zu spät, lautete das Evangelium nach St. Julian zu diesem Thema. In jedem Raum, an dem er vorbeikam, brannte Licht. Der Kampf gegen das Verbrechen kannte keine Pausen. Eine Tür stand halb offen, und William hielt den Atem an, als er ein Gemälde sah, das dort an einer der Wände lehnte.

Zwei junge Männer und eine junge Frau betrachteten das Bild sorgfältig.

»Gut gemacht, Jackie«, sagte der ältere Mann mit ausgeprägt schottischem Akzent. »Ein persönlicher Triumph.«

»Danke, Chef«, erwiderte sie.

»Hoffen wir«, sagte der jüngere Mann, »dass das Faulkner für wenigstens sechs Jahre hinter Gitter bringt. Weiß Gott, wir haben lange genug gebraucht, um diesen Bastard festzunageln.«

»Sehe ich auch so«, sagte der Chief Inspector. Er wandte sich um und sah, dass William in der Tür stand. »Kann ich Ihnen helfen?«, fragte er in scharfem Ton.

»Nein, danke, Sir.«

»Solange du noch ein Constable bist, solltest du besser

alles, was sich bewegt, ›Sir‹ nennen. Dann kannst du nicht viel falsch machen«, hatte Fred ihn gewarnt. »Ich habe nur das Bild bewundert.« Der ältere Mann wollte eben die Tür schließen, als William hinzufügte: »Ich habe das Original gesehen.«

Nun wandten sich auch die Frau und der jüngere Mann dem Eindringling zu, um sich ihn genauer anzusehen.

»Das ist das Original«, sagte die junge Frau. Sie klang verärgert.

»Das ist nicht möglich«, erwiderte William.

»Was macht Sie da so sicher?«, wollte ihr Kollege wissen.

»Das Original hing im Fitzmolean Museum in Kensington, bis es vor einigen Jahren gestohlen wurde. Ein Verbrechen, das man bis heute noch nicht aufgeklärt hat.«

»Wir haben es soeben aufgeklärt«, sagte die Frau entschieden.

»Das glaube ich nicht«, entgegnete William. »Das Original wurde von Rembrandt in der rechten unteren Ecke mit seinen Initialen RvR signiert.«

Die drei Polizisten warfen einen Blick auf die rechte untere Ecke der Leinwand, aber dort befanden sich keine Initialen.

»Tim Knox, der Direktor des Fitzmolean, wird in wenigen Minuten zu uns stoßen, mein Junge«, sagte der ältere Mann. »Ich denke, ich werde mich eher auf sein Urteil verlassen als auf das Ihrige.«

»Gewiss, Sir«, sagte William.

»Haben Sie irgendeine Vorstellung davon, wie viel dieses Bild wert ist?«, fragte die junge Frau.

William ging in das Zimmer, um sich das Gemälde genauer anzusehen. Er hielt es für klüger, der jungen Frau gegenüber

Oscar Wildes Bemerkung über den Unterschied von Preis und Wert unerwähnt zu lassen.

»Ich bin kein Experte, aber ich würde schätzen, irgendetwas zwischen zwei- und dreitausend Pfund.«

»Und das Original?«, fragte die junge Frau, die inzwischen nicht mehr ganz so sicher klang.

»Keine Ahnung, aber jede bedeutende Galerie auf der Welt würde ein solches Meisterwerk nur zu gerne ihrer Sammlung hinzufügen, ganz zu schweigen von mehreren führenden Privatsammlern, für die Geld keine Rolle spielt.«

»Dann können Sie also überhaupt nichts zu seinem Wert sagen?«, fragte der junge Beamte.

»Nein, Sir. Einen Rembrandt von dieser Qualität findet man nur selten auf dem freien Markt. Sotheby Parke Bernet in New York haben den letzten unter den Hammer gebracht.«

»Wir wissen, wo Sotheby Parke Bernet ihren Sitz haben«, sagte der Chief Inspector. Er unternahm keinen Versuch, seinen Sarkasmus zu verbergen.

»Dann wissen Sie sicher auch, dass der Käufer für dreiundzwanzig Millionen Dollar den Zuschlag erhielt«, sagte William, doch er bereute seine Worte sofort.

»Wir alle sind Ihnen dankbar für Ihre Einschätzung, aber wir wollen Sie nicht länger aufhalten«, sagte der Chief Inspector und nickte in Richtung Tür.

William versuchte, sich so elegant wie möglich zurückzuziehen, doch als er auf den Flur trat, hörte er nichts weiter, als dass die Tür energisch hinter ihm geschlossen wurde. Er sah auf seine Uhr. Es war drei Minuten vor acht, und er eilte den Flur hinab, denn er wollte nicht zu spät zu seinem Termin kommen.

Er klopfte an die Tür, auf der in Goldbuchstaben »Commander Jack Hawksby« stand. Hinter seinen Namen waren die Buchstaben »OBE« angefügt, was William verriet, dass der Polizist Träger eines hohen britischen Verdienstordens war. Er trat ein und sah sich einer Sekretärin gegenüber, die hinter einem Schreibtisch saß. Sie hörte auf zu tippen, sah auf und fragte: »Police Constable Warwick?«

»Ja«, sagte William nervös.

»Der Commander erwartet Sie. Gehen Sie einfach durch«, sagte sie und deutete auf eine weitere Tür.

Wieder klopfte William an, und diesmal wartete er, bis er das Wort »Herein!« hörte.

Ein elegant gekleideter Mann mittleren Alters mit durchdringenden blauen Augen und Stirnfalten, die ihn älter aussehen ließen, als er war, erhob sich hinter seinem Schreibtisch. Hawksby schüttelte Williams ausgestreckte Hand, deutete auf einen Stuhl und setzte sich wieder. Er schlug eine Akte auf und musterte sie für einige Augenblicke, bevor er sprach. »Zuerst würde ich Sie gerne fragen, ob Sie zufällig mit Kronanwalt Sir Julian Warwick verwandt sind.«

Williams Herz sank. »Er ist mein Vater«, sagte er und nahm an, dass das Gespräch damit ein abruptes Ende finden würde.

»Ein Mann, den ich sehr bewundere«, sagte Hawksby. »Er bricht nie die Regeln, beugt nie das Gesetz, und trotzdem verteidigt er die dubiosesten Scharlatane, als seien sie Heilige. Ich glaube nicht, dass ich in seinem Gewerbe vielen Menschen seiner Art begegnet bin.« William lachte nervös.

»Ich wollte Sie persönlich kennenlernen«, fuhr Hawksby fort, der offensichtlich niemand war, der viel Zeit mit Smalltalk verschwendete, »denn Sie haben Ihre Prüfung zum

Detective nicht nur als Bester, sondern überdies mit weitem Abstand zu Ihren Mitbewerbern bestanden.«

William wusste nicht einmal, dass er bestanden hatte.

»Herzlichen Glückwunsch«, fügte der Commander hinzu. »Ebenso ist mir aufgefallen, dass Sie über einen Universitätsabschluss verfügen und dennoch auf eine schnellere Beförderungsmöglichkeit, wie wir sie solchen Mitarbeitern bieten, verzichtet haben.«

»Das stimmt, Sir. Ich wollte …«

»Sie wollten sich beweisen. Genau wie ich damals. Nun, Warwick, wie Sie wissen, wird man Sie in ein anderes Revier versetzen, wenn Sie die Möglichkeit bekommen sollen, als Detective zu arbeiten. In Anbetracht dieses Umstandes habe ich beschlossen, Sie nach Peckham zu schicken, wo man Ihnen alles Notwendige beibringen wird. Wenn Sie etwas taugen, sehen wir uns in ein paar Jahren wieder, und dann werde ich entscheiden, ob Sie bereit sind, zu uns zu Scotland Yard zu kommen, um es mit unseren ganz besonderen Kriminellen aufzunehmen, oder ob Sie besser noch ein wenig draußen in einem der Reviere bleiben, um noch ein wenig mehr zu lernen.«

William gestattete sich ein Lächeln und lehnte sich auf seinem Stuhl zurück.

Plötzlich zeigte Hawksbys Gesicht einen grimmigen Ausdruck. »Sind Sie wirklich sicher, dass Sie Detective werden wollen?«

»Ja, Sir. Ich war es schon mit acht.«

»Wir haben es hier nicht mit Kriminellen zu tun, wie Sie sie aus der Welt Ihres Vaters kennen, sondern mit dem übelsten Abschaum. Man wird von Ihnen erwarten, dass Sie mit allem zurechtkommen, vom Selbstmord einer jungen

Mutter, die es nicht mehr erträgt, von ihrem Partner misshandelt zu werden, bis zum Auffinden eines jungen Drogensüchtigen, dem die Nadel noch im Arm steckt und der nicht viel älter ist als Sie. Offen gestanden, werden Sie nachts nicht schlafen können, und man wird Ihnen weniger bezahlen als einem Filialleiter bei Tesco.«

»Sie hören sich an wie mein Vater, und er hat es nicht geschafft, mich davon abzubringen.«

Der Commander erhob sich. »Dann soll es wohl so sein, Warwick. Schön, Sie kennengelernt zu haben.« Wieder gaben sie einander die Hand. Das obligatorische Gespräch war beendet.

»Danke, Sir«, sagte William. Nachdem er die Tür leise hinter sich geschlossen hatte, hätte er am liebsten einen Luftsprung gemacht und »Halleluja« gerufen, doch dann sah er drei Gestalten im Vorzimmer des Büros stehen. Sie wirkten, als erwarteten sie ihn.

»Name und Rang?«, sagte der ältere Mann, dem er zuvor bereits begegnet war.

»Warwick, Sir. Constable William Warwick.«

»Sorgen Sie dafür, dass sich Constable Warwick nicht von der Stelle rührt, Sergeant«, sagte er zu der jungen Frau. Dann klopfte er an die Tür des Commanders und trat ein.

»Guten Morgen, Bruce«, sagte Hawksby. »Wie ich höre, steht ihr kurz davor, Faulkner zu verhaften. Nicht einen Augenblick zu früh.«

»Ich fürchte, nicht, Sir. Aber das ist nicht der Grund, warum ich Sie sprechen wollte«, war alles, was William hören konnte, bevor sich die Tür schloss.

»Wer ist er?«, fragte William die junge Frau.

»Detective Chief Inspector Lamont. Er ist Leiter der

Abteilung Kunst und Antiquitäten und untersteht Commander Hawksby direkt.«

»Arbeiten Sie auch für die Kunstabteilung?«

»Ja. Ich bin Detective Sergeant Roycroft, und der Chief ist mein unmittelbarer Vorgesetzter.«

»Stecke ich in Schwierigkeiten?«

»Bis zum Hals, Constable. Sagen wir einfach, ich bin froh, nicht an Ihrer Stelle zu sein.«

»Aber ich habe doch nur versucht, zu helfen.«

»Und mit Ihrer Hilfe haben Sie es geschafft, eine sechsmonatige Undercover-Operation an die Wand zu fahren.«

»Wie denn nur?«

»Vermutlich werden Sie das gleich selbst herausfinden«, sagte DS Roycroft, als die Tür aufschwang und Detective Chief Inspector Lamont wieder erschien. Er starrte William grimmig an.

»Kommen Sie rein, Warwick«, sagte er. »Der Commander möchte noch einmal mit Ihnen sprechen.«

Zögernd betrat William Hawksbys Büro. Er nahm an, dass man ihn wieder auf Streife schicken würde. Der Commander lächelte nicht mehr, sondern musterte ihn mit düsterem Blick.

»Sie machen nichts als Ärger, Warwick«, sagte er. »Ich kann Ihnen jetzt schon sagen, dass Sie nicht nach Peckham gehen werden.«

5

»Dein letzter Tag in Uniform«, sagte Fred, als sie das Polizeirevier verließen und ihre abendliche Runde antraten.

»Es sei denn, ich bin doch nicht zum Detective gemacht«, erwiderte William. »Dann werde ich in kürzester Zeit wieder auf Streife gehen.«

»Schwachsinn. Jeder weiß, dass du dir einen Namen machen wirst.«

»Das habe ich ausschließlich dir zu verdanken, Fred. Du hast mir mehr über die wirkliche Welt beigebracht, als ich jemals auf der Universität gelernt habe.«

»Was einzig und allein daran liegt, dass du zuvor so ein behütetes Leben geführt hast, Chorknabe. Ganz im Gegensatz zu mir. Also, in welche Einheit wirst du denn kommen?«

»Kunst und Antiquitäten.«

»Ich dachte immer, das sei nur ein Hobby für Leute mit zu viel Freizeit und zu viel Geld, aber kein Verbrechen.«

»Für jemanden, der einen Weg um das Gesetz herum gefunden hat, kann es sogar ein sehr lukratives Verbrechen sein.«

»Klär mich auf.«

»Zurzeit läuft eine riesige Betrugssache ab«, sagte William. »Berufskriminelle stehlen Gemälde, ohne dass sie die Absicht hätten, sie zu verkaufen.«

»Kapier ich nicht«, sagte Fred. »Warum sollte man etwas

stehlen, das man nicht selbst verkaufen oder über einen Hehler losschlagen will?«

»Versicherungen sind manchmal bereit, sich mit einem Vermittler zu einigen, wenn sie dadurch vermeiden können, die volle Summe ausbezahlen zu müssen.«

»An Hehler in einem Armani-Anzug?«, fragte Fred. »Wie schnappst du solche Typen?«

»Man muss warten, bis sie zu gierig werden und die Versicherung sich weigert, zu zahlen.«

»Hört sich für mich nach jeder Menge Papierkram an. Unter den Umständen wäre es ganz sicher nichts für mich, Detective zu werden.«

»Welche Strecke nehmen wir heute Abend?«, fragte William, der inzwischen gelernt hatte, dass Fred die Anweisungen des Tages gelegentlich eher großzügig auslegte.

»Heute ist Samstag. Wir sehen uns besser Barton Estate an und sorgen dafür, dass die Suttons und die Tuckers keinen Ärger machen. Dann gehen wir zurück in die Luscombe Road, bevor die Pubs schließen. Könnte gut sein, dass du bei deinem letzten Tag auf Streife einen randalierenden Besoffenen festnehmen musst.«

Obwohl William zwei Jahre mit Fred zusammengearbeitet hatte, wusste er fast nichts über dessen Privatleben. Er konnte sich nicht darüber beklagen, denn er selbst war genauso zurückhaltend. Aber da es ihre letzte gemeinsame Streife war, beschloss er, Fred etwas zu fragen, das er schon immer rätselhaft gefunden hatte.

»Warum bist du eigentlich zur Polizei gegangen?«

Fast war es, als hätte Fred die Frage nicht gehört, denn es dauerte einige Zeit, bis er antwortete. »Da ich dich nie wiedersehen werde, Chorknabe«, antwortete er schließlich,

»werde ich es dir sagen. Zunächst einmal, ich hatte es gar nicht vor. Es war mehr Zufall als Absicht.«

William schwieg, als sie in eine Gasse bogen, die zur Rückseite von Barton Estate führte.

»Ich wurde in einer Mietskaserne in Glasgow geboren. Mein Vater hat von der Wohlfahrt gelebt, weshalb meine Mutter die Einzige in unserer Familie mit einem echten Einkommen war.«

»Was hat sie gemacht?«

»Sie war Bardame. Schon bald hat sie herausgefunden, dass sie mit ein paar Gefälligkeiten nebenher sehr viel mehr verdienen konnte. Das Problem ist nur, dass ich bis heute nicht sicher bin, ob ich nicht das Ergebnis einer dieser Gefälligkeiten war.«

William äußerte sich nicht dazu.

»Doch das Geld strömte nicht mehr so üppig, als sie nach und nach ihr gutes Aussehen verlor, und es war auch keine große Hilfe, dass mein Vater ihr regelmäßig ein blaues Auge verpasste, wenn sie Samstagnacht mit so wenig zurückkam, dass es nicht für seine nächste Flasche Whisky und seinen Einsatz auf irgendeinen Gaul beim Pferderennen reichte.«

Fred schwieg, und William dachte über seine eigenen Eltern nach, die am Samstagabend regelmäßig im Restaurant aßen und ins Theater gingen. Noch immer fiel es ihm schwer zu verstehen, welch großen Einfluss häusliche Gewalt hatte. Er hatte nie erlebt, dass sein Vater gegenüber seiner Mutter auch nur laut geworden wäre.

»Es ist ein weiter Weg von Glasgow bis London«, sagte William, indem er versuchte, Fred ein neues Stichwort zu geben, um mehr von ihm zu erfahren.

»Für mich war er nicht weit genug«, sagte Fred. Er schaltete seine Taschenlampe ein, leuchtete in die Gasse und grinste, als er sah, wie ein junges Liebespaar davoneilte.

»Ich war vierzehn, als ich von zu Hause wegging. Ich nahm das erste Schiff, das mich haben wollte, und als ich mit achtzehn in London gelandet bin, hatte ich bereits die halbe Welt gesehen.«

»Bist du dann zur Polizei gegangen?«

»Nein. Damals war die Polizei für mich noch immer der Feind. Ich habe ein paar Monate damit verbracht, Regale im Supermarkt aufzufüllen, bevor ich Busschaffner wurde. Aber das hat mich bald gelangweilt, und deshalb habe ich beschlossen, entweder zur Armee oder zur Polizei zu gehen. Die Polizei hat mir schneller ein Vorstellungsgespräch angeboten. Wenn es andersherum gekommen wäre, wäre ich heute vielleicht General.«

»Oder tot«, sagte William, als sie das Viertel betraten.

»Bei unserem Job ist das Risiko, umgebracht zu werden, genauso hoch wie in einer modernen Armee«, sagte Fred. »Ich habe in den letzten zwanzig Jahren sieben Kollegen verloren, und viel zu viele sind mit schweren Verletzungen oder als Invaliden aus der Truppe ausgeschieden. In der Armee weißt du wenigstens, wer dein Feind ist, und du hast das Recht, ihn umzubringen. Wir sollen mit Drogendealern, Messerangriffen und Bandenkriminalität umgehen, von denen die meisten Leute lieber nichts wissen wollen.«

»Warum bist du dann dabeigeblieben, wenn du ein viel einfacheres Leben hättest haben können?«

»Du und ich, wir kommen vielleicht in vielerlei Hinsicht aus verschiedenen Gegenden dieses Landes, Chorknabe«, sagte Fred, »aber wir haben eines gemeinsam: Wir sind nicht ganz dicht, und wir beide tun genau das, was unsere Bestimmung ist. Und machen wir uns nichts vor, ich hatte noch nie einen Job, der auch nur halb so aufregend und halb so lohnend gewesen wäre, wie Polizist bei der Met zu sein.«

»Lohnend?«

»Ich meine nicht finanziell. Obwohl die Bezahlung so schlecht nun auch wieder nicht ist, wenn man die Überstunden einrechnet. Deprehendo deprehensio vitum«, sagte Fred. »Überstunden klären Verbrechen auf.«

William konnte kaum mehr aufhören, zu lachen, und Fred fügte hinzu: »Mach dir keine Sorgen, das ist das einzige Latein, das ich kann. Was ich bei dieser Arbeit am meisten genieße, ist die Tatsache, dass kein Tag dem anderen gleicht. Und dass das meine Gegend ist. Ich kenne fast jeden, der hier wohnt. Die Leute hier mögen zwar nicht immer wie eine große, glückliche Familie sein, aber sie sind meine Familie. Und obwohl ich das in der Kantine niemals zugeben würde, bilde ich mir gerne ein, dass ich meinen Beitrag dazu geleistet habe.«

»Und du hast zwei Belobigungen erhalten, die das auch beweisen.«

»Ganz zu schweigen von den drei Suspendierungen. Aber jetzt, wo ich nur noch ein paar Monate habe, bevor ich meinen Schlagstock an den Nagel hänge, werde ich nicht mehr aus der Reihe tanzen. Ich möchte gewiss nichts tun, das meine Pension gefährdet«, fügte er hinzu, als sie Barton Estate verließen.

»Es ist ruhig heute Nacht«, sagte William.

»Die haben gesehen, dass wir kommen, und sind wie Ratten in das nächste Abflussrohr verschwunden. Sobald wir außer Sichtweite sind, erscheinen sie sofort wieder. Aber wir wollen schließlich auf deiner letzten Streife auch keinen Ärger, nicht wahr, Detective?«

William lachte und wollte gerade eine weitere Frage stellen, als Fred zur anderen Straßenseite hinübersah und sagte: »Diese dumme alte Kuh. Aber vermutlich weiß sie es einfach nicht besser.«

William erwartete bereits eine weitere Kostprobe von Freds in Eigenarbeit zusammengezimmerter Philosophie, obwohl er sich nicht vorstellen konnte, was das Thema sein würde.

»Nummer dreiundzwanzig«, sagte Fred. »Mrs. Perkins.«

»Vor ein paar Wochen wurde bei ihr eingebrochen«, sagte William. »Ein Fernseher und ein Videorekorder, wenn ich mich recht erinnere.«

»Fünf von zehn Punkten«, sagte Fred. »Und jetzt hol dir die andern fünf.«

William starrte das Haus mit der Nummer 23 an, begriff jedoch nicht, was sein Partner meinte.

»Was siehst du, Chorknabe?«

»Zwei leere Pappkartons.«

»Und was sagt dir das?«

William versuchte, wie ein »Diebfänger« zu denken – ein Ehrentitel, der nur solchen Polizisten verliehen wurde, die, wie Fred, ein Verbrechen riechen konnten, bevor es begangen wurde.

Fred stieß einen Seufzer gespielter Verzweiflung aus. »Mrs. Perkins' Versicherung muss bezahlt haben, und jetzt ist die Dame stolze Besitzerin eines neuen Fernsehers und eines neuen Videorekorders. Aber da gibt es etwas, das sie nicht weiß. Nämlich dass ein Einbrecher oft nach ein paar Wochen an den Schauplatz des Verbrechens zurückkehrt, weil er weiß, dass er dann wahrscheinlich einen brandneuen Fernseher vorfinden wird, den er ebenfalls stehlen kann. Heute macht unsere Dame geradezu Werbung für diese Tatsache. Und unser Einbrecher braucht nur darauf zu warten, bis sie eines Abends ihre Freundin Mrs. Cassidy in Nummer neunundzwanzig besucht, woraufhin er wieder einbrechen und sie ein zweites Mal bestehlen wird.«

»Was sollen wir tun?«, fragte William.

»Uns in Ruhe mit ihr unterhalten und ihr nahelegen, diese überdeutlichen Hinweise zu zerstören«, antwortete Fred, als er an die Tür des Hauses Nummer 23 klopfte. Mrs. Perkins reagierte fast sofort, und nachdem Fred erklärt hatte, warum zwei Polizisten auf ihrer Türschwelle standen, schaffte sie die Kartons beiseite, bedankte sich bei ihm und bot den beiden eine Tasse Tee an.

»Das ist wirklich nett von Ihnen, Mrs. Perkins, aber wir machen uns wohl besser auf den Weg.« Er berührte kurz den Rand seines Helms, und dann setzten sie ihre Runde fort.

»Wann fängt deine neue Arbeit an?«, fragte Fred, nachdem sie ein paar Schritte gegangen waren.

»Ich werde ein paar Wochen in Italien Urlaub machen, bevor ich mich am ersten Oktober bei Scotland Yard melde.«

»Es soll viele hübsche Mädchen in Italien geben, habe ich gehört.«

»Die meisten von ihnen sind gerahmt.«

»Gerahmt?«

»In einem Goldrahmen.«

Fred lachte. »Ich war noch nie in Italien und noch nicht einmal bei Scotland Yard, aber angeblich sollen sie das beste Billardzimmer der gesamten Met haben.«

»Ich werde zurückkommen und dir sagen, wie es wirklich aussieht.«

»Du wirst nie zurückkommen, Chorknabe. Lambeth war für dich nichts weiter als die erste Sprosse einer, wie ich annehme, sehr hohen Leiter. Aber ich muss dich warnen. Auf deinem Weg nach oben wirst du auf jede Menge Schlangen stoßen, die nichts lieber tun werden, als deinen Aufstieg zu einem abrupten Ende zu bringen, und einige von ihnen werden blaue Uniformen tragen«, sagte er, während er an der Tür eines Ladens rüttelte, um sich davon zu überzeugen, dass sie verschlossen war.

William kicherte. Es verging keine einzige Schicht, ohne dass er nicht irgendetwas von Fred gelernt hatte.

»'N Abend, Jacob.«

»Hallo, Fred.«

William sah herab zu dem Mann, der mit untergeschlagenen Beinen auf dem Bürgersteig saß und an einer halb vollen Flasche Whisky nippte. In seinen ersten Tagen auf Streife hatte Fred ihm erklärt, dass es vier Arten von Trinkern gab: die Schläfer, die in eine alkoholisierte Benommenheit verfallen und wieder nach Hause gehen, wenn sie irgendwann aufwachen; die Harmlosen, die einfach nur ihre Sorgen ertränken wollen und nur selten Ärger machen; die Gefühlsseligen, die dich mit nach Hause nehmen und deine Uniform anprobieren möchten; und die Aggressiven, die auf Streit aus sind und einen Polizisten als Freiwild betrachten. Fred konnte bereits auf ein Dutzend Schritte Entfernung den jeweiligen Typ erkennen, besonders wenn der Betreffende auf Streit aus war, was regelmäßig damit endete, dass er eine Nacht in der Zelle verbrachte, woraufhin er am nächsten Morgen wie ein völlig anderer Mensch wirkte. In den letzten Jahren war William allen vier Typen begegnet, und dank Freds gesundem Menschenverstand und dessen kräftigem rechtem Arm hatte er dabei nur zwei kleine Kratzer davongetragen.

»Welche Kategorie?«, fragte William.

»Ertränkt seine Sorgen. Die Spurs müssen heute Nachmittag verloren haben.«

»Woher weißt du das?«

»Jacob ist der netteste Mensch der Welt, wenn sie gewinnen, aber wenn sie verlieren, ist er nicht mehr zu retten.«

Sie bogen in die Luscombe Road ein, wo gerade ein paar Bewohner des Viertels aus dem Marlborough Arms nach Hause gingen.

»Enttäuschend«, sagte Fred. »Die Luscombe Road ist auch nicht mehr das, was sie einmal war, seit der Stadtrat hier für Ordnung gesorgt hat. Ich hatte gehofft, wir finden einen Drogendealer oder sogar Lenny the Snitch, dann gäbe es etwas auf deiner letzten Streife, an das du dich erinnern würdest.«

»Wir könnten die dort festnehmen«, sagte William und deutete auf eine junge Frau in einem kurzen schwarzen Lederrock, die sich durch ein offenes Autofenster mit einem Mann unterhielt.

»Wozu? Sie würde nur eine Nacht in der Zelle verbringen, am nächsten Morgen ihre Strafe bezahlen und am Abend darauf wieder ihrer üblichen Beschäftigung nachgehen. Ich möchte diese Mädchen nicht festnehmen, sondern die Zuhälter, die von ihnen leben. Und einen ganz besonders«, fügte Fred hinzu.

Das Auto fuhr davon, als der Mann die Polizisten in seinem Rückspiegel entdeckte. Danach wandten sich die beiden langsam dem Zentrum des Viertels zu, wobei Fred ein paar Geschichten erzählte, die William schon gehört hatte und die ein erneutes Hören wert waren – sowie einige, die mit jeder neuen Version immer abenteuerlicher zu werden schienen.

William wollte Fred gerade nach seinen Plänen für die Zeit der Pensionierung fragen, als sein Mentor seinen Arm packte und ihn in den nächsten Hauseingang zog. Plötzlich war er nicht mehr der freundliche Bobby aus dem Viertel, sondern ein Polizist, der einen echten Kriminellen entdeckt hatte.

»Heute ist deine Glücksnacht«, sagte Fred und nickte in Richtung eines riesigen Mannes, der eine verängstigte junge Frau am Hals gepackt hatte. »Hinter diesem Bastard bin ich schon seit Jahren her. Mach dir nicht die Mühe, ihm seine Rechte vorzulesen. Das können wir nachholen, wenn er in der Zelle sitzt.«

Fred zog seinen Schlagstock, sprang aus der Dunkelheit und stürmte auf den Riesen zu. Mehrere andere junge Frauen stoben wie Tauben in alle Richtungen auseinander, als sie ihn sahen. William folgte seinem Partner und hatte ihn rasch überholt, denn Fred war nicht nur dreißig Jahre älter, sondern hatte auch in seinem letzten Schuljahr nicht das 100-Yard-Rennen gewonnen.

Der Gangster drehte sich um, sah, dass William auf ihn zurannte, und ließ die junge Frau los, die wimmernd auf die Knie fiel. In diesem Augenblick erkannte William das Messer, doch er war nur noch ein paar Schritte entfernt und entschlossen, es mit seinem Gegner aufzunehmen. Er duckte sich und rammte den Mann unmittelbar über den Knien, wodurch sie beide auf den Bürgersteig krachten. Bis William sich erholt hatte, war der Mann schon längst wieder auf den Beinen. Instinktiv hob William den Arm, um sich zu schützen, als der Mann mit dem Messer nach unten stieß. Das Letzte, woran er sich erinnerte, war der Schock, mit dem die Klinge in seine Brust eindrang.

»Officer verletzt, Officer verletzt! Brauchen dringend Hilfe in der Luscombe Road!«, schrie Fred in sein Funkgerät, als er sich auf den Angreifer stürzte.

Seine Augen öffneten sich. Er blinzelte und sah sich in dem fremden Zimmer um. Seine Eltern und seine Schwester standen neben seinem Bett, und an der Tür war ein hochrangiger Polizeibeamter postiert. Drei Sterne auf jeder seiner Epauletten verrieten, dass es sich um einen Chief Inspector handelte.

William lächelte seiner Familie schwach zu und versuchte, sich aufzusetzen, doch es gelang ihm kaum, und plötzlich wurde er sich bewusst, dass er einen dicken Verband um die Brust trug. Er ließ sich auf das Bett zurücksinken.

»Wie geht es Fred?«, waren seine ersten, noch unsicheren Worte.

Niemand schien gewillt, auf seine Frage zu antworten. Schließlich trat der Polizist zu ihm und sagte: »Ich bin Chief Inspector Cuthbert. Es tut mir leid, Constable Warwick, aber ich muss Ihnen ein paar Fragen zu dem stellen, was Samstagnacht passiert ist, denn wie Sie wissen, dürfen wir einen Verdächtigen nicht länger als vierundzwanzig Stunden festhalten, es sei denn, uns liegen Anhaltspunkte vor, die zu einer Anklage führen können.«

»Natürlich, Sir«, sagte William und versuchte erneut, sich aufzusetzen.

Der Chief Inspector öffnete einen großen braunen Umschlag und zog einige Schwarz-Weiß-Fotos mehrerer Personen heraus. Darunter war eines, das einen Mann zeigte, den William nie wieder vergessen würde.

»Ist das der Mann, den Sie Samstagnacht zu verhaften versucht haben?«, fragte Cuthbert.

William nickte. »Aber warum fragen Sie mich das? Fred könnte ihn doch direkt identifizieren.«

Chief Inspector Cuthbert schwieg, als er die Fotos in den Umschlag zurückschob.

Die Gemeindekirche von St. Michael and St. George war nicht einmal beim jährlichen Weihnachtskonzert besonders gut besucht, aber diesmal hatten sich die Kirchenbänke bereits gefüllt, lange bevor der Chor in das Kirchenschiff einzog. PC Fred Yates, Träger der Queens Gallantry Medal, wurde mit einem offiziellen Polizeibegräbnis geehrt, und eine uniformierte Ehrenwache stand rechts und links des Eingangs der Kirche.

Der Trauerzug wurde von berittenen Beamten angeführt, und Freds Sarg war mit einem Tuch in Blau und Silber drapiert, den Farben der Metropolitan Police, auf dem sein Orden und ein silberner Pokal platziert waren. In der Kirche saßen hochrangige Polizisten in der ersten Reihe, während diejenigen, die keinen Platz mehr im Gebäude gefunden hatten, sich damit zufriedengaben, draußen im Regen zu stehen. William, der in einem Rollstuhl saß, wurde von seinem Vater den Mittelgang entlang nach vorn geschoben, und seine versammelten Kollegen erhoben sich zu seiner Begrüßung. Der Gemeindevorsteher führte sie zu den reservierten Plätzen in der ersten Reihe.

He who would valiant be ...

William hatte sich gut im Griff, doch als der Sarg auf den

Schultern von acht Polizisten langsam durch den Mittelgang in Richtung Altarraum getragen wurde, konnte er seine Tränen nicht mehr zurückhalten. Der Gemeindepriester sah von seinem Platz hinter dem Altar zu den Besuchern hinab und sprach Gebete für die Menschen aus Freds Stadtteil, von denen viele nur selten, wenn überhaupt jemals, an einem Gottesdienst teilnahmen. Sie waren gekommen, um ihm ihren Respekt zu erweisen, obwohl einige von ihnen wahrscheinlich nicht einmal seinen vollen Namen kannten. William sah sich um und erkannte Mrs. Perkins unter den Trauernden.

To be a pilgrim ...

Als die Gemeinde zum Gebet niederkniete, senkte William den Kopf und dachte an Freds Worte: »Ich bilde mir gerne ein, dass ich meinen Beitrag dazu geleistet habe.« Er wünschte sich, Fred könnte hier sein, um zu sehen, wie groß dieser Beitrag tatsächlich war.

Freds Kollegen und Freunde sangen die Lieder aus voller Kehle mit; William war sich sicher, dass Fred es genossen hätte, obwohl ihm die Trauerrede, die der Chief Superintendent des Reviers hielt, wahrscheinlich ziemlich übertrieben vorgekommen wäre. William konnte Freds leises Lachen geradezu hören, als der Superintendent über seine Belobigungen sprach. »Und was ist mit meinen Suspendierungen?«, hätte er sicher gefragt.

Nachdem der Priester der Gemeinde den Segen erteilt hatte, erhoben sich die Trauergäste, und die Sargträger machten sich an den zweiten Teil ihrer Aufgabe und trugen den Sarg durch den Mittelgang zur Kirche hinaus in Richtung Grab. William versuchte, sich zu erheben, als der Sarg an ihm vorbeigeführt wurde, doch es gelang ihm erst, als der

Sergeant, der üblicherweise am Empfang saß, und der Superintendent ihm zu Hilfe kamen.

Als sie an jenem Abend nach Hause fuhren, sagte sein Vater, dass es absolut nicht unehrenhaft sei, sollte William unter diesen Umständen die Polizei verlassen wollen. Er war sich sicher, dass Williams Kollegen das verstehen würden. »Du könntest die Abendkurse belegen, Jura studieren und Anwalt werden wie ich. Dann könntest du immer noch Kriminelle bekämpfen, aber im Gerichtssaal bei Tag und nicht auf der Straße bei Nacht.«

William wusste, dass alles zutraf, was sein Vater sagte. Aber es war Fred, der das letzte Wort hatte.

Du und ich, wir kommen vielleicht in vielerlei Hinsicht aus verschiedenen Gegenden dieses Landes, Chorknabe, aber wir haben eines gemeinsam: Wir beide sind nicht ganz dicht, und wir beide tun genau das, was unsere Bestimmung ist.

6

Commander Hawksby saß am Kopfende des Tisches, wie es dem Vorsitzenden gebührte, während die anderen Direktoren darauf warteten, dass er die Sitzung eröffnen würde.

»Zunächst möchte ich das neue Mitglied in unserem Team willkommen heißen. Obwohl DC Warwick noch nicht viel Erfahrung als Detective hat« – und das ist äußerst milde ausgedrückt, dachte William –, »kennt er sich sehr gut in Kunstdingen aus. Er hat an der Universität Kunstgeschichte studiert und sogar die Möglichkeit einer Promotion ausgeschlagen, um zur Met zu gehen. Deshalb hoffe ich, dass sein Fachwissen uns entscheidend helfen kann, wenn es darum geht, endlich Miles Faulkner festzunageln. Bruce«, sagte er, indem er sich an den Beamten wandte, der die Ermittlungen in diesem Fall leitete, »vielleicht könnten Sie uns auf den neuesten Stand bringen.«

Detective Chief Inspector Lamont hatte mehrere Akten vor sich liegen, doch er musste keine einzige aufschlagen, da er fast den gesamten Inhalt unauslöschlich im Kopf hatte. Er wandte sich direkt an Detective Constable Warwick, als hätte er seinen beiden Kollegen nichts Neues zu berichten.

»Während der letzten sieben Jahre haben wir versucht, einen Dieb zu schnappen, der, welchen Maßstab man auch immer anlegen mag, ein Meisterkrimineller ist und uns bis heute immer wieder in die Tasche gesteckt hat. Miles Faulkner hat ein fast unfehlbares System entwickelt, das es ihm ermöglicht, bedeutende Kunstwerke zu stehlen und dabei ein Vermögen zu machen, ohne – scheinbar – das Gesetz zu brechen.« William schossen bereits mehrere Fragen durch den Kopf, doch er beschloss, seinen neuen Vorgesetzten nicht zu unterbrechen.

»Zunächst muss Ihnen klar sein, Bill...«

»William, Sir.«

Lamont runzelte die Stirn. »Zunächst muss Ihnen Folgendes klar sein: Wenn Sie jemals den Film *Thomas Crown ist nicht zu fassen* gesehen haben, dann sollten Sie ihn genau als das abtun, was er ist. Nämlich reine Fiktion. Unterhaltsam, das gebe ich zu, und doch nichts weiter als reine Fiktion. Miles Faulkner ist nicht Steve McQueen. Er stiehlt keine Meisterwerke aus purem Vergnügen, um sie dann in seinem Keller zu verstecken, wo er sie stundenlang bewundern kann. Das ist etwas für Kinobesucher, die sich eine schöne Zeit machen wollen, indem sie sich vorstellen, wie es wohl wäre, unsere Kollegen in New York an der Nase herumzuführen, während sie mit einer schönen Frau schlafen, die zufällig die Versicherungsangestellte ist, die den Fall bearbeitet. Es gibt jedoch tatsächlich eine Figur in dem Film, die eine gewisse Ähnlichkeit mit einem Menschen in der wirklichen Welt hat: die Versicherungsangestellte – nur dass *sie* in unserem Fall ein *er* ist und höchstwahrscheinlich ein Schreibtischhengst mittleren Alters im mittleren Management, der jeden Abend um sechs zu seiner Frau und seinen beiden Kindern nach Hause geht. Und was noch wichtiger ist: Er spielt ganz sicher nicht in Faulkners Liga.«

»Bis dahin alles klar, Warwick?«, fragte Hawksby.

»Ja, Sir.«

»Dann können Sie uns sicher verraten, was DCI Lamont uns als Nächstes sagen wird.«

»Dass Faulkner wertvolle Bilder stiehlt, weil er die Absicht hat, sich irgendwie mit der Versicherung zu einigen, die bereit ist, die Sache für einen Betrag über die Bühne zu bringen, die weit unterhalb der eigentlichen Versicherungssumme liegt.«

»Üblicherweise etwa für die Hälfte«, sagte Lamont. »Aber Faulkner macht trotzdem noch einen sehr guten Profit dabei.«

»Auch wenn er ziemlich gerissen ist«, sagte William, »kann er eine so komplexe Operation nicht alleine durchführen.«

»Das tut er auch nicht. Er hat ein kleines, hochprofessionelles Team, das mit ihm zusammenarbeitet. Aber jedes Mal, wenn wir einen seiner Komplizen geschnappt haben, hat der Betreffende absolut dichtgehalten.«

»Bei einer Gelegenheit«, sagte Detective Sergeant Roycroft, »haben wir sogar zwei der Diebe auf frischer Tat ertappt. Aber Faulkner war in Monte Carlo, hat zum Zeitpunkt des Diebstahls friedlich in seinem Bett geschlafen und konnte eine Ehefrau vorweisen, die sein Alibi bestätigt hat.«

»Und müssen wir davon ausgehen, dass seine Frau ebenfalls zu seinen engsten Vertrauten zählt?«, fragte William.

»Sie hat ihn bisher schon bei mehreren Gelegenheiten gedeckt«, antwortete Hawksby, »aber kürzlich haben wir herausgefunden, dass Faulkner eine Geliebte hat.«

»Das allein ist noch kein Verbrechen«, sagte William.

»Stimmt. Aber wenn seine Frau es jemals herausfinden sollte ...«

»Konnten Sie keinen der beiden Diebe dazu bringen, sich

als Kronzeuge zur Verfügung zu stellen?«, lautete Williams nächste Frage.

»Keine Chance«, sagte Lamont. »Faulkner hatte gewissermaßen einen ungeschriebenen Vertrag mit beiden, und in dem war keine Ausstiegsklausel vorgesehen.«

»Beide wurden zu sechs Jahren verurteilt«, sagte Hawksby, indem er den Faden aufnahm, »und wir haben die Familien der beiden genau im Auge behalten. Aber es ist uns nie gelungen, das Verbrechen mit Faulkner in Verbindung zu bringen. Einem dritten Täter, der beim Fitzmolean-Einbruch dabei war, hatte man die Lippen zusammengenäht, nur um ihn daran zu erinnern, was passieren würde, sollte er für die Anklage aussagen.«

»Aber wenn Faulkner der Hehler ist...«

»Laut seinen Steuerunterlagen«, sagte Lamont, »ist Faulkner Farmer. Er lebt in einem Landhaus mit neun Schlafzimmern in Hampshire, umgeben von dreihundert Morgen Weideland, auf dem ein paar Kühe grasen, die jedoch nie auf irgendeinem Viehmarkt erscheinen.«

»Aber es muss doch irgendjemanden geben, der die Verhandlungen mit der Versicherung führt?«

»Das überlässt Faulkner einem anderen seiner Helfer«, sagte Lamont, »dem Kronanwalt Mr. Booth Watson. Ein Barrister, der für einen ungenannten Mandanten auftritt. Wenn wir ihm zu heftig zusetzen, erinnert er uns einfach an die Verschwiegenheitsklausel zwischen Anwalt und Mandant.«

»Aber wenn Booth Watson weiß, dass er direkt für einen Kriminellen arbeitet, sollte ihm seine professionelle Verantwortung doch gebieten...«

»In diesem Fall haben wir es nicht mit Ihrem Vater zu tun, Warwick«, sagte Hawksby, »sondern mit einem Mann, der schon zweimal wegen unethischen Verhaltens vor dem Anwaltsausschuss erscheinen musste. Beide Male ist es ihm gerade so gelungen, seine Lizenz zu behalten.«

»Aber er praktiziert immer noch«, sagte William.

»Ja. Allerdings erscheint er inzwischen nur noch selten vor Gericht«, sagte Hawksby, »denn er hat eine Möglichkeit entdeckt, wie er exorbitante Gebühren einstreichen kann, ohne auch nur sein Büro zu verlassen. Es ist kein Zufall, dass die Versicherungen Mr. Booth Watson zuerst anrufen und ihn bitten, als Vermittler aufzutreten, sobald irgendwo ein bedeutendes Kunstwerk gestohlen worden ist. Und – welch Überraschung – ein paar Tage später erscheint das Bild in makellosem Zustand, und die Versicherung legt die Sache bei. Oftmals, ohne uns überhaupt zu informieren.«

»Ich kann mir kaum vorstellen«, sagte William, »dass Faulkner damit ohne den geringsten Rückschlag einen Erfolg nach dem andern einfahren konnte. Das klingt genauso sehr nach Fiktion wie *Thomas Crown ist nicht zu fassen*.«

»Stimmt«, sagte Hawksby. »Wenigstens eine der renommierteren Versicherungsgesellschaften hat sich geweigert, auf irgendeinen Deal einzugehen, und wenn die Galerie nicht über die Mittel verfügt, eine Belohnung auszusetzen, könnte es sein, dass Faulkner auf dem Bild sitzen bleibt.«

»Wenn das der Fall ist«, sagte William, »könnte der Rembrandt, der aus dem Fitzmolean gestohlen wurde, noch immer irgendwo da draußen sein.«

»Sofern Faulkner ihn nicht zerstört hat, um sicherzugehen, dass der Diebstahl nie bis zu ihm zurückverfolgt werden kann.«

»Es würde doch niemand einen Rembrandt zerstören?«

»Sie sollten lieber abwarten, bis Sie diesen Mann selbst

kennengelernt haben, bevor Sie solch voreilige Schlüsse ziehen. Wir sprechen hier nicht über einen Kunstliebhaber, sondern jemanden, der seine eigene Mutter verscherbeln würde, wenn er dadurch freikäme.«

»Was wissen wir sonst noch über Faulkner?«, fragte William, der die letzte Bemerkung als deutliche Zurechtweisung empfand.

Diesmal war es DS Roycroft, die antwortete. Sie öffnete eine Akte, die vor ihr lag. »Geboren 1942 in Sevenoaks als einziges Kind eines Immobilienmaklers und einer Friseurin, obwohl er seinen Freunden im Golfclub wahrscheinlich etwas anderes erzählt. Mit elf Jahren Stipendium für Harrow, wo er in seinem Abschlussjahr den Kunstpreis der Schule gewonnen hat. Nach Harrow studierte er an der Slade School of Art, wo er jedoch schon bald erkennen musste, dass er, obwohl er einer der besten Studenten war, wohl doch nicht genügend Talent hatte, um es als Künstler zu versuchen, wie es der Examensbericht des Rektors nennt. Die Kunsthochschule empfahl ihm, über eine Laufbahn als Dozent nachzudenken, doch er ignorierte die Empfehlung.«

»Als er die Slade verließ«, führte Lamont den Bericht fort, »wusste er ganz genau, welche Rolle er in der Kunstwelt spielen wollte. Doch er musste ein paar Erfahrungen sammeln, bevor er seine eigenen Aktionen in Angriff nehmen konnte. Er besorgte sich eine Stelle als Praktikant in einer der führenden Galerien des West End, wo er lernte, wie die Kunstwelt funktioniert und wie viel Geld man dort verdienen kann, besonders wenn man keine Skrupel hat. Nach ein paar Jahren wurde er entlassen, wobei uns die Umstände nicht ganz klar sind, obwohl wir wissen, dass ihn danach keine andere Galerie einstellen wollte. Eine Zeit lang verschwand er von der Bühne, bis eines Tages ein Dalí aus der Courtauld-Sammlung gestohlen wurde. Das war lange bevor bei uns die Abteilung für Kunst und Antiquitäten eingerichtet wurde.«

»Warum glauben Sie, dass er in die Sache verwickelt war?«, fragte William.

»Wir haben die Aufnahmen einer Überwachungskamera, auf der zu sehen ist, wie er einen Monat bevor das Gemälde gestohlen wurde, ein Foto davon macht. Ein Fehler, den er seither nicht mehr begangen hat«, sagte Hawksby.

»Und er muss bei dieser und einigen anderen Aktionen einen beträchtlichen Profit gemacht haben, denn er verschwand wieder von unserem Radar bis zum Diebstahl des Rembrandt aus dem Fitzmolean vor etwa sieben Jahren. Bei dieser letzten Aktion jedoch ist es Mr. Booth Watson nicht gelungen, sich mit der Versicherungsgesellschaft zu einigen, was, so scheint es, bis heute Faulkners einziger Misserfolg geblieben ist. Obwohl die Art, wie der Diebstahl ausgeführt wurde, sogar Thomas Crown beeindruckt hätte.«

William unterbrach die Ausführungen nicht.

»Am Samstagnachmittag erschien ein Einsatzfahrzeug der Polizei vor dem Fitzmolean, kurz nachdem das Museum geschlossen hatte, und zwei als Polizisten verkleidete Männer betraten das Gebäude, schlugen den Portier nieder und fesselten ihn. Zehn Minuten später kamen sie wieder nach draußen, wobei einer von ihnen den Rembrandt unter dem Arm hatte.«

»Wo war das Sicherheitspersonal?«

»Die Männer behaupteten, sie hätten im obersten Stockwerk ihre Runde gemacht und sich erst eine halbe Stunde später, um 16:48 Uhr, wieder im Erdgeschoss gemeldet.«

»Spielt es eine Rolle, dass es genau 16:48 Uhr war?«, fragte William.

»Unser junger Kollege denkt mit«, sagte Lamont.

»Manchester United hat an jenem Nachmittag gegen Liverpool im Cup Winner's Cup gespielt, und das Match wurde auf BBC1 live übertragen. Der Abpfiff war um 16:46 Uhr.«

»Wo stand der Fernseher?«

»In der Mitarbeiterkantine im Untergeschoss«, sagte Lamont. »Wie wir vermuten, war sich Faulkner dieser Tatsache vollkommen bewusst, denn die Diebe trafen exakt zum Anpfiff der zweiten Halbzeit ein, und wie wir später herausfanden, waren beide Wachleute Fans von Manchester. Ich zweifle nicht daran, dass Faulkner das ebenfalls wusste. Wenn der Teufel im Detail steckt, ist er der Teufel.«

»Jetzt wissen Sie, mit wem wir es hier zu tun haben«, sagte DS Roycroft. »Nämlich mit einem hochprofessionellen, perfekt organisierten Kriminellen, der nur alle paar Jahre ein wirklich bedeutendes Gemälde stehlen muss und in der Lage ist, die ganze Operation innerhalb von Minuten durchzuziehen.«

»Irgendetwas muss ich verpasst haben«, sagte William. »Warum hat Booth Watson es nicht geschafft, mit der Versicherung zu einer Einigung zu kommen und die ganze Sache abzuschließen, kurz nachdem Faulkner den Rembrandt gestohlen hatte?«

»Das Fitzmolean war auf beklagenswerte Weise unterversichert. Ein Problem, das im Augenblick auch mehrere führende Galerien haben. Ihre Gemälde und Skulpturen haben über die Jahre hinweg einen solch gewaltigen Wertzuwachs erreicht, dass sie es sich einfach nicht mehr leisten können, ihre Kunstwerke in angemessener Höhe zu versichern.«

»Aber«, warf Lamont ein, »dieser Rückschlag dürfte Faulkner eine Lektion gewesen sein. Du darfst niemals ein Museum oder eine Galerie bestehlen, die nicht voll versichert sind oder nicht über die Mittel verfügen, um eine Belohnung auszusetzen.«

»Noch irgendwelche Fragen, Warwick?«, sagte Hawksby.

»Ja, Sir«, sagte William. »Wir wissen jetzt, dass der Rembrandt, den Sie für ein Original hielten, in Wahrheit eine Kopie ist.«

»Worauf wollen Sie hinaus?«, fragte DS Roycroft. Der Fehler machte ihr immer noch zu schaffen.

»Jemand muss die Kopie gemalt haben.«

»Faulkner vielleicht?«, sagte Lamont zögernd. »Schließlich hat er seine Karriere als Kunststudent begonnen.«

»Nicht, wenn wir der Einschätzung seines Talents durch die Slade glauben wollen. Aber das heißt nicht, dass er keinen Künstler kennen könnte, der die Aufgabe für ihn übernehmen würde. Gut möglich, dass der Betreffende gleichzeitig mit ihm auf der Slade war.«

»Wenn das der Fall ist«, sagte Lamont, »dann sind Sie offensichtlich der Geeignetste herauszufinden, um wen es sich dabei handelt.«

»Einverstanden«, sagte Commander Hawksby und warf einen Blick auf seine Uhr. »Haben Sie noch weitere Fragen, DC Warwick?«

»Nur noch eine, Sir. Wie sind Sie an die Kopie gekommen?«

»Wir konnten den örtlichen Friedensrichter davon überzeugen, dass wir Grund zur Annahme hätten, Faulkner sei im Besitz eines wichtigen Kunstwerks, das aus dem Fitzmolean gestohlen worden war. Er unterzeichnete den Durchsuchungsbeschluss, und wir haben uns noch am selben Abend Faulkners Landsitz vorgenommen. Bis Sie kamen, dachten wir, wir hätten das große Los gezogen.«

»Hatten Sie die Möglichkeit, sich den Rest der Sammlung anzusehen, während Sie in seinem Haus waren?«

»Jedes einzelne Stück«, sagte Lamont. »Doch keines davon stand auf unserer Liste mit verschwundenen Bildern, und überdies konnte Faulkner für alle anderen Gemälde Kaufbelege vorweisen.«

»Dafür also gibt er sein unrechtmäßig erworbenes Geld aus«, sagte William. »Er ist ein Kunstliebhaber. Das bestätigt mich in meiner Überzeugung, dass er den Rembrandt nicht zerstört hat.«

»Hoffen wir, dass Sie recht haben«, sagte Hawksby und schloss die Akte. »Ich denke, das genügt für heute in dieser Sache. Ich brauche Sie nicht daran zu erinnern, dass das nicht der einzige Fall ist, in dem wir im Augenblick ermitteln. Sie sollten die anderen also nicht vernachlässigen, die Sie auf dem Schreibtisch haben. Es ist schwierig genug, gegenüber dem Commissioner weitere Mittel zu rechtfertigen, weshalb ein paar Verurteilungen, und seien sie noch so bedeutungslos, eine große Hilfe für uns wären. Diese Regierung scheint eher daran interessiert zu sein, ein paar nette Zahlen vorlegen zu können, als die wirklichen Kriminellen zu fassen. Also machen wir uns an die Arbeit.«

Die Männer und Frauen am Tisch standen auf, sammelten ihre Akten ein und gingen in Richtung Tür. Bevor William den Raum verlassen konnte, sagte Hawksby: »Auf ein Wort, Warwick.«

Der Commander wartete, bis sich die Tür geschlossen hatte, bevor er weitersprach.

»William, ich weiß, dass Sie ein aufgeweckter Bursche sind, und Ihre Kollegen wissen das auch. Sie brauchen sie also nicht ständig daran zu erinnern, dass Sie deren vermeintlichen Triumph in eine Katastrophe verwandelt haben. Wenn Sie eines Tages auf diesem Stuhl sitzen wollen, sollten Sie damit aufhören, die Leute zu verärgern, mit denen Sie zusammenarbeiten werden. Ich würde vorschlagen, dass Sie gelegentlich Ratschläge annehmen, anstatt sie nur zu erteilen. Vielleicht sollten Sie ein wenig Zeit im Billardzimmer verbringen. Schließlich hat Ihnen das in Lambeth auch nicht geschadet.«

William dachte an die Worte seines Vaters: *Er ist jemand, den man nicht unterschätzen sollte.*

Stumm und mit gesenktem Kopf verließ William den Raum. Er dachte über die Worte des Commanders nach, während er langsam durch den Flur ging. Er war noch nie zuvor im Billardzimmer von Scotland Yard gewesen; genau genommen wusste er nicht einmal, ob es ein solches Zimmer *tatsächlich* gab. Als er das Büro erreichte, das er mit seinen Kollegen teilte, fand er zwei Fallakten, die jemand auf seinen Schreibtisch gelegt hatte. Er hatte die Akte mit dem Titel »Churchill« zur Hälfte durchgelesen, als DS Roycroft an seinen Schreibtisch trat.

»Mit welcher sollte ich Ihrer Meinung nach anfangen, Sarge?«, fragte er sie.

»Welche hat man Ihnen denn gegeben?«, sagte sie.

»Winston Churchill und Mondstaub.«

»Mondstaub sollte ziemlich einfach zu bewältigen sein. Der Professor war eindeutig kein Krimineller, und ehrlich gesagt ist das alles eine Überreaktion von Mr. Underwood, dem Staatssekretär in der amerikanischen Botschaft. Aber weil wir keine diplomatischen Verwicklungen wollen, sollten Sie sehr behutsam vorgehen.«

»Und Churchill?«

»Churchill ist schon eher eine Herausforderung, aber wie uns the Hawk gerade in Erinnerung gerufen hat, geht es heutzutage ausschließlich um Zahlen, also sollten Sie sicher sein, dass Sie den Täter auch tatsächlich festnehmen können und es zu einer Anklage kommt, obwohl ich vermute, dass er nur sechs Monate auf Bewährung bekommen wird. Aber wenigstens haben wir dann etwas Offizielles für die Unterlagen. Wichtiger ist jedoch etwas anderes. Ich hoffe, Sie haben nicht vergessen, dass Sie selbstständig den Rembrandt-Fälscher finden müssen, in der Hoffnung, dass er uns zu Faulkner führen wird. Und noch einen Rat, Bill«, sagte sie, indem sie das letzte Wort dezidiert betonte, »denken Sie erst gar nicht daran, nach Hause zu gehen, bevor das Licht unter der Tür von the Hawk erloschen ist.«

»Danke für den Tipp«, sagte William und schlug die Mondstaub-Akte auf. Nachdem er alle Einzelheiten des Falls gelesen hatte, musste er DS Roycroft zustimmen, dass der Professor zwar naiv gewesen war und in diesem Fall sogar schuldhaft gehandelt hatte, dass er aber ganz gewiss kein Krimineller war.

Als Big Ben sechsmal schlug, kam William zu dem Schluss, dass es zu spät wäre, den Staatssekretär der amerikanischen Botschaft anzurufen, da Mr. Underwood nicht darauf warten musste, bis das Licht unter der Tür von the Hawk erlosch, bevor er nach Hause gehen konnte.

7

»Können Sie mich mit Mr. Chuck Underwood verbinden?«

»Wer spricht bitte?«

»Detective Constable William Warwick von Scotland Yard.«

»Ich werde nachsehen, ob der Staatssekretär zu sprechen ist.«

William musste so lange warten, dass er sich zu fragen begann, ob die Leitung tot war. Schließlich meldete sich eine andere Stimme.

»Warwick?«

»Ja, Sir.«

»Was ist mit DS Roycroft passiert?«

»Ich habe den Fall übernommen, Sir.«

»Gibt es irgendjemanden, der bei der Polizei einen noch niedrigeren Rang hat als ein Detective Constable?«

»Nur ein einfacher Polizist auf Streife, Sir. Genau das war ich selbst vor nicht allzu langer Zeit.«

»Und genau das werden Sie in ein paar Wochen auch wieder sein, wenn ich meinen Mondstaub nicht wiederbekomme.«

»Ich arbeite daran, Sir, aber ich muss Ihnen ein paar Fragen stellen.«

»Nicht schon wieder!«

»Hat die amerikanische Regierung die Phiole mit dem

Mondstaub ursprünglich Professor Francis Denning von der Manchester University geschenkt?«

»Ja, das haben wir. Aber damit waren einige Bedingungen verbunden. Wir haben ihm klargemacht, dass er dieses Geschenk niemals an jemanden weitergeben und es unter absolut keinen Umständen an Dritte verkaufen darf.«

»Und wurde das rechtzeitig schriftlich festgehalten?«

»Aber natürlich. Und wir haben die Unterlagen, um es zu beweisen. Und jetzt, wie Sie sicher wissen, hat ein gewisser Keith Talbot die Phiole bei Sotheby's zum Verkauf angeboten.«

»Ja, das weiß ich, Sir. Ich habe den Katalog direkt vor mir.«

»Dann werden Sie sehen, dass auf Seite einunddreißig mit der Losnummer neunzehn eine als ›selten‹ ausgewiesene Phiole mit Mondstaub angeboten wird, zur Erde gebracht von Mr. Neil Armstrong im Rahmen der Apollo-11-Mission.«

»Allerdings«, sagte William, »hat der verstorbene Professor Denning die Phiole Dr. Talbot in seinem Testament vermacht.«

»Wie ich bereits DS Roycroft erklärt habe, hatte er dazu kein Recht, Detective Constable Warwick.«

»Das haben Sie in der Tat bereits erklärt, Sir. Aber ich bin sicher, Sie werden verstehen, dass wir dem Buchstaben des Gesetzes folgen müssen.«

»Wie es scheint, im Schneckentempo, obwohl Ihnen unsere Rechtsabteilung zur Verfügung steht.«

»Das ist überaus erfreulich, Sir, denn wir wollen doch nicht, dass irgendetwas der besonderen Beziehung zwischen unseren beiden Ländern Schaden zufügt, nicht wahr?«

»Sparen Sie sich diesen Sarkasmus, Warwick. Besorgen Sie mir einfach meinen Mondstaub wieder.«

Die Leitung war tot. William drehte sich auf seinem Stuhl um und sah, wie DS Jackie Roycroft ihn angrinste.

»Sie werden sich schon noch an ihn gewöhnen«, sagte sie. »Underwood ist einer jener Amerikaner, die Britannien als einen ihrer kleineren Bundesstaaten betrachten. Es wird nicht lange dauern, bevor er Sie daran erinnert, dass allein Texas fast dreimal so groß wie das Vereinigte Königreich ist. Wenn Sie also eine schwere diplomatische Krise verhindern wollen, würde ich vorschlagen, dass Sie ihm seinen Mondstaub wiederbesorgen.«

»Das habe ich inzwischen verstanden«, sagte William. »Aber genauso wichtig ist: Wo bekomme ich eine Fahrkarte nach Manchester?«

»Gehen Sie zu Mavis, Abteilung Dienstreisen, im Erdgeschoss. Aber ich warne Sie. Wenn Sie Mr. Underwood für einen zähen Burschen halten, dann sollten Sie wissen, dass er verglichen mit Mavis ein Softie ist. Wenn es nach ihr ginge, würde die Queen zweiter Klasse fahren und Leute wie wir Kohle in den Ofen der Lokomotive schaufeln.«

»Vielen Dank für die Warnung.«

»Mavis ...«

»Für Sie Mrs. Walters, junger Mann. Sie dürfen mich erst dann Mavis nennen, wenn Sie mindestens Chief Inspector sind. Fangen Sie am besten noch mal an.«

»Bitte entschuldigen Sie, Mrs. Walters«, sagte William. »Ich benötige ...«

»Name, Rang, Abteilung.«

»Warwick, DC, Kunst und Antiquitäten.«

»Gut. Worauf hoffen Sie?«

»Eines Tages Commissioner zu werden.«

»Versuchen Sie's noch mal«, sagte Mrs. Walters, aber wenigstens deutete sie ein Lächeln an.

»Eine Hin- und Rückfahrkarte nach Manchester.«

»Was ist der Zweck Ihrer Reise, und wie lange werden Sie in Manchester bleiben?«

»Ich werde die Universität aufsuchen, und ich hoffe, noch am selben Tag wieder zurück zu sein.«

»Dann werden Sie den Siebenzweiundvierziger von Euston nehmen müssen. Der letzte Zug zurück an einem Wochentag geht um 22:43 Uhr. Wenn Sie ihn verpassen, werden Sie die Nacht auf einer Bank auf Bahnsteig zwölf verbringen müssen. Sie haben das Recht auf eine Mahlzeit, die nicht mehr als zwei Pfund achtzig kosten darf, welche Ihnen erstattet werden, sobald Sie Antragsformular 232 ausgefüllt haben.« Mrs. Walters begann, einen Berechtigungsschein für die Zugfahrt nach und von Manchester Piccadilly auszufüllen. »Wenn Sie die Universität aufsuchen wollen, müssen Sie die Buslinie 147 nehmen. Darüber hinaus werden Sie einen Schirm brauchen.«

»Einen Schirm?«

»Sie waren offensichtlich noch nie in Manchester.«

»Guten Morgen, Mr. Warwick«, sagte die junge Frau, die ihn am Empfangstresen erwartete. »Kann ich Ihnen helfen?«

»Sie haben am siebzehnten Juli eine Auktion ...«

»Welches Los sollen wir zurückziehen?«

»Woher wissen Sie, dass ...«

»Die Polizei kommt nur selten zu Sotheby's, um etwas zu verkaufen.«

William lächelte. »Eine Phiole mit Mondstaub, den Neil Armstrong von der Apollo-11-Mission mitgebracht hat.«

Die Frau sah im Katalog nach. »Sie wurde uns von einem gewissen Dr. Keith Talbot angeboten, der ein Testament vorlegen konnte, aus dem hervorging, dass ihm der Mondstaub vererbt worden war.«

»Die amerikanische Botschaft behauptet, sie sei der rechtmäßige Besitzer, und erklärt, alles und jeden verklagen zu wollen, wenn Sie den Verkauf durchführen.«

»Und das wollen wir doch nicht, oder, Mr. Warwick?«

»Es würde mir keine Sorgen bereiten«, sagte William, »wenn ich der Ansicht wäre, dass Dr. Talbot das Recht auf seiner Seite hat.«

»Aber selbst wenn das der Fall sein sollte, könnte sich die juristische Schlacht jahrelang hinziehen.«

»Mein Vorgesetzter erwartet von mir, das Problem innerhalb weniger Tage zu lösen.«

»Tatsächlich? Nun, wenn Dr. Talbot bereit ist, eine Verzichtserklärung zu unterzeichnen, werden wir Ihnen die Phiole gerne aushändigen, sodass Sie sie an die Amerikaner weitergeben können. Bleibt nur zu hoffen, dass Dr. Talbot kein zweiter Mr. Finlay Isles ist.«

»Mr. Finlay Isles?«

»Er hat uns im Jahr 1949 wegen eines Aquarells im damaligen Wert von wenigen Hundert Pfund verklagt, und wir warten immer noch auf eine Entscheidung des Gerichts darüber, wer der rechtmäßige Besitzer ist.«

»Wie das?«

»Es handelt sich um einen Turner, der jetzt über eine Million wert ist.«

Als der Zug am folgenden Morgen auf seinem Weg nach Manchester über die Schienen ratterte, nahm sich William die Mondstaub-Akte noch einmal vor, doch er fand keine neuen Details darin.

Deshalb ließ er es zu, dass seine Gedanken zu dem verschwundenen Rembrandt und der Frage schweiften, wie er den Namen des Künstlers herausfinden konnte, der die Kopie angefertigt hatte. Er war sich sicher, dass eine so überzeugende Arbeit nur möglich war, wenn dem Maler das Original zur Verfügung gestanden hatte. William fiel es immer noch schwer, zu glauben, dass jemand, der an der Slade studiert hatte, fähig sein sollte, ein nationales Kulturgut zu zerstören, aber dann fielen ihm die Worte von the Hawk ein: »Sie sollten lieber abwarten, bis Sie diesen Mann selbst kennengelernt haben, bevor Sie solch voreilige Schlüsse ziehen.«

William hatte Faulkners Akte von vorne bis hinten gelesen, und obwohl Faulkner nicht sehr oft in der Öffentlichkeit erschien, gab es ein Ereignis, das er sich nicht entgehen ließ, und das war die Premiere des jeweils neuesten James-Bond-Films. Darüber hinaus sammelte er Erstausgaben der Bücher von Ian Fleming. William hatte kürzlich auf den Veranstaltungsseiten der *Daily Mail* gelesen, dass *Im Angesicht des Todes* in einem Monat im Odeon am Leicester Square Premiere hätte. Aber wie sollte er an eine Eintrittskarte kommen? Und selbst wenn es ihm gelang, würde Mrs. Walters das wohl kaum als gerechtfertigte Ausgabe betrachten.

Er konzentrierte sich wieder auf Dr. Talbot. Durch einen Anruf hatte er erfahren, dass der Professor um elf im Hörsaal des Fachbereichs Geologie eine Vorlesung halten würde. William fragte sich, was für ein Mensch Talbot war, und ihn amüsierte der Gedanke, wie Amerika die Absicht hatte, mit all seiner Macht einem unschuldigen Geologiedozenten aus

Nordengland zuzusetzen. Es war keine Frage, wem seine Sympathien galten. Er legte die Unterlagen zurück in seinen Aktenkoffer und griff nach dem neuesten Magazin der Royal Academy. Doch nachdem er einige Seiten durchgeblättert hatte, kam er zu dem Schluss, dass die Zeitschrift bis zu seiner Rückreise warten musste.

Als der Zug um 10:49 Uhr in den Bahnhof Manchester Piccadilly einfuhr, war William einer der Ersten, die dem Beamten an der Bahnsteigschranke ihre Fahrkarte reichten. Rasch ging er an einer Reihe Taxis vorbei zur nächsten Bushaltestelle, wo er sich in die Schlange der Wartenden einreihte. Ein paar Minuten später stieg er in den Bus mit der Nummer 147, der ihn vor dem Haupteingang der Universität absetzte. Wie war es nur möglich, dass Mrs. Walters solche Dinge wusste? Er lächelte, als er mehrere Studenten sah, die durch die Tore auf das Universitätsgelände schlenderten. Seit er bei der Met war, hatte er ganz vergessen, wie man so gemächlichen Schrittes gehen konnte. Er fragte einen der Studenten nach dem Hörsaal der Geologie, wo er ein paar Minuten zu spät eintraf, aber er war schließlich nicht gekommen, um sich die Vorlesung anzuhören. Er ging die Außentreppe in das erste Obergeschoss hinauf, betrat den Saal durch die Hintertür und setzte sich zu den etwa ein Dutzend Studenten, die Dr. Talbot konzentriert zuhörten.

Aufmerksam musterte William von seinem Platz in der letzten Reihe aus den Vortragenden. Dr. Talbot konnte nicht größer als eins dreiundfünfzig sein und hatte dichte schwarze Locken, die nicht so wirkten, als ob sie regelmäßig in Kontakt mit einem Kamm oder einer Bürste kämen. Er trug ein Cordjackett, ein Hemd mit Karomuster und eine Westernkrawatte. Sein langer schwarzer Talar war mit Kreidestaub bedeckt. Er sprach mit klarer, sicherer Stimme und warf nur gelegentlich einen Blick auf seine Notizen.

William ließ sich so sehr mitreißen von Talbots Bericht über den Fund eines zuvor unbekannten Fossils Anfang der Siebzigerjahre, mit dessen Hilfe die Single-Species-Theorie widerlegt werden konnte, dass er enttäuscht war, als um zwölf Uhr die Glocke erklang und ihm mitteilte, dass die Vorlesung vorüber war. Er wartete, bis alle Studenten den Hörsaal verlassen hatten und Dr. Talbot seine Notizen einsammelte, bevor er ohne Hast durch den Mittelgang nach unten ging, um mit dem vermeintlichen Meisterkriminellen zu sprechen.

Talbot hob den Kopf und sah William durch seine Brille an, die ganz offensichtlich vom Nationalen Gesundheitsdienst stammte.

»Kenne ich Sie?«, fragte er. William zeigte ihm seine Dienstmarke, und Talbot hielt sich an der Kante des langen Holztisches vor sich fest. »Aber ich dachte, ich hätte den Strafzettel wegen Falschparkens bezahlt.«

»Ich bin sicher, dass Sie das getan haben, Sir. Trotzdem muss ich Ihnen ein paar Fragen stellen.«

»Gewiss«, sagte Talbot und begann, an seinem Talar herumzufummeln.

»Dürfte ich zunächst erfahren, wie Sie in den Besitz einer Phiole mit Mondstaub gekommen sind?«

»Darum geht es also?«, sagte Talbot ungläubig.

»Ja, Sir.«

»Sie war ein Geschenk des inzwischen verstorbenen Professor Denning, der sie mir in seinem Testament hinterlassen hat. Die Amerikaner hatten sie ihm nach der Veröffentlichung seiner Erkenntnisse über die Struktur der Mondoberfläche gegeben.«

»Und warum hat er gerade Ihnen etwas von so hoher historischer Bedeutung vererbt?«

»Ich war sein Forschungsassistent, als er an seiner Dissertation schrieb, und nachdem er in Pension gegangen war, habe ich von ihm die Leitung des Fachbereichs übernommen.«

»Es tut mir leid, Sie darüber informieren zu müssen, Dr. Talbot, dass die Amerikaner ihren Mondstaub zurückhaben wollen.«

»Warum glauben sie, dass er ihnen gehört? Der Mond ist nicht ihr Privatbesitz.«

»Stimmt. Aber sie haben ihn mit Apollo 11 zur Erde gebracht, und Professor Denning muss vergessen haben, dass er eine bindende Vereinbarung unterzeichnet hatte, die ihm verbot, den Staub zu verkaufen oder an Dritte weiterzugeben.«

»Und wenn ich mich weigere, ihn zurückzugeben?«, fragte Talbot, der sich inzwischen schon selbstbewusster anhörte.

»Die Amerikaner werden ein Verfahren anstrengen, und ich habe so das Gefühl, dass deren Taschen größer sind als die Ihren.«

»Warum kaufen sie ihn nicht einfach, wenn er bei Sotheby's versteigert wird?«

»Ich gebe zu, das wäre die einfachste Lösung«, sagte William. »Aber sie zweifeln nicht daran, dass der Mondstaub ihnen gehört, und Sotheby's hat das Angebot bereits aus dem Katalog genommen. Und können Sie sich das vorstellen, die Phiole befindet sich inzwischen bereits in einem Hochsicherheitstresor?«

Talbot brach in Gelächter aus, deutete mit gekrümmtem Zeigefinger auf William und sagte in einer nicht ganz geglückten Imitation von Clint Eastwood: »Nur zu, das hat mir gerade noch gefehlt!«

»Wenn Sie bereit wären, eine Verzichtserklärung zu unterschreiben, Sir, dann könnte ich die Phiole bei Sotheby's abholen und sie der amerikanischen Botschaft zurückgeben, wodurch wir beide ein Problem weniger hätten.«

»Wissen Sie, Mr. Warwick, wenn ich Millionär wäre, würde ich es mit den Yankees aufnehmen, obwohl der Mondstaub wahrscheinlich nur ein paar Tausend Pfund einbringen würde.«

»Und ich wäre ganz auf Ihrer Seite, aber ich vermute, wir würden trotzdem verlieren.«

»Sie haben wahrscheinlich recht. Also, wo muss ich unterschreiben?«

William öffnete seinen Aktenkoffer, nahm drei identische Formulare heraus und legte sie auf den Tisch.

»Hier, hier und hier.«

Talbot las das Dokument sorgfältig durch, bevor er seine Unterschrift auf drei gepunktete Linien setzte.

»Danke, Sir«, sagte William, legte zwei der Formulare zurück in seinen Aktenkoffer und reichte Talbot das dritte.

»Haben Sie Zeit, mit mir zum Lunch zu gehen?«, fragte Talbot, indem er, von einer Wolke aus Kreidestaub umhüllt, seinen Talar ablegte.

»Nur wenn Sie einen Pub kennen, in dem man für höchstens zwei Pfund achtzig eine ordentliche Mahlzeit bekommt.«

»Ich denke, ich weiß etwas Besseres.«

Auf der Fahrt zurück nach Euston warf William noch einmal einen Blick auf Dr. Talbots Unterschriften. Er hatte ein exzellentes Mittagessen im Speisesaal des Geologie-Fachbereichs genossen, bei dem sich der Professor als begeisterter Kunstliebhaber erwiesen hatte, der besonders das Werk von L. S. Lowry verfolgte, einem lokalen Künstler, den er bereits als Studienanfänger kennengelernt hatte. Für fünfzig Pfund hatte Dr. Talbot einst eine Zeichnung Lowrys erstanden, die eine ärmliche Nebenstraße in Salford darstellte, obwohl er sie sich damals eigentlich nicht hatte leisten können und sie auch heute nicht würde erwerben können, wobei er, wie er William gegenüber gestand, niemals auf die Idee gekommen wäre, sie zu verkaufen.

»Welche Künstler sollte ich Ihrer Meinung nach heute im Auge behalten?«, hatte William gefragt. »Aber denken Sie bei Ihrer Antwort bitte an mein Gehalt.«

»Diana Armfield, Craigie Aitchison und Sydney Harpley. Sie finden Werke von allen dreien in der Sommerausstellung der Royal Academy.«

Der DC hatte sich die Namen notiert.

Beim Lunch hatte William im Scherz vorgeschlagen, den Mondstaub durch ein paar Sandkörner vom Strand in Blackpool zu ersetzen, denn er war sicher, dass der amerikanische Staatssekretär den Unterschied nicht erkennen würde. Talbot hatte gelacht, William jedoch darauf hingewiesen, dass sein Kollege am Smithsonian sich des Unterschieds sicher bewusst sei, auch wenn er Blackpool wahrscheinlich noch nie besucht habe.

Endlich schlug William das Magazin der Royal Academy auf, um nachzusehen, welche in Kürze bevorstehenden Ausstellungen er besser nicht verpassen sollte. Er wählte drei aus, zog einen Kreis um sie und trug sie in sein Notizbuch ein: Picassos frühe Jahre, Hockneys Kalifornien und die jährliche Sommerausstellung der RA, wo er sich besonders die Arbeiten der drei Künstler ansehen würde, die Dr. Talbot ihm empfohlen hatte. Aber alle drei Ausstellungen waren sogleich vergessen, als er die Seite umschlug und las, dass Dr. Tim Knox, der Direktor des Fitzmolean, in ein paar Wochen einen Vortrag über die Geschichte des Museums halten würde, auf den im Anschluss eine Führung folgen sollte. Eine Karte kostete fünf Pfund, und es wurden nur fünfzig Besucher zugelassen. Er fragte sich, ob Mrs. Walters den Betrag als legitime Ausgabe genehmigen würde; teilnehmen jedoch wollte er auf jeden Fall.

William schlief nicht in jener Nacht, obwohl sein einziger Begleiter aus einem verschlossenen Aktenkoffer bestand. Am liebsten hätte er die beiden Exemplare der Verzichtserklärung zerrissen, doch er fand sich schließlich damit ab, dass die Amerikaner am Ende ihren Willen durchsetzen würden.

Am nächsten Morgen begab sich William nicht direkt zu Scotland Yard, sondern nahm die U-Bahn nach Green Park, von wo aus er in die New Bond Street ging. Lange bevor der Portier um neun Uhr die Türen öffnete, stand er vor dem Auktionshaus.

Sorgfältig musterte Miss Clore Dr. Talbots Unterschrift und verglich sie mit dem Verkaufsdokument, bevor sie bereit war, sich von dem unter der Losnummer 19 geführten Gegenstand zu trennen. Schließlich verschwand sie, um die Phiole aus dem Safe zu holen, und kam ein paar Minuten später wieder zurück.

William konnte kaum fassen, was er da vor sich hatte, als er die Phiole zum ersten Mal sah. Sie war kleiner als sein kleiner Finger. Er wickelte sie wieder in weiches Papier ein und legte sie zurück in die dazugehörige Schachtel. Noch mehr Formulare waren zu unterschreiben, bevor er das Auktionshaus verlassen und sich auf den Weg zum Grosvenor Square machen konnte. Fünfzehn Minuten später stieg er die Treppe zur amerikanischen Botschaft hinauf und meldete sich bei einem Marinesergeant am Empfang. Er bat darum, Mr. Underwood zu sprechen.

»Haben Sie einen Termin, Sir?«

»Nein«, sagte William und zeigte ihm seine Dienstmarke.

Der Soldat drückte drei Tasten an seinem Telefon, und als sich am anderen Ende der Leitung eine Stimme meldete, wiederholte er Williams Bitte.

»Ich fürchte, der Staatssekretär ist im Augenblick in einer Besprechung, aber heute Nachmittag um vier könnte er Mr. Warwick dazwischenschieben.«

»Sagen Sie ihm, dass ich seinen Mondstaub habe«, erklärte William.

Er konnte hören, wie die Stimme erwiderte: »Schicken Sie ihn rauf.«

William nahm den Aufzug in den vierten Stock, wo ihn der Staatssekretär bereits im Flur erwartete. Sie gaben einander die Hand, und Underwood sagte: »Guten Morgen, Detective.« Doch er fuhr erst fort, nachdem er die Tür zu seinem Büro hinter sich und William wieder geschlossen hatte. »Für einen Engländer sind Sie ziemlich schnell.«

William schwieg. Er öffnete den Aktenkoffer und nahm die kleine Schachtel heraus. Er öffnete sie, schlug vorsichtig das Papier zurück und enthüllte wie ein Bühnenzauberer die Phiole mit dem Mondstaub.

»Das ist es?«, sagte Underwood ungläubig.

»Ja, Sir«, erwiderte William und reichte ihm die Ursache so vieler Aufregungen.

»Danke«, sagte Underwood und legte die Schachtel auf seinen Schreibtisch. »Ich werde mich sicher wieder bei Ihnen melden, sollte es irgendein anderes Problem geben.«

»Nur wenn jemand einen Ihrer atomaren Sprengköpfe gestohlen hat«, sagte William.

8

»Kann ich fünf Pfund Spesen geltend machen, wenn ich einen Kunstvortrag besuchen möchte?«

»Besteht eine direkte Verbindung zu einem Verbrechen, das Sie untersuchen?«, fragte Mrs. Walters.

»Ja und nein.«

»Entscheiden Sie sich.«

»Ja, er ist mit einem Verbrechen verbunden, das ich untersuche, aber ich muss zugeben, dass ich ohnehin gegangen wäre.«

»Dann also nein. Sonst noch etwas?«

»Können Sie mir eine Karte für die Premiere des neuen James-Bond-Films besorgen?« William wartete darauf, dass sein Gegenüber in die Luft gehen würde.

»Besteht eine direkte Verbindung zu einem Verbrechen, das Sie untersuchen?«

»Ja.«

»In welcher Reihe würden Sie gerne sitzen?«

»Soll das ein Witz sein?«

»Ich mache nie Witze, Detective Constable. Welche Reihe?«

»Eine Reihe hinter Miles Faulkner. Er ist ...«

»Wir alle wissen, wer Mr. Faulkner ist. Ich werde sehen, was ich tun kann.«

»Aber wie ...«

»Fragen Sie nicht. Und wenn Sie weiter nichts beantragen wollen, sollten Sie sich jetzt entfernen.«

Weil William das Fitzmolean bereits ein paar Minuten zu früh erreicht hatte, hielt er auf dem Bürgersteig des Prince Albert Crescent inne, um das Gebäude im neopalladinischen Stil zu bewundern, das sich von hinten an das Imperial College schmiegte. Er wusste, dass seit dem Diebstahl des Rembrandt aus Sicherheitsgründen nur fünfzig Menschen gleichzeitig die Galerie besuchen durften. Er selbst hatte für den Vortrag am heutigen Abend die Karte Nummer 47 bekommen. Eine halbe Stunde später wäre das Kontingent erschöpft gewesen.

Er zeigte seine Eintrittskarte einem uniformierten Aufseher an der Tür und wurde gebeten, in den zweiten Stock hinaufzugehen, wo er auf eine kleine Gruppe plaudernder Kunstliebhaber stieß; die Besucher warteten bereits ungeduldig auf das Erscheinen von Dr. Knox, der führenden Autorität des Landes zum Thema Renaissance.

William freute sich auf den Vortrag, und er hoffte, dass der Direktor vielleicht sogar eine Theorie über den Verbleib des verschwundenen Rembrandt hätte.

Eine Minute vor sieben trat eine junge Frau vor die Gruppe, klatschte mehrmals in die Hände und sagte: »Guten Abend, meine Damen und Herren. Ich heiße Beth Rainsford. Ich bin eine der Forschungsassistentinnen der Galerie.« Sie wartete, bis völlige Stille eingekehrt war, und fuhr dann fort. »Es tut mir leid, Sie darüber informieren zu müssen, dass Dr. Knox an einer Kehlkopfentzündung leidet und kaum sprechen kann. Er lässt sich entschuldigen.«

Ein hörbares Stöhnen erhob sich, und der eine oder

andere Besucher wollte sich schon auf den Weg in Richtung Ausgang machen.

»Der Direktor ist jedoch zuversichtlich, dass er in ein paar Tagen wieder vollkommen auf dem Damm sein wird. Wenn es Ihnen daher möglich sein würde, nächsten Donnerstag wiederzukommen, würde er den Vortrag dann für Sie halten. Sollte es jemand zu diesem Zeitpunkt nicht schaffen, würden wir ihm die Eintrittskosten zurückerstatten. Wenn jemand den Wunsch hat, heute hierzubleiben, bin ich gerne bereit, ihn durch die Galerie zu führen. Aber seien Sie unbesorgt«, fügte sie hinzu. »Das Geld wird Ihnen selbst dann zurückerstattet, wenn Sie heute bleiben.« Die Besucher lachten leise.

Von den fünfzig Kunstliebhabern war kurz darauf nur noch ein Dutzend übrig, einschließlich William. Aber das war nicht überraschend, denn er hatte von Anfang an den Blick nicht von der jungen Frau abwenden können, die heute den Direktor vertrat. Ihr modisch kurzes kastanienbraunes Haar umrahmte ein ovales Gesicht, das kein Make-up nötig hatte, damit man ein zweites Mal hinsah. Doch nicht das fand er so faszinierend, und auch nicht ihre schlanke Gestalt. Es war vielmehr ihre ansteckende Begeisterung, als sie über die holländischen Herren sprach, welche sie, in elegante Kniehosen und Spitzenkragen gekleidet, von fast allen Seiten umgaben. William musterte ihre linke Hand, als sie auf das nächste Bild deutete, und stellte erfreut fest, dass sie am entscheidenden Finger keinen Ring trug. Trotzdem würde die junge Frau, die wie eine Vision wirkte, sicherlich einen Freund haben. Aber wie sollte er das herausfinden?

»Das Fitzmolean«, sagte Beth gerade, und ihre dunkelbraunen Augen funkelten, als sie sprach, »war die Idee von

Mrs. van Haasen, der Gattin des angesehenen Wirtschaftswissenschaftlers Jacob van Haasen. Eine bemerkenswerte Frau, die nach dem Tod ihres Gatten eine Sammlung holländischer und flämischer Meisterwerke aufzubauen begann, die, wie viele meinen, nur noch von den entsprechenden Abteilungen im Rijksmuseum und der Eremitage übertroffen wird. Bei ihrem Tod vermachte sie die gesamte Kollektion dem Staat zur Erinnerung an ihren Mann mit der Auflage, die Sammlung in dem Haus auszustellen, in dem die beiden die dreiundvierzig Jahre ihrer Ehe verbracht hatten.« Beth wandte sich um und führte die kleine Gruppe in den nächsten Saal, wo sie vor dem Porträt eines jungen Mannes stehen blieb.

»Frans Hals«, begann sie, »wurde um 1582 in Antwerpen geboren. Sein vollendetstes Werk ist zweifellos *Der lachende Kavalier,* den Sie in der Wallace Collection sehen können.«

William versuchte, sich auf Frans Hals zu konzentrieren, doch er kam zu dem Schluss, dass er am folgenden Donnerstag würde zurückkommen müssen, da Dr. Knox ihn nicht gar so sehr vom Thema ablenken würde. Er folgte Beth, bis sie vor einem großen, leeren Goldrahmen stehen blieb, unter dem ein kleines Schild mit der Aufschrift »Rembrandt 1606 – 1669« angebracht war.

»Hier«, sagte sie voller Verehrung in der Stimme, »befand sich einst Rembrandts Meisterwerk *Die Vorsteher der Tuchmacherzunft,* bevor es vor etwa sieben Jahren aus der Galerie gestohlen wurde. Unglücklicherweise wurde es bis heute nicht wiedergefunden.«

»Hat die Galerie eine Belohnung ausgesetzt?«, fragte eine Stimme, deren Besitzer sich anhörte, als stamme er aus Boston.

»Nein. Unglücklicherweise ist es Mrs. van Haasen niemals in den Sinn gekommen, dass jemand die Absicht haben könnte, eines ihrer Meisterwerke zu stehlen, was möglicherweise daran lag, dass sie damals für das Bild nur sechstausend Dollar bezahlen musste.«

»Wie viel wäre es heute wert?«, fragte eine jüngere Stimme.

»Das Gemälde ist unbezahlbar«, sagte Beth, »und unersetzlich. Die romantisch Gesinnten unter uns sind davon überzeugt, dass es immer noch irgendwo da draußen ist und dass *Die Vorsteher der Tuchmacherzunft* eines Tages in ihr rechtmäßiges Zuhause zurückkehren werden.«

Vereinzelter Beifall folgte auf diese Erklärung, und schließlich fuhr Beth fort. »Rembrandt war ein ehrgeiziger Mensch und die meiste Zeit seines Lebens der gefragteste Maler des goldenen Zeitalters der niederländischen Malerei. Bedauerlicherweise führte er ein Leben über seine Verhältnisse und musste am Ende zur Begleichung seiner Schulden die meisten seiner Besitztümer versteigern lassen, darunter auch mehrere große Gemälde. Er entging nur knapp dem Bankrott und hätte seine Tage fast im Gefängnis beendet. Nach seinem Tod wurde er in einem Armengrab beigesetzt, und mehr als ein Jahrhundert lang kam seine Kunst außer Mode. Aber Mrs. van Haasen zweifelte nicht an seinem Genie und tat viel, um sein Ansehen als größter niederländischer Meister zu erneuern. Kunstliebhaber würden aus aller Welt anreisen, um *Die Vorsteher der Tuchmacherzunft* zu sehen, denn es ist eines seiner größten Werke, und Mrs. van Haasen hat nie ein Geheimnis daraus gemacht, dass es ihr Lieblingsbild der Sammlung war.«

Beth und ihre kleine Gruppe gingen zum nächsten Bild,

und sie beantwortete die Fragen der Besucher bis weit über die vorgesehene Zeit hinaus. Als letztes Bild kam sie zu Jan Steens *Die Hochzeit von Kanaa*, wobei sie den Maler als den »Geschichtenerzähler unter den Künstlern« beschrieb. »Hat jemand noch eine Frage?«, erkundigte sie sich.

William beschloss, seine Frage erst zu stellen, nachdem der Rest der Gruppe gegangen war. »Ihre Erklärungen waren fantastisch«, sagte er.

»Vielen Dank«, sagte Beth. »Hatten Sie noch eine Frage?«
»Ja. Sind Sie zum Dinner frei?«

Sie antwortete nicht sofort, sagte dann aber nach einer Weile: »Ich fürchte, nein. Ich habe schon eine Verabredung.«

William lächelte. »Nun, es war ein bemerkenswerter Abend. Vielen Dank, Beth.«

Als er sich umwandte, um zu gehen, hörte er ihre Stimme hinter sich. »Aber morgen Abend hätte ich Zeit.«

Als William am nächsten Morgen im Büro eintraf, sah er, dass ein gelber Post-it-Zettel auf seinem Stapel Fallakten klebte.

DRINGEND – rufen Sie Liz an, 01 735 3000

»Was hat das denn zu bedeuten?«, fragte er DS Roycroft.

»Ich weiß nur, dass the Hawk meinte, es sei dringend. Sie sollen exakt aufzeichnen, was Liz zu sagen hat, und ihm einen schriftlichen Bericht schicken.«

»Mach ich«, sagte William, während er die Nummer wählte. Einen Augenblick später erklang die Stimme einer Frau in der Leitung.

»Wie kann ich Ihnen helfen?«

»Hier ist Detective Constable Warwick. Ich rufe von Scotland Yard aus an. Man hat mich gebeten, Liz zurückzurufen.«

»Kennen Sie Liz' Nachnamen oder die Abteilung, in der sie arbeitet?«

»Nein. Ich weiß nur, dass es dringend ist. Sie erwartet meinen Anruf.«

»Sie sind mit der Telefonzentrale des Buckingham Palace verbunden, Sir. Es gibt hier nur eine Liz, und ich glaube nicht, dass sie im Augenblick erreichbar ist.«

William wurde knallrot. »Bitte entschuldigen Sie«, sagte er. »Man muss mir die falsche Nummer gegeben haben.« Kaum hatte er den Hörer aufgelegt, brachen DS Roycroft und Lamont in schallendes Gelächter aus.

»Ich bin sicher, dass sie zurückrufen wird«, sagte DS Roycroft.

»Und übrigens«, sagte Lamont, »der amerikanische Botschafter hat the Hawk angerufen und sich für die Rückgabe des Mondstaubs bedankt. Gut gemacht, mein Junge. Aber jetzt ist es vielleicht an der Zeit, dass Sie sich um Winston Churchill kümmern.«

William öffnete die Akte mit der Aufschrift »Churchill« und versuchte, sich zu konzentrieren, doch es gelang ihm nicht, den vorhergehenden Abend aus dem Kopf zu bekommen. Er konnte sich nicht mehr daran erinnern, wann eine junge Frau ihn das letzte Mal so sehr beschäftigt hatte. Heute würde er das Büro definitiv vor sieben verlassen, selbst wenn unter der Tür des Commanders noch Licht zu sehen war.

Er gab sich alle Mühe, seine Gedanken zusammenzuhalten, als er sich in den vermeintlich genialen Plan einlas, den ein scheinbar unbedeutender Fälscher zur Verbesserung seines Einkommens ausgeheckt hatte. Als er die letzte Seite erreicht hatte, war ihm klar, dass er einige Buchhandlungen im West End würde besuchen müssen, wenn er den Dieb auf frischer Tat ertappen wollte. William warnte DCI Lamont, der mit der Jagd nach einem Juwelendieb beschäftigt war, dass er ganz traditionell seine Schuhsohlen würde gewaltig beanspruchen müssen und möglicherweise bis Dienstschluss nicht zurück wäre.

William beschloss, bei Hatchards am Piccadilly anzufangen, dessen Geschäftsführer – er warf noch einmal einen Blick auf den Namen: Peter Giddy – die erste Anzeige erstattet hatte.

Nachdem er Scotland Yard verlassen hatte, ging er in Richtung Mall – und war, während er am Buckingham Palace vorbeikam, erneut verlegen, weil versucht hatte, »Liz« zu sprechen. Dann folgte er St. James's in Richtung Piccadilly, wo er durch eine Tür trat, auf der gleich drei königliche Urkunden stolz verkündeten, dass es sich bei dem Geschäft um einen Hoflieferanten handelte. William fragte die Frau am Ladentisch, ob er Mr. Giddy sprechen könne.

Nachdem der Geschäftsführer sich Williams Dienstmarke genau angesehen hatte, fuhr er mit ihm im Aufzug hinauf in sein Büro im vierten Stock und bot ihm eine Tasse Kaffee an.

»Was war der Grund, der Sie zum ersten Mal Verdacht schöpfen ließ?«, fragte William, indem er Platz nahm und sein Notizbuch aufschlug.

»Zunächst war ich überhaupt nicht misstrauisch«, gestand Giddy. »Immerhin war Churchill Politiker, und somit dürfte er eine große Anzahl seiner Bücher signiert haben. Man stößt jedoch ziemlich selten auf eine vollständige Ausgabe seiner *Geschichte des Zweiten Weltkriegs*, bei der jeder Einzelne der sechs Bände signiert ist. Aber nachdem ich eine Edition bei Heywood Hill und nur eine Woche später eine weitere bei Maggs entdeckt hatte, kamen mir so langsam Zweifel.«

»Hatte der Mann, der Ihnen die Bücher zum Verkauf anbot, irgendetwas Besonderes an sich, soweit Sie sich erinnern können?«, fragte William.

»Er war ziemlich unauffällig. Sechzig, fünfundsechzig. Graues Haar, leicht gebeugte Haltung, mittelgroß und mit einem so dicken Akzent, dass man ihn hätte mit dem Messer schneiden können. Ehrlich gesagt, ein typischer Hatchards-Kunde.«

William lächelte. »Ich vermute, er hat Ihnen nicht seinen Namen genannt.«

»Nein. Er meinte, seine Kinder sollten nicht mitbekommen, dass er die Absicht habe, ein Familienerbstück zu verkaufen.«

»Aber Sie mussten ihm einen Scheck ausstellen.«

»Unter normalen Umständen, ja. Aber er bestand auf Barzahlung. Er kam nur wenige Minuten vor Ladenschluss und dürfte also gewusst haben, dass unsere Ladenkasse voll war.«

»Wie viel würde eine unsignierte Ausgabe aller sechs Bände einbringen?«

»Etwa einhundert Pfund, sofern jeder Band noch seinen Schutzumschlag hätte.«

»Und eine signierte Ausgabe?«

»Dreihundert, vielleicht auch dreihundertfünfzig, wenn die Bände in makellosem Zustand sind.«

»Darf ich fragen, wie viel Sie für Ihre Ausgabe bezahlt haben?«

»Zweihundertsechzig Pfund.«

»Also hat sich unser Mann wahrscheinlich für etwa einhundert Pfund eine unsignierte Ausgabe besorgt, die sechs Unterschriften hinzugefügt und einen Gewinn von einhundertsechzig Pfund gemacht. Nicht gerade der große Eisenbahnraub«, sagte William.

»Ich stimme Ihnen zu«, sagte Giddy, der die Bemerkung ganz offensichtlich nicht für amüsant hielt. »Aber wenn einer unserer Kunden herausfinden sollte, dass wir ihm eine Fälschung verkauft haben, würden wir unseren Titel als Hoflieferant verlieren.«

William nickte. »Glauben Sie, er wird noch einmal zurückkommen?«

»Auf keinen Fall. Er würde es nicht riskieren, dieselbe Aktion in derselben Buchhandlung erneut durchzuziehen. Offen gestanden gibt es so viele Buchhändler, dass er noch über Jahre hinweg damit weitermachen kann.«

»Wo sollte ich Ihrer Meinung nach dann beginnen?«

»Ich kann Ihnen eine Liste aller Buchhandlungen geben, die sich auf signierte Erstausgaben spezialisiert haben«, sagte Giddy, öffnete eine Schublade seines Schreibtischs und reichte ihm mehrere zusammengeheftete Seiten.

»Danke«, sagte William, während er die Blätter durchsah.

»Machen Sie sich keine Sorgen. Im Umkreis von nur einer Meile liegen bereits ein Dutzend davon. Mindestens«, sagte der Geschäftsführer, als er William zum Fahrstuhl begleitete.

Detective Constable Warwick verbrachte den Rest des Tages damit, von einer Buchhandlung zur nächsten zu ziehen, und es dauerte nicht lange, bis er herausgefunden hatte, dass der Fälscher ein fleißiger Kerl war. Wenn er nicht selbst gerade einkaufte, war er mit dem Verkauf beschäftigt. Es war genau die Art von Heimindustrie, welche die Regierung so eifrig ermutigte.

In jeder Buchhandlung versicherte man, ihn zu informieren, sollte ein Mann, auf den die Beschreibung zutraf, versuchen, eine weitere signierte Ausgabe von Churchills *Geschichte des Zweiten Weltkriegs* anzubieten, doch alle waren sich einig mit Giddy, dass der Betrüger wohl kaum ein zweites Mal auftauchen würde.

»Sollte er sich doch melden, rufen Sie mich bitte bei Scotland Yard an unter der Nummer 230 1212. Mein direkter Anschluss hat die Nummer 2150«, sagte William jedes Mal, bevor er zur nächsten Buchhandlung weiterging.

Erst als sich um sechs Uhr abends die letzte Tür hinter ihm schloss, machte er Schluss. Er nahm die U-Bahn bis zur Haltestelle Victoria und joggte dann den ganzen Weg bis zu seiner Wohnung in Pimlico. Er duschte rasch und zog sich um, wobei er sich ungewöhnlich lange Zeit nahm für die Frage, was er anziehen sollte. Schließlich entschied er sich für einen blauen Blazer, ein kragenloses weißes Hemd und eine graue Hose, verzichtete jedoch darauf, seine alte Schulkrawatte zu tragen.

Als er die Tür hinter sich schloss, wurde ihm klar, dass er ein Taxi nehmen musste, wenn er nicht zu spät kommen wollte – eine Ausgabe, die Mrs. Walters gar nicht gutgeheißen hätte. Das Taxi setzte ihn so pünktlich vor dem Elena's in der Fulham Road ab, dass ihm noch sieben Minuten blieben.

»Das ist eine ganz besondere Verabredung für mich, Gino«, sagte William, nachdem sich ihm der Oberkellner vorgestellt hatte. »Genau genommen ist es sogar meine erste überhaupt mit dieser Dame. Deshalb könnte ich Ihre Hilfe gebrauchen.«

»Überlassen Sie alles mir, Mr. Warwick. Ich habe Ihnen eine besonders ruhige Ecke gegeben.«

»O mein Gott, da ist sie ja schon«, flüsterte William.

»Ah, Signora«, sagte Gino, deutete eine Verbeugung an und nahm ihre Hand. »Mr. Warwick ist bereits eingetroffen und sitzt an seinem üblichen Tisch.«

William sprang auf und versuchte, die junge Frau nicht anzustarren. Sie trug ein einfaches gelbes, schulterfreies Kleid, das ihr bis knapp unter die Knie reichte, dazu einen hellgrünen Seidenschal und eine Jadehalskette, um die Kombination zu vervollkommnen.

Gino zog den Stuhl für sie heran, während William wartete, bis Beth sich gesetzt hatte.

»Kommst du oft hierher?«, fragte Beth, nachdem sie es sich auf ihrem Stuhl bequem gemacht hatte.

»Nein, das ist das erste Mal. Ein Freund hat mir das Lokal empfohlen.«

»Aber der Kellner sagte ...«

»Ich bin ihm vor fünf Minuten zum ersten Mal begegnet«, gestand William, als Gino erneut erschien und ihnen die Speisekarten reichte. Beth lachte.

»Nun, Mr. Warwick, nehmen Sie heute wieder Ihr übliches Getränk?«

»Und was ist mein übliches Getränk?«, fragte William. Gino wirkte verwirrt, bis William hinzufügte: »Beth weiß, dass ich noch nie hier war. Was würden Sie empfehlen?«

»Für die wunderschöne Signora ...«

»Gino, übertreiben Sie's nicht.«

»Finden Sie etwa nicht, dass sie wunderschön ist?«

»O doch, durchaus. Aber ich will nicht, dass sie davonläuft, bevor wir auch nur den ersten Gang hatten.«

Beth sah von ihrer Speisekarte auf. »Keine Sorge, ich laufe schon nicht davon. Na ja, höchstens nach dem zweiten Gang.«

»Und welches Getränk darf ich der Signora bringen?«

»Ein Glas Weißwein, bitte.«

»Wir nehmen eine Flasche Frascati«, sagte William, der sich an den Wein erinnerte, den sein Vater oft bestellte, obwohl er keine Ahnung hatte, wie viel er kosten würde.

Nachdem Gino ihre Bestellung entgegengenommen hatte, fragte Beth: »Nennt man dich normalerweise William oder Bill?«

»William.«

»Arbeitest du im Kunstbetrieb, oder bist du nur verrückt nach Galerien?«

»Beides. Schon seit ich ein kleiner Junge war, bin ich verrückt nach Galerien, und jetzt arbeite ich in der Abteilung für Kunst und Antiquitäten bei Scotland Yard.«

Beth schien einen Augenblick zu zögern, bevor sie sagte: »Dann war dein Besuch im Fitzmolean einfach nur Teil deiner Arbeit?«

»Zuerst. Bis ich dich gesehen habe.«

»Du bist schlimmer als Gino.«

»Und du?«, fragte William.

»Nein, ich bin nicht schlimmer als Gino.«

»Nein, ich meinte …«, begann William, der sich schmerzlich bewusst wurde, wie lange seine letzte Verabredung schon zurücklag.

»Ich weiß, was du gemeint hast«, neckte ihn Beth. »Ich habe Kunstgeschichte in Durham studiert.«

»Hab ich's doch gewusst, dass ich auf die falsche Universität gegangen bin.«

»Wo warst du denn?«, fragte sie, als Gino mit zwei heißen Schalen Stracciatella erschien.

»Am King's. Ebenfalls Kunstgeschichte. Und nach Durham?«

»Bin ich nach Cambridge und habe über Rubens in seiner Eigenschaft als Diplomat promoviert.«

»Ich hätte fast über Caravaggio in seiner Eigenschaft als Krimineller promoviert.«

»Was erklären würde, warum du schließlich zur Polizei gegangen bist.«

»Und du bist nach dem Studium gleich zum Fitzmolean gekommen?«

»Ja, es war meine erste Arbeit nach Cambridge. Und es dürfte gestern Abend auf peinliche Weise deutlich geworden sein, dass das mein erster Versuch einer Führung war.«

»Du warst brillant.«

»Ich bin gerade so zurechtgekommen, was offensichtlich werden wird, wenn du nächste Woche zu Knox' Vortrag gehst.«

»Ich kann mir gar nicht vorstellen, was es heißt, im letzten Augenblick für seinen Chef einspringen zu müssen.«

»Es war entsetzlich. Darf ich dich fragen, ob ihr im Fall meines gestohlenen Rembrandt weitergekommen seid?«

»Deines Rembrandt?«

»Ja. Na ja, eigentlich ist jeder im Fitzmolean schrecklich besitzergreifend, wenn es um dieses Gemälde geht.«

»Das kann ich gut verstehen. Aber ich fürchte, nach sieben Jahren sind alle Spuren kalt.«

»Du kannst unmöglich während der vergangenen sieben Jahre an diesem Fall gearbeitet haben.«

»Ich bin seit sieben Wochen dabei«, gestand William.

»Also kannst du davon ausgehen, dass der Rembrandt Ende nächsten Monat wieder an Ort und Stelle hängt.«

Beth lachte nicht. »Ich möchte immer noch daran glauben, dass er irgendwo da draußen ist und am Ende der Galerie zurückgegeben wird.«

»Ich würde dir gerne zustimmen«, sagte William, als Gino die leeren Schalen abtrug. »Aber niemand in unserer Abteilung stimmt mir zu.«

»Glauben deine Kollegen, dass das Bild zerstört wurde?«, fragte Beth. »Es will mir einfach nicht in den Kopf, dass jemand so ein Banause sein könnte.«

»Nicht einmal, wenn es bedeuten würde, dass sich der Täter damit mehrere Jahre Gefängnis ersparen kann?«

»Soll das heißen, du weißt, wer ihn gestohlen hat?«

William antwortete nicht. Er war erleichtert, dass Gino mit dem Hauptgang kam.

»Bitte entschuldige«, sagte Beth. »Ich hätte nicht fragen sollen. Aber wenn es irgendetwas gibt, womit ich dir helfen kann, dann lass es mich bitte wissen.«

»Es gibt tatsächlich eine Sache, in der du mir einen Rat geben könntest. Wir sind kürzlich auf eine hervorragende Kopie des Bildes gestoßen, und ich habe mich gefragt, ob du jemanden kennst, der sich auf so etwas spezialisiert hat.«

»Das ist nicht mein Gebiet«, gab Beth zu. »Ich beschäftige mich mit toten Künstlern, und auch dann nur, wenn sie Holländer oder Flamen waren. Aber ich nehme an, dass du die Fake Gallery in Notting Hill bereits besucht hast?«

»Ich habe noch nie davon gehört«, sagte William und führte auf der Suche nach seinem Notizbuch die Hand an die Tasche seines Jacketts, denn er hatte ganz vergessen, dass er nicht im Dienst war.

»Sie haben eine Reihe von Künstlern, die für sie arbeiten und die eine Kopie jedes toten oder lebenden Meisters anfertigen können, den du dir vorstellen kannst.«

»Ist das überhaupt legal?«

»Ich habe keine Ahnung. Das fällt in dein Fachgebiet«, sagte Beth grinsend, »Aber wenn du nicht jede wache Stunde damit verbringst, meinen Rembrandt zu finden, dann wirst du wahrscheinlich damit beschäftigt sein, einige wirklich große Verbrechen aufzuklären.«

»Genau. Mit dem Diebstahl einer kleinen Phiole Mondstaub und mehreren signierten Ausgaben von Winston Churchills *Geschichte des Zweiten Weltkriegs*.«

»Darfst du mir mehr darüber erzählen?«

Beth konnte kaum aufhören zu lachen, als William ihr von Dr. Talbot und dem amerikanischen Staatssekretär berichtete. Sie hatte sogar einen Vorschlag, als er über den Betrug mit den signierten Exemplaren von Winston Churchill sprach.

»Vielleicht solltest du nach einer unsignierten Edition Ausschau halten, um deinem Fälscher so einen Schritt voraus zu sein.«

»Gute Idee«, sagte William. Er würde ihr nicht verraten, dass er genau das den ganzen Tag lang getan hatte. »Vielleicht sollten wir uns regelmäßig treffen, und du hättest Detective werden sollen.«

»Und du solltest eindeutig Vorträge am Fitzmolean halten.«

Beide lachten.

»Erste Verabredungen machen einen immer schrecklich verlegen«, sagte William.

»Ist das eine erste Verabredung für uns?«, fragte Beth und schenkte ihm ein warmherziges Lächeln.

»Ich hoffe es.«

»Kaffee?«, fragte Gino.

William fiel gar nicht auf, wie die Zeit verging, bis Beth flüsterte: »Ich glaube, die Kellner wollen nach Hause.«

Er sah sich um und erkannte, dass sie die beiden letzten Gäste im Restaurant waren. Rasch bat er um die Rechnung.

»Wohnst du in der Nähe?«, fragte er.

»In Fulham. Ich teile mir die Wohnung mit jemandem. Aber mach dir keine Sorgen, ich kann den Bus nehmen.«

»Eine Busfahrkarte kann ich mir nicht leisten«, sagte William, nachdem er einen Blick auf die Rechnung geworfen hatte. »Vielleicht könnte ich dich ja zu Fuß nach Hause begleiten?«

»Ich hoffe, wir dürfen Sie bald wieder begrüßen, Signora«, sagte Gino, der ihnen die Tür aufhielt.

»Ich habe mich noch nicht entschieden«, sagte Beth und erwiderte sein Grinsen.

William nahm ihre Hand, als sie die Straße überquerten, und sie hörten nicht auf, über alles und nichts zu plaudern, bis sie Beths Haus erreicht hatten, wo er sich vorbeugte und sie auf die Wange küsste. Als sie den Schlüssel ins Schloss schob, fragte er: »Würdest du gerne mit mir in die Fake Gallery kommen?«

»Sind Sie jemals außer Dienst, Detective Constable Warwick?«, fragte sie.

»Nicht, solange noch die geringste Chance besteht, Ihren Rembrandt zu finden, Miss Rainsford.«

9

Die Regel war ganz einfach. Wenn das Telefon klingelte, nahm man den Anruf entgegen, genauso wie man das vorderste Taxi in einer Reihe nahm. Man schrieb die Einzelheiten nieder und gab DCI Lamont eine Zusammenfassung, der entschied, wer aus der Gruppe den Fall übernehmen würde, vorausgesetzt es gab überhaupt einen Fall, der zu übernehmen war.

Ziemlich oft kam der Anruf nämlich von einem Bürger, dem ein Familienerbstück gestohlen worden war und der wissen wollte, was die Polizei zu unternehmen gedachte. Dann musste man ihm erklären, dass die meisten Einbrüche ein Fall für die Polizei vor Ort waren, denn die Abteilung für Kunst und Antiquitäten umfasste nur vier Beamte, die nicht bei jeder Anfrage Ermittlungen aufnehmen konnten. Immer wieder erinnerte Commander Hawksby seine Mitarbeiter daran, dass für eine alte Dame, der ihre viktorianische Brosche abhandengekommen war, ein solcher Verlust dem Verschwinden der Kronjuwelen gleichkam und ein solches Gespräch für viele Anrufer der einzige direkte Kontakt mit der Polizei wäre.

»Wenn Sie den Hörer auflegen«, sagte er zu William, »sollten Sie sich von einem glücklichen und zufriedenen Anrufer verabschieden und nicht von jemandem, der den Eindruck haben muss, dass die Polizei nicht auf seiner Seite ist.«

William nahm den Hörer ab.

»Es tut mir leid, Sie zu belästigen«, sagte eine kultivierte Stimme. »Ich kann nur hoffen, dass ich Ihre Zeit nicht verschwende.«

»Wenn Sie davon überzeugt sind, dass ein Verbrechen begangen wurde«, sagte William, »dann verschwenden Sie meine Zeit nicht.«

»Genau das ist das Problem. Ich bin nicht sicher, ob ein Verbrechen begangen wurde, aber da scheint irgendetwas faul zu sein.«

William lächelte über den vorsichtigen Ausdruck. »Könnten wir vielleicht damit beginnen, dass Sie mir Ihren Namen sagen, Sir?«, fragte er und griff nach einem Stift, wobei er sich bewusst war, dass die Hälfte der Anrufer nach dieser Frage bereits auflegte.

»Jeremy Webb. Ich arbeite für die London Silver Vaults in der City. Vielleicht haben Sie ja schon von uns gehört.«

»Mein Vater hat mich einmal zur Mitte des Schuljahres dahin mitgenommen, um meiner Mutter ein Geburtstagsgeschenk zu kaufen. Ich habe es nie vergessen. Es muss mindestens mehrere Dutzend Verkaufsstände gegeben haben, dicht an dicht ...«

»Es sind siebenunddreißig Geschäfte«, sagte Webb. »Ich bin der diesjährige Präsident der London Silver Vaults Association, was auch der Grund ist, warum ich anrufe. Mehrere unserer Mitglieder haben mich auf ein mögliches Problem angesprochen.«

»Auf welche Art von Problem?«, fragte William. »Lassen Sie sich Zeit, Mr. Webb, und zögern Sie nicht, auf alle Details einzugehen, auch wenn sie Ihnen noch so unbedeutend erscheinen.«

»Danke«, sagte Webb. »Die LSVA besteht aus einer Gruppe assoziierter Mitglieder, deren wesentliche Aktivität im An- und Verkauf von Silber besteht. Dabei kann es sich um alles Mögliche handeln, von einem viktorianischen Teelöffel bis zu einem monumentalen Tafelaufsatz für den Tisch in einem Speisesaal. Wie Sie sicher wissen, muss Silber von der zuständigen Behörde geprüft und mit einem Feingehaltsstempel versehen werden, bevor es als ›Sterlingsilber‹ bezeichnet werden darf. Kein Sammler, der etwas auf sich hält, würde je auf den Gedanken kommen, einen Gegenstand ohne offiziellen Prägestempel zu kaufen.«

Noch hielt William den Stift in der Hand, ohne etwas zu notieren. Mr. Webb würde schon noch zum entscheidenden Punkt kommen.

»Im Laufe des letzten Monats wurden die Vaults regelmäßig von einem Gentleman aufgesucht, der sich ausschließlich für Silber interessierte, das mindestens einhundert Jahre alt ist. Er schien sich nicht dafür zu interessieren, ob es dabei um eine Gedenkmünze zur Krönung von George V. ging oder um eine Schultrophäe für Weitsprung. Einer der vier Prägestempel betrifft das Jahr der Herstellung des Objekts, und mehreren meiner Kollegen ist aufgefallen, dass der Gentleman jedes Mal das Alter mit einer *loupe* überprüft, bevor er irgendein Interesse an dem Gegenstand selbst erkennen lässt.«

»Mit einer *loupe*?«

»Entschuldigen Sie«, sagte Webb. »Das ist ein kleines Vergrößerungsglas, das häufig von Juwelieren und Uhrmachern benutzt wird.«

»Verstehe«, sagte William, obwohl ihm immer noch nicht klar war, wo das Ganze hinführen sollte.

»Und es gab noch einen weiteren Grund, warum meine Kollegen misstrauisch wurden: Er bezahlt stets in bar.«

»Große Scheine?«

»Nein. Auf die sind wir ganz besonders aufmerksam, nachdem das Schatzamt jüngst seine Direktiven hinsichtlich Geldwäsche ausgegeben hat. Hört sich das alles schlüssig für Sie an, Officer?«

»Durchaus, Mr. Webb. Kennen Sie den Namen des Gentleman?«

»Genau das ist der Punkt«, sagte Webb. »Wir lassen uns von jedem Kunden Name und Adresse geben, doch dieser Herr hat uns mehrere verschiedene Namen und niemals dieselbe Adresse genannt.«

Plötzlich war William sehr viel interessierter. »Hat irgendein Besitzer Ihrer Verkaufsstände eine Vermutung, um wen es sich handeln könnte?«

»Einer unserer Händler meint, er habe ihn wiedererkannt, sei jedoch nicht sicher, von woher. Er behauptet, er könne sich nicht an den Namen erinnern.«

»Sie sagen ›behauptet‹. Anscheinend sind Sie nicht vollkommen überzeugt davon.«

»Vor ein paar Jahren wurde dieser Mann wegen des Handels mit gestohlenen Waren zu sechs Monaten Gefängnis verurteilt. Sein Bewährungshelfer bat uns, ihm eine zweite Chance zu geben, was wir – widerwillig – taten. Aber wir haben ihm klargemacht, dass er von unserer Gesellschaft ausgeschlossen würde, sollte er jemals wieder mit dem Gesetz in Konflikt kommen.«

»Wie heißt er?«

»Ken Appleyard.«

William notierte sich den Namen. »Und haben Sie, Mr.

Webb, aufgrund Ihrer Erfahrung auf diesem Gebiet eine Theorie, warum unser geheimnisvoller Herr so viel altes Silber kauft?«

»Zunächst dachte ich an Geldwäsche, aber er kam immer wieder. Und sofern er kein wirklich dummer Mensch ist, ergibt das keinen Sinn. Dann habe ich mich gefragt, ob er das Silber einschmilzt, aber das klang auch nicht überzeugend, weil der Silberpreis in letzter Zeit gefallen ist. Deshalb bin ich, wie ich gestehen muss, vollkommen verwirrt. Meine Kollegen im Vorstand waren jedoch der Ansicht, dass Sie informiert werden sollten, sodass wir auf der sicheren Seite sind.«

»Ich bin Ihnen wirklich dankbar, Mr. Webb. Ich werde meinen Vorgesetzten über Ihre Bedenken informieren und mich möglicherweise wieder direkt bei Ihnen melden.«

Nachdem William aufgelegt hatte, schrieb er jedoch nicht sofort eine Zusammenfassung für Lamont, sondern nahm den Aufzug ins erste Untergeschoss, wo sich der nationale Polizeicomputer befand. Ein Police Constable, der sogar noch jünger als William aussah, gab den Namen »Ken Appleyard« ein, und wenige Augenblicke später wurde dessen Vorstrafenregister ausgedruckt. Es bestätigte, dass Appleyard sechs Monate für den Handel mit gestohlenen Waren erhalten hatte, doch William konnte erfreut feststellen, dass es seit der Entlassung des Mannes zu keiner weiteren Verurteilung gekommen war; er hatte nicht einmal einen Strafzettel wegen Falschparkens bekommen.

William ging mit dem Ausdruck in sein Büro zurück. Lamont war gerade am Telefon, doch er winkte William auf einen Stuhl neben sich. William wusste, dass sein Vorgesetzter bei einer Ermittlung von Interpol mitwirkte, die einen Ring von Diamantschmugglern betraf, die aus Ghana und

Dubai heraus operierten. Sobald Lamont aufgelegt hatte, wandte er sich William zu, um zu hören, was sein junger Kollege ihm zu sagen hatte.

»Was hat er Ihrer Ansicht nach vor, Chef?«, fragte William, nachdem er seinen Bericht abgeschlossen hatte.

»Ich habe keine Ahnung. Auf jeden Fall sollten Sie zuerst herausfinden, wer der Unbekannte ist, denn solange wir das nicht wissen, tappen wir auch weiterhin im Dunkeln.«

»Womit soll ich anfangen?«

»Mit dem einzigen Hinweis, den Sie haben. Besuchen Sie die Silver Vaults, und sprechen Sie mit Appleyard. Aber gehen Sie behutsam vor. Er dürfte empfindlich sein, was seine Zeit im Gefängnis betrifft, besonders wenn Kollegen von ihm in der Nähe sind. Versuchen Sie, wie ein Kunde auszusehen, nicht wie ein Polizist.«

»Verstanden, Sir.«

»Und, William, warum haben Sie den Churchill-Fälscher bisher noch nicht dingfest gemacht?«

»Er ist abgetaucht, Sir. Aber sobald er wieder in Erscheinung tritt, werde ich ihn mir schnappen und ihm ohne zu zögern die Daumenschrauben anlegen.«

Lamont lächelte und widmete sich wieder seinen Diamantschmugglern.

William wusste genau, wo die Silver Vaults waren. Doch bevor er das Büro verließ, rief er seinen Vater an und fragte ihn, ob er zum Lunch Zeit hätte, denn er wollte ihn um einen Rat bitten.

»Eine Stunde kann ich erübrigen«, antwortete Sir Julian, »aber mehr nicht.«

»Mehr Zeit steht mir ohnehin nicht zu, Dad. Oh, und ich

kann mich an der Rechnung nur mit zwei Pfund achtzig beteiligen.«

»Ich werde diesen Hungerlohn akzeptieren, obwohl es bedeutend weniger ist, als ich üblicherweise für eine Beratungsstunde berechne. Hol mich um eins vor dem Eingang zu Lincoln's Inn ab. Hinterher kannst du mir sagen, ob eure Kantine besser ist als unsere.«

William verließ Scotland Yard und nahm einen Bus in die City. Nach einem kurzen Gang die Chancery Lane hinauf betrat er die London Silver Vaults. An einer Wand im Empfangsbereich hing eine Liste der Eigentümer der jeweiligen Verkaufsstände. Mr. K. Appleyard hatte die Nummer 23.

William nahm die breite Treppe ins Untergeschoss, wo er einen langen Saal betrat, in dem sich rechts und links dicht an dicht die einzelnen Verkaufsstände befanden. Er hätte gerne innegehalten und sich mehrere ausgezeichnete Stücke, die ihm ins Auge fielen, genauer angesehen, aber er ließ sich nicht von seiner Suche nach Stand 23 ablenken.

Appleyard war gerade damit beschäftigt, einem Kunden eine Zuckerdose zu zeigen, als William seinen Namen über dem Verkaufsstand erkannte. Er blieb vor dem Händler gegenüber stehen, griff nach einem silbernen Pfefferstreuer in Form einer Suffragette. Das ideale Weihnachtsgeschenk für Grace, dachte er. Er wollte eben nach dem Preis fragen, als Appleyards Kunde weiterzog, weshalb er zu dessen Stand auf der anderen Seite des Gangs schlenderte.

»Guten Morgen, Sir. Suchen Sie etwas Besonderes?«

»Eher jemanden«, sagte William leise und zeigte dem Händler seine Dienstmarke.

»Ich habe nichts Unrechtes getan«, sagte Appleyard in empörtem Ton.

»Das behauptet auch niemand. Ich möchte Ihnen nur einige Fragen stellen.«

»Geht es um diesen Typen, der altes Silber kauft?«

»Mit einem Schuss ins Schwarze getroffen.«

»Da gibt es nicht viel, was ich Ihnen erzählen kann. Ich habe ihn in Belmarsh getroffen, aber ich kann mich nicht mehr an seinen Namen erinnern. Ich habe mich viele Jahre lang bemüht, diese Zeit zu vergessen, und nicht, sie ständig präsent zu halten.«

»Das kann ich durchaus verstehen«, sagte William. »Aber es wäre eine große Hilfe, wenn Sie sich wenigstens an überhaupt irgendetwas an diesem Mann erinnern könnten – Alter, Größe, irgendwelche Auffälligkeiten.«

Appleyard starrte ins Nichts, als versuchte er, sich den Mann vor sein geistiges Auge zu rufen. »Rasierter Schädel. Fünfzig, fünfundfünfzig. Über eins achtzig groß.«

»Wissen Sie, warum er gesessen hat?«

»Keine Ahnung. Es gibt eine goldene Regel im Knast: Frag niemals einen anderen Gefangenen, warum er drin ist, und rede nicht darüber, warum du drin bist.« William beschloss, sich diese Information zu merken. Appleyard schwieg einen Augenblick. Dann fügte er hinzu: »Er hatte eine kleine Tätowierung auf seinem rechten Unterarm, ein Herz, durch das sich eine Schriftrolle mit dem Namen ›Angie‹ zog.«

»Das ist eine große Hilfe, Mr. Appleyard«, sagte William und reichte ihm seine Karte. »Rufen Sie mich bitte an, wenn Ihnen noch etwas einfällt.«

»Es wird hoffentlich nicht nötig sein, dass meine Kollegen von Ihrem Besuch erfahren?«

»Ich bin einfach nur irgendein Kunde«, sagte William, schlenderte wieder zurück zum Stand gegenüber und fragte, was der Suffragetten-Pfefferstreuer kostete. Einen Wochenlohn.

Zahllose Uhren begannen zu läuten und erinnerten William daran, dass er in fünfzehn Minuten seinen Vater treffen würde. Er wusste, dass sein alter Herr bereits mit dem ersten Gang beginnen würde, wenn er nicht pünktlich war.

Er rannte die Treppe hinauf und hinaus auf die Straße und rannte auch dort immer weiter. Genau vier Minuten vor eins erreichte er das Eingangstor von Lincoln's Inn und sah, wie sein Vater von der anderen Seite des Platzes her mit zügigen Schritten auf den Hauptsaal zuging.

»Was führt dich in diese Gegend?«, fragte Sir Julian seinen Sohn, während er ihn durch einen langen Flur führte, der mit den Porträts bedeutender Richter geschmückt war.

»Beides, Geschäft und Vergnügen. Ich erzähle es dir beim Essen. Aber zunächst, wie geht es Mum?«

»Ihr geht es gut. Sie lässt dich grüßen.«

»Und Grace?«

»So verrückt wie immer. Sie verteidigt einen Rastafari, der fünf Ehefrauen und vierzehn Kinder hat. Er behauptet, Mormone zu sein, weshalb das Gesetz gegen Polygamie auf ihn angeblich nicht zutrifft. Natürlich wird sie den Prozess verlieren, aber das ist nichts Neues.«

»Vielleicht wird sie dich eines Tages überraschen«, sagte William, als sie den Speisesaal betraten.

»Hier herrscht Selbstbedienung, also hol dir ein Tablett«, sagte sein Vater, als hätte er ihn nicht gehört. »Das Fleisch solltest du unbedingt meiden. Der Salat ist normalerweise sicher.«

William entschied sich für eine Wurst mit Kartoffelbrei und einen mit einer Sirupmasse überzogenen Kuchen, dann gingen die beiden zur gegenüberliegenden Seite des Saals.

»Soll das ein Treffen zweier Familienmitglieder werden, oder suchst du tatsächlich meinen Rat?«, fragte Sir Julian, als er nach dem Salzstreuer griff. »Denn ich verlange einhundert Pfund pro Stunde, und die Zeit läuft bereits.«

»Du wirst es mir von meinem Taschengeld abziehen müssen, denn es gibt da ein paar Dinge, zu denen ich gerne deine Ansichten hören würde.«

»Schieß los.«

William verbrachte einige Zeit damit, seinem Vater zu beschreiben, warum er an diesem Vormittag die in der Nähe gelegenen Silver Vaults aufgesucht hatte.

»Faszinierend«, sagte sein Vater, als William das Ende seiner Geschichte erreicht hatte. »Du musst also herausfinden, wer der mysteriöse Käufer ist und warum er über einhundert Jahre altes Silber einschmilzt.«

»Wobei wir nicht einmal sicher sein können, dass er das tatsächlich tut.«

»Was sonst? Es sei denn, er ist ein exzentrischer Sammler. Aber wenn er das wäre, würde er nicht verschiedene Namen und Adressen angeben.«

»Irgendwelche anderen Ideen, Dad?«

Sir Julian sprach erst wieder, nachdem er seine Suppe gegessen hatte. »Münzen«, sagte er. »Es muss um Münzen gehen.«

»Warum Münzen?«

»Weil es etwas sein muss, das beträchtlich wertvoller ist als das Silber für sich genommen, denn sonst hätte das Ganze keinen Sinn.« Sir Julian schob seine Suppenschale beiseite und begann, seinen Salat in Angriff zu nehmen. »Möchtest du sonst noch etwas wissen?«

»Bist du jemals einem Anwalt namens Booth Watson begegnet? Und wenn ja, was hältst du von ihm?«

»Das ist kein Name, den man in einer ehrenwerten Gesellschaft erwähnen sollte«, sagte Sir Julian und klang dabei zum ersten Mal ernst. »Er hat kein Problem damit, das Gesetz so sehr zu beugen, bis es fast bricht. Warum fragst du?«

»Ich bin dabei, mir einen seiner Mandanten genauer anzusehen«, begann William.

»Dann endet unsere Unterhaltung hier, denn ich habe kein Interesse daran, mit diesem Menschen vor Gericht zu erscheinen.«

»Das hört sich so gar nicht nach dir an, Dad. Du sprichst nur selten schlecht von deinen Kollegen.«

»Booth Watson ist kein Kollege. Wir haben nur zufällig denselben Beruf.«

»Warum reagierst du so heftig?«

»Alles begann, als wir noch in Oxford waren und er sich als Präsident der Law Society beworben hat. Offen gestanden war ich nur zu gerne bereit, jeden Kandidaten zu unterstützen, der gegen ihn antreten würde. Nachdem der Mann, für den ich mich eingesetzt hatte, gewählt worden war, gab Booth Watson mir die Schuld an seiner Niederlage, und seither haben wir nie wieder ein freundliches Wort gewechselt. Dort drüben sitzt er übrigens, auf der anderen Seite des Saals. Er isst allein, und das sagt dir schon alles. Sieh bloß nicht hin, sonst verklagt er dich wegen unerlaubter Annäherung.«

»Wen verteidigst du zurzeit?«, fragte William, um das Thema zu wechseln, doch er konnte der Versuchung nicht widerstehen, einen verstohlenen Blick durch den Saal zu werfen.

»Einen nigerianischen Stammeshäuptling, der seine Frau in kleine Stücke gehackt und die einzelnen Körperteile an seine Schwiegermutter geschickt hat.«

»Dann wird es dir wohl kaum gelingen, ihn rauszuhauen.«

»Absolut nicht, Gott sei Dank! Ich glaube, ich werde Mord überhaupt aufgeben. Agatha Christie hat gerade noch den Absprung geschafft.«

»Was meinst du damit?«

»Poirot musste sich nie mit DNA rumschlagen, wodurch es fast unmöglich geworden ist, eine vernünftige Verteidigung für einen Mandanten aufzubauen. Nein, in Zukunft werde ich mich auf Betrug und Verleumdung konzentrieren. Die Verfahren dauern länger, die zusätzlichen Anwaltshonorare sind höher, und man hat eine Chance von fünfzig zu fünfzig auf einen Sieg«, sagte er, bevor er sich den Mund mit einer Serviette abwischte.

William warf einen Blick auf seine Uhr. »Ich muss los.«

»Natürlich, aber sag mir zuerst, wie es um dein Privatleben steht, denn deine Mutter wird ganz sicher fragen.«

»Die Aussichten sind etwas besser geworden. Ich habe eine Frau kennengelernt, mit der es etwas Besonderes werden könnte. Tatsächlich treffe ich sie heute Abend wieder.«

»Darf ich es deiner Mutter erzählen?«

»Sag bloß kein Wort, denn sonst wird sie uns beide zum Lunch am Sonntag einladen, und ich habe es noch nicht geschafft, Beth auf diese ganz besondere Prüfung vorzubereiten.«

»Nichts verraten, auf Mutter warten«, sagte Sir Julian und lachte über seinen bescheidenen Reim.

Als sie den Speisesaal verließen, konnte William erneut nicht widerstehen und warf einen weiteren verstohlenen

Blick auf Booth Watson, der sich gerade einem Stück sirupüberzogener Torte widmete.

»Schön, dass wir uns getroffen haben«, sagte Sir Julian, als sie in den Hof vor den Gebäuden traten.

»Finde ich auch, Vater.« William lächelte, während er zusah, wie Sir Julian davonging. Es gab so viel, das er ihm verdankte.

10

Als William wieder im Yard war, berichtete er zuallererst seinem Vorgesetzten über seine Begegnung mit Appleyard.

»In allem, was er gesagt hat, gibt es ein Detail, das uns möglicherweise weiterhelfen könnte«, sagte Lamont. »Ist es Ihnen aufgefallen?«

»Die Tätowierung?«

»Volltreffer. Denn wenn Sie Angie finden, könnte sie uns zu dem Käufer führen.«

»Aber wir haben nichts als die Tätowierung.«

»Und die könnte bereits ausreichen.«

»Warum?«

»Versuchen Sie, wie ein Krimineller zu denken, mein Junge, und nicht wie ein Chorknabe«, sagte Lamont und lehnte sich auf seinem Stuhl zurück.

»Belmarsh«, sagte William nach kurzem Zögern.

»Damit sind Sie auf der richtigen Spur. Aber mit wem sollten Sie wohl in Belmarsh sprechen?«

»Dem Gefängnisdirektor?«

»Nein. Viel zu weit oben in der Hierarchie für das, was wir brauchen.«

William schien ratlos, und diesmal musste er warten, bis Lamont ihm zu Hilfe kam.

»Sie haben mir gesagt, dass Appleyard nur drei Wochen in Belmarsh war, bevor er nach Ford Open verlegt wurde.«

»Ja, Sir.«

»Während dieser Zeit standen ihm drei Besuche von außerhalb zu. Belmarsh – aus gutem Grund auch bekannt als Hellmarsh – ist das Gefängnis mit der höchsten Sicherheitsstufe im ganzen Land, weshalb jeder Besucher gründlich überprüft wird, um zu verhindern, dass er Drogen hereinschmuggelt oder ein Arrangement für die Beseitigung eines Zeugen vor dem Gerichtstermin trifft. Also sollten Sie herausfinden, ob jemand mit dem Namen Angie jemanden in Belmarsh besucht hat, während der Zeit, in der Appleyard dort war. Sollte das der Fall sein, müsste das Gefängnis ihre Personalien in seinen Unterlagen haben.«

»Hoffen wir nur, dass sie noch immer seine Freundin ist.«

»Das sollte kein Problem sein. Eine Tätowierung ist für einen verurteilten Kriminellen das, was für Sie und mich ein Ring ist: ein Zeichen, dass man gebunden ist. Außerdem haben wir nichts anderes, machen wir uns nichts vor. Sprechen Sie mit dem leitenden Beamten, der für die Besuche zuständig ist. Sein Name ist Leslie Rose. ›Sir‹ für Sie. Und vergessen Sie nicht, ihm meine Grüße auszurichten.«

William kehrte an seinen Schreibtisch zurück und suchte die Nummer des zuständigen Beamten heraus. Als die Verbindung stand, bellte eine Stentorstimme am anderen Ende der Leitung: »Rose.«

»Guten Tag, Sir. Mein Name ist DC Warwick. Mein Vorgesetzter, Detective Chief Inspector Lamont, hat mir nahegelegt, Sie anzurufen.«

»Blöder Wichser.«

»Pardon, Sir?«

»Jeder Idiot, der glaubt, Arsenal könnte jemals die Meisterschaft gewinnen, ist ein blöder Wichser. Was kann ich für Sie tun, Detective Constable?«

»Sie hatten 1981 einen Gefangenen namens Appleyard in Belmarsh. Ken Appleyard. Er war nur drei Wochen bei Ihnen, zwischen dem neunten und dem dreißigsten April, bevor er nach Ford Open verlegt wurde.«

»Was ist mit ihm?«

»Während seiner Zeit bei Ihnen hat ein anderer Gefangener, an dessen Namen er sich nicht erinnern kann …«

»Oder nicht erinnern will.«

»… möglicherweise einen Besuch von seiner Freundin bekommen, die, soweit wir wissen, Angie heißt.«

»Warum sind Sie so sicher?«

»Appleyard weiß noch, dass der Mann eine Tätowierung auf dem rechten Arm trug. Eine Schriftrolle mit dem Namen ›Angie‹ darauf, die sich durch ein rotes Herz zieht.«

»Saubere Ermittlungsarbeit, junger Mann. Das wird nicht einfach, aber ich werde mich wieder bei Ihnen melden.«

»Vielen Dank, Sir.«

»Grüßen Sie Bruce von mir. Sagen Sie ihm, dass am Samstag keine Hoffnung besteht.«

»Keine Hoffnung worauf, Sir?«

»Dass Arsenal die Spurs besiegt.«

»Dann sind Sie ein Fan von Tottenham Hotspur?«

»Wie ich sehe, wirbt man bei Scotland Yard noch immer die schlauesten Köpfe des ganzen Landes an. Was ist Ihre Mannschaft?«

»Fulham, Sir. Und ich darf anmerken, dass Sie uns in letzter Zeit nicht geschlagen haben.«

»Und ich darf anmerken, Constable, dass dies nur daran liegt, dass wir seit mehreren Jahren nicht mehr gegen Fulham gespielt haben und wir das wohl auch kaum tun werden, solange Ihre Mannschaft in der zweiten Liga rumhängt.« Aus der Leitung erklang das typische Summen.

William verbrachte den Rest des Nachmittags damit, seinen Bericht über das Treffen mit Appleyard und die Unterhaltung mit Senior Officer Rose aus Belmarsh zu schreiben. Er entschied sich dafür, die Beleidigungen und die Bezugnahme auf Arsenal wegzulassen, und legte die bereinigte Version kurz nach halb sechs Uhr abends auf DCI Lamonts Schreibtisch.

Er hatte die Absicht, um kurz vor sechs zu gehen, sodass er pünktlich zu Tim Knox' verschobenem Vortrag käme; danach wollte er mit Beth zu Abend essen.

William wollte das Büro gerade verlassen, als das Telefon klingelte. DS Roycroft nahm ab.

»Es ist für Sie, Bill«, sagte sie und legte das Gespräch auf Williams Apparat. Er lächelte, denn er erwartete, die muntere Stimme von Senior Officer Rose am anderen Ende der Leitung zu hören.

»Detective Constable Warwick?«, fragte eine Stimme, die kaum zu verstehen war.

»Ja. Wer ist denn dran?«

»Mein Name ist Martin. Ich arbeite bei John Sandoe Books in Chelsea. Letzte Woche haben Sie unsere Buchhandlung aufgesucht. Ihr Mann ist wieder da, aber diesmal sucht er nach einer Erstausgabe von Dickens.«

William reckte die Hand nach oben zum Zeichen, dass jeder andere verfügbare Beamte den Hörer seines Anschlusses ebenfalls abheben sollte, um das Gespräch mitzuhören.

»Könnten Sie mir noch einmal Ihre Adresse mitteilen?«

»Blacklands Terrace, in unmittelbarer Nähe der King's Road.«

»Halten Sie ihn irgendwie auf«, sagte William. »Ich bin schon unterwegs.«

»Draußen steht ein Einsatzfahrzeug für Sie bereit«, sagte Lamont, als er den Hörer auflegte. »Also los!«

William stürmte aus dem Büro, rannte die Treppe hinab, indem er zwei Stufen auf einmal nahm, und als er durch die Eingangstür des Gebäudes eilte, sah er dort ein Fahrzeug mit laufendem Motor und offener Beifahrertür. Der Fahrer startete mit Blaulicht und heulender Sirene, noch bevor William auch nur die Tür geschlossen hatte.

»Dave Collins«, sagte der Fahrer und streckte William die linke Hand hin. Seine andere blieb am Lenkrad, während er beschleunigte. Offensichtlich musste man ihm nicht erst sagen, wohin es ging.

»William Warwick«, sagte William, der davon ausging, dass ein Kollege, der sich ihm nicht mit seinem Rang vorstellte, wahrscheinlich ein Constable war. Aber eigentlich betrachteten sich die meisten Fahrer der Met als eine Klasse für sich und die Hauptstadt als eine Formel-1-Rennstrecke, deren Schwierigkeitsgrad durch die Fußgänger gesteigert wurde.

Collins bog in die Victoria Street ein, wo er sich auf dem Weg in Richtung Parliament Square durch den Feierabendverkehr schlängelte. Als er am Parlament vorbeikam, überfuhr er eine rote Ampel. Obwohl William zuvor schon ein paarmal mit Blaulicht gefahren war, fühlte er sich immer noch wie ein Schuljunge, dessen wildeste Träume Wirklichkeit wurden, als Pkw, Kleintransporter, Lastwagen und Busse an die Seite fuhren, um ihnen freie Bahn zu schaffen. Während sie sich der Ampel bei der Chelsea Bridge näherten, wurde Collins langsamer und ignorierte das Abbiegeverbot nach rechts, wodurch er ihre Strecke um mehrere Minuten verkürzte. Er beschleunigte wieder auf der Chelsea Bridge Road in Richtung Sloane Street, wo zur Hauptgeschäftszeit immer besonders viel Verkehr herrschte. Er erreichte die Ampel an der Sloane Street gerade, als diese auf Rot schaltete, und wechselte, ohne langsamer zu werden, auf die Busfahrbahn. Als sie nach links in Richtung Peter Jones abbogen und der King's Road folgten, schaltete er die Sirene aus, ließ jedoch das Blaulicht an.

»Wir wollen ihn doch nicht wissen lassen, dass wir kommen, oder?«, sagte Collins. »In Filmen kommt dieser Fehler häufig vor.«

Sie bogen ab in Richtung Blacklands Terrace, wo William einen jungen Mann vor der Buchhandlung stehen sah, der mit den Armen winkte. William sprang aus dem Auto und rannte über die Straße zu ihm.

»Sie haben ihn gerade verpasst. Ich konnte ihn einfach nicht noch länger aufhalten. Dort drüben geht er, in Richtung Sloane Square. Der Mann mit dem beigefarbenen Regenmantel.«

William wandte sich in die Richtung, in die der Buchhändler deutete, konnte jedoch nur einen flüchtigen Blick auf den Mann erhaschen, als dieser um die Ecke bog.

»Danke«, rief William und nahm die Verfolgung zu Fuß auf. Unablässig behielt er die Menge vor sich im Auge, doch da ihm jetzt keine Sirene mehr half, musste er ständig Fußgängern ausweichen. Und dann sah er einen Mann in einem beigefarbenen Regenmantel. William wollte ihm gerade die Hand auf die Schulter legen, als er sah, dass der Mann einen Kinderwagen schob und ein kleines Kind an der Hand hatte.

William eilte weiter, obwohl er mit jedem Schritt unsicherer wurde. Doch dann sah er einen weiteren beigefarbenen Regenmantel, der in Richtung U-Bahn-Station Sloane Square verschwand. Als er die Absperrung erreichte, zog er seine Dienstmarke, gab dem Angestellten allerdings keine Chance, sie sich genauer anzusehen, und stürmte weiter. Er sah, dass der Mann das untere Ende der Rolltreppe fast erreicht hatte, doch er verschwand sofort wieder. William rannte die Rolltreppe hinab, wobei er zahlreiche abendliche Pendler beiseiteschob, und fast hätte er den Mann erreicht, als dieser sich nach rechts wandte und auf die Linie zusteuerte, die in Richtung Osten fuhr.

Dicht an dicht standen die Menschen, als William den Bahnsteig erreichte und die U-Bahn mit quietschenden Rädern einfuhr. Er sah sich links und rechts um, bevor er erkannte, dass der Mann etwa fünf Wagen vor ihm in die Bahn stieg. William sprang in den nächsten Wagen, als die Türen sich schon zu schließen begannen, und hielt sich an einer Haltestange fest, um Atem zu schöpfen. Als die U-Bahn an der nächsten Haltestelle hielt, sprang er nach draußen, doch nirgendwo erschien ein beigefarbener Regenmantel. Indem William bei jedem Halt einen Wagen weiter nach vorn rückte, bewegte er sich wie ein König auf einem Schachbrett fort, welcher ebenfalls pro Zug nur um ein Feld weiterrückt.

Der Passagier im Regenmantel stieg nicht aus, und nach vier Haltestellen befand sich William im Wagen direkt hinter ihm. Er suchte sich einen Platz im vorderen Bereich und spähte durch das Fenster der Verbindungstür, um einen genaueren Blick auf den Mann zu werfen, den er verfolgte. Der Unbekannte schlug gerade eine Seite des *Evening Stan-*

dard um und sah nicht einmal auf, als sie an der nächsten Station anhielten. Es würde eine lange Fahrt werden.

Als der Mann schließlich seine Zeitung zusammenfaltete, hatte die Bahn weitere einundzwanzig Stationen hinter sich, wodurch William genügend Zeit geblieben war, sich davon zu überzeugen, dass er den Richtigen verfolgte. Er war sechzig bis fünfundsechzig Jahre alt, sein Haar wurde langsam grau, und er bewegte sich leicht vorgebeugt. William musste den Akzent des Mannes nicht hören, um zu wissen, dass das derselbe Kunde war, den der Geschäftsführer von Hatchard ihm beschrieben hatte.

Der Mann stieg schließlich in Dagenham East aus. William achtete darauf, genügend Abstand zu ihm einzuhalten. Zunächst konnte der junge Detective in der Menge untertauchen, doch als immer weniger Menschen unterwegs waren, musste er sich immer weiter zurückfallen lassen. Er erwog, den Mann auf der Stelle festzunehmen, kam jedoch zu dem Schluss, dass er zunächst herausfinden musste, wo dieser wohnte, um so in Erfahrung zu bringen, wo das Beweismaterial versteckt war.

Der Mann bog in eine Seitenstraße und blieb vor einem kleinen Tor aus Weidengeflecht stehen. William ging weiter, merkte sich jedoch die Nummer, nämlich 43, als er sah, dass der Mann die Haustür aufschloss und im Innern des Gebäudes verschwand. Sobald William das Ende der Straße erreicht hatte, merkte er sich ebenfalls deren Namen, Monkside Drive, und obwohl es ihm nicht gefiel, musste er sich eingestehen, dass es klüger wäre, keinen Versuch zu unternehmen, in das Haus einzudringen, bevor er DCI Lamont Bericht erstattet und einen Durchsuchungsbeschluss erwirkt hatte. Immerhin war er sicher, dass der Mann im beigefarbenen Regenmantel so schnell nirgendwohin verschwinden würde.

Ein Gefühl des Triumphes erfüllte William, als er sich umdrehte und den Weg zurück zur U-Bahn-Station einschlug, doch schon wenige Augenblicke später war seine gute Stimmung verflogen. Er sah auf die Uhr. 19:21 Uhr. Beth würde sich fragen, wo er blieb.

Er rannte den ganzen Weg zurück zur Station, doch während er auf dem kalten, windigen Bahnsteig stand und auf die nächste Bahn wartete, wusste er, dass er keine Chance hatte, pünktlich zu Dr. Knox' Vortrag in Kensington zu sein. Das Rütteln der Wagen zwischen jedem Stopp schien niemals enden zu wollen; während der Fahrt nach Dagenham war es ihm gar nicht aufgefallen angesichts des Adrenalins, das durch seinen Körper geströmt war, und der Notwendigkeit, sich jeden Augenblick zu konzentrieren. Als die Bahn schließlich um Viertel nach acht in die Station South Kensington eingefahren war, stürmte William die Rolltreppe hinauf und rannte nach draußen auf den Thurloe Place, doch als er den Eingang des Fitzmolean erreicht hatte, lag das Gebäude bereits im Dunkeln.

Langsam ging er in Richtung von Beths Wohnung, wobei er eine Rede vorbereitete, mit der er ihr erklären wollte, warum er nicht zum Vortrag erschienen war. Er konnte seine kleine Ansprache fast auswendig, als er ihre Tür erreicht hatte.

Eine Weile lang stand er einfach nur da, bevor er zweimal vorsichtig den Türklopfer betätigte. Wenige Augenblicke später wurde die Tür geöffnet, und ein großer, gut aussehender Mann fragte: »Kann ich Ihnen helfen?«

William hatte ein flaues Gefühl im Magen.

»Eigentlich wollte ich Beth sprechen«, platzte er heraus, als eine Gestalt in einem Bademantel erschien, die ihr Haar mit einem Handtuch umwickelt hatte.

»Komm rein, William«, sagte Beth. »Ich warte schon ungeduldig darauf, zu hören, warum du mich hast sitzen lassen. Darf ich annehmen, dass du den Rembrandt gefunden hast? Würdest du William ins Wohnzimmer führen und ihm etwas zu trinken bringen, Jez?«, fügte sie an den jungen Mann gewandt hinzu. »Auch wenn er es nicht verdient hat.«

11

»Sind Sie noch rechtzeitig in die Buchhandlung gekommen?«, fragte Lamont, als William am Morgen darauf wieder im Büro war.

»Ja, Sir.«

»Dann haben Sie ihn festgenommen?«

»Nein, Sir.«

»Warum nicht?«

»Als ich ihn eingeholt hatte, saß er bereits in einer U-Bahn nach Dagenham East. Ich entschied mich dafür, zunächst herauszufinden, wo er wohnt, und heute noch einmal mit einem Durchsuchungsbeschluss zu ihm zu fahren.«

»Kretin«, sagte Lamont. »Sie hätten ihn auf der Stelle festnehmen und sein Haus sofort durchsuchen müssen. Hoffen wir, dass Sie the Hawk nicht erklären müssen, warum er über Nacht verschwunden ist.«

»Er wird nirgendwohin gehen, Sir.«

»Woher wollen Sie das denn wissen, Detective Constable? Sie sind Polizist, kein Wahrsager. Hat er mitbekommen, dass Sie ihm gefolgt sind?«

»Ich glaube nicht, Sir.«

»Dann wollen wir das mal hoffen, denn Sie haben ihm mehr als genügend Zeit gegeben, alles Beweismaterial zu zerstören und sich aus dem Staub zu machen.«

William fühlte sich wie ein Schüler, der vom rechten Weg

abgekommen war und dem sein Rektor eine Standpauke hielt, weil er seine Hausaufgaben nicht ordentlich gemacht hatte.

»Und dürfte ich Ihnen noch eine Frage stellen, mein Junge? Warum tragen Sie noch immer dieselben Kleider, die Sie schon gestern getragen haben?«

»Ich habe verschlafen, Sir, und einfach übergeworfen, was ich gefunden habe, denn ich wollte nicht zu spät kommen.«

»Und das ist wohl auch der Grund, warum Sie sich nicht rasiert haben?« William senkte den Kopf. »Nun, dann wollen wir hoffen, dass die Dame es wert war, denn Sie stecken ohnehin schon in genügend Schwierigkeiten. Ich werde Ihnen sagen, was Sie jetzt tun. Sie gehen nach Hause, duschen, rasieren sich, ziehen sich etwas Neues an und sind in einer Stunde wieder zurück. Inzwischen habe ich einen Durchsuchungsbeschluss für Haus und Grundstück des Verdächtigen besorgt. Sie und DS Roycroft werden nach Dagenham fahren, den Verdächtigen festnehmen, ihm mitteilen, was ihm zur Last gelegt wird, und jeden Fetzen Beweismaterial zusammensuchen, den Sie finden können, damit es uns gelingt, diesen Bastard festzunageln, wenn der Fall vor Gericht kommt. Dann werden Sie ihn aufs nächste Revier bringen, wo er den Rest des Tages und die Nacht verbringen wird, bis er morgen früh vor dem Friedensrichter zu erscheinen hat. Und noch etwas, Warwick. Wenn er getürmt ist oder die Beweise vernichtet hat, werden Sie das dem Commander erklären, und ich werde ihm empfehlen, dass ein längerer Streifendienst Ihnen gewiss nicht schaden würde. Los jetzt, bevor unser Verdächtiger an Altersschwäche stirbt.«

Auf dem Weg zurück zur Victoria Station musste William unweigerlich an das denken, was am Abend zuvor geschehen war. Er und Jez, Beths Mitbewohner, hatten ein Bier geteilt, während Jez den Großteil der Unterhaltung bestritt. Jez erklärte William, dass er und Beth zusammen an der Uni gewesen waren und ihre Beziehung rein platonisch war. Er brauchte William nicht zu erklären, warum.

Als Beth, die immer noch ihren Bademantel trug, zu ihnen kam, zog sich Jez schon bald zurück.

»Nur wegen mir musst du dir nicht die Haare waschen«, sagte William.

»Versuch nicht, dich rauszuwinden«, erwiderte Beth, indem sie sich neben ihn auf die Couch setzte. »Ich möchte immer noch wissen, warum du mich versetzt hast.«

William war nicht einmal bis Dagenham gekommen, bevor er sie zum ersten Mal küsste, und er hätte Beth die Geschichte des Churchill-Fälschers beim Frühstück zu Ende erzählt, wenn sie ihn nicht daran erinnert hätte, wie spät es war.

»Ich werde morgen die Fake Gallery besuchen«, sagte er, als er aufstand, um zu gehen. »Möchtest du mitkommen?«

»Gerne. Wenn der Boston Strangler dich nicht aufhält.«

Als William an jenem Morgen im Büro von Scotland Yard auftauchte, hatte er zuvor ein paar Minuten im Waschraum verbracht und sich alle Mühe gegeben, einigermaßen präsentabel auszusehen. Doch sein schwacher Versuch hatte Lamont nicht täuschen können.

Kaum dass er seine Wohnung erreicht hatte, duschte er, rasierte sich und zog frische Kleider an. Es gelang ihm tatsächlich, schon eine Stunde später wieder an seinem Schreibtisch zu sein. Unterdessen hatte Lamont mithilfe der Adresse in Dagenham den Verdächtigen identifiziert, einen gewissen Mr. Cyril Amhurst. Und er hatte vom zuständigen Friedensrichter einen Durchsuchungsbeschluss besorgt.

»Jackie wird Sie begleiten«, sagte er zu William, »da Sie offensichtlich ein Kindermädchen brauchen, das Ihre Hand hält. Hoffen wir um Ihretwillen, dass Mr. Amhurst sich nicht aus dem Staub gemacht hat.«

William holte sich einen Wagen aus dem Fahrzeuglager und fuhr das Embankment entlang in Richtung Osten nach Dagenham, während sein Kindermädchen auf dem Beifahrersitz saß. Abgesehen von einigen Gelegenheiten, bei denen die ganze Einheit zum besseren Kennenlernen im Tank zusammenkam, dem bevorzugten Treffpunkt im Erdgeschoss des Gebäudes von Scotland Yard, waren sie zum ersten Mal für längere Zeit zusammen. Das Billardzimmer hatte er immer noch nicht gefunden.

Während sie durch das East End fuhren, erfuhr William, dass Jackie geschieden war und eine Tochter hatte, die Michelle hieß – und eine verständnisvolle Mutter, die es ihr ermöglichte, den Beruf auszuüben, den sie liebte.

William erwähnte weder seine Eltern noch seine Schwester, aber er berichtete Jackie von seiner Absicht, am folgenden Tag mit einer Forschungsassistentin aus dem Fitzmolean die Fake Gallery in Notting Hill zu besuchen.

»Ist das der Grund, warum du heute Morgen zu spät gekommen bist?«

»Ja«, antwortete William und sah aus dem Fenster.

»Hoffentlich hat sie Verständnis.«

»Was meinst du damit?«

»Bei der Polizei zerbrechen mehr Beziehungen als in irgendeinem anderen Beruf. Ich mag meinen Ex-Mann noch immer sehr, aber er hatte einfach genug davon, nie zu wissen, wann ich zu Hause wäre. Er konnte nicht einmal sicher sein, dass ich tatsächlich auch geistig anwesend war, wenn ich körperlich da war. Deshalb hat er sich jemanden gesucht, mit dem er jeden Tag zum Abendessen zusammen sein konnte, und nicht erst zum Frühstück. Übrigens, es könnte sinnvoll sein, wenn du unseren Chef darüber informierst, dass du morgen die Fake Gallery besuchen willst.«

»Warum? Es ist mein freier Tag.«

»Trotzdem. Er erfährt die Dinge nicht gerne aus zweiter Hand.«

»Vielen Dank für den Rat«, sagte William, als sie Dagenham erreichten.

William hatte in den letzten vierzig Minuten mehr über Jackie gelernt als in dem ganzen Monat zuvor.

»Was machen wir, wenn er nicht da ist?«, fragte William, während er den Wagen vor dem Monkside Drive Nummer 43 ausrollen ließ.

»Wir warten, bis er auftaucht. Ein großer Teil der Polizeiarbeit besteht darin, irgendwo rumzuhängen.«

»Du oder ich?«, fragte William, als sie durch den Gartenweg gingen.

»Du. Du bist der Beamte, der diesen Fall bearbeitet.«

William war nervös, als er an die Tür klopfte, und nachdem ein paar Sekunden vergangen waren, begann er bereits, das Schlimmste zu befürchten. Er wollte gerade wieder umdrehen, als die Tür geöffnet wurde.

»Mr. Cyril Amhurst?«

»Ja«, sagte der Mann und bedachte sie mit einem warmherzigen Lächeln. »Wie kann ich Ihnen helfen?«

»Ich bin Detective Constable Warwick, und das ist meine Kollegin, Detective Sergeant Roycroft.« Beide zeigten ihre Dienstmarken vor, und Amhursts Lächeln verschwand. »Dürfen wir eintreten, Sir?«

»Natürlich«, sagte er in widerstrebendem Ton und führte sie in das vordere Wohnzimmer. Er setzte sich nicht. »Worum geht es hier eigentlich?«, fragte er.

»Wir haben Beschwerden von mehreren Londoner Buchhandlungen, denen Sie signierte Exemplare von Winston Churchills *Geschichte des Zweiten Weltkriegs* verkauft haben.«

»Mir war nicht bewusst, dass das ein Verbrechen ist.«

»Wenn die Bände von Ihnen und nicht von Sir Winston signiert wurden, durchaus«, sagte Jackie mit fester Stimme.

»Ich muss Sie ebenfalls darüber informieren«, sagte William, »dass wir im Besitz eines Durchsuchungsbeschlusses sind.«

Das Blut strömte aus Amhursts Gesicht, und er sank aufs Sofa. Für einen kurzen Moment dachte William, er würde in Ohnmacht fallen.

Während der nächsten beiden Stunden widmeten sich William und Jackie ihrer Aufgabe, wobei einer von ihnen ständig im Wohnzimmer blieb, wo Amhurst zusammengesunken auf dem Sofa saß. Rasch wurde William klar, dass seine Kollegin diese Prozedur schon oft mitgemacht hatte.

»Hätten Sie vielleicht gerne eine Tasse Tee?«, fragte Amhurst, als der Maulwurfshügel an Büchern in der Mitte des Zimmers zu einem wahren Berg wurde.

»Nein, vielen Dank«, sagte William und stellte zwei Fläschchen von Waterman's schwarzer Tinte neben mehrere Blätter linierten Papiers, auf denen sich Zeile für Zeile die vermeintliche Unterschrift von Winston Churchill befand.

Als Jackie fand, dass sie und William die Aufgabe zu ihrer Zufriedenheit erledigt hätten, hatten sie mehrere Kostbarkeiten geborgen, darunter eine vollständige sechsbändige Ausgabe von Churchills *Geschichte des Zweiten Weltkriegs*, von der drei Bände signiert waren, sowie unsignierte Bücher von Lewis Carroll, Feldmarschall Montgomery und Präsident Eisenhower. Doch am bedeutendsten war zweifellos eine von Charles Dickens signierte Erstausgabe von *Eine Weihnachtsgeschichte*.

Nachdem Jackie jedes Buch mit einem Aufkleber markiert und in einen separaten Beweisbeutel gelegt hatte, nahm William Mr. Amhurst fest und erklärte ihm, was man ihm vorwarf.

»Komme ich ins Gefängnis?«, fragte Amhurst.

»Vorerst nicht. Aber Sie werden uns auf das Revier in Dagenham begleiten müssen, wo man Sie verhören und möglicherweise eine entsprechende Anklage vorbereiten wird. Der zuständige Sergeant wird dann entscheiden, ob Sie vorerst wieder auf freien Fuß gesetzt werden können. Aber um ganz sicher zu sein, würde ich Ihnen empfehlen, eine kleine Tasche zu packen mit Dingen, die Sie über Nacht brauchen werden.«

Amhurst konnte nicht aufhören, zu zittern.

William und Jackie brachten ihn zur örtlichen Polizeistation, übergaben ihn den dortigen Kollegen und händigten dem diensthabenden Sergeant die Beweisstücke aus. Als man Amhurst erklärte, dass gegen ihn Anklage erhoben würde, äußerte er sich nicht dazu; er bat nur um ein Telefon, damit er seinen Anwalt anrufen konnte. Man fotografierte ihn, und ihm wurden gerade die Fingerabdrücke abgenommen, als William und Jackie die Überstellungsdokumente unterschrieben und zurück zu Scotland Yard fuhren.

Sobald William die Autoschlüssel bei der Leitung des Fuhrparks abgegeben hatte, ging er zu Jackie zurück in den Empfangsbereich, und gemeinsam fuhren sie hinauf in den vierten Stock. Als sie auf den Flur traten, bemerkte William, dass unter der Tür des Commanders noch Licht brannte.

»Glaubst du, er lässt es an, auch wenn er gar nicht da ist?«

»Das würde mich nicht überraschen«, sagte Jackie. »Aber es gibt keine Möglichkeit, wie wir das jemals herausfinden.«

Sie betraten das Büro und sahen, dass Lamont gerade telefonierte, doch nachdem ihr Vorgesetzter den Anruf beendet hatte, lehnte er sich zurück und hörte sich ihren Bericht an.

»Sie hatten Glück, William«, sagte er, als die beiden ihre Ausführungen beendet hatten. »Aber achten Sie darauf, nie wieder einen so verdammt dummen Fehler zu machen. Und vergessen Sie nicht, dass Ihre Verantwortung in diesem Fall noch nicht beendet ist. Wenn Amhurst auf nicht schuldig plädiert, werden Sie vor Gericht aussagen müssen.«

»Er wird auf schuldig plädieren«, sagte William. »Die Beweise sind überwältigend.«

»Darauf kann man sich nicht verlassen. Ich habe nicht die Zeit, um Ihnen zu erzählen, wie viele vermeintlich todsichere Fälle ich verloren habe. Aber ich muss zugeben, die Sache sieht ziemlich gut aus. Übrigens, SO Rose hat angerufen. Er möchte, dass Sie zurückrufen.«

Nachdem William an seinen Schreibtisch zurückgekehrt war, saß er eine Weile schweigend da, denn die verschiedensten Gedanken wirbelten ihm im Kopf herum: Amhurst, gefolgt von Beth, beiseitegeschoben von Rose. Er griff zum Hörer, rief das Gefängnis Belmarsh an und bat, zum Senior Officer durchgestellt zu werden.

»Rose.«

»Warwick, Sir. Sie hatten mich angerufen?«

»Sie haben Glück, DC Warwick.« William schlug sein Notizbuch auf. »Zwischen dem neunten und dreißigsten

April 1981 haben drei Frauen mit Namen Angie Gefangene in Belmarsh besucht. Eine Mrs. Angie Oldbury, Angela Ibrahim und Angie Carter.«

»Vielleicht könnte ich mir über alle drei einige Einzelheiten notieren, Sir.«

»Nicht nötig«, sagte Rose, »denn einer der Gefangenen, der von einer Angie besucht wurde, ist immer noch in Belmarsh, und einer war schwarz. Ich habe so das Gefühl, dass Appleyard dieses Merkmal aufgefallen wäre. Der Dritte wurde vor etwas mehr als einem Jahr entlassen.«

»Wer ist es?«

»Geduld, junger Mann. Der Kunde, an dem Sie möglicherweise interessiert sind, ist ein übler kleiner Gauner namens Kevin Carter. Er wohnt in Barnstaple. Das ist in Devon, falls Sie das nicht wussten. Bei Tag arbeitet er als Graveur, bei Nacht als Einbrecher. Und jetzt sind Sie an der Reihe, ein wenig Laufarbeit zu erledigen.«

»Ich werde mich sofort auf den Weg machen, Sir.«

»Haben Sie Ihrem Chef meine Grüße ausgerichtet?«

»Das habe ich in der Tat, Sir.«

»Und was hat er geantwortet?«

»Das sollten Sie ihn lieber selbst fragen, Sir.«

»So schlimm?«, sagte Rose und legte auf.

William schrieb eine detaillierte Zusammenfassung seiner Unterhaltung mit SO Rose und reichte sie dann seinem Vorgesetzten.

»Und welches Wort springt uns dabei geradezu ins Gesicht?«, fragte Lamont, nachdem er zu Ende gelesen hatte.

»Graveur.«

»Sie lernen schnell«, sagte Lamont. »Obwohl ›Carter‹ und ›Barnstaple‹ dicht auf Platz zwei und drei folgen.« Er drehte sich auf seinem Stuhl um. »Jackie, Sie kommen besser rüber zu uns.«

Nachdem sich DS Roycroft zu den beiden gesetzt hatte, den unvermeidlichen Kugelschreiber in der einen Hand und das aufgeschlagene Notizbuch in der anderen, begann Lamont.

»Sie beide werden mindestens ein paar Tage im West Country verbringen und Mr. Carter nicht aus den Augen lassen. Ich muss wissen, was er vorhat und welche Gravuren genau er im Silber anbringen will, das er in den Vaults gekauft hat. Und warum er plötzlich zu einem Käufer geworden ist, wo er doch derlei Dinge sonst einfach stiehlt. So viel Geld hat er nicht, weshalb es jemanden geben muss, der die ganze Sache finanziert. Aber wer?«

»Wann sollen wir aufbrechen, Sir?«

»So früh wie möglich. Es sei denn, einer von Ihnen hat etwas noch Wichtigeres, weshalb er in London bleiben sollte.«

»Auf mich trifft das möglicherweise zu«, sagte William. »Ich habe kürzlich eine Forschungsassistentin getroffen, die für das Fitzmolean arbeitet, und obwohl ich nicht viel mehr über den Diebstahl des Rembrandt in Erfahrung bringen konnte, hat sie vorgeschlagen, ich solle die Fake Gallery in Notting Hill besuchen, was ich morgen Vormittag tun wollte.«

»Warum?«, fragte Lamont mit bellender Stimme.

»Wegen der zugegeben geringen Chance, dass ich auf eine ähnliche Arbeit des Künstlers stoßen könnte, der die Kopie des Rembrandt angefertigt hat.«

»Einen Versuch wäre es wert«, sagte Lamont. »Und nehmen Sie die junge Dame mit, besonders wenn es dieselbe war, wegen der Sie heute Morgen zu spät gekommen sind.«

Jackie unterdrückte ein Lächeln.

»Dann wäre das geklärt«, sagte Lamont. »Sie und Jackie fahren gleich am Montagmorgen nach Barnstaple.«

»Darf ich fragen, wie es mit dem Diamantschmuggel läuft?«, sagte William.

»Werden Sie bloß nicht frech, Detective Constable, oder Sie werden pünktlich zur Nachtschicht wieder in Lambeth sein.«

»Ich habe einen interessanten Fall, der dich vielleicht ansprechen könnte«, sagte Clare und reichte Grace eine Akte mit der Aufschrift »Persönlich«.

Grace nahm sich Zeit, die Darstellung des Falls zu lesen, bevor sie zu Clare, die ihr als Solicitor zuarbeitete, sagte: »Aber der vorsitzende Richter würde das Verfahren doch unter den gegebenen Umständen niemals zulassen?«

»Es gibt einen Präzedenzfall«, erwiderte Clare. »Mr. Justice Havers war bereit, gleichzeitig seinen Sohn und seine Tochter vor seinem Gericht plädieren zu lassen, wobei der eine die Krone und die andere die Verteidigung vertrat. Aber erst, nachdem der Angeklagte einem solchen Vorgehen zugestimmt hatte.«

»Normalerweise gehört das nicht zu den Dingen, mit denen ich mich beschäftige«, sagte Grace, als sie die Anklage ein zweites Mal las. »Aber, ehrlich gesagt, finde ich die Herausforderung unwiderstehlich. Und ich wette, mein Vater würde keinen Einspruch dagegen erheben.«

»Hast du ihm schon irgendetwas Genaueres über uns erzählt?«, fragte Clare in verändertem Ton.

»Ich habe noch nicht die richtige Gelegenheit dazu gefunden.«

»Wirst du es jemals tun?«, seufzte Clare, bevor sie hinzufügte: »Ich habe das Wort ›reaktionär‹ im Oxford English Dictionary nachgesehen und den Namen deines Vaters in einer der Fußnoten gefunden.«

Grace lachte. »Ich habe mit meiner Mutter über dich gesprochen, und sie hätte nicht verständnisvoller sein können. Sie hat gefragt, ob du am Sonntag zu uns zum Lunch kommen möchtest, sodass mein Vater einfach selbst herausfinden würde, wie es mit uns steht.«

»Wen würde dein Vater wohl lieber dem Garrick Club als neues Mitglied vorschlagen, einen Massenmörder oder eine Lesbierin?«

»Bei einem richtigen Massenmörder bin ich mir nicht sicher«, sagte Grace, legte die Akte auf den Nachttisch und schaltete das Licht aus.

12

Sie saßen auf dem Oberdeck eines Busses, der in Richtung Notting Hill fuhr.

»Haben Sie einen Plan, Detective Constable Warwick«, fragte Beth, »oder machen wir das einfach auf gut Glück?«

»Wir machen das nur auf gut Glück«, gestand William. »Aber ich hoffe, dass wir wissen, wer die Kopie des verschwundenen Rembrandt gemalt hat, wenn wir den Bus zurück nehmen.«

»Hast du etwas Interessantes über die Galerie herausgefunden?«

»Sie wurde vor zwölf Jahren von zwei Brüdern, Malcolm und Zac Knight, gegründet. Am Anfang war es eine Porträtgalerie, doch die beiden fanden schon bald heraus, dass damit nichts zu verdienen war, weshalb sie anfingen, unsignierte Kopien berühmter Gemälde für Käufer anfertigen zu lassen, die sich kein Original leisten konnten, aber für ihre Wände ein Meisterwerk suchten, das nur ein Tausendstel des Preises für ein Original kostete. Von diesem Augenblick an lief das Geschäft. Wie steht's mit dir?«

»Ich habe mich bei meinen kunstinteressierten Freunden umgehört. Viele von ihnen mögen die Galerie nicht besonders, obwohl sie zugeben müssen, dass Künstler, die ansonsten kaum über die Runden kämen, dadurch ein vernünftiges Einkommen finden. Anscheinend sind einige Kopien von ganz hervorragender Qualität. Trotzdem würde ich lieber ein Original besitzen.«

»Dann wirst du eines stehlen oder einen sehr reichen Mann heiraten müssen.«

»Keines von beidem wird nötig sein«, sagte Beth. »Es umgeben mich bereits einige der besten Künstler der Welt, und mein neuester Freund ist praktisch mittellos, sodass auch dieser Weg nicht besonders Erfolg versprechend aussieht.«

»Aber die meisten Künstler, in deren Umfeld du dich bewegst, sind tote Holländer, weshalb dein Freund vielleicht doch eine Chance hat.«

»Nur wenn er meinen Rembrandt findet.«

»Hast du deswegen versucht, mich zu angeln?«

»Falls du es vergessen hast: *Du* hast versucht, *mich* zu angeln. Und bei unserer zweiten Verabredung bist du nicht einmal aufgetaucht.«

»Ich hatte den Vortrag bereits gehört«, sagte William und nahm ihre Hand.

»Dann kann ich nur hoffen, dass du nicht auf den Gedanken kommst, die Abteilung für Kunst und Antiquitäten zu verlassen, bevor du meinen Rembrandt gefunden hast.«

»So schnell gehe ich dort nicht weg. Aber wenn ich in ein paar Jahren meine Prüfung zum Sergeant bestehe, werden sie mich wahrscheinlich in eine andere Abteilung versetzen.«

»Du wirst überhaupt nirgendwohin gehen, bevor mein Rembrandt nicht wieder in seinem Rahmen hängt. Sonst übertrage ich meine Zuneigung auf denjenigen, der deinen Posten übernimmt ... wer immer das auch sein mag.«

»Welch Glück dieser Mann haben wird! Aber wenn wir herausfinden, wer die *Tuchmacherzunft* kopiert hat, sind wir der Antwort auf die Frage, was mit dem Original passiert ist, schon einen Schritt näher.«

Der Bus hielt, und William trat beiseite, sodass Beth vorausgehen konnte.

»Es gibt nicht viele Männer, die heute noch auf so etwas achten«, kommentierte sie, als sie die Treppe hinabstiegen. »Ich kann es gar nicht erwarten, deinen Vater kennenzulernen. Er muss ein Gentleman der alten Schule sein.«

»Das war für mich immer eine Selbstverständlichkeit«, gestand William. »Aber erst seit Kurzem weiß ich es auch zu schätzen.«

»Du erinnerst dich sicher an Mark Twains Kommentar über seinen Vater«, sagte Beth, als sie aus dem Bus traten. ›»Als ich ein Junge von vierzehn Jahren war, war mein Vater ein solcher Ignorant, dass ich es kaum ertragen konnte, den alten Herrn um mich zu haben. Aber als ich einundzwanzig wurde, musste ich erstaunt feststellen, wie viel der alte Herr in sieben Jahren dazugelernt hatte.‹« William lachte, und Beth fragte: »Hast du überhaupt eine Ahnung, in welche Richtung du gehen musst?«

»Nein«, sagte William. Er hielt einen vorbeikommenden Bobby an und fragte ihn, ob er wisse, wo die Abbots Road sei.

»Die zweite Straße rechts, Sir.«

»Vielen Dank«, sagte William.

»Hast du jemals Uniform getragen?«, fragte Beth.

»Ich bin ein paar Jahre lang in Lambeth auf Streife gegangen.«

»Und waren die Leute immer so dankbar und höflich wie du?«

»Nicht immer«, sagte William und senkte den Kopf.

»Habe ich etwas Falsches gesagt?«, fragte Beth plötzlich besorgt.

»Du hast mich an einen alten Freund erinnert, der heute Morgen seine übliche Runde machen sollte«, antwortete William, als sie um die Ecke bogen.

»Das tut mir leid«, sagte Beth und nahm seine Hand. Sie war sich bewusst, dass es noch vieles gab, das jeder von ihnen über den anderen lernen musste.

»Das konntest du ja nicht wissen«, sagte William.

Als sie die Abbots Road erreichten, sah er ein farbenfrohes Schild, das in der leichten Brise hin und her schwang.

»Du solltest versuchen, nicht wie ein Polizist zu klingen«, flüsterte Beth, als sie die Galerie betraten.

Ein Mann mit einem kragenlosen rosa Hemd, einem Jackett und Jeans kam ihnen entgegen, um sie zu begrüßen. »Guten Morgen«, sagte er. »Zac Knight. Ich bin der Besitzer der Galerie. Darf ich Sie fragen, ob Sie etwas Bestimmtes suchen?«

Ja, dachte William, sagte jedoch nichts.

»Nein«, antwortete Beth. »Wir kamen gerade vorbei und dachten: Schauen wir uns doch mal um.«

»Gewiss«, sagte Knight und schenkte ihr ein warmherziges Lächeln. »Die Galerie umfasst zwei Stockwerke. Hier im Erdgeschoss befindet sich eine Reihe bemerkenswerter Gemälde im Stil einiger moderner Meister.«

»Ich bin überrascht, dass das legal ist«, sagte William.

Beth runzelte die Stirn, während Knight sich William genauer ansah. Dann nahm er ein Bild von der Wand und drehte es um, woraufhin das Wort »FÄLSCHUNG« sichtbar wurde, das in großen schwarzen Buchstaben auf der Leinwand geschrieben stand. »Ich kann Ihnen versichern, Sir, wenn irgendjemand versuchen würde, diesen Schriftzug zu entfernen, würde er das Bild irreparabel beschädigen.«

William nickte, doch weil Beth sich immer noch über ihn zu ärgern schien, verzichtete er auf weitere Fragen.

»Und im Untergeschoss«, fuhr Knight fort, als er das Bild wieder an die Wand hängte, »finden Sie Kopien mehrerer bekannter Meisterwerke, die von einigen äußerst begabten Künstlern stammen.«

»Ist deren Rückseite ebenfalls mit dem Wort ›FÄLSCHUNG‹ bedruckt?«

»Nein, Madam. Die Gemälde sind jedoch immer unsigniert und stets einige Zentimeter kleiner oder größer als das Original, weshalb sich kein ernsthafter Sammler jemals täuschen ließe. Genießen Sie die beiden Ausstellungen, und wenn Sie Fragen haben, lassen Sie es mich wissen.«

»Vielen Dank, Zac«, sagte Beth und erwiderte sein Lächeln.

Während sie durch das Erdgeschoss schlenderten, konnte William erstaunt feststellen, wie überzeugend einige Fälschungen waren. Wenn man einen Picasso, einen Matisse oder einen van Gogh wollte, konnte man ihn für weniger als eintausend Pfund bekommen. Im Angebot war auch Hockneys *A Bigger Splash*, von dem William einen Druck in seinem Schlafzimmer hängen hatte. Doch als sie vor einem Rothko standen, der sogar einen Experten hätte täuschen können, sagte er zu Beth, dass er zu fast demselben Preis ein Werk von Mary Fedden, Ken Howard oder Anthony Green bevorzugen würde.

»Hast du irgendwo den Mann entdeckt, den du suchst?«, flüsterte Beth.

»Nein. Aber es ist ohnehin viel wahrscheinlicher, dass er sich unten befindet.«

»Vielleicht solltest du runtergehen und dich umsehen. Ich werde Mr. Knight beschäftigen, wenn er wieder auftaucht.«

»Gute Idee«, sagte William und verschwand die Treppe hinab in einer weiteren großen Galerie voller Gemälde, von denen er viele wiedererkannte. Turners *Die letzte Fahrt der Temeraire* für zweitausend Pfund und van Eycks *Die Arnolfini-Hochzeit* hingen neben einem bekannten Akt von Goya.

Doch als er Poussins *Ein Tanz zur Musik der Zeit* erkannte, hielt er den Atem an. Er hatte das Original in der Wallace Collection gesehen und fragte sich, wie es dem Künstler nur gelungen sein mochte, eine solche Ähnlichkeit zu schaffen. Ein rares Talent umgeben von einigen wackeren Handwerkern. Zwar waren auch einige andere Kopien ausgezeichnet, doch keine besaß diese Klasse. William zweifelte nicht daran, dass er seinen Mann gefunden hatte, doch auf dem beigefügten Etikett stand kein Hinweis auf dessen Identität.

Nachdem er eine Zeit lang vor dem Bild gestanden hatte, ging er zögernd nach oben, wo Beth ins Gespräch mit dem Galeriebesitzer vertieft schien.

»Ich denke, Renoirs *Die Regenschirme* müsste Sie von meinem Argument überzeugen«, sagte Knight gerade, als William zu ihnen trat. Er nickte Beth zu.

»Vielleicht könnten Sie so freundlich sein, mir das Bild zu zeigen«, schnurrte sie.

»Kommen Sie mit«, sagte Knight. William ignorierte er.

Als Beth an ihm vorbeikam, flüsterte William: »Poussin«, bevor sie dem Besitzer nach unten folgte. Langsam schlenderte er ein zweites Mal durch die obere Galerie, doch er war mit seinen Gedanken woanders.

Jez war über das Wochenende nach Shropshire gefahren, und William hatte eigentlich vor, Beth zu sagen, was er für sie empfand. Doch er machte sich Sorgen, dass sie sich von ihm zurückziehen würde, sollte er ihr nach so kurzer Zeit seine wahren Gefühle offenbaren. Als sein Vater seiner Mutter nach nur drei Wochen einen Heiratsantrag gemacht hatte, hatte sie mit einer in der Familie inzwischen berühmten Gegenfrage geantwortet: »Warum hast du so lange gebraucht?«

Beth und Knight waren seit etwa zwanzig Minuten im Untergeschoss, als William sich zu fragen begann, ob er zu ihnen gehen sollte, doch irgendwie schaffte er es, sich zurückzuhalten. Fünfundzwanzig Minuten. Dreißig Minuten. William ging gerade in Richtung Treppe, als Beth wiederauftauchte; der Besitzer der Galerie folgte ihr auf dem Fuße.

»Vielen Dank, Zac«, sagte sie. »Das war faszinierend. Ich freue mich auf die private Ausstellung am Mittwoch. Übrigens, das ist mein Bruder Peter.«

Zac gab William die Hand.

»Nun, wir müssen langsam los, Schwesterchen«, sagte William. »Wir wollen doch nicht zu spät zum Lunch mit Mutter kommen.«

»Ich muss zugeben«, sagte Beth, »dass das alles hier ein solcher Genuss war, dass ich unsere liebe Mama völlig vergessen habe.«

»Sie haben meine Nummer, Barbara«, sagte Zac. »Sie können mich jederzeit anrufen.«

William tat so, als bemerke er nicht, dass Knight sie geradezu unterwürfig anlächelte, als er die Tür öffnete.

»Wir sehen uns Mittwoch, Zac«, sagte Beth.

Sobald sie das Gebäude verlassen hatten, sagte William: »Geh einfach weiter und versuche, wie meine Schwester auszusehen und nicht wie meine Freundin, denn Zac starrt uns durch das Fenster nach.«

Beide achteten auf eine geschwisterliche Distanz und sagten kein Wort, bis sie um die nächste Ecke gebogen waren. Als sie einen Coffee Shop erreicht hatten, suchten sie sich eine Nische in der entferntesten Ecke, die von der Straße aus nicht einsehbar war.

»Mata Hari«, sagte William, als er sich ihr gegenüber niederließ.

»Eher Katharina die Große«, erwiderte Beth und wandte dem Fenster den Rücken zu.

»Du musst mir alles erzählen.«

»Auch Zac ist eine Fälschung«, begann sie, »denn er bildet sich ein, unwiderstehlich auf Frauen zu wirken. Ich habe mitgespielt, bis sich seine Hände auf Wanderschaft gemacht haben.«

»Ich werde ihn umbringen«, sagte William und stand auf.

»Nach dem, was ich dir zu sagen habe, wahrscheinlich nicht mehr. Sobald ich ihm erzählt habe, dass du mein Bruder bist, konnte er sich nicht mehr zurückhalten.«

»Peter?«

»Nein, Peter Paul. Unsere Mutter hat dich nach Rubens benannt und mich nach Hepworth, was mir angemessen erschien.«

»Du bist ein schlimmes Mädchen.«

»Gerissen, das gebe ich zu.«

»Also, was hast du herausgefunden?«

»Alles zu seiner Zeit«, sagte Beth, als ein Kellner an ihrem Tisch erschien.

»Einen Cappuccino, bitte.«

»Für mich bitte auch«, sagte William.

»Als ich ihn gefragt habe, wer *Ein Tanz zur Musik der Zeit* gemalt hat, war er zunächst ziemlich zugeknöpft. Er meinte, die Galerie sei sehr diskret, was die Identität ihrer Künstler angehe, denn Kunden könnten versuchen, mit den Malern selbst ins Geschäft zu kommen, und so die Galerie umgehen.«

»Wie hast du die Hürde genommen?«

»Ich habe ihm gesagt, ich sei eine arme Sekretärin und könnte mir seine wunderbaren Gemälde nicht einmal leisten, wenn sie nur halb so viel kosten würden. Er hat dann fallen lassen, dass der Künstler im Augenblick ohnehin nicht verfügbar ist. ›Oh, das tut mir so leid, hat er Sie etwa verlassen und ist zu einer anderen Galerie gewechselt?‹, habe ich gefragt und ihn voller Mitgefühl angesehen. Er sagte, es sei ein wenig komplizierter.«

»Das macht dir anscheinend auch noch Spaß, du schreckliche Göre.«

»Noch so eine Bemerkung, Detective Constable Warwick, und ich vergesse möglicherweise, was mir mein neuer Freund Zac erzählt hat. Gut. Wo war ich, bevor du mich unterbrochen hast?«

»Es ist ein wenig komplizierter.«

»Ja, richtig. ›Ich bin nicht sicher, ob ich weiß, was Sie damit sagen wollen‹, habe ich erwidert. ›Aber ich würde es durchaus verstehen, wenn Sie es mir nicht sagen können.‹ Seine Antwort war: ›Ich sollte Ihnen das ja eigentlich nicht erzählen, aber er ist im Gefängnis.‹«

»Ich bewundere dich.«

»Psst.«

»Weswegen ist er im Gefängnis?«

»Er hat wohl versucht, einem Kunsthändler aus dem West End einen lange verschwundenen Vermeer zu verkaufen, und wurde dabei auf frischer Tat ertappt. ›Wie?‹, habe ich Zac gefragt. Anscheinend wollte der Mann nicht genügend Geld dafür, weshalb der Händler Verdacht geschöpft und sich an die Polizei gewandt hat.«

»Wie ist sein Name?«

»Ich habe nicht gefragt.«

»Warum nicht?«

»Zac wurde langsam misstrauisch, also bin ich zu dem Renoir gegangen, weshalb es auch so lange gedauert hat, bis ich ihm entkommen konnte. Aber wie auch immer, es sollte für einen der führenden Detectives dieses Landes nicht allzu schwierig sein, jemanden aufzuspüren, der im Gefängnis sitzt, weil er einen Vermeer gefälscht hat.«

»Stimmt, aber Zac glaubt immer noch, dass du zu dieser Privatveranstaltung am Mittwoch kommst.«

»Unglücklicherweise wird Barbara es nicht schaffen, genauso wenig wie sie seine freundliche Einladung zur Afterdinnerparty im Mirabelle wird wahrnehmen können.«

»Aber du hast ihm doch deine Nummer gegeben.«

»01730 1234.«

»Wessen Nummer ist das?«

»Die von Harrods Food Hall.«

»Ich bewundere dich.«

13

Am Sonntagmorgen setzten sie sich erst kurz nach zehn an den Frühstückstisch.

Beth wollte im Hyde Park ein wenig joggen, weil sie, so erklärte sie ihm, ein paar Pfund verlieren müsse. William wusste zwar nicht, wo sie die verlieren sollte, meinte aber, er wolle mit ihr laufen.

»Wir brauchen keinen Lunch«, sagte er und strich Butter auf eine weitere Scheibe Toast. »Das hier zählt als Brunch. Aber ich werde meine Mutter anrufen müssen, um ihr zu sagen, dass wir nicht kommen.«

»Du könntest es immer noch schaffen, wenn du jetzt sofort losgehst«, neckte sie ihn.

William ignorierte sie und tat einen Klecks Orangenmarmelade auf den Toast.

»Jez und ich gehen am Sonntagabend üblicherweise ins Kino«, sagte Beth. »Also können wir zu einer vernünftigen Zeit im Bett sein.«

»Das passt mir gut. Ich habe gleich morgen früh ein Gespräch mit dem Commander.«

»Klingt beeindruckend.«

»Er ist auch beeindruckend, und für vier Abteilungen verantwortlich. K und A ist seine Lieblingsabteilung, obwohl sie die unbedeutendste ist.« William biss von seinem Toast ab, bevor er hinzufügte: »Das Team trifft sich jeden ersten Montag im Monat, um ihn bei den Fällen, in denen wir ermitteln, auf den neuesten Stand zu bringen.«

»Dann haben Sie ihm ja wohl eine ganze Menge zu berichten, Detective Constable Warwick, nicht wahr?«

»Du kannst davon ausgehen, dass the Hawk den Namen unseres Künstlers kennt, sofern er wirklich hinter Gittern sitzt, und dazu ebenso den Namen des Gefängnisses und die Dauer seiner Haftstrafe.«

»Eines Tages hättest du gerne seine Stelle, oder?«, sagte Beth und schenkte sich noch eine Tasse Kaffee ein.

»Ja, aber ich habe es nicht eilig. Wie ist es mit dir? Möchtest du eines Tages die Stelle, die Tim Knox jetzt hat?«

»Ich liebe, was ich mache, und ich bin ganz zufrieden damit, es auch weiterhin zu tun, bis ich ein besseres Angebot bekomme.«

»Ich wette, du bist Direktorin der Tate, bevor ich auf dem Stuhl des Commanders sitze.«

»Ich kann mir nicht vorstellen, dass die Tate jemals eine Frau auf diesen Posten berufen wird.«

»Nicht einmal, wenn sie an ihrer Schule Schülersprecherin und Kapitänin der Hockeymannschaft war?«

»Wer hat dir das verraten?«

»Ein Polizist gibt niemals seine Quellen preis.«

»Ich werde Jez umbringen.«

»Schade. Ich mochte ihn.«

»Er ist der ideale Mitbewohner«, sagte Beth. »Sauber, ordentlich und rücksichtsvoll, und seine Miete ist eine große Hilfe angesichts des lächerlichen Gehalts, das mir das Fitzmolean bezahlt.«

»Ich wusste gar nicht, dass dir die Wohnung gehört.«

»Sie gehört nicht mir, sondern meinen Eltern. Dad arbeitet

für die HSBC, die ihn für die nächsten drei Jahre nach Hongkong geschickt hat. Wenn meine Eltern zurückkehren, wird Jez gehen, und ich werde in sein Zimmer ziehen müssen.«

Oder zu mir, hätte William am liebsten gesagt.

»Du rufst besser deine Mutter an, während ich aufwasche. Das Telefon steht im Arbeitszimmer.«

»Einmal eine Schulsprecherin, immer eine Schulsprecherin«, sagte William und ging. Im Arbeitszimmer nahm er den Telefonhörer ab und wählte die erste Nummer, die er jemals auswendig gelernt hatte. Er hoffte, sein Vater würde abnehmen, doch es war eine weibliche Stimme, die sich meldete.

»Nettleford 4163.«

»Hi, Grace, hier William. Ich schaffe es heute nicht zum Lunch. Es ist etwas dazwischengekommen. Würdest du mich bei Mum und Dad entschuldigen?«

»Etwas oder jemand?«

»Es hat mit der Arbeit zu tun.«

»Du bist so ein lausiger Lügner, William. Aber ich werde nichts verraten, obwohl ich gehofft hatte, dass wir uns heute sehen würden.«

»Warum? Gibt es ein Problem?«

»Dad wird heute Clare kennenlernen, weshalb ich auf deine moralische Unterstützung gehofft hatte.«

»Ich hatte noch nie besonders viel für blutige Sportarten übrig.«

»Vielen Dank. Kommst du nächste Woche? Ich kann es gar nicht erwarten, die junge Frau kennenzulernen, die bereit ist, sich mehr als einmal mit dir zu verabreden.«

»Und ich kann es gar nicht erwarten, die junge Frau kennenzulernen, die bereit ist, sich mehr als einmal mit *dir* zu verabreden.«

»Touché. Aber es wäre mir trotzdem lieber, wenn du dabei wärst.«

»Du wirst das schon schaffen, Grace. Denk immer daran: Wenn Dad schnaubt, kommt heiße Luft aus seiner Nase, keine Flamme.«

»Du hast leicht reden. Du bist in sicherer Entfernung.«

»Immerhin hast du Mum auf deiner Seite.«

»Bei zwei gegen einen kann es immer noch knapp ausgehen. Bei drei gegen einen hätte sich die Sache vielleicht zu meinen Gunsten entschieden.«

»Ich werde in Gedanken bei dir sein«, sagte William. Dann verabschiedete er sich und legte auf. Er wollte das Zimmer gerade verlassen, als er eine Reihe von Postkarten mit der Skyline von Hongkong auf dem Kaminsims stehen sah. Der Polizist in ihm hätte gerne einen Blick auf die Rückseiten der Karten geworfen, doch er widerstand der Versuchung. Stattdessen kehrte er in die Küche zurück, wo er Beth beim Abwasch fand.

»Normalerweise trocknet Jez ab.«

»Subtil«, sagte William und griff nach einem Geschirrtuch. »Wenn wir fertig sind, werde ich nach Hause gehen und einen Jogginganzug anziehen.«

»Nicht nötig. Alles, was du brauchst, findest du in Jez' Zimmer.«

»Ich habe mich schon immer gefragt, wie eine *ménage à trois* wohl funktioniert.«

Danach gab es Joggen im Park, gefolgt von *Mein wunderbarer Waschsalon* und einer Pizza Margherita – jeweils eine Hälfte für jeden –, bevor sie in Beths Wohnung zurückkehrten und unter der Bettdecke verschwanden, um einen idyllischen Sonntag zu beenden.

Als William am folgenden Morgen erwachte, musste er zunächst seine Arme freimachen, bevor er einen Blick auf seine Uhr werfen konnte.

»Hilfe!«, sagte er, sprang aus dem Bett und stürmte ins Bad. Er konnte es sich nicht erlauben, zur heutigen Besprechung zu spät zu kommen. Sie würde um neun Uhr anfangen – mit ihm oder ohne ihn.

Als er wieder im Schlafzimmer war, zog er sich eilig an und küsste die erst halb wache Beth.

»Du hast wohl gehofft, du kannst verschwinden, bevor ich wach bin, stimmt's?«

»Ich muss zurück in meine eigene Wohnung und mich umziehen. Ich kann es mir nicht leisten, noch einmal zu spät zu kommen.«

Beth setzte sich auf und streckte die Arme aus. »Jetzt, wo Sie von mir bekommen haben, was Sie wollten, Detective Constable Warwick, werde ich Sie da jemals wiedersehen?« Sie seufzte und legte sich theatralisch einen Arm auf die Stirn.

»Ich könnte nach der Arbeit vorbeikommen, wenn das in Ordnung ist. Das dürfte dann so gegen sieben sein.«

»Das passt mir gut, dann können wir alle gemeinsam zu Abend essen. Jez kann kochen, und du kannst aufwaschen.«

William setzte sich auf den Bettrand und nahm sie in die Arme. »Und was wirst du machen?«

»Proust lesen.«

»Übrigens«, sagte William, als er aufstand, um zu gehen, »meine Schwester kann es gar nicht erwarten, dich zu treffen.«

»Warum?«

»Es ist ziemlich kompliziert. Ich werde dir alles heute Abend erklären.«

»Sorgen Sie zunächst dafür, dass Sie mein Gemälde finden, DC Warwick!«, waren die letzten Worte, die William hörte, als er die Schlafzimmertür schloss.

William erspähte einen Bus mit der Nummer 22, der sich der Haltestelle näherte, und es gelang ihm gerade noch, an Bord zu springen, als dieser bereits wieder losfuhr.

»Ach du Scheiße«, sagte er.

»Verzeihung, junger Mann«, sagte der Fahrkartenkontrolleur. »Aber es besteht kein Anlass, in meinem Bus eine solche Sprache zu benutzen.«

»Entschuldigung. Ich habe vergessen, meiner Freundin zu sagen, dass ich heute nach Barnstaple fahren werde.«

»Dann sind Sie definitiv im falschen Bus.«

»Es tut mir leid, dass ich während des letzten Monats nicht in der Lage war, Ihnen viel Zeit zu widmen«, sagte Hawksby. »Zweifellos haben Sie inzwischen alle etwas über den Drogenfund in Southampton letzte Woche gelesen. Zweihundert Pfund Kokain und sechs Festnahmen.«

Alle klatschten mit der flachen Hand kräftig auf den Tisch.

»Eigentlich ist das kaum einen Applaus wert«, sagte Hawksby. »Die sechs, die wir festgenommen haben, waren ausnahmslos kleine Fische. Die eigentlichen Drahtzieher genießen derweil ihr Sonnenbad am Strand in Südfrankreich, und der größte Hai von allen verlässt niemals sein Gut in Kolumbien, wobei die dortige Polizei nicht mit uns zusammenarbeitet. Uns bleibt nichts anderes übrig, als die nächste Lieferung abzufangen und unsere Netze nach noch mehr kleinen Fischen auszuwerfen, während wir immer noch keine Ahnung haben, wie viel von dem Zeug in Wahrheit ins

Land kommt. Seien Sie dankbar dafür, dass niemand von Ihnen bei der Drogenfahndung arbeitet.«

The Hawk lehnte sich zurück, wandte sich nach rechts und sagte: »Und was haben Sie in meiner Abwesenheit erreicht, Bruce?«

»Ich hatte fast dasselbe Problem wie Sie, Sir«, antwortete Lamont. »Man muss nur das Wort ›Drogen‹ durch das Wort ›Diamanten‹ ersetzen. Die unbearbeiteten Steine kommen aus Ghana und werden über Dubai nach Bombay verschifft, wo man sie gegen Bargeld verkauft. So umgehen die Täter Steuern sowie Aus- und Einfuhrzölle, während sie die Immobilienpreise in Mayfair in die Höhe treiben.«

»Alle Kriminellen leben gerne in einem Rechtsstaat«, sagte Hawksby. »Das erleichtert ihnen ihre Geschäfte.«

»Und genau wie Sie, Sir«, fuhr Lamont fort, »schnappen wir nur die kleinen Fische, die ein paar Jahre im Gefängnis von Anfang an einrechnen.«

»Kein Wunder, dass Kriminalität mittlerweile fünfzehn Prozent der Weltwirtschaft ausmacht und der Anteil immer weiter wächst«, kommentierte Hawksby. »Sonst noch etwas, Bruce?«

»Ja, Sir. Möglicherweise steht DC Warwick im Rembrandt-Fall kurz vor einem entscheidenden Durchbruch, aber es wird am besten sein, wenn er selbst die Einzelheiten erläutert.«

»Im Zuge weiterer Ermittlungen haben wir ...«, begann William.

»Wir?«, unterbrach ihn Hawksby.

»Dank der Hilfe einer Forschungsassistentin aus dem Fitzmolean ist es uns gelungen, einen Künstler zu identifizieren, der vermutlich die Kopie des Rembrandt gemalt hat.«

»Name?«

»Eddie Leigh«, sagte Lamont. »Er hat versucht, einer Galerie im West End einen Vermeer zu verkaufen. Ich war damals für den Fall zuständig. Seit zwei Jahren sitzt er in Pentonville.«

»Warum glauben Sie, dass die Kopie des Rembrandt von Leigh stammt, DC Warwick?«, fragte Hawksby.

»Ich habe eine andere Arbeit von ihm in der Fake Gallery in Notting Hill gesehen, Sir. Er ist außerordentlich begabt, doch das allein dürfte nicht genügt haben, um ein Werk von solcher Qualität zu schaffen. Er muss nach dem Original gearbeitet haben.«

»Aber er hätte sich doch einfach im Fitzmolean für fünf Pfund einen Druck der *Tuchmacherzunft* besorgen können«, sagte Hawksby.

»Das stimmt. Aber hätte er nur nach einem Druck gearbeitet, wäre er nicht in der Lage gewesen, die lebendige Farbgebung, den Schwung und das Flair des Originals in einer Weise wiederzugeben, wie es ihm in der Tat gelungen ist, und deshalb glaube ich, dass zumindest die Möglichkeit besteht, dass das Original doch noch nicht zerstört wurde.«

»Auch wenn es verdammt unwahrscheinlich ist«, sagte Lamont, ohne dass auf seinem Gesicht auch nur die Andeutung eines Lächelns erschien.

»Wie viele Jahre muss Leigh noch absitzen?«, fragte Hawksby.

»Etwas mehr als vier, Sir«, antwortete Lamont. »Und ich glaube, ihm ist rausgerutscht, wo Faulkner als Nächstes zuschlagen wird.«

»Klären Sie mich auf«, sagte Hawksby.

»SO Langley hat mich gestern von Pentonville aus angerufen und mir mitgeteilt, dass er seit einiger Zeit in die wöchentlichen Telefongespräche von Eddie Leigh mit dessen Frau reinhört, doch bis letzten Freitag gab es nichts darüber zu berichten.«

»Wir sind alle ganz Ohr, Bruce«, sagte der Commander.

Lamont las aus seiner Mitschrift des entscheidenden Anrufs vor.

»›Wie geht's mit dem Bild voran?‹ ›Du kannst ihm sagen, dass ich *Frau am Strand* fertig habe.‹ ›Gerade noch rechtzeitig.‹«

»Das ist aus Picassos Blauer Periode«, sagte William.

»Blaue Periode?«, unterbrach ihn Hawksby. »Es ist mir absolut egal, welche Periode das war. Wer ist der Besitzer des Originals?«

»Ein gewisser Mr. Brooks und seine Frau«, sagte Lamont. »Das Bild hängt gegenwärtig in ihrem Landhaus in Surrey.«

»Nicht mehr lange, würde ich vermuten. Und jetzt, da wir wissen, wo Faulkner als Nächstes zuschlagen wird, müssen wir herausfinden, wann.«

»Ich glaube, diese Frage kann ich beantworten«, sagte Jackie. Sie wirkte ziemlich zufrieden mit sich und schwieg einen kurzen Augenblick, bevor sie weitersprach. »›Gerade noch rechtzeitig‹ ist der Schlüssel, Sir, denn die Brooks gehen in zwei Wochen in Urlaub, und obwohl sie vierzehn Tage wegbleiben werden, gibt es nur einen Abend, an dem das Haus völlig leer ist.« Jetzt gestattete sie sich sogar eine noch längere Pause.

»Nun machen Sie schon, Sergeant«, sagte Lamont.

»Die Brooks haben einen Chauffeur, David Crann, und eine Köchin, Elsie. Beide wohnen im Haus, aber die Köchin geht immer zur selben Zeit wie die Brooks in Urlaub.«

»Und der Chauffeur?«

»Während dieser Zeit wird Crann ständig vor Ort sein, außer am Abend des Dreiundzwanzigsten, einem Montag, denn dann hat Chelsea ein Heimspiel gegen Liverpool.«

»Ich sehe das Bild schon einigermaßen vor mir«, sagte Hawksby. »Geben Sie mir noch ein paar Einzelheiten.«

»Crann hat eine Dauerkarte, und er verpasst nie ein Heimspiel von Chelsea. Der Anstoß ist um sieben, also wird er das Haus gegen fünf verlassen und erst kurz vor Mitternacht zurückkehren.«

»Hat das Grundstück eine Alarmanlage?«, fragte Lamont.

»Sogar eine auf dem neuesten technischen Stand, Sir. Aber die nächste Polizeistation ist etwa zwanzig Minuten entfernt, was einem Einbrecher mehr als genügend Zeit geben würde, um das Bild zu stehlen und wieder zu verschwinden, bevor die Polizei eintrifft.«

»Das ist hervorragende Ermittlungsarbeit, Sergeant.«

»Vielen Dank, Sir«, sagte Jackie.

»Ausnahmsweise«, sagte Lamont, »sind wir Faulkner einen Schritt voraus, denke ich.«

»Hoffen wir, dass *er* nicht *uns* zwei Schritte voraus ist«, erwiderte Hawksby. »Trotzdem sollten Sie einen Plan für den Dreiundzwanzigsten entwerfen, Bruce. Vielleicht gelingt es uns diesmal, ihn auf frischer Tat zu ertappen. Davon abgesehen, brauche ich allerdings ein paar konkrete Ergebnisse, um mir den Commissioner vom Hals zu halten. Deshalb, Warwick, bevor Sie gehen: Wie ist der neueste Stand bei Churchill und dem alten Silber?«

»Cyril Amhurst, der Fälscher der Churchill-Signaturen, wird noch in dieser Woche vor dem Friedensrichter des Romford Magistrates Court erscheinen«, antwortete William. »Wir gehen davon aus, dass er vorerst wieder freikommen und in ein paar Monaten vor Gericht gestellt werden wird. Ich vermute, er wird auf schuldig plädieren.«

»Gehen Sie niemals davon aus, dass irgendetwas offensichtlich ist«, sagte Lamont.

»Und das Silber?«, fragte Hawksby.

»Betrifft einen unserer Dauerkunden«, sagte Lamont, indem er die Erklärung übernahm. »Kevin Carter. Rein ins Gefängnis, raus aus dem Gefängnis, wie das Vögelchen in einer Kuckucksuhr. Aber wir wissen noch nicht, was er diesmal vorhat. Klar ist jedoch, dass es nicht sein eigenes Geld sein kann, mit dem er das Silber kauft. In der Liga spielt er bei Weitem nicht. DS Roycroft und DC Warwick werden heute noch nach Barnstaple fahren, um ein Auge auf Carter zu werfen und herauszufinden, was er vorhat.«

Ach du Scheiße, hätte William am liebsten zum zweiten Mal an diesem Morgen gesagt. Er würde Beth in der Galerie anrufen müssen, was, wie er wusste, ihrem Chef gar nicht gefiel.

»Halten Sie mich auf dem Laufenden«, sagte Hawksby. »Und Bruce, ich nehme an, dass Sie und DC Warwick in Pentonville vorbeischauen, sobald er wieder aus Barnstaple zurück ist. Kommen wir nun kurz zu dem Rembrandt. Kronanwalt Booth Watson hat heute Morgen mein Büro angerufen und verlangt, dass wir seinem Mandanten die Kopie des Bildes zurückgeben.«

»Noch nicht«, sagte Lamont.

»Warum nicht?«, fragte Hawksby.

»Wenn Jackie oder ich auf Faulkners Grundstück auftauchen, kämen wir gerade mal bis an das äußere Tor. Aber wenn wir einen unerfahrenen jungen Constable, der noch feucht hinter den Ohren ist, das Bild übergeben lassen, besteht vielleicht die Möglichkeit, dass er einen Fuß in die Tür bekommt.«

»Klingt vernünftig«, sagte Hawksby. »Aber warum nicht jetzt gleich?«

»Faulkner fliegt nächsten Montag mit British Airways nach Monte Carlo, und er wird mindestens einen Monat lang außer Landes sein.«

»Was macht Sie so sicher?«

»Er ist ein Gewohnheitstier. Jedes Jahr geht er im Dezember in seine Villa in Monte Carlo, und er kommt selten vor Ende Januar zurück.«

»Und woher wissen Sie, welchen Flug er gebucht hat?«

»Ein früherer Beamter der Met leitet den Sicherheitsdienst von BA. Derlei Informationen bekomme ich regelmäßig von ihm, Sir.«

»Und da ist noch etwas, das interessant sein könnte, Sir«, sagte Jackie. »Diesmal nimmt er seine Frau nicht mit. Auf dem Platz neben ihm wird eine gewisse Miss Cheryl Bates sitzen. Ihr Ticket wurde mit derselben American-Express-Karte bezahlt.«

»Sie könnte seine Sekretärin sein«, sagte Hawksby.

»Ich glaube nicht, dass Tippen ihre Spezialität ist, Sir.«

Verhaltenes Gelächter erklang, doch rasch war die Ordnung wiederhergestellt, als Hawksby sagte: »Wenn Warwick mit der Kopie des Rembrandt auf Faulkners Gut in Hampshire auftaucht, wird er bereits in Monte Carlo sein.«

»Genau, Sir, aber seine Frau ist noch in Hampshire«, erwiderte Lamont.

»Gut, denn ich habe das Gefühl, dass Mrs. Faulkner möglicherweise etwas zugänglicher sein wird als ihr Mann.«

»Da wäre ich mir nicht so sicher, Sir«, sagte Lamont.

14

»Ich stecke echt in Schwierigkeiten«, sagte William, als er das Auto startete.

»Was the Hawk oder was Lamont betrifft?«, fragte Jackie und legte den Sicherheitsgurt an.

»Viel schlimmer. Was Beth angeht. Ich habe ihr gesagt, dass ich heute zum Abendessen zurück wäre, und jetzt bin ich mit einer anderen Frau unterwegs nach Barnstaple.«

»Ich glaube, da ist ein Dutzend Rosen fällig«, sagte Jackie. »Und ich kenne genau den Richtigen, um dein Problem zu lösen.«

Als sie durch Earl's Court fuhren, sagte Jackie: »Fahr links ran.«

»Aber da ist eine doppelte gelbe Linie«, erwiderte William. »So werden wir zum Freiwild für die Verkehrspolizei.«

»Es dauert nur ein paar Minuten. Und außerdem führen wir gerade einen offiziellen Polizeieinsatz durch.«

Jackie stieg aus, und William folgte ihr zögernd in einen Blumenladen.

»Ein Dutzend Rosen«, sagte Jackie. »Und achten Sie darauf, dass sie frisch sind, oder ich verhafte Sie wegen unrechtmäßigen Auftretens als Florist. Die Blumen sollen geliefert werden.«

Sorgfältig suchte der Florist jede einzelne Rose aus, bevor er um den Namen und die Adresse bat.

»Beth Rainsford. The Fitzmolean Museum, Prince Albert Crescent«, sagte William.

»Rainsford … Rainsford … warum klingelt da nur was bei mir?«, sagte Jackie.

»Möchten Sie eine Nachricht hinzufügen?«, fragte der Florist und reichte William eine Karte und einen Kugelschreiber.

Tut mir leid, es ist etwas dazwischengekommen. Ich schaffe es nicht heute Abend. William x.

»Ich dachte, du magst diese Frau«, sagte Jackie und zerriss die Karte. »Es ist, als würdest du deiner Schwester schreiben, dass du Mumps hast. Versuch's noch mal.«

Ich vermisse dich. Ich rufe heute Abend an und erkläre dir alles. In Liebe, William xx.

»Nicht viel besser, aber ich habe gerade einen Verkehrspolizisten gesehen, also machen wir uns wohl besser auf den Weg.«

»Das macht dann zwei Pfund«, sagte der Florist.

William reichte ihm das Geld.

»Vielen Dank, Mike.«

»War mir ein Vergnügen, Jackie«, sagte der Florist, als die beiden zu ihrem Auto eilten.

»Wie wollen wir in Barnstaple vorgehen?«, fragte William, als sie sich in den Verkehr auf der Schnellstraße in Richtung Westen einfädelten.

»Zunächst müssen wir herausfinden, wo Carter wohnt, und dann in einem Einsternehotel oder einer Pension in der Nähe einchecken.«

»Und wonach genau sollen wir Ausschau halten?«, fragte William, der noch nie an einer solchen Überwachung teilgenommen hatte.

»Nach Besuchern, besonders nach solchen, die offenkundig nicht aus dem Ort stammen. Natürlich glaube ich nicht, dass der unbekannte Geldgeber selbst nach Barnstaple kommt, nur um uns einen Gefallen zu tun. Aber wir werden von jedem, der hier auftaucht, Fotos machen müssen. Wenn wir wieder im Yard sind, werden wir nachsehen, ob es irgendeine Übereinstimmung mit den Aufnahmen unserer bekannten Kunden gibt.«

»Und abgesehen davon?«

»Die Nummernschilder von allen Autos, die in der Nähe des Hauses parken, sowie anderer verdächtig wirkender Fahrzeuge. Wir können sie später im nationalen Polizeicomputer überprüfen. Und rechne bloß nicht damit, dass derjenige, den wir suchen, direkt vor Carters Tür parkt. So bequem ist das Leben nicht.«

»Teilen wir uns oder gehen wir zusammen vor?«

»Das kommt darauf an, ob wir das Haus von unserem Fahrzeug aus beobachten können, ohne aufzufallen. Aber in beiden Fällen liegen lange Stunden geduldiger Überwachung vor uns, ohne dass wir sicher sein können, dafür irgendetwas in die Hand zu bekommen.«

»Glaubst du, wir werden herausfinden, was er vorhat?«

»Das ist unwahrscheinlich«, sagte Jackie. »Aber du kannst dir sicher sein, dass es die eine oder andere Überraschung geben wird, wenn wir erst mal losgelegt haben.«

»Wer entscheidet, wann wir wieder nach London zurückkehren?«

»Lamont.«

»Dann bleiben wir vielleicht ewig dort.«

Jackie lachte. »Das glaube ich nicht. Vergiss nicht, er will, dass du ihn nach Pentonville begleitest, wenn er mit Eddie Leigh spricht. Und du musst die Kopie des Rembrandt zu Faulkners Gut bringen.«

Eine Zeit lang fuhren sie in freundlichem Schweigen dahin.

»Hat Lamont Familie?«

»Er ist eine dreifache Katastrophe«, antwortete Jackie. »Drei Ex-Ehefrauen und fünf Kinder. Seine ersten drei Ehen hielten zwei Jahre, drei Jahre und ein Jahr, und ich weiß nicht, ob die vierte viel länger halten wird. Nur Gott weiß, wie er die Alimente bezahlt. Es wäre besser, sich gelegentlich eine Geliebte zu suchen, wie das alle anderen machen.«

»Und was ist mit the Hawk?«, fragte William lachend.

»Er ist seit über dreißig Jahren mit derselben Frau verheiratet. Drei erwachsene Töchter, die ihn um den kleinen Finger gewickelt haben.«

»Das würde ich gerne sehen«, sagte William. »Aber andererseits hast du selbst eine Tochter«, fuhr er fort in der Hoffnung, Jackie sei so entspannt, dass sie ihm weitere Dinge anvertrauen würde, doch sie antwortete nicht. Er warf einen Blick nach links und sah, dass sie eingeschlafen war. Wann immer es möglich ist und wo immer es möglich ist, ein Nickerchen einlegen, hatte sie ihm selbst oft genug geraten.

In Wahrheit hatte Jackie die Frage nicht beantworten wollen, weshalb sie die Augen schloss. Schon wenige Tage nachdem William zu ihnen in die Abteilung gekommen war, hatte sie gewusst, dass er zu Höherem berufen war – zu weitaus mehr, als sie sich jemals erhoffen konnte.

Einen Inspector zu melden, der ihr, als sie noch ein junger

Constable gewesen war, die Hand auf die Oberschenkel gelegt hatte, hatte ihre Chancen auf eine Beförderung auch nicht gerade erhöht. Und nach der Geburt ihrer Tochter sechs Monate frei zu nehmen, sorgte dafür, dass sie bei ihrer Rückkehr wieder auf Streife gehen musste. Doch das hatte sie nicht von ihrem Kurs abbringen können.

Als Ms. Roycroft jedoch im Scheidungsverfahren eines höheren Polizeibeamten als einer der Scheidungsgründe angegeben wurde, legte ihr der örtliche Commander nahe, dass die Zeit gekommen sein mochte, vorzeitig in Pension zu gehen. Sie erwähnte nicht, dass sie erst vierunddreißig war und nicht die Absicht hatte, einen Beruf aufzugeben, den sie liebte, denn sie war sich bewusst, dass man sie nicht entlassen konnte. Sie blieb bei der Truppe, musste sich jedoch damit abfinden, dass Detective Sergeant wahrscheinlich der höchste Rang war, den sie jemals erreichen würde.

William war anders. Gut möglich, dass er noch zu naiv und zu sehr ohne Ecken und Kanten war, doch nachdem sie ihn mit der wirklichen Welt bekannt gemacht hätte, in der Kriminelle nicht »bitte« und »danke« sagen, würde er wahrscheinlich rasch aufsteigen. Aber vorerst musste sie noch auf ihn aufpassen, besonders wenn er in Kontakt mit weniger fähigen Kollegen kam, die nur zu gerne bereit wären, ihm ihre Fehler in die Schuhe zu schieben, was er als ehemaliger Privatschüler niemals anderen gegenüber erwähnen würde.

Jackie fragte sich, ob sich William überhaupt noch an ihren Namen erinnern würde, wenn er Commissioner wäre.

William wechselte auf die mittlere Fahrspur, wo er eine konstante Geschwindigkeit einhalten konnte, sodass Jackie nicht gestört wurde. Es dauerte nicht lange, bis seine Gedanken zurück zu Beth wanderten. Wie lange würde sie einen

Freund ertragen, der so unzuverlässig war? Sobald sie in Barnstaple wären, würde er sie sofort anrufen und ihr erklären, warum er zum Abendessen nicht zu ihr kommen konnte.

Altes Silber, ein verschwundener Rembrandt und die Frage, wie er in Faulkners Haus gelangen und dessen Frau kennenlernen könnte, gingen ihm nicht mehr aus dem Kopf, obwohl Beth sich ständig dazwischendrängte.

Als William von der Schnellstraße abbog, erwachte Jackie und begann unverzüglich, sich mit der Karte auf ihrem Schoß zu beschäftigen. »Fahr in Richtung Stadtzentrum«, sagte sie, als hätte sie nie wirklich geschlafen. »Zu Carters Haus geht es irgendwann nach links. Ich sage dir früh genug Bescheid.«

Ein paar Meilen später sagte Jackie: »Nimm die nächste Abzweigung nach links und fahr langsamer, wenn du an Nummer 91 vorbeikommst. Dann die erste rechts, und achte darauf, dass du weit außer Sichtweite parkst.«

Sorgfältig musterte Jackie die moderne Doppelhaushälfte mit dem winzigen Vorgarten, während sie an der Mulberry Avenue Nummer 91 vorbeifuhren, doch es war nicht das Haus, das ihre Aufmerksamkeit auf sich zog. William bog nach rechts ab und parkte hinter einem großen Lieferwagen.

Jackie stieg aus, streckte die Arme und ließ ihren Blick über den Horizont schweifen. »Siehst du, was ich sehe?«

William wandte sich in die Richtung, in die sie deutete. »Du meinst diesen großen Kasten dort auf dem Hügel?«

»Die Römer hätten diese Position besetzt und dort eine Festung gebaut, um ihre Feinde ständig im Auge behalten zu können.«

»Aber die Stelle ist ziemlich weit weg.«

»Ja, aber sie bietet einen Überblick über den ganzen Ort,

einschließlich Carters Haus. Da wir keine Römer sind, wollen wir hoffen, dass es sich bei dem Kasten um ein Hotel handelt«, sagte Jackie und stieg zurück ins Auto.

William ließ das Gebäude nicht aus den Augen, während sie langsam den Hügel hinaufrollten. Schließlich erspähte er ein Schild, welches das Sea View Hotel ankündigte; ein Pfeil deutete auf eine lange Zufahrt.

»Alles, was uns jetzt noch fehlt, ist ein Zimmer mit einem Panoramafenster auf der Vorderseite des Hauses, das für die nächsten paar Tage frei ist«, sagte Jackie. »Du redest. Ich versuche, sanft wie ein Lamm auszusehen.«

»Es wäre das erste Mal, wenn du das schaffst«, murmelte William.

»Guten Tag«, sagte die junge Frau am Empfang. »Wie kann ich Ihnen helfen?«

»Wir würden gerne wissen, ob das Zimmer mit Blick über die Bucht frei ist«, sagte William.

»Die Queen Anne Suite? Lassen Sie mich nachsehen, Sir.« Sie warf einen Blick in das Gästebuch und sagte dann: »Ja, aber nur für zwei Nächte. Für Mittwoch ist die Suite bereits reserviert.«

»Was kostet sie?«, fragte William.

»Dreißig Pfund pro Nacht, einschließlich Frühstück.«

William zögerte. »Wir nehmen sie«, sagte Jackie und flüsterte: »Mr. und Mrs. Smith«, bevor er sich in das Gästebuch eintragen konnte.

»Der Page wird Ihr Gepäck in Ihre Suite bringen, Mr. Smith«, sagte die Rezeptionistin und reichte ihm den Schlüssel.

William fragte sich, wie viele Mr. und Mrs. Smiths über die Jahre wohl in der Queen Anne Suite übernachtet hatten.

Gewiss hatte sich keiner von ihnen mit dem beschäftigt, was er und Jackie vorhatten.

Sie nahmen den Aufzug ins oberste Stockwerk, wo der Page sie bereits mit ihrem Gepäck an der offenen Tür erwartete.

»Wünschen Sie sonst noch etwas, Sir?«, fragte er, nachdem er ihnen die Suite gezeigt hatte.

»Nein, vielen Dank«, sagte William und gab ihm fünfzig Pence, die Mrs. Walters sicher nicht ersetzen würde.

Kaum dass der Page die Tür geschlossen hatte, sah Jackie bereits mit einem Fernglas durch das Fenster.

»Ein Profikiller könnte sich kein besseres Schussfeld wünschen«, sagte sie, als sie das vordere Wohnzimmer der Carters ins Visier nahm.

»Wird uns Lamont nicht Ärger machen wegen der Kosten für eine Suite?«

»Nur wenn wir mit leeren Händen nach London zurückkommen.«

»Ich werde auf der Couch schlafen«, sagte William und warf einen neidischen Blick auf das Doppelbett.

»Niemand wird auf der Couch schlafen«, sagte Jackie. »Wir werden schichtweise arbeiten, Tag und Nacht, sodass wir beide genug Schlaf bekommen, ohne Carter jemals aus den Augen zu lassen. Gut, und jetzt beobachtest du das Haus, während ich mich bei der örtlichen Polizeistation melde und die Kollegen wissen lasse, was wir vorhaben. Und iss nicht alle Kekse, denn den Zimmerservice werden wir ganz sicher nicht nutzen.«

William setzte sich in einen bequemen Sessel und richtete das Fernglas auf Carters Haus. Die Nummer eines Volvo, der in der Auffahrt parkte, konnte er gerade noch erkennen; er notierte sie. Dann richtete er seine Aufmerksamkeit auf einen großen Schuppen in einer Ecke des Gartens und danach wieder auf das Haus, wo er jemanden im Wohnzimmer sah. Ein einzelner Mann, bei dem es sich, wie er annahm, um Carter handelte, saß am Kamin und las eine Zeitung. Eine Frau kam ins Zimmer und begann Staub zu saugen. War das Angie? Nachdem Carter die letzte Seite gelesen hatte, faltete er die Zeitung zusammen, stand auf, schürte das Feuer und verließ das Zimmer. Nur einen Moment später öffnete sich die Haustür. Carter überquerte den Rasen, schloss die Tür des Schuppens auf und ging hinein. Wieder verlor William ihn aus den Augen.

William wirbelte herum, als sich hinter ihm plötzlich die Tür öffnete. Er wusste, es konnte nicht Jackie sein.

»Entschuldigen Sie, Sir«, sagte ein Zimmermädchen. »Möchten Sie, dass ich die Räume herrichte?«

»Nein, vielen Dank«, sagte William. Er erhob sich rasch, wobei er darauf achtete, dass sie das Fernglas nicht sehen konnte. Nachdem sich die Tür wieder geschlossen hatte, begann er an einem Keks zu knabbern. Er würde Jackies Ermahnung ignorieren und auch die übrigen essen. Dann bezog er wieder seinen Posten. Er wandte seine Aufmerksamkeit dem Schuppen zu und konnte einigermaßen mühsam eine Werkbank erkennen und eine vornübergebeugte Gestalt, die an etwas arbeitete. Aber woran?

Etwa eine Stunde später verließ Carter den Schuppen und ging zurück zum Haus. Schon kurz nachdem er das Gebäude betreten hatte, konnte William ihn wieder im Wohnzimmer sehen, wo er sich wie zuvor in einen Sessel setzte.

Nach und nach verstand William, was Jackie mit den langen Stunden geduldiger Überwachung gemeint hatte, nach denen sie vielleicht nur sehr wenig würden vorweisen können. Er hatte Carter nur ein paar Stunden lang beobachtet und langweilte sich bereits. Carter war in seinem Sessel eingenickt. William hätte am liebsten dasselbe getan.

Die Tür hinter ihm öffnete sich ein zweites Mal. Er drehte sich um und sah Jackie, die eine Einkaufstüte in der Hand hielt.

»Gibt es irgendetwas zu berichten?«, fragte sie und starrte auf den Teller mit Kekskrümeln.

»Carter hat das Haus verlassen und ist in den Schuppen gegangen, wo er etwa eine Stunde verbracht hat. Ich glaube, er hat an etwas gearbeitet, aber ich konnte nicht erkennen, was es war.«

»Dann wird es morgen unsere Aufgabe sein, genau das herauszufinden. Ich habe die Polizei vor Ort darüber informiert, was wir vorhaben. Gute Leute, obwohl sie ein wenig empfindlich darauf reagiert haben, dass die Met ohne Vorwarnung bei ihnen erscheint. Sie kennen Carters Vorstrafenregister, aber bisher hat er ihnen noch keine Schwierigkeiten gemacht. Genau genommen lebt er wie ein vorbildlicher Bürger. Er macht sogar gelegentlich Gravurarbeiten für die eine oder andere Schule und ein paar Sportvereine hier, obwohl er behauptet, in Pension zu sein.«

»›Kriminelle gehen nicht in Pension‹«, sagte William, »›sie werden einfach nur gerissener.‹«

»The Hawk?«

»Nein, Fred Yates. Na schön, übernimmst du hier, während ich nach unten gehe und mir die Sache genauer ansehe?«

»Klar. Hefte dich an Carters Fersen, wenn er aus dem Haus kommt. Aber falls er in eine seine Stammkneipen geht, solltest du ihm nicht bis hinein folgen. Du würdest auffallen wie ein entzündeter Daumen an einer ansonsten gesunden Hand.«

»Wann soll ich wieder zurückkommen?«

»Gegen Mitternacht. Dann kannst du ein wenig schlafen, während ich die Nachtschicht übernehme. Ich habe im Auto ein paar Sandwiches für dich liegen lassen, aber jetzt denke ich, ich hätte sie lieber essen sollen«, sagte Jackie mit einem weiteren Blick auf die Kekskrümel.

»Entschuldige«, sagte William. »Ich bin sicher, dass irgendetwas im Kühlschrank ist.«

»Was man uns bloß auf die Rechnung setzen würde, und ich muss Sie ja wohl nicht daran erinnern, dass wir nicht im Urlaub sind, Detective Constable.«

William verließ die Suite, fuhr zurück in die Stadt und parkte zwischen zwei Autos, die ein Stück von Carters Haus entfernt auf der gegenüberliegenden Seite der Mulberry Avenue standen. Kurz nach elf sah er, wie das Licht im Erdgeschoss erlosch und gleich darauf im ersten Obergeschoss anging. Zwanzig Minuten später war das Haus vollkommen dunkel.

Er nahm sich Zeit, die Sandwiches zu essen, und fühlte sich bei jedem Bissen schuldiger. Weil er Angst hatte einzuschlafen, probierte er allerlei Mittel aus, um wach zu bleiben. Zunächst zitierte er Tennysons *Morte d'Arthur*, dann sang er eine klägliche Version von »Nessun Dorma«, und schließlich versuchte er, sich die Spieler mit dem besten jemals erzielten Punktedurchschnitt beim Cricket ins Gedächtnis zu rufen: Bradman 99.94, Pollock 60.97, Headley ...

Um Mitternacht fuhr er zurück ins Hotel, wo Jackie schon bereit war, seinen Platz zu übernehmen.

»Irgendetwas Interessantes?«, fragte sie.

»Er hat ferngesehen, zu Abend gegessen, noch ein wenig mehr ferngesehen, und dann ist er kurz nach elf nach oben und zu Bett gegangen. Zwanzig Minuten später waren alle Lichter aus.«

»Viel besser wird's nicht«, sagte Jackie. »Und die Mitternachtsschicht ist die bei Weitem schlimmste. Man schläft so leicht ein, und wenn einem das passiert, kann man darauf wetten, dass der Volvo nicht mehr in der Einfahrt steht, wenn man aufwacht.«

»Es macht einen total erschöpft, wenn man überhaupt nichts tut«, sagte William und gab ihr die Autoschlüssel.

»Du übernimmst morgen die Mitternachtsschicht, also sieh zu, dass du genügend Schlaf bekommst«, waren ihre letzten Worte, bevor sie ging.

William zog sich aus, duschte und legte sich in das warme Bett. Unwillkürlich musste er an Beth denken. Verdammt, er hatte sie nicht angerufen, und jetzt war es zu spät. Schon wenige Augenblicke später schlief er tief und fest.

15

Am nächsten Morgen erwachte William um kurz nach sieben. Er duschte und rasierte sich und war vollständig angezogen, als Jackie von ihrer Nachtwache zurückkam. Sie setzten sich ans Panoramafenster und genossen ein reichhaltiges Frühstück mit Schinken und Eiern, wobei sie immer wieder einen Blick auf Carters Haus warfen. Carter kam erst gegen neun nach unten, und was er zum Frühstück aß, konnten sie nicht sehen, denn die Küche befand sich auf der rückwärtigen Seite des Hauses.

»Und nun...?«

»... werden wir in die Mulberry Avenue zurückkehren und hoffen, dass er irgendwann das Haus verlässt. Wenn er das Auto nimmt, werden wir ihm folgen. Wenn er zu Fuß geht, werde ich im Wagen bleiben, und du versuchst herauszufinden, was er so treibt. Vielleicht ist es etwas vollkommen Harmloses, aber Lamont wird trotzdem Bescheid wissen wollen.«

Zwanzig Minuten später parkten sie etwa dreißig Meter von Carters Haus entfernt auf der gegenüberliegenden Straßenseite, den Blick unverwandt auf die Haustür gerichtet.

»Das ist sinnlos«, sagte William, nachdem sie eine weitere unergiebige Stunde damit verbracht hatten, über alles Mögliche zu diskutieren – von der Ankündigung Prinzessin Dianas, Scotland Yard zu besuchen, bis zur Frage, wer wohl der nächste Commissioner werden würde.

»Hat the Hawk eine Chance?«, fragte William.

»Diesmal noch nicht«, antwortete Jackie. »Aber vielleicht irgendwann später. Obwohl auch er Feinde hat.«

Noch eine Stunde schlich dahin, bevor William sagte: »Was ist eigentlich aus dem Kerl geworden, der bei dir war, als ich zum ersten Mal die Kopie ...«

»DC Nicholson.« Jackie hielt einen Augenblick inne, bevor sie weitersprach. »The Hawk hat ihn nach Peckham geschickt.«

»Aber da sollte ich doch hin!«

»Es ist immer noch gut möglich, dass du dorthin kommst, wenn wir den Rembrandt nicht finden. Und jetzt konzentrier dich, denn man kann nie wissen, wann sich alles innerhalb eines Sekundenbruchteils ändern kann.«

»Wann wird diese Sekunde endlich kommen?«, fragte William am Ende der dritten Stunde. Dann öffnete sich die Haustür, und beide verstummten.

Carter erschien mit einer Einkaufstüte in der Hand. Er folgte dem Gartenpfad, öffnete das Tor und ging in die entgegengesetzte Richtung.

»Gut, das ist unsere Chance«, sagte Jackie. »Nimm die Kamera und versuch, ein paar Fotos von dem zu machen, was im Schuppen ist.«

»Können wir das rechtfertigen?«

»Gerade eben so. Wir werden uns auf schwerwiegende Verdachtsmomente berufen.« Jackie klang nicht allzu überzeugend. »Wenn er zurückkommt, werde ich ein Mal hupen. Halte dich einfach hinter dem Schuppen versteckt, bis er wieder längere Zeit im Haus ist. Und vergiss die Dreiminutenregel nicht.«

»Was ist mit Angie?«

»Falls sie nach draußen kommt, werde ich zweimal hupen. Dreimal, wenn sie dich sieht. In dem Fall rennst du sofort weg, denn dann müssen wir unverzüglich verschwinden. Manchmal bekommt man nur eine Chance.«

»Keine Panik«, sagte William, nahm die Kamera von der Rückbank, stieg aus dem Auto und überquerte die Straße. Vorsichtig ging er auf Nummer 91 zu. Nirgendwo war jemand zu sehen, und Carter hatte das Gartentor aufgelassen. William duckte sich hinter den Volvo und bewegte sich sicher und geschickt zum Schuppen. Man hätte ihn höchstens ein paar Sekunden vom vorderen Fenster aus sehen können. Er zog an der Tür, doch sie war abgeschlossen. Dann hörte er, wie sich auf der Straße ein Wagen näherte, und versteckte sich hinter dem Schuppen, bis das Auto um die Ecke gebogen war.

Er warf einen Blick durch das kleine Fenster des Schuppens und erkannte eine hölzerne Werkbank und einen Stuhl. Einige Feilspäne aus Silber lagen hier und da auf der Werkbank, doch es war so dunkel, dass er darüber hinaus kaum etwas sehen konnte. Er drückte die Kamera gegen das Fenster und verschoss eine ganze Filmrolle, war sich aber nicht sicher, ob aus den Bildern überhaupt etwas werden würde.

Er wechselte den Film, und dann hörte er ein einzelnes Hupen. Carter, nicht Angie. Er hob den Kopf und sah, wie Jackie vorbeifuhr. Sofort ging er hinter dem Schuppen in Deckung, als Carter, eine Einkaufstüte von Sainsbury's in der Hand, das Tor erreichte. William hörte, wie sich die Haustür öffnete und schloss. *Ein Mann, der nach Hause kommt, geht fast immer zuerst auf die Toilette, was mindestens drei Minuten dauert.* William wartete dreißig Sekunden, bevor er sich in Bewegung setzte. Siebenundzwanzig, achtundzwanzig, neunundzwanzig, dreißig. Er erhob sich, ging rasch über den Rasen, um den Volvo herum und durch das Gartentor. Er rannte nicht und drehte sich nicht um.

Nachdem er der Straße etwa einhundert Meter weit gefolgt war, sah er Jackie, die im Auto mit laufendem Motor auf ihn wartete. Kaum hatte er die Beifahrertür hinter sich zugezogen, startete sie auch schon.

»Glaubst du, dass er mich gesehen hat?«, fragte William, während sie zurück zum Hotel fuhren.

»Nein. Ich habe die vorderen Fenster im Auge behalten, und nirgendwo gab es eine Spur von Carter oder Angie. Konntest du herausfinden, was er im Schuppen treibt?«

»Es war so dunkel, dass ich kaum etwas erkennen konnte, aber ich habe ein paar Fotos gemacht. Wir müssen also einfach warten, was auf ihnen zu sehen sein wird«, antwortete William.

»Morgen müssen wir hier ausziehen«, sagte William, als sie auf den Parkplatz des Hotels fuhren.

»Ich hab's nicht vergessen«, sagte Jackie. »Ich habe ein Bed & Breakfast entdeckt, das ganz in der Nähe liegt. Leider kann man von dort aus das Haus nicht sehen, weshalb wir die meiste Zeit im Auto verbringen werden.«

Als sie wieder in ihrer Suite waren, rief Jackie Lamont an und brachte ihn auf den neuesten Stand. William saß am Fenster und spähte durch das Fernglas, während er die letzten Ingwerkekse aß. Carter war in den Schuppen zurückgekehrt, wo er, wie William gerade noch erkennen konnte, mit gesenktem Kopf an etwas arbeitete ... aber woran?

»Was hat Lamont gesagt?«, fragte er, als Jackie schließlich aufgelegt hatte.

»Wir sollen vorerst vor Ort bleiben. Während du das Haus im Auge behältst, lasse ich den Film entwickeln.«

William wartete, bis sie gegangen war, bevor er sich auf die Bettkante setzte und Beths Nummer wählte. Niemand nahm ab. Sie konnte noch nicht von der Arbeit zurück sein. Er fragte sich, ob er es riskieren sollte, sie in der Galerie anzurufen, entschied sich aber dagegen.

Er ging zurück zum Fenster und konzentrierte sich wieder auf den Schuppen. Carter war immer noch über die Werkbank gebeugt, wo er sich eifrig zu schaffen machte. Er kam erst wieder ins Haus, als es so dunkel wurde, dass William ihn kaum mehr sehen konnte. Es war fast sechs Uhr, als Jackie mit beschwingtem Schritt und triumphierender Miene in die Suite kam.

»Er prägt Münzen mithilfe einer Gussform, genau wie dein Vater gedacht hat.«

»Welche Art Münzen?«

»Ich habe keine Ahnung ... nur eben, dass sie aus Silber sind. Morgen musst du uns eine besorgen. Weißt du, wie man ein Schloss aufbekommt?«

»Nein. Das muss der Teil der Ausbildung gewesen sein, den ich verpasst habe.«

»Dann werde ich es tun müssen.«

»Ohne einen Durchsuchungsbeschluss?«

»Lamont will unbedingt herausfinden, wer Carter finanziert und was der Betreffende vorhat. Das Letzte, was er zu mir gesagt hat, bevor er das Gespräch beendete, war: ›Ich habe es satt, immer nur die kleinen Fische zu fangen.‹«

»Das ist alles schön und gut«, erwiderte William, »aber wie wollen wir vorgehen?«

»Diesem Problem widmen wir uns morgen«, sagte Jackie.

»Du fährst runter und übernimmst die Nachtschicht, während ich ein Nickerchen mache. Was auch immer du tust, schlaf bloß nicht ein.«

Widerwillig verließ William das Hotel, wobei er ein paar Marsriegel und eine Flasche Mineralwasser aus dem Kühlschrank mitnahm. Mrs. Walters konnte unmöglich etwas dagegen haben. Er fuhr zurück in die Stadt, bog in die Mulberry Avenue und parkte hinter einem Lieferwagen, von wo aus er einen freien Blick auf Carters Haustür hatte.

William sah eine rote Telefonzelle am anderen Ende der Straße und fluchte. Noch immer hatte er nicht mit Beth gesprochen. Heute Abend hätte er mit ihr in den neuen James-Bond-Film gehen und sich ansonsten um Faulkner kümmern sollen, anstatt in einem unbequemen Auto vor Kälte zu zittern und ein Haus anzustarren, das in völliger Dunkelheit lag. Irgendwie gelang es 007, innerhalb weniger Stunden die Welt von einem international gefürchteten Verbrecher zu retten, während William wach zu bleiben versuchte, um einen kleinen Betrüger im Auge zu behalten. Er schaltete das Radio ein. Die Generalsynode der Church of England hatte darüber debattiert, ob Frauen die Ordination ermöglicht werden sollte. Er konnte geradezu hören, wie sein Vater dazu sagte: »Das ist nur der Anfang. Als Nächstes wollen sie Bischöfinnen werden.« Weitere Nachrichten folgten, und dann ein Bericht über die Ausbreitung der Tsetsefliege in mehreren afrikanischen Staaten südlich der Sahara. Er schlief ein und wachte erst wieder auf, als er das elektronische Zeitzeichen hörte, das die Fünfuhrnachrichten ankündigte.

»Guten Morgen. Hier ist die BBC. Der Premierminister ...«

William blinzelte, rieb sich die Augen und sah, dass im

Obergeschoss des Hauses Licht brannte. Er war schlagartig wach. Ein paar Minuten später erlosch das Licht im Obergeschoss, und ein anderes Licht im Erdgeschoss ging an. William öffnete seine Wasserflasche, nahm einen Schluck und spritzte sich ein paar Tropfen ins Gesicht, als sich die Haustür öffnete und Carter erschien. Er trug eine unförmige Reisetasche aus Leder, die er im Kofferraum des Volvos verstaute, bevor er sich ans Steuer setzte. Er brauchte drei Versuche, bis der Motor ansprang.

Der Volvo schob sich aus der Auffahrt. William rollte mit ausgeschalteten Scheinwerfern auf die andere Straßenseite. Am Ende der Straße bog Carter nach rechts ab, und William folgte ihm, wobei er sorgfältig darauf achtete, eine angemessene Entfernung einzuhalten, denn so früh am Morgen waren nur wenige andere Fahrzeuge unterwegs. An einem Kreisverkehr wandte sich Carter nach links und folgte dem spärlichen Verkehr aus der Stadt hinaus.

»Bitte, bitte, bitte«, murmelte William, als Carter auf die Schnellstraße zuhielt.

Am nächsten Kreisverkehr wurden Williams Gebete erhört, als Carter die dritte Ausfahrt nahm und sich ebenso wie die anderen Fahrer auf den Weg nach London machte.

Carter blieb konsequent auf der inneren Spur und überschritt kein einziges Mal das Tempolimit. Ganz offensichtlich war er ein Mann, der keinen Wert darauf legte, von der Verkehrspolizei angehalten zu werden, und William fragte sich, was die Reisetasche wohl enthalten mochte. Mit jeder Meile, die sie zurücklegten, stieg Williams Zuversicht, dass Carters Ziel tatsächlich die Hauptstadt war, wo er sich hoffentlich mit dem Mann treffen würde, dessen Identität Lamont unbedingt herausfinden wollte. Doch dann verließ

Carter ohne Vorwarnung die Schnellstraße und folgte der Beschilderung nach Heathrow, wo er in das Parkhaus für Kurzparker fuhr.

William stellte sein Fahrzeug im Stockwerk darüber ab und folgte Carter zu Terminal zwei, wo er zusah, wie Carter zum Schalter von British Airways ging. William blieb zurück, als Carter eincheckte und einen Boardingpass ausgehändigt bekam. Die Reisetasche fest in der Hand, nahm Carter die Rolltreppe ins erste Obergeschoss, wo er in Richtung Abflughalle ging.

Rasch begab sich William zum Check-in-Schalter, wo er der Angestellten der Fluglinie seine Dienstmarke zeigte. »Ich muss wissen, welchen Flug Mr. Kevin Carter gebucht hat.«

Die Frau zögerte einen Augenblick und drückte dann auf einen Knopf unter ihrem Pult. Kurz darauf erschien ein großer, kräftig gebauter Mann an ihrer Seite. Erneut zeigte William seine Dienstmarke vor und wiederholte seine Bitte.

»Wer ist Ihr Vorgesetzter?«, fragte der Mann.

»DCI Lamont, Leiter der Abteilung Kunst und Antiquitäten bei Scotland Yard.«

Der Mann vom Sicherheitsdienst hob den Hörer eines Telefons ab. »Und die Nummer?«

»01 735 2916.« William betete darum, dass Lamont an seinem Schreibtisch war.

»Lamont«, sagte eine Stimme.

Der Mann reichte William den Hörer, und William erklärte Lamont, warum er in Heathrow war.

»Gib ihn mir wieder, mein Junge«, sagte Lamont. William reichte den Hörer zurück und wurde Zeuge einer einseitigen Unterhaltung, die mit den Worten »Ja, Sir« endete.

Der Mann vom Sicherheitsdienst nickte, und die Angestellte warf einen Blick auf ihren Computerbildschirm, bevor sie sagte: »Mr. Carter hat den Flug 028 nach Rom genommen. Der Flugsteig schließt in zwanzig Minuten.«

»Ich habe zwei Probleme«, sagte William, indem er sich an den Mann vom Sicherheitsdienst wandte. »Ich brauche einen Platz in diesem Flugzeug, und ich habe keinen Reisepass bei mir.«

»Stellen Sie Detective Constable Warwick eine Bordkarte aus«, sagte der Mann, »und geben Sie ihm wenn möglich einen Platz ein paar Reihen hinter Carter.«

»Ich kann ihn drei Reihen hinter ihn setzen«, sagte die Frau, während sie die Buchung in ihren Computer tippte.

»Könnte nicht besser sein«, sagte William.

Sie druckte die Bordkarte aus und reichte sie William.

»Ich heiße Jim Travers«, sagte der Mann, der sich seit Neuestem um William kümmerte. »Folgen Sie mir. Wir haben keine Zeit zu verlieren.«

William trat hinter die Absperrung und ging mit Jim einen düsteren Flur aus grauen Backsteinen entlang, wo sich keine Passagiere, sondern nur Mitarbeiter des Flughafens aufhielten. Wenige Minuten später schob Jim eine Tür auf und führte William aus dem Terminal, wo neben der Landebahn ein unmarkiertes Fahrzeug stand. Jim fuhr William zu dem wartenden Flugzeug.

»Viel Glück«, sagte er, und William eilte die Treppe hinauf in die leere Maschine.

Nachdem er auf einem der hinteren Sitze Platz genommen hatte, musste er nicht lange warten, bis die ersten Passagiere erschienen. Carter war unter den letzten. Noch immer hielt er seine Reisetasche fest in der Hand und setzte sich drei Reihen vor William ans Fenster.

Kurz nach dem Start bekam William seine erste richtige Mahlzeit seit fast achtundvierzig Stunden. Danach nutzte er die günstige Gelegenheit, lehnte sich zurück und schloss die Augen. Carter würde wohl kaum aussteigen, bevor sie Rom erreicht hatten.

Zwei Stunden später landete die Maschine auf dem Flughafen Leonardo da Vinci und rollte langsam zum Flugsteig. Als sie das Terminal betraten und in Richtung Passkontrolle gingen, befanden sich nur wenige Passagiere zwischen Carter und William. Hilfe, dachte William, als ihm wieder einfiel, dass er keinen Reisepass hatte. Doch schon nach ein paar Metern trat eine elegant gekleidete junge Frau neben ihn und schob ihre Hand unter seinen Arm.

»Bleiben Sie einfach bei mir, Detective Constable Warwick.«

»Aber ich könnte den Mann, den ich verfolge, aus den Augen verlieren.«

»Zwei unserer Beamten haben sich bereits an Carter gehängt. Sie werden ihn auf der anderen Seite wieder einholen.«

Sie gingen auf einen Ausgang mit der Aufschrift »Besatzung« zu, wo sie offensichtlich erwartet wurden, denn sie konnten die Passkontrolle passieren, ohne auch nur im Geringsten langsamer zu werden. William kam sich wie ein Mitglied der königlichen Familie vor, als er aus dem Terminal zu einem Wagen geführt wurde, der dort mit geöffneter Hecktür für ihn bereitstand.

Er bedankte sich bei der jungen Frau und stieg ein. Im Fond saß ein Mann, der eine makellose beigefarbene Uniform trug und ihn zu erwarten schien.

»Guten Morgen«, sagte er. »Ich bin Leutnant Antonio

Monti. Ich werde Ihnen jede Unterstützung zukommen lassen, die Sie möglicherweise benötigen könnten.«

»*Grazie*«, erwiderte William. Die beiden gaben einander die Hand.

»*Parla italiano?*«

»Genug, um mich zurechtzufinden«, antwortete William. »*Ma poi Roma è la mia città preferita.*«

Weitere dreißig Minuten vergingen, bis Carter, die Reisetasche in der Hand, aus dem Gebäude kam und sich der Schlange anschloss, die auf ein Taxi wartete. Zu diesem Zeitpunkt wusste der Leutnant fast so viel über ihn wie William selbst.

Es zeigte sich, dass der italienische Polizist, der das Auto fuhr, weitaus geschickter als William war, wenn es darum ging, unauffällig einem Verdächtigen zu folgen, weshalb William den Anblick einiger vertrauter Monumente erneut genießen konnte: das Kolosseum, den Petersdom, die Trajanssäule. An alle erinnerte er sich noch aus seiner Zeit als Student, als er im rückwärtigen Teil eines überfüllten Busses ohne Klimaanlage gesessen hatte und zu einer Jugendherberge gefahren war, die nicht gerade im Stadtzentrum lag.

Als Carters Taxi schließlich anhielt, geschah das nicht vor einem Hotel, wie William erwartet hatte, sondern vor einem großen städtischen Gebäude, über dem an einem Mast die italienische Flagge wehte.

»Bleiben Sie hier und überlassen Sie das mir«, sagte der Leutnant. »Wir wollen doch nicht, dass er Sie sieht.« Er stieg aus und folgte Carter in das Gebäude.

William stieg ebenfalls aus, doch nur, um sich ein wenig die Beine zu vertreten. Plötzlich machte er einen Schritt zurück und versteckte sich hinter einem Springbrunnen, denn er hatte gesehen, wie Booth Watson das Gebäude betrat. Wieder im Auto wandte er den Blick nie länger als ein paar Sekunden vom Eingang ab, doch es dauerte fast eine Stunde, bis der Leutnant wieder zurückkam und sich zu ihm in den Fond des Wagens setzte.

Nur ein paar Augenblicke später kam auch Carter, begleitet von Booth Watson, nach draußen und rief ein weiteres Taxi, doch Monti gab ihrem eigenen Fahrer keine Anweisung, den beiden zu folgen.

»Sie fahren zurück zum Flughafen«, sagte Monti. »Die Tasche ist inzwischen leer«, fügte er ohne eine weitere Erklärung hinzu. »Er nimmt den Flug, der um zehn nach drei nach Heathrow geht.«

»Dann sollte ich ebenfalls in diesem Flugzeug sitzen«, sagte William.

»Das ist nicht nötig. DS Roycroft wird ihn in Heathrow erwarten. Aber wie auch immer, wir haben wichtigere Dinge zu tun.«

»Als da wären?«

»Zunächst müssen Sie ein wenig in den Genuss italienischer Gastfreundschaft kommen. Wir werden in der Casina Valadier zu Mittag essen und dann einen kleinen Abstecher in die Villa Borghese machen. Danach haben Sie immer noch genügend Zeit, den Flug um zwanzig nach fünf nach London zu bekommen.«

»Aber bei meinem Spesenkonto ist es nicht…«

»Sie sind in Italien, mein Freund«, sagte der Leutnant, »und Sie haben dem italienischen Volk einen großen Dienst erwiesen. Deshalb haben Sie sich eine Belohnung verdient. Ganz abgesehen davon regen wir uns in Italien über Spesen nicht so auf wie ihr Engländer.«

Offensichtlich gibt es hier keine Mrs. Walters, dachte William.

»Vielleicht sollten Sie darauf mal einen Blick werfen«, sagte Monti und reichte William mehrere offiziell aussehende Blätter.

William sah sich die erste Seite an. »So gut ist mein Italienisch nicht«, gestand er.

»Dann werde ich es Zeile für Zeile beim Essen mit Ihnen durchgehen, denn ich muss wissen, ob Scotland Yard will, dass wir Carters Antrag auf eine Lizenz genehmigen oder ablehnen.«

William klopfte an die Tür, und als Beth öffnete, begrüßte sie ihn mit: »Hallo Fremder, welche Entschuldigung haben Sie diesmal?«

»Ich war in Rom.«

»Um eine andere Frau zu besuchen?«

»Napoleons Schwester.«

»Wie ich höre, soll sie ziemlich kalt sein.«

»Wie Marmor«, sagte William und beugte sich hinab, um sie zu küssen, doch er streifte nur ihre Lippen, denn sie drehte sich weg.

»Erst wenn ich Paulines Version der Geschichte gehört habe«, sagte Beth, während sie ihn in die Küche führte.

Beim Abendessen erzählte er ihr alles, was er seit ihrem letzten Treffen erlebt hatte, einschließlich der unvergesslichen Mahlzeit in der Casina Valadier und des Nachmittags mit Antonio Monti in der Villa Borghese.

»Du solltest für die italienische Polizei arbeiten, William. Zweifellos haben sie schönere Galerien, besseres Essen und …«

»Aber nicht so anbetungswürdige Frauen«, sagte er.

Sie schob ihn spielerisch beiseite und erwiderte mit fester Stimme: »Erst wenn du mir erzählt hast, wofür Carter eine Lizenz haben wollte.«

16

»Ich habe diese Besprechung kurzfristig einberufen«, sagte Hawksby, »da es, wie ich höre, im Fall Carter eine neue Entwicklung gegeben hat.«

»So ist es in der Tat, Sir«, sagte Lamont. »Carter hat Barnstaple am frühen Mittwochmorgen verlassen. DC Warwick ist ihm bis nach Heathrow gefolgt, um von dort einen Flug nach Rom zu nehmen. DC Warwick hat mich vom Flughafen aus angerufen, und ich habe ihn aufgefordert, Carter zu folgen, denn dieser hatte nur eine einzelne Reisetasche dabei, woraus man schließen konnte, dass er gewiss keinen Urlaub antreten würde. Über die Dinge, die dann passiert sind, sollte DC Warwick Sie vielleicht am besten selbst informieren.«

»Während des Fluges saß ich drei Reihen hinter Carter«, berichtete William. »Am Flughafen Leonardo da Vinci wurde ich von einem gewissen Leutnant Monti, der einer italienischen Sonderermittlungseinheit angehört, in Empfang genommen. Er war in höchstem Maße kooperativ. Carter nahm ein Taxi, und wir folgten ihm bis zu einem Regierungsgebäude im Zentrum Roms. Monti begab sich ebenfalls in das Gebäude und teilte mir danach mit, dass Carter einen Termin beim Amt für Meeresangelegenheiten hatte, wo er eine Tauch- und Bergungslizenz beantragte, um ein Wrack vor der Küste Elbas zu erkunden.«

»Was sucht er?«, fragte Hawksby.

»Siebenhundert spanische Silbermünzen aus dem neunzehnten Jahrhundert«, sagte William. »Im Jahre 1741 sank während eines besonders heftigen Sturms das Schiff *Patrice* vor Elba. Alle zweiundfünfzig Passagiere und neun Besatzungsmitglieder ertranken, und ebenso ging die Fracht verloren, die aus Münzen und anderen Wertgegenständen bestand. Ich habe die Unterlagen der für derlei Unglücke zuständigen italienischen Behörde aus jener Zeit«, fuhr er fort, »und darin heißt es: ›Der Anspruch wurde von Lloyds of London, welche das Schiff und die Fracht für zehntausend Guineen versichert hatten, bestätigt und vollständig bezahlt.‹«

»Ich hab's schon halb kapiert«, sagte Hawksby.

»Über die Jahre hinweg wurden mehrere Versuche unternommen, das Wrack zu lokalisieren und die Münzen zu bergen, doch allesamt ohne Erfolg.«

»Und Carter denkt, dass er allen Schwierigkeiten zum Trotz Glück hat?«

»Ich glaube nicht, dass er sich auf sein Glück verlässt, Sir«, sagte Jackie. »Während DC Warwick in Rom war, bin ich nach London zurückgekehrt und habe die Fotos unseren Leuten hier bei Scotland Yard vorgelegt. Sie alle bestätigten ohne den geringsten Zweifel, dass Warwick kein David Bailey ist.«

Alle lachten.

»Als jedoch eine unserer Expertinnen die Fotos genauer unter die Lupe genommen hatte, äußerte sie eine überaus interessante Vermutung.« Jackie reichte jedem Mitglied des Teams ein vergrößertes Foto der Werkbank in Carters Schuppen.

»Wonach halten wir Ausschau?«, fragte Hawksby, während er die Aufnahme musterte.

»Sie erkennen hier die üblichen Arbeitsmittel, die jeder Graveur braucht ... Meißel in verschiedenen Größen, Drahtbürsten, eine Feile. Aber wenn Sie genauer hinsehen, können Sie auch feststellen, woran Carter gerade arbeitet.« Sie reichte drei zusätzlich vergrößerte Fotos herum.

»Für mich sieht das aus wie eine halbe Krone«, sagte Hawksby.

»Gleiche Größe, gleiche Form, anderer Wert«, sagte William, »wie ich herausgefunden habe, als ich mit einem Numismatiker im British Museum gesprochen habe, der recht sicher war, dass es sich um eine spanische Münze handelt, die, wie Sie sehen können, die Jahreszahl 1649 trägt.«

»Zweifellos haben Sie ihn nach dem Wert gefragt.«

»Er wusste es nicht, Sir, aber er empfahl mir einen Besuch bei Dix Noonan Webb in Mayfair, die Spezialisten auf diesem Gebiet sind. Mr. Noonan zeigte mir eine ähnliche spanische Münze aus einem ihrer neuesten Kataloge, die für knapp über eintausend Pfund verkauft wurde.«

»Multipliziert mit siebenhundert«, sagte Lamont, »und Carter streicht am Ende über siebenhunderttausend ein.«

»Ich glaube, ich weiß, was er vorhat«, sagte William.

»Spucken Sie's aus, Warwick«, sagte Hawksby.

»Ich vermute, dass all das alte Silber, das er gekauft hat, eingeschmolzen wurde und er das letzte Jahr damit verbracht hat, siebenhundert historische spanische Münzen zu prägen.«

»Wenn man sich die Fotos genauer ansieht«, sagte Jackie, »ist darauf etwas zu erkennen, das wir unter normalen Umständen vielleicht übersehen hätten.« Sie deutete auf den unteren linken Rand einer der Vergrößerungen.

»Für mich sieht das wie ein Eimer Wasser aus«, sagte Hawksby.

»Das habe ich zuerst auch gedacht«, sagte William, »bis mir, wie ich vermute, Carters nächster Schritt klar wurde.«

»Machen Sie's nicht so spannend«, sagte Hawksby.

»Ich glaube, er hat vor, so schnell wie möglich nach Rom zurückzukehren, seine Lizenz abzuholen und dann in den Sonnenuntergang zu segeln, um seinen Schatz auf dem Meeresgrund zu suchen. Ein paar Tage später wird er mit einer Holzkiste voller Silbermünzen wieder in den Hafen einlaufen. Wenn man sich Foto 2B noch einmal vornimmt, erkennt man sogar die Truhe, die vom Meeresgrund geborgen werden wird.«

Es dauerte einige Augenblicke, bevor Hawksby fragte: »Und der Eimer mit dem Wasser?«

»Meerwasser«, antwortete William.

»Natürlich«, sagte Hawksby.

»Aber ich dachte, Funde vom Meeresgrund seien Eigentum jener Regierung, in deren Gewässern sie geborgen werden?«, sagte Lamont.

»Das ist korrekt, Sir«, erwiderte William. »Aber die Bergungsmannschaft bekommt in der Regel einen Finderlohn von fünfzig Prozent. Und das dürfte auch der Grund sein, warum Booth Watson plötzlich aufgetaucht ist.«

»Habe ich das gerade richtig gehört?«

»In der Tat, Sir. Booth Watson hat das Gebäude wenige Minuten nach unserer Ankunft betreten.«

»Ganz offensichtlich haben Sie sich das Beste bis zum Schluss aufgehoben, William«, sagte der Commander. »Haben Sie irgendeine Ahnung, warum er dort war?«

»Monti wusste zu berichten, dass er sich den Antrag überaus sorgfältig angesehen hat, bevor er Carter irgendetwas unterschreiben ließ.«

»Dann könnte das also ebenfalls eine der zahllosen Unternehmungen von Faulkner sein«, sagte Jackie.

»Booth Watson hat auch andere Mandanten«, erwiderte der Commander. »Aber ich stimme Ihnen zu. Die Wahrscheinlichkeit spricht für Faulkner, der mit etwa dreihundertfünfzigtausend Pfund rechnen kann, sobald Carter die Münzen offiziell geborgen hat.«

»Und ich vermute, dass Carter nicht mehr als ein paar Tausend bekommt«, sagte Lamont, »jetzt, da wir wissen, wer hinter der ganzen Sache steckt.«

»Warum sind Sie da so sicher, Bruce?«

»Ich habe ihn in den letzten zehn Jahren dreimal verhaftet, aber dabei ging es nie um etwas in einer solchen Größenordnung. Und wie wir durch Leutnant Monti wissen, hat er dem italienischen Amt für Meeresangelegenheiten in Rom mehr als fünftausend Pfund in bar überreicht, als er eine Lizenz als Schatztaucher beantragt hat, obwohl die offizielle Gebühr weniger als die Hälfte beträgt.«

»Das erklärt, warum er die Reisetasche nicht aus den Augen gelassen hat«, sagte William, »und warum laut Monti die Tasche leer war, als er das Gebäude verlassen hat.«

»Kein Wunder, dass er gehofft hat, sein Antrag würde auf wundersame Weise ganz oben auf dem Stapel landen«, bemerkte Jackie.

»Genau«, sagte Lamont.

»Das mag ja durchaus der Fall sein«, sagte William, »aber wie Leutnant Monti uns versichert hat, brauchen wir nur darum zu bitten, und der Antrag wird bis in alle Ewigkeit nicht bearbeitet oder schlichtweg abgelehnt.«

»Bruce?«

»Soweit wir wissen, hat Carter bisher kein Verbrechen auf britischem Boden begangen, und die einzige Möglichkeit herauszufinden, wie er die Sache genau durchziehen will, besteht darin, den Italienern mitzuteilen, dass es von unserer Seite keine Einwände gegen das Ausstellen einer Lizenz gibt. Je früher es geschieht, desto besser.«

»Wenn das alles so ist«, sagte Jackie, »warum nehmen wir Carter dann nicht einfach fest, bevor er wieder zurück zum Flughafen fährt, und konfiszieren die Münzen?«

»Und werfen ihm dann *was* vor?«, sagte Hawksby. »Mit Booth Watson an seiner Seite wird er behaupten, bei den Münzen handle es sich um Reproduktionen, die er mit bescheidenem Gewinn zu verkaufen gedenkt. Und abgesehen davon: Wenn wir denjenigen verhaften wollen, der Carter finanziert – wer auch immer das sein mag –, müssen wir ihn ohnehin die ganze Operation durchführen lassen. Denn ich bin überzeugt, dass derjenige, der hinter dieser Sache steckt, ausreichend Fantasie, gute Nerven und genügend Kapital hat, um so etwas von Anfang bis Ende zu organisieren. Und ich muss gestehen, dass sich das tatsächlich immer mehr nach Faulkner anhört.«

»Wenn Sie einverstanden sind, Sir«, sagte Lamont, »würde ich Leutnant Monti anrufen und ihn bitten, den Antrag zu bewilligen und uns auf dem Laufenden zu halten. Gleichzeitig würde ich meinen Kontakt bei British Airways bitten, mich unverzüglich anzurufen, sobald Carter einen weiteren Flug nach Rom bucht.«

»Wo Sie, Leutnant Monti und DC Warwick sozusagen schon auf der Landebahn sitzen und ihn erwarten«, sagte Hawksby.

»Ich nicht, Sir«, erwiderte Lamont. »Carter kennt mich viel zu gut.«

Jackies Miene war plötzlich voller Hoffnung.

»Dann werde ich selbst dieses Opfer bringen und DC Warwick begleiten«, sagte Hawksby. »Sonst noch etwas?«

»Nur eine Sache noch, Sir. DC Warwick und ich fahren morgen früh nach Pentonville, um mit Eddie Leigh zu sprechen.«

»Der Mann, der Warwicks Überzeugung nach den Rembrandt gemalt hat?«

»Ja, Sir. Ich mache mir jedoch, ehrlich gesagt, keine großen Hoffnungen, dass wir besonders viel von ihm erfahren werden. Leute, die bei früheren Aktionen für Miles Faulkner gearbeitet haben, machen den Mund nicht auf, wenn sie am Leben bleiben wollen.«

»Sorgen Sie einfach nur dafür, dass er überhaupt redet«, sagte Hawksby. »Vielleicht rutscht ihm ja versehentlich etwas raus, das er später bedauert. Und wann wird Warwick die Kopie des Gemäldes bei Faulkner abgeben? Mr. Watson droht mir ständig mit Feuer und Schwefel.«

»Faulkner fliegt am Montagmorgen nach Monte Carlo«, sagte Lamont. »Also irgendwann nächste Woche.«

»Und schon wieder haben Sie eine arbeitsreiche Woche vor sich, DC Warwick«, sagte der Commander. »Deshalb will ich Sie nicht aufhalten.«

17

»›Guter Cop, böser Cop‹ ist ein wenig zu einem Klischee geworden«, sagte Lamont, als er und William von Scotland Yard nach Pentonville gefahren wurden. »Und in unserem Fall könnte ein Fünfjähriger herausfinden, wer wer ist. Trotzdem sollten wir vorab klären, was wir bei diesem Gespräch erreichen wollen.«

»Es sollte zweifellos unsere oberste Priorität sein«, sagte William, als der Verkehr in der Nähe des Trafalgar Square vorübergehend zum Stillstand kam, »herauszufinden, ob die *Tuchmacherzunft* inzwischen zerstört wurde, und wenn nicht, wo es sich im Augenblick befindet.«

»Meine oberste Priorität wäre das nicht, mein Junge«, erwiderte Lamont, und sein schottischer Akzent war dabei sogar noch ausgeprägter als üblich. »Ich will herausfinden, welche Verbindung zwischen Leigh und Miles Faulkner besteht, denn ich würde meine halbe Pension opfern, um diesen Mann hinter Gitter zu bringen.«

Ich würde meine ganze Pension opfern, wenn ich mit Eddie Leighs Talent geboren worden wäre, dachte William, als ihr Fahrzeug Richtung Kingsway fuhr, äußerte diese Ansicht jedoch nicht.

»Dann sollten wir die Taktik besprechen«, sagte Lamont. »Ich werde die Befragung leiten, und wenn ich mich zurücklehne, bedeutet das, dass Sie übernehmen sollen. Vorher aber sollten Sie mich nicht unterbrechen, denn ich weiß genau, wie ich Schritt für Schritt vorgehen will.«

»Was passiert, wenn er eine völlig andere Richtung einschlägt, die wir beide unmöglich voraussehen können?«

»Das ist unwahrscheinlich. Vergessen Sie nicht, wir haben es hier mit einem Sträfling zu tun, der sich schon lange vor unserem Gespräch zurechtgelegt hat, was er sagen will.«

Wieder zog es William vor, seine Einschätzung für sich zu behalten.

»Und kein Wort, wenn ich anfange, ihm einen Deal vorzuschlagen. The Hawk hat ganz genau festgelegt, wie weit ich gehen kann.«

»Was wäre die schlimmstmögliche Wendung?«, fragte William, als ihr Fahrzeug nach links auf die Grays Inn Road abbog.

»Dass er sich weigert, auch nur eine einzige unserer Fragen zu beantworten, in welchem Falle das Gespräch nach wenigen Minuten vorüber wäre und wir nur unsere Zeit verschwendet hätten.«

»Das ist mein erster Besuch in einem Gefängnis«, bemerkte William gedankenverloren, nachdem beide eine Zeit lang geschwiegen hatten.

Lamont lächelte. »Mein erster Besuch galt einem fröhlichen Iren, der mich mit seinen Geschichten von der Grünen Insel zum Lachen brachte.«

»Weshalb hat er gesessen?«

»Er hatte ein Postamt überfallen, was ziemlich schwierig zu beweisen war, da er es nicht einmal bis zu einem der Schalter schaffte und seine einzige Waffe in einer leeren Flasche Jameson's bestand. Glücklicherweise hat er auf schuldig plädiert.«

»Mehr davon«, bat William.

»Ein andermal«, sagte Lamont, als sie auf das Gefängnis Ihrer Majestät Pentonville zuhielten.

»Man könnte der Königin keinen Vorwurf machen«, bemerkte William, »wenn sie beschließen würde, in Zukunft ohne Gefängnisse in ihrem Portfolio auszukommen.«

»Wenn sie das tun würde, wäre es durchaus möglich, dass sie auch ohne den Buckingham Palace in ihrem Portfolio auskommen müsste«, erwiderte Lamont, als ihr Fahrzeug in die Caledonian Road einbog.

William starrte über die hohe Mauer hinweg auf das abweisende Backsteingebäude, das die Gegend beherrschte.

Der Wagen hielt an der Absperrung, und ein uniformierter Beamter trat nach vorn. Lamont kurbelte das Fenster herunter und zeigte seinen Dienstausweis vor.

»Mr. Langley erwartet Sie, Sir«, sagte der Mann, nachdem er den Ausweis inspiziert hatte. »Wenn Sie dort drüben parken wollen. Ich werde ihm mitteilen, dass Sie eingetroffen sind.«

Der Fahrer rollte auf den ersten freien Platz und schaltete den Motor aus.

»Ich weiß nicht, wie lange es dauern wird, Matt«, sagte Lamont zu dem Fahrer, der ein Taschenbuch aus dem Handschuhfach nahm. »Aber wenn wir wiederkommen, können Sie mir erzählen, ob es sich lohnt, dieses Jahr den neuesten Len Deighton mit in den Urlaub zu nehmen.«

»Das ist der dritte Band in einer Trilogie, Sir, weshalb ich Ihnen empfehlen würde, mit dem ersten Band anzufangen, *Berlin Game*.«

Nachdem sie ausgestiegen waren, kam ein leitender Gefängnisbeamter auf sie zu, dessen Namensschild auf seiner Brusttasche ihn als »SO Langley« auswies.

»Wie geht's dir, Bruce?«

»Kann mich nicht beklagen, Dave. Das ist DC Warwick. Behalte ihn im Auge. Er ist scharf auf meinen Posten.«

»Guten Morgen, Sir«, sagte William, und sie gaben einander die Hand.

»Kommt mit«, sagte Langley. »Ich entschuldige mich für die umfangreichen Sicherheitsmaßnahmen, aber sie sind Standard für jedes Gefängnis der Kategorie B.«

Beide trugen sich im Torhaus in das Verzeichnis ein, woraufhin sie ihren Besucherausweis erhielten. William zählte fünf Gittertore, die vor ihnen aufgeschlossen und hinter ihnen wieder verriegelt wurden, bevor sie überhaupt nur den ersten Gefangenen sahen.

»Leigh erwartet dich im Befragungszimmer, Bruce, aber ich muss dich warnen. Er war heute Morgen besonders unkooperativ, und du bist nicht gerade sein Lieblingsonkel.«

Während sie einen langen, grünen Backsteinkorridor entlanggingen, fiel William auf, dass die Gefangenen sich entweder von ihnen wegdrehten, was häufig von einem Schimpfwort begleitet wurde, oder sie einfach ignorierten. Es gab jedoch eine Ausnahme: Ein Mann mittleren Alters hörte auf, den Boden zu schrubben, und musterte William genauer. Irgendetwas an ihm kam William bekannt vor, und er fragte sich, ob er den Mann verhaftet hatte, als er noch in Lambeth auf Streife gegangen war.

William konnte seine Überraschung nicht verbergen, als sie vor einem langen Glaswürfel stehen blieben, der eher wie eine moderne Skulptur und weniger wie ein Befragungsraum aussah. Darin, so erkannte er, saß ein Gefangener mit gesenktem Kopf an einem Tisch. William nahm an, dass es sich um Eddie Leigh handelte.

»Bevor Sie fragen, DC Warwick«, sagte Lamont und deutete auf den Glaswürfel, »das Ding dient genauso zu Ihrem Schutz wie zu seinem. Als ich noch neu bei der Polizei war, wurde mir eines Tages vorgeworfen, ich hätte einen Gefangenen beim Verhör geschlagen. Es stimmt, ich wollte ihn schlagen, aber ich hab's nicht getan.« Er hielt inne. »Nicht bei dieser Gelegenheit.«

»Kaffee und Kekse?«, fragte Langley.

»Gib uns zuerst ein paar Minuten mit ihm, Dave«, erwiderte Lamont.

William und Lamont betraten den Raum und setzten sich Leigh gegenüber. Leigh trug weder Handschellen noch stand ein Beamter hinter ihm – ein Privileg für jene Gefangenen, die kein Vorstrafenregister wegen Gewalttaten hatten. Und anscheinend wollte Leigh auch auf sein Recht verzichten, einen Anwalt an seiner Seite zu haben.

William musterte den Gefangenen, der ihm auf der anderen Seite des Tisches gegenübersaß, sehr sorgfältig. Auf den ersten Blick sah der siebenundvierzig Jahre alte Fälscher aus wie jeder andere Gefangene; wie sie trug er die übliche, aus einem blau gestreiften Hemd und einer abgewetzten Jeans bestehende Gefängniskleidung. Er war unrasiert, hatte dunkles Haar und braune Augen, doch was William überraschte, waren seine Hände. Wie konnte jemand mit den Händen eines Maurers solch feine Pinselstriche setzen? Und als er dann sprach, zeigte es sich, dass er aus demselben Teil der Welt stammte wie Lamont.

»Könnten Sie mir 'ne Fluppe spendieren, Chef?«, fragte er höflich.

Lamont legte eine Packung Zigaretten auf den Tisch, zog eine heraus und reichte sie dem Gefangenen. Er gab ihm sogar Feuer. Die erste Bestechung war angeboten und akzeptiert worden.

»Ich bin Detective Chief Inspector Lamont«, sagte er, als hätten sich die beiden noch nie zuvor gesehen, »und das ist mein Kollege, Detective Constable Warwick.« Leigh sah nicht einmal in Williams Richtung. »Wir würden Ihnen gerne ein paar Fragen stellen.«

Abgesehen davon, dass er eine große graue Rauchwolke ausstieß, reagierte Leigh nicht.

»Wir untersuchen den Diebstahl eines Rembrandt-Gemäldes aus dem Fitzmolean Museum in Kensington vor etwa sieben Jahren. Kürzlich fiel uns eine Kopie in die Hände, und wir haben Grund zu der Annahme, dass diese von Ihnen gemalt wurde.«

Leigh nahm einen weiteren Zug von seiner Zigarette, schwieg jedoch nach wie vor. Fast konnte man glauben, er hätte die Frage nicht gehört.

»Haben Sie das Bild gemalt?«, fragte Lamont.

Noch immer machte Leigh keine Anstalten, darauf zu antworten.

»Wenn Sie mit uns kooperieren«, sagte Lamont, »könnten wir uns dazu bereit erklären, gegenüber dem Bewährungsausschuss ein gutes Wort für Sie einzulegen, wenn Sie in ein paar Monaten dort erscheinen werden.«

Noch immer nichts. William begann zu begreifen, wie weit Miles Faulkners Tentakel reichten, als er in Leighs mürrische Augen sah.

»Sollten Sie, andererseits, nicht kooperieren, könnten wir das dem Ausschuss natürlich ebenso mitteilen. Die Entscheidung liegt ganz bei Ihnen.«

Nicht einmal diese Bemerkung schien Leigh zu beeindrucken. Kurz darauf erschien ein Gefangener, dem man derlei Aufgaben anvertrauen konnte, mit einem Tablett, auf dem sich Kaffee und Kekse befanden. Er stellte es auf den Tisch und zog sich rasch wieder zurück. Leigh nahm sich einen Becher schwarzen Kaffee, tat sechs Stücke Zucker hinein und begann, das Getränk umzurühren. Lamont lehnte sich zurück.

»Mr. Leigh«, sagte William, der sich bewusst war, dass kein Gefängnisbeamter während der letzten vier Jahre diese Art von Anrede benutzt hatte, »es ist offensichtlich, dass Sie nicht die Absicht haben, irgendeine unserer Fragen zu beantworten. Trotzdem möchte ich eine Bemerkung machen, bevor wir gehen.« Leigh tat ein weiteres Stück Zucker in seinen Kaffee. »Ich bin ein Kunstfan, ein Groupie, nennen Sie's, wie Sie wollen, aber noch wichtiger ist: Ich bin ein großer Bewunderer Ihrer Arbeit.« Zum ersten Mal richtete Leigh seinen Blick auf William, und ein großes Stück Asche fiel von seiner Zigarette auf den Tisch. »Ihr Vermeer, *Mädchen am Virginal*, ist überaus gelungen, obwohl ich nicht überrascht war, dass die führenden holländischen Experten, besonders Ernst van de Wetering, sich nicht davon täuschen ließen. Doch die Kopie der *Tuchmacherzunft* ist ohne jeden Zweifel das Werk eines Genies. Gegenwärtig befindet es sich in unserem Büro in Scotland Yard, und ich bin entschieden abgeneigt, es Miles Faulkner zurückzugeben, obgleich er behauptet, es gehöre ihm. Es ist wirklich bedauernswert, dass Sie nicht vor dreihundert Jahren in Amsterdam geboren wurden, denn dann hätten Sie ein Schüler des Meisters und vielleicht sogar selbst ein Meistermaler werden können. Wenn ich auch nur einen Bruchteil Ihres Talents hätte, wäre ich nie auf die Idee gekommen, zur Polizei zu gehen.«

Leigh starrte William unverwandt an. Er rauchte nicht mehr.

»Darf ich Ihnen eine Frage stellen, die nichts mit unserer Untersuchung zu tun hat?«

Leigh nickte.

»Ich begreife einfach nicht, wie Sie den gelben Schimmer auf den Schärpen der Zunftmitglieder erreicht haben.«

Es dauerte einige Zeit, bis Leigh antwortete: »Eigelb.«

»Ja, natürlich, wie dumm von mir«, sagte William, der sich durchaus bewusst war, dass Rembrandt mit dem Eigelb von Möweneiern experimentiert hatte, als er seine Farbpigmente mischte.

»Aber warum haben Sie Rembrandts bekannte Signatur RvR nicht hinzugefügt? Nur daran habe ich erkannt, dass es sich nicht um das Original handelt.«

Leigh nahm einen Zug von seiner Zigarette, doch diesmal schwieg er, denn anscheinend fürchtete er, bereits zu weit gegangen zu sein. William wartete noch einige Augenblicke, bevor er akzeptierte, dass Leigh keine weiteren Fragen beantworten würde.

»Vielen Dank. Lassen Sie mich nur noch sagen, welche Ehre es war, Sie kennenzulernen.«

Leigh ignorierte ihn, wandte sich Lamont zu und sagte: »Kann ich noch eine Fluppe haben?«

Lamont schob das Päckchen über den Tisch, drehte sich zu SO Langley um, der draußen stand, und nickte ihm zu zum Zeichen, dass die Befragung vorüber war.

Langley trat zu ihnen in den Glaswürfel. »Ab in die Zelle, Leigh, aber ein bisschen plötzlich.«

Leigh erhob sich langsam von seinem Stuhl und schob die Zigarettenpackung in seine Tasche. Dann beugte er sich über den Tisch und gab William die Hand. Lamont konnte seine Überraschung nicht verbergen. Niemand sprach, bis Leigh den Raum verlassen hatte.

»Es gibt nicht den geringsten Zweifel daran, dass er die Kopie gemalt hat«, sagte Lamont, »und eben deswegen bin ich umso mehr davon überzeugt, dass Faulkner für den Diebstahl verantwortlich ist. Ist Ihnen aufgefallen, wie Leighs Hände bei der bloßen Erwähnung von Faulkners Namen gezittert haben? Herzlichen Glückwunsch, William.«

»Danke, Sir.«

»Dave, hörst du immer noch Leighs Telefongespräche ab?«

»Ja. Jeden Donnerstag um sechs. Und er spricht immer mit seiner Frau.«

»Wurde der Picasso noch einmal erwähnt?«, fragte William.

»Mit keinem Wort«, sagte Langley.

»Natürlich nicht«, erklärte Lamont. »Leigh würde es niemals riskieren, eine solche Botschaft zu wiederholen. Deshalb muss the Hawk entscheiden, ob wir genug in der Hand haben, um eine große Operation in die Wege zu leiten.«

»Ich wäre dafür«, sagte William.

»Noch hast du seinen Job nicht, mein Junge.«

Kaum dass sie wieder im Yard waren, schlug William unverzüglich eine Telefonnummer im Band für die Buchstaben S – Z nach.

»Hier ist Detective Constable Warwick«, sagte er zu der jungen Frau, die sich meldete. »Können Sie mir sagen, ob ein gewisser Edward Leigh jemals an der Slade studiert hat? Es dürfte wahrscheinlich Anfang der Sechzigerjahre gewesen sein.«

»Einen Augenblick, Mr. Warwick. Ich werde nachsehen.« Wenige Minuten später kam sie wieder ans Telefon. »Ja, er hat 1962 seinen Abschluss mit ›sehr gut‹ gemacht. Er hat sogar in jenem Jahr den Founder's Prize gewonnen, und bei seiner Abschlussausstellung wurden in kürzester Zeit alle seine Bilder verkauft.«

»Vielen Dank. Das war eine große Hilfe.« William legte auf und gestattete sich ein Lächeln, nachdem er einen Blick in eine andere Akte geworfen und darin bestätigt gefunden hatte, dass Faulkner von 1960 bis 1963 Student an der Slade gewesen war. Fred Yates hatte ihm beigebracht, niemals an Zufälle zu glauben.

William verbrachte die nächste Stunde damit, einen Bericht über den Besuch in Pentonville zu schreiben. Nachdem er ihn auf Lamonts Schreibtisch gelegt hatte, warf er einen Blick auf seine Uhr. Obwohl es erst halb sechs war, hatte er das Gefühl, er dürfe gehen, bevor das Licht unter der Tür von the Hawk erloschen sein würde.

Er griff nach seinem Mantel und wollte gerade unauffällig verschwinden, als Jackie sagte: »Ich wünsche dir ein schönes Wochenende. Du hast es verdient.«

»Danke«, sagte William, der es gar nicht erwarten konnte, Beth zu sehen und ihr zu sagen, dass die Möglichkeit bestand, dass sie wieder mit dem anderen Mann in ihrem Leben vereint würde.

Zu Hause in seiner Wohnung duschte er und schlüpfte in lässigere Kleidung. Er freute sich auf ein Wochenende voller Ausschweifungen. Oder jedenfalls auf das, was er unter einer Ausschweifung verstand: ein Essen im Elena's, ein paar Gläser Rotwein, eine Runde im Hyde Park am Sonntagmorgen und einen neuen Film am Abend – egal was, nur

Polizisten durften nicht darin vorkommen –, und dann um elf zu Bett mit Beth.

Er beschloss, zu Fuß zu Beth zu gehen, damit er unterwegs ein paar Blumen besorgen konnte. Als er ihre Tür erreicht hatte, spürte er, wie sein Herz schneller schlug. Er klopfte zweimal, und einen Augenblick später erschien Jez, sah die Blumen und sagte: »Sind die für mich?«

»Das hättest du wohl gerne.«

»Aber Beth ist über das Wochenende weggefahren.«

»Was? Ich dachte, dass ...«

»Sie hat mich gebeten, sie zu entschuldigen. Im letzten Augenblick ist etwas dazwischengekommen. Sie wird dich anrufen, sobald sie zurück ist.«

»Dann sind sie doch für dich«, sagte William und drückte ihm die Blumen in die Hand.

Jez sah, wie eine verlorene Gestalt kehrtmachte und langsam mit hängenden Schultern davonschlich. Er schloss die Tür, ging zurück ins Wohnzimmer, reichte Beth die Blumen und bemerkte: »Findest du nicht, es ist an der Zeit, ihm die Wahrheit zu sagen?«

18

Beth rief William am Sonntagabend an, um sich zu entschuldigen. Sie erzählte ihm, sie habe eine Freundin im Krankenhaus besuchen müssen und sei nicht sicher gewesen, ob sie ihn während der Arbeit anrufen dürfe.

»Natürlich kannst du mich anrufen, wenn es um etwas geht, das so wichtig ist, dass es mir den Schlaf raubt«, sagte William.

»Kannst du morgen zum Abendessen hier sein?«

»Wenn nichts dazwischenkommt«, sagte William. Kaum dass er aufgelegt hatte, bedauerte er seinen schroffen Ton.

Am Montagmorgen war er der Erste im Büro. Er setzte sich an seinen Schreibtisch und wollte gerade eine Akte aufschlagen, als das Telefon klingelte. Die Stimme am anderen Ende der Leitung erkannte er sogleich.

»William, du hast mich gebeten, dir sofort mitzuteilen, wenn Carter seine Lizenz für die Suche nach der *Patrice* erhält«, sagte Leutnant Monti. »Sie wurde heute Morgen ausgestellt und an seine Adresse in England geschickt. Also sollte sie bis Ende der Woche bei ihm eintreffen.«

»Danke, Toni. Ich werd's gleich meinem Chef sagen.«

»Mir was sagen?«, fragte Lamont, der in diesem Moment ins Büro kam.

»Carter hat seine Schatztaucher-Lizenz bekommen, weshalb er sich in wenigen Tagen auf den Weg machen könnte.«

»Ich rufe die Polizei in Devon an und bitte sie, ein Auge auf ihn zu haben. Und ich werde Jim Travers bei British Airways bitten, besonders wachsam zu sein, damit er uns benachrichtigen kann, wenn Carter einen Flug bucht. Sollten Sie eigentlich nicht schon unterwegs sein?«

»Unterwegs, Sir?«

»Sie sollen heute Morgen vor dem Romford Magistrates Court aussagen. Wir haben einen Anruf bekommen, nachdem Sie am Freitagabend ausgeflogen sind. Zu jedermanns Überraschung plädiert Cyril Amhurst auf nicht schuldig, und der Fall wird heute Morgen verhandelt. Sie setzen sich besser in Bewegung, wenn Sie Ihren ersten Fall nicht schon verlieren wollen, bevor der Richter das Verfahren überhaupt eröffnet hat.«

Rasch nahm William die Amhurst-Churchill-Akte aus seinem Schreibtisch und zog seine Jacke an.

»Sorgen Sie dafür, dass er zwanzig Jahre bekommt«, sagte Lamont.

»Mindestens«, sagte Jackie, die in dem Moment erschien, als er zur Tür ging.

Die lange Fahrt nach Romford mit der U-Bahn gab William die Gelegenheit, sich erneut mit den Einzelheiten des Falles vertraut zu machen. Doch als er die letzte Seite der Akte erreicht hatte, konnte er immer noch nicht verstehen, warum Amhurst sich für nicht schuldig erklärte.

Es war Viertel vor zehn, als die U-Bahn in die Station einfuhr, und als William draußen auf der Straße stand, fragte er einen Zeitungshändler nach dem Weg zum Magistrates Court. Er folgte den Anweisungen, und es dauerte nicht lange, bis er ein beeindruckendes graues Vorkriegsgebäude vor sich aufragen sah. Es war kurz vor zehn, als er die Treppe hinaufrannte und sich durch die Tür schob. Mit einem Blick auf den Verhandlungsplan sah er, dass »Die Krone gegen Amhurst« um zehn Uhr in Gerichtssaal Nummer fünf angesetzt war. Er rannte eine weitere Treppe hinauf ins erste Obergeschoss, wo er einen jungen Mann in einer langen schwarzen Robe vorfand, der, eine Perücke in der Hand, mit besorgtem Blick auf und ab ging.

»Sind Sie Mr. Hayes?«, fragte William.

»Der bin ich. Und ich hoffe, Sie sind Detective Constable Warwick.« William nickte. »Zunächst muss ich Ihnen sagen, dass Amhursts Fall so kurzfristig angesetzt worden ist, dass ich eine Verschiebung des Prozesses auf einen späteren Termin beantragen könnte.«

»Nein, ziehen wir's durch«, sagte William. »Dieser verdammte Kerl wird es nicht schaffen, sich rauszureden.«

»Das sehe ich genauso, aber es könnte immer noch sein, dass sich Ihre Aussage als entscheidend erweisen wird, deshalb würde ich gerne vorher die wichtigsten Punkte mit Ihnen durchsprechen.«

»Was glauben Sie, wann werden wir aufgerufen?«, fragte William, als sie sich auf eine Bank vor Gerichtssaal Nummer fünf setzten.

»Vor uns sind ein paar Bewährungssachen zu klären, und danach wird es um eine Schanklizenz gehen, also denke ich, es wird so gegen halb elf werden.«

Nachdem Hayes mit William dessen Aussage durchgegangen war, war William sogar noch zuversichtlicher als zuvor, dass Amhursts Aktion nichts weiter als ein Pfeifen im Dunkeln war, obwohl er zugeben musste, dass er heute zum ersten Mal in einem Gericht als Zeuge auftreten würde.

»Ich bin sicher, dass Sie sich sehr gut schlagen werden«,

sagte Hayes. »Ich muss Sie jetzt allein lassen und mich vor dem Richter auf meinen Platz begeben. Bleiben Sie einfach hier sitzen und warten Sie, bis Sie aufgerufen werden.«

William konnte nicht sitzen bleiben. Er ging im Flur auf und ab und wurde von Minute zu Minute nervöser. Schließlich trat ein Gerichtsdiener aus dem Saal und sagte mit lauter Stimme: »Detective Constable Warwick.«

William folgte ihm in den Gerichtssaal. Hoffentlich wirke ich zuversichtlicher, als ich mich fühle, dachte er. Er ging an dem Angeklagten vorbei, ohne ihn anzusehen, und hielt direkt auf den Zeugenstand zu.

Der Gerichtsdiener reichte William eine Bibel, und als der junge Detective Constable den Eid ablegte, spürte er erleichtert, wie selbstsicher seine Stimme klang. Doch als Mr. Hayes sich von seinem Platz erhob, schwand das bescheidene Maß an Optimismus, das William besessen haben mochte.

»Detective Constable Warwick, würden Sie dem Gericht bitte erklären, wie es zu Ihrer Beschäftigung mit diesem Fall kam?«

William beschrieb sein Gespräch mit Mr. Giddy, dem Geschäftsführer von Hatchards, und dessen Sorge, dass man ihm möglicherweise eine vollständige Ausgabe von Winston Churchills *Geschichte des Zweiten Weltkriegs* mit gefälschter Signatur verkauft habe. Danach berichtete er dem Gericht von seinen Besuchen in anderen Buchhandlungen, denen man insgesamt zweiundzwanzig angeblich signierte Exemplare des Werks des früheren Premierministers angeboten hatte; einige Buchhändler hatten die entsprechenden Ausgaben sogar erworben.

»Und was geschah dann?«, fragte Hayes.

»Ein Mitarbeiter von John Sandoe Books in Chelsea rief mich an und teilte mir mit, dass der Verdächtige zurückgekehrt sei. Also fuhr ich unverzüglich hin, doch der Mann hatte die Buchhandlung bereits wieder verlassen.«

»Also haben Sie seine Spur verloren?«

»Nein. Der Mitarbeiter konnte mir den Mann zeigen, als dieser in Richtung Sloane Square ging. Ich nahm die Verfolgung auf und hätte ihn auch beinahe eingeholt, als er plötzlich in der U-Bahn-Station Sloane Square verschwand. Ich habe die Verfolgung fortgesetzt, und es gelang mir gerade noch, in die Bahn zu springen, die er genommen hatte, als sich die Türen schlossen.«

»Und was geschah dann?«

»Der Verdächtige stieg in Dagenham East aus, und ich folgte ihm bis zu einem Haus am Monkside Drive. Ich notierte mir die Adresse und nahm dann die U-Bahn zurück zu Scotland Yard. Am folgenden Tag besorgte ich mir einen Durchsuchungsbeschluss für das Haus des Angeklagten, wo ich mehrere signierte Bücher vorfand, darunter eine vollständige Ausgabe von Winston Churchills *Geschichte des Zweiten Weltkriegs*, von der drei der sechs Teilbände bereits signiert waren, sowie mehrere Blatt Papier, die Zeile für Zeile mit Churchill-Unterschriften bedeckt waren.«

»Die erwähnten Gegenstände sind auf der Liste des Beweismaterials verzeichnet, Euer Ehren«, sagte Hayes, bevor er sich wieder dem Zeugen zuwandte. »Konnten Sie sonst noch etwas entdecken, das von besonderem Interesse für uns ist?«

»Ja, Sir. Ich fand eine Erstausgabe von *Eine Weihnachtsgeschichte*, signiert von Charles Dickens.«

»Euer Ehren«, sagte Hayes, »auch dieser Gegenstand

wurde dem Gericht zur Verfügung gestellt. Vielleicht möchten Sie und die Geschworenen sich die Beweisstücke näher ansehen?«

Der Richter nickte, und die Geschworenen nahmen sich Zeit, die Bücher und die Blätter mit den Churchill-Unterschriften zu betrachten, bevor diese wieder an den Gerichtsdiener zurückgegeben wurden.

»Was taten Sie als Nächstes, Detective Constable Warwick?«

»Ich habe Mr. Amhurst festgenommen und ihn auf die Polizeistation Dagenham gebracht, wo später eine Anklage wegen Betrug, Irreführung und Fälschung vorbereitet wurde.«

»Vielen Dank, Detective Constable Warwick. Ich habe keine weiteren Fragen an den Zeugen, Euer Ehren«, sagte Hayes und nahm wieder Platz.

William war erleichtert darüber, dass die Prüfung vorüber war. Es war gar nicht so schlimm gewesen, wie er befürchtet hatte. Er wollte den Zeugenstand gerade verlassen, als Hayes aufsprang und sagte: »Bitte bleiben Sie noch, Detective Constable, denn ich vermute, meine geschätzte Kollegin möchte Ihnen ebenfalls die eine oder andere Frage stellen.«

»Das möchte ich allerdings«, sagte die Verteidigerin, als sie sich vom anderen Ende der Bank erhob. William starrte sie ungläubig an.

»Bevor ich mein Kreuzverhör beginne, Euer Ehren, möchte ich das Gericht darauf hinweisen, dass der Zeuge mein Bruder ist.«

Der Richter beugte sich vor und fixierte zunächst Grace und dann William, sagte jedoch nichts.

»Ich darf Ihnen jedoch versichern, Euer Ehren, dass weder mein Solicitor noch mein Mandant wegen dieser ungewöhnlichen Situation die geringsten Bedenken haben. Aber es wäre natürlich möglich, dass mein geschätzter Kollege oder der Zeuge selbst solche Bedenken vortragen möchten. In diesem Falle würde ich meinen Junior Counsel bitten, das Kreuzverhör durchzuführen.«

Wieder sprang Mr. Hayes auf. »Ich denke, das wäre die einfachste Lösung, Euer Ehren.«

»Vielleicht«, erwiderte der Richter, »aber ich würde lieber hören, was Detective Constable Warwick davon hält.«

William dachte an das, was sein Vater zu sagen pflegte: *Grace übernimmt nur hoffnungslose Fälle, und sie gewinnt nie.* »Soll sie's doch machen«, murmelte er und starrte seine Schwester herausfordernd an.

»Wie bitte?«, fragte der Richter.

»Ich bin einverstanden damit, dass meine Schwester das Kreuzverhör durchführt, Euer Ehren.«

»Dann dürfen Sie fortfahren, Ms. Warwick.«

Grace verbeugte sich, strich ihre Robe glatt und wandte sich an den Zeugen. Sie schenkte ihm ein warmes Lächeln, das er nicht erwiderte.

»Constable Warwick, zunächst möchte ich Ihnen gerne zugestehen, wie sehr ich Ihre farbenfrohe Beschreibung der Verfolgung meines Mandanten durch halb London genossen habe und ebenso Ihren misslungenen Versuch, ihn festzunehmen, und Ihre Rückkehr am nächsten Tag, um einen zweiten Versuch zu unternehmen. Das alles hörte sich eher nach einer Episode der *Keystone Cops* an, sodass sich die Geschworenen möglicherweise fragen werden, wie lange Sie schon Detective sind.« William zögerte. »Nur nicht so schüchtern, Constable. Sprechen wir hier von Wochen, Monaten oder Jahren?«

»Drei Monate«, sagte William.

»Und das war Ihre erste Festnahme als Detective Constable?«

»Ja«, gab William widerstrebend zu.

»Würden Sie bitte etwas lauter sprechen, Constable. Ich bin nicht sicher, ob die Geschworenen Ihre Antwort verstanden haben.«

»Ja, genauso war es«, sagte William und umfasste die Seiten des Zeugenstands.

»Nun, ich würde gerne wissen, Constable, warum Sie meinen Mandanten den ganzen weiten Weg von Chelsea nach Dagenham verfolgt haben, ohne ihn festzunehmen, bevor er die Sicherheit seines eigenen Zuhauses erreicht hatte.«

»Ich brauchte einen Durchsuchungsbeschluss, bevor ich mich in seinem Haus umsehen konnte.«

»Kurioser und kurioser«, sagte Grace. »Denn zweifellos hätten Sie Mr. Amhurst doch in dem Augenblick festnehmen können, als er in Dagenham East aus der U-Bahn gestiegen ist. Danach hätten Sie ihn zur örtlichen Polizeistation bringen und eine sogenannte Abschnitt-18-Berechtigung von dem dort verantwortlichen Beamten erhalten können, um das Haus meines Mandanten noch am selben Tag zu durchsuchen.«

William wusste, dass sie recht hatte, konnte aber nicht zugeben, dass er einen so fundamentalen Fehler gemacht hatte, weshalb er schwieg.

»Darf ich davon ausgehen, Constable, dass Sie Abschnitt achtzehn des Police and Criminal Evidence Act von 1984 gelesen haben, welcher Sie berechtigt, die Wohnung eines Verdächtigen nach dessen Festnahme zu durchsuchen?«

Mehr als einmal, hätte William am liebsten geantwortet, doch er schwieg auch weiterhin.

»Muss ich, da Sie nicht bereit sind, meine Frage zu beantworten, Constable, annehmen, dass Sie keineswegs besorgt waren, mein Mandant könnte belastendes Material vernichten, bevor Sie am folgenden Tag wiederkommen würden?«

»Ich war davon überzeugt, dass er mich nicht gesehen hatte«, versuchte William, sich zu wehren.

»Tatsächlich, Constable? Können Sie sich daran erinnern, was Mr. Amhurst gesagt hat, als Sie und eine Kollegin am folgenden Tag mit einem Durchsuchungsbeschluss bei ihm erschienen?« Grace umfasste die Aufschläge ihrer Robe, richtete ihre Perücke und musterte ihren Bruder mit demselben entwaffnenden Lächeln wie zuvor. Schließlich sagte sie: »Soll ich Ihrer Erinnerung nachhelfen?« Noch immer setzte sie Williams Verlegenheit kein Ende, indem sie ein wenig wartete und sich dann an die Geschworenen wandte: »Er fragte Sie, ob Sie eine Tasse Tee möchten.«

Einige Besucher im Gerichtssaal begannen zu lachen. Der Richter musterte sie streng.

»Würden Sie mir zustimmen, wenn ich behaupte, dass sich das nicht nach der Reaktion eines Schuldigen anhört, der fürchtet, festgenommen und ins Gefängnis geworfen zu werden?«, sagte Grace.

»Ja, aber ...«

»Wenn Sie sich darauf beschränken könnten, meine Fragen zu beantworten, Constable, ohne persönliche Ansichten zu äußern, wäre dies überaus hilfreich.«

William war verblüfft über die Heftigkeit ihres Angriffs und überhaupt nicht vorbereitet auf ihre nächste Frage.

»Sind Sie Experte darin, gefälschte Unterschriften zu erkennen, oder sind Sie einfach selbstverständlich davon ausgegangen, dass mein Mandant schuldig ist?«

»Nein, das bin ich nicht. Ich hatte die schriftliche Aussage von neun Buchhändlern, dass Mr. Amhurst ihnen vollständige, signierte Ausgaben von Churchills *Geschichte des Zweiten Weltkriegs* angeboten hat.«

»Von denen keiner, einschließlich des Geschäftsführers von Hatchard, der die ursprüngliche Anzeige erstattete, die Zeit gefunden hat, heute ins Gericht zu kommen und eine Aussage zu machen. Waren Sie zufällig am Samstagmorgen im Hatchards?«

»Nein«, sagte William, verwirrt von ihrer Frage.

»Wären Sie dort gewesen, Constable Warwick, hätten Sie ein Exemplar von Graham Greenes neuestem Roman *Der zehnte Mann* erwerben können, denn der Autor hat dort über einhundert Exemplare signiert, bevor er weitere Bücher in anderen Buchhandlungen des West End signiert hat. Da Sir Winston Politiker war, denke ich nicht, dass er sich damals geziert hat, das eine oder andere Exemplar seiner Werke zu signieren.«

Einige Geschworene nickten.

»Aber da waren ja auch noch die anderen Bücher, die wir gefunden haben«, platzte William heraus in einem erneuten Versuch, sich zu wehren. »Vergessen Sie zum Beispiel nicht die Erstausgabe von *Eine Weihnachtsgeschichte*, signiert von Charles Dickens.«

»Ich bin froh, dass Sie Dickens ansprechen«, sagte Grace, »denn mein Mandant schätzt dieses besondere Familienerbstück schon lange. Sein Vater hat es ihm hinterlassen, und er käme nie auf die Idee, es zu verkaufen. Das Gericht dürfte mit großem Interesse erfahren, dass mein Mandant im Besitz des Originalbelegs für den Verkauf des Buches ist, datiert auf den neunzehnten Dezember 1843. Der Preis betrug fünf Shilling.«

Sofort sprang Mr. Hayes auf. »Euer Ehren, ich muss protestieren. Dieses Dokument wurde von der Verteidigung nicht als offizielles Beweismittel vorgelegt.«

»Dafür gibt es einen einfachen Grund, Euer Ehren«, sagte Grace. »Mein Mandant hat den Beleg gesucht, seit er verhaftet wurde, doch Constable Warwick und seine Kollegin haben ein solches Chaos in seinem Haus hinterlassen, dass er ihn erst heute Morgen gefunden hat.«

»Wie bequem«, sagte Hayes so laut, dass die Geschworenen es hörten. Der Richter runzelte die Stirn, wies ihn aber nicht zurecht.

Auch diesmal nahmen die Geschworenen sich Zeit, als sie den Beleg musterten.

»Ich hoffe, Constable Warwick«, sagte Grace, nachdem William einen kurzen Blick darauf geworfen hatte, »dass Sie nicht andeuten wollen, mein Mandant habe auch dieses Dokument gefälscht.«

Mehrere Geschworene fingen an, miteinander zu sprechen, während Hayes etwas in seinen Notizblock schrieb.

Grace lächelte ihren Bruder an und sagte: »Ich habe keine weiteren Fragen an diesen Zeugen, Euer Ehren.«

»Vielen Dank, Ms. Warwick«, sagte der Richter. »Vielleicht wäre das jetzt ein guter Zeitpunkt, die Verhandlung zum Lunch zu unterbrechen.«

»Wir sind noch nicht geschlagen«, sagte Hayes während des Essens in der Kantine.

»Aber ich war nicht gerade eine große Hilfe für Sie«, erwiderte William. »Ich hätte meine Schwester an die Seiten mit den Churchill-Unterschriften erinnern müssen, die wir in Amhursts Haus gefunden haben.«

»Keine Angst«, sagte Hayes. »Sobald Amhurst den Zeugenstand betritt, werde ich den Geschworenen die gefälschten Unterschriften immer wieder ins Gedächtnis rufen.«

»Und ich bin absolut sprachlos, was diesen Kaufbeleg angeht«, sagte William. »Warum haben wir ihn nicht gefunden, als wir das Haus durchsucht haben?«

»Weil er, so vermute ich, überhaupt nicht da war. Amhurst dürfte ihn erst kürzlich besorgt haben, um seine Aktivitäten zu tarnen. In dieser Frage werde ich ihn unter Eid aussagen lassen.«

William sah hinüber zu seiner Schwester, die am anderen Ende der Kantine mit ihrer anwaltlichen Mitarbeiterin ihren Lunch aß. Es handelte sich wohl um Clare, doch keine der beiden sah in seine Richtung.

Als das Gericht erneut zusammentrat, bat Seine Ehren Mr. Justice Gray die Verteidigerin, ihren ersten Zeugen aufzurufen. Grace erhob sich und sagte: »Ich werde keinen Zeugen aufrufen, Euer Ehren.«

Ein Murmeln ging durch das Gericht. William beugte sich vor und flüsterte in Hayes' Ohr: »Werden die Geschworenen nicht annehmen, dass Amhurst schuldig ist, wenn er nicht aussagt?«

»Gut möglich. Aber vergessen Sie nicht, Ihre Schwester wird das letzte Wort haben. Und wenn Amhurst mein Mandant wäre, hätte ich ihm dasselbe geraten.«

Der Richter wandte sich dem Ankläger zu.

»Mr. Hayes, sind Sie bereit, das Schlussplädoyer für die Krone zu halten?«

»Das bin ich in der Tat, Euer Ehren«, antwortete Hayes. Er erhob sich und legte seine Notizen auf das kleine Pult vor sich. Dann stieß er ein leises Hüsteln aus, richtete seine Perücke und wandte sich direkt an die Geschworenen. »Meine Damen und Herren Geschworene, mit welch unglaublich faszinierendem Fall haben wir es doch zu tun... obgleich sich Ihnen der Eindruck aufdrängen könnte, bei einer Aufführung von *Hamlet* ohne den Prinzen zugegen zu sein. Zunächst möchte ich Sie fragen, warum die Verteidigung bei ihrem Kreuzverhör von Detective Constable Warwick kein einziges Mal jene Seiten mit den Churchill-Unterschriften erwähnt hat, die im Hause des Angeklagten gefunden wurden und die aus einem linierten Notizblock der Marke W. H. Smith, Preis neunundvierzig Pence, herausgerissen worden waren. Ich denke, wir können davon ausgehen, dass sie nicht von dem großen Kriegshelden stammen... unter anderem deshalb nicht, weil er vor der Einführung des Dezimalsystems bei unserer Währung verstorben ist. Ebenso wissen wir, dass DC Warwick eine vollständige sechsbändige Ausgabe von Churchills *Geschichte des Zweiten Weltkriegs* im Haus des Angeklagten gefunden hat, von der drei Bände signiert und drei unsigniert waren. Warum, so muss ich Sie fragen, waren drei Bände unsigniert?« Hayes hielt kurz inne. »Vielleicht weil sie als Nächste auf der Liste standen?«

Der eine oder andere Geschworene schenkte Hayes ein Lächeln.

»Und dann müssen wir auch noch die Tatsache des signierten Exemplars von Charles Dickens' *Eine Weihnachtsgeschichte* überdenken. Die Verteidigung möchte Sie glauben machen, dass es sich dabei um ein Familienerbstück handelt, das von Generation zu Generation weitergegeben wurde. Fanden Sie das nicht auch ein wenig zu bequem? Ist es nicht viel wahrscheinlicher, dass Mr. Amhurst bei seinen zahllosen Besuchen in Buchhandlungen überall in London ein unsigniertes Exemplar von *Eine Weihnachtsgeschichte* erworben hat und sich erst später dann einen passenden Verkaufsbeleg besorgte? Wodurch sich auch die Frage klären würde, warum die beiden Detectives von Scotland Yard trotz umfassender Suche in Mr. Amhursts Haus den Beleg nicht finden konnten, denken Sie nicht? Ich bin froh«, fuhr er fort, ohne den Blick von den Geschworenen abzuwenden, »dass Sie es sind, die zu einer Entscheidung darüber kommen werden, ob Sie der romantischeren Version meiner geschätzten Kollegin den Vorzug geben wollen oder nicht doch eher der wahrscheinlicheren Version, die sich auf die Fakten stützt. Ich bin zuversichtlich, dass sich der gesunde Menschenverstand am Ende durchsetzen wird.«

Nachdem Hayes erneut seinen Platz auf der Bank eingenommen hatte, schien es William, als hätten sie wieder eine Chance, und er hätte am liebsten applaudiert. Der Richter sah hinüber zu der Verteidigerin und fragte, ob sie bereit sei, ihr Schlussplädoyer zu halten.

»Nur allzu bereit«, erwiderte Grace und erhob sich. Einen Augenblick lang sah sie die Geschworenen direkt an, ohne ein Wort zu sagen. Erst dann begann sie zu sprechen.

Sie erinnerte die Geschworenen daran, dass es laut englischem Recht dem Angeklagten zustand, auf einen Auftritt im Zeugenstand zu verzichten, zumal sich dies als eine zu große Belastung für den »gebrechlichen alten Herrn« hätte erweisen können.

»Er ist erst zweiundsechzig«, murmelte Hayes, doch Grace folgte der eingeschlagenen Route und ignorierte jeden möglichen Gegenwind.

»Betrachten wir nun jenes Beweisstück, dem zweifellos in diesem Fall entscheidende Bedeutung zukommt. Wenn Mr. Amhurst schuldig im Sinne der Anklage ist und sich im Besitz einer signierten Erstausgabe von *Eine Weihnachtsgeschichte* befindet ... warum hat er diese dann nicht zum Verkauf angeboten, wo sie ihm doch zehnmal so viel eingebracht hätte wie Churchills Werk? Ich werde Ihnen sagen, warum. Weil er sich nicht von einem Familienerbstück trennen wollte, das er zu gegebener Zeit an die nächste Generation weiterreichen wird.«

»Er hat keine Kinder«, flüsterte William Hayes ins Ohr.

»Das hätten Sie mir früher sagen sollen.«

»Gestern Abend, verehrte Geschworene«, fuhr Grace fort, »habe ich während der Arbeit an diesem Fall der Frage ein wenig Zeit gewidmet, wie viel Gewinn Mr. Amhurst wohl gemacht hätte, wenn er die drei Churchill-Bände verkauft hätte, die Constable Warwick hier als Beweismittel vorgelegt hat und deren Signaturen, wie er behauptet, gefälscht sein sollen. Die Gesamtsumme beläuft sich auf nur wenig mehr als einhundert Pfund. Deshalb, meine Damen und Herren Geschworene, ist das für mich kaum das Verbrechen des Jahrhunderts. Doch aus Gründen, die nur Scotland Yard kennen dürfte, haben die Ermittler beschlossen, dass Mr. Amhurst die ganze Macht des Gesetzes zu spüren bekommen soll. Wenn Sie der Ansicht sind, dass die Krone zweifelsfrei bewiesen hat, dass Cyril Amhurst ein Meisterfälscher und erfahrener Betrüger ist, dann sollte er Weihnachten im Gefängnis verbringen. Wenn Sie jedoch glauben ... und ich denke, zu genau diesem Schluss werden Sie kommen ... dass die Krone ihren Fall nicht bewiesen hat, dann werden Sie dieser für ihn belastenden Zeit ein Ende machen und ihm wie Tiny Tims Vater gestatten, Weihnachten im Kreis seiner Familie zu verbringen.«

Als Grace wieder Platz nahm, drehte sich Mr. Hayes um und flüsterte William zu: »Ihre Schwester ist ein absoluter Profi. Der Apfel fällt wirklich nicht weit vom Stamm. Ihr Vater wäre stolz auf sie.«

»Aber nicht auf seinen Sohn«, flüsterte William, der in diesem Moment Grace mit Vergnügen umgebracht hätte.

Die Worte, mit denen der Richter den Fall zusammenfasste, waren fair und unvoreingenommen. Er stellte noch einmal die Fakten vor, ohne die Geschworenen in eine bestimmte Richtung beeinflussen zu wollen. Zwar widmete er sich nachdrücklich den niemals erklärten Seiten mit den Churchill-Unterschriften, doch er betonte ebenso, dass die Krone keinen Beweis dafür erbracht hatte, dass es sich bei dem Exemplar von *Eine Weihnachtsgeschichte* nicht um ein Familienerbstück handelte. Nachdem er seine Zusammenfassung beendet hatte, wies er die Geschworenen an, sich zurückzuziehen, um zu einem Urteil zu finden.

Gut zwei Stunden später waren die sieben Männer und fünf Frauen wieder zurück im Gerichtssaal. Nachdem sie sich gesetzt hatten, bat der Gerichtsdiener die Sprecherin der Geschworenen, sich zu erheben. Eine kräftige, unerschütterlich wirkende Frau in einem eleganten, eng anliegenden karogemusterten Kleid erhob sich von ihrem Platz am einen Ende der ersten Reihe.

»Verehrte Geschworenensprecherin, ist es Ihnen gelungen, in allen drei Anklagepunkten zu einem Urteil zu kommen?«

»Ja, so ist es, Euer Ehren.«

»Hinsichtlich des ersten Anklagepunkts, der Fälschung, konkret der Signatur von Sir Winston Churchill in achtzehn Büchern mit der Absicht, die Öffentlichkeit zu täuschen und daraus Gewinn zu schlagen: Halten Sie den Angeklagten für schuldig oder nicht schuldig?«

»Nicht schuldig«, erwiderte die Frau mit fester Stimme.

»Und im Hinblick auf den zweiten Anklagepunkt, den Besitz eines Buches mit der gefälschten Signatur von Charles Dickens mit der Absicht, die Öffentlichkeit zu täuschen und daraus Gewinn zu schlagen: Halten Sie den Angeklagten für schuldig oder nicht schuldig?«

»Nicht schuldig.«

»Und im dritten Anklagepunkt, dem Besitz von drei Bänden von Winston Churchills *Geschichte des Zweiten Weltkriegs*, von denen jeder eine gefälschte Signatur von Sir Winston Churchill tragen soll: Halten Sie den Angeklagten für schuldig oder nicht schuldig?«

»Schuldig.«

Während einige Anwesende im Gerichtssaal hörbar nach Luft schnappten, stieß William einen Seufzer der Erleichterung aus. Er würde am folgenden Tag zwar nicht gerade im Triumph an seine Arbeit zurückkehren können, aber genauso wenig würde er dort als vollkommener Versager erscheinen müssen.

»Der Angeklagte möge sich erheben«, sagte der Gerichtsdiener.

Den Kopf leicht gesenkt, stand Amhurst auf.

»Cyril Amhurst, man hat Sie eines schwerwiegenden Verbrechens für schuldig befunden, für das ich Sie zu einem Jahr Gefängnis verurteile.«

William unterdrückte ein Lächeln.

»Da Sie jedoch bis jetzt keinerlei Vorstrafen haben und dies Ihre erste Verurteilung ist, wandle ich das Urteil in eine zweijährige Bewährungsstrafe um, wobei ich Ihnen empfehlen würde, in dieser Zeit keine Buchhandlung mehr zu besuchen. Es steht Ihnen frei, das Gericht zu verlassen.«

»Vielen Dank, Euer Ehren«, sagte Amhurst, trat von der Anklagebank zu seiner Verteidigerin und umarmte sie.

William schüttelte Hayes' Hand und dankte ihm für dessen tapfere Bemühungen.

»Ihre Schwester war ziemlich brillant«, gestand Hayes. »Mit fast nichts in der Hand hat sie uns zwei zu eins geschlagen, und am Ende hat sogar der Schiedsrichter in ihrem Sinne entschieden. Ich werde diesen Fehler gewiss nicht noch einmal machen, sollte ich irgendwann wieder mit ihr zu tun haben.«

»Und ich ebenso wenig«, sagte William, bevor er wortlos aus dem Gerichtssaal ging. Grace stand im Flur und wartete auf ihn.

Sie grinste ihn in einer Weise an, die er so gut kannte. »Hast du Zeit auf ein Glas, bester Bruder?«

Beim Abendessen erzählte William Beth, was vor Gericht geschehen war. Sie brach in Gelächter aus und sagte: »Du bist ein kompletter Idiot.«

»Das sehe ich leider genauso. Ich habe Angst, morgen zur Arbeit zu gehen. Wenn man mich nicht wieder auf Streife schickt, legt man mir sicher ein Halseisen an.«

»Ich habe so das Gefühl, dass du etwas ganz anderes tragen wirst ... nämlich eine Narrenkappe. Ich wäre so gerne dabei gewesen und hätte dein Gesicht gesehen, als der

Richter verkündet hat, dass er die Strafe zur Bewährung aussetzt.«

»Zum Glück warst du nicht da. Aber wenn ich jemals wieder gegen meine Schwester antreten muss, werde ich ganz sicher dafür sorgen, dass ich besser vorbereitet bin.«

»Und sie wird dasselbe tun.«

»Auf wessen Seite bist du eigentlich?«

»Ich habe mich noch nicht entschieden, denn du hast mir immer noch nicht gesagt, wie es gelaufen ist, als du bei Eddie Leigh in Pentonville warst.«

William legte Messer und Gabel beiseite und beschrieb ausführlich seine Begegnung mit dem Fälscher. Als er geendet hatte, sagte Beth nur: »Eigelb. Das ist mehr als nur ein Ausgleich für deinen schwachen Auftritt im Zeugenstand heute Morgen. Aber glaubst du auch, dass Leigh weiß, wo der Rembrandt ist?«

»Ich bin mir ziemlich sicher. Denn wie ich herausgefunden habe, waren er und Faulkner zur selben Zeit an der Slade. Aber wir sind die Letzten, denen er verraten würde, wo sich das Bild befindet. Ich vermute sogar, er bedauert bereits, mir so weit entgegengekommen zu sein, wie er das tatsächlich getan hat.«

»Vielleicht erfährst du mehr, wenn du die Kopie morgen zu Faulkners Haus zurückbringst.«

»Mag sein. Aber vielleicht komme ich nicht einmal durch das Tor zu seinem Grundstück.«

19

William saß an seinem Schreibtisch und wartete nervös auf sein Schicksal. Er las gerade die Berichte über die neueste Entwicklung im Fall des Bildes aus Picassos Blauer Periode, als Lamont ins Büro stürmte.

»Was ist gestern rausgekommen?«, waren die ersten Worte des DCI.

William holte tief Luft. »Amhurst wurde zu einem Jahr verurteilt, aber der Richter hat das Urteil in zwei Jahre auf Bewährung umgewandelt.«

»Hätte nicht besser laufen können«, sagte Lamont und rieb sich vergnügt die Hände.

»Was meinen Sie damit?«, fragte William.

»Ich habe in der Lotterie der Abteilung gewonnen. Ein Jahr, umgewandelt in eine Bewährungsstrafe«, sagte er, als Jackie hereinkam.

»Wer bekommt den Jackpot?«, fragte Jackie, noch bevor sie ihren Mantel ausgezogen hatte.

»Ich«, sagte Lamont.

»Verdammt.«

»Was hast du vorhergesagt?«, fragte William sie.

»Sechs Monate, umgewandelt in eine Bewährungsstrafe. Und damit habe ich nicht nur verloren, du hast mich auch noch geschlagen, du elender Glückspilz.«

»Was meinst du damit?«

»Der Richter hat mich damals bei meinem ersten Fall aus dem Gericht geschmissen. Ich hatte ein entscheidendes Beweisstück in meinem Auto vergessen, weshalb der Angeklagte freikam, bevor er überhaupt in den Zeugenstand treten musste.«

William lachte.

»Na schön«, sagte Lamont. »Und jetzt alle wieder an die Arbeit. »Jackie, ich will, dass Sie sämtliche Einzelheiten der Operation morgen Abend mit mir durchgehen, bevor ich grünes Licht geben kann.«

Rasch ging Jackie an ihren Schreibtisch und holte die entsprechende Akte.

»William, die Kopie des Rembrandt wurde in einen Van verladen, den Sie im Fuhrpark finden. Holen Sie die Schlüssel an der Anmeldung, und machen Sie sich auf den Weg. Übrigens wettet keiner darauf, dass Sie es auch nur durch das Tor des Anwesens schaffen.«

»Ist Faulkner gestern nach Monte Carlo geflogen?«, fragte William.

»Ja, er ist gegen Mittag in Nizza gelandet und wird nicht vor einem Monat zurückerwartet.«

Commander Hawksby schob den Kopf aus der Tür zu seinem Büro. »Wie lautete das Urteil?«

»Ein Jahr, umgewandelt in eine Bewährungsstrafe«, antwortete Lamont.

»Verdammt.«

»Darf ich Ihnen eine Frage stellen, Sir?«, sagte William.

»Fünfzig Stunden gemeinnützige Arbeit.«

»Könnten DS Roycroft und ich Sie sprechen, Sir, sobald ich die Einzelheiten der Operation Blaue Periode zusammengestellt habe?«, fragte Lamont.

»Ja, natürlich, Bruce. Und viel Glück mit Mr. Faulkner, William.«

William ging zur Anmeldung, nahm die Schlüssel für den Van entgegen und begab sich in den unterirdischen Fuhrpark. Er sah nach, ob die Kiste mit dem Gemälde sicher im Laderaum des Fahrzeugs verstaut war, und verließ dann Scotland Yard in Richtung Broadway. Während der Fahrt vergegenwärtigte er sich noch einmal die einzelnen Schritte seines Plans, obwohl er sich bewusst war, dass er sich in einer Stunde bereits wieder auf dem Rückweg zum Yard befinden mochte, sofern ihm das Betreten des Gebäudes verweigert würde.

Als er Beth an jenem Morgen verlassen hatte, versprach er ihr, zum Abendessen zurück zu sein.

»Mit allen sechs Vorstehern der Tuchmacherzunft sicher im Heck des Van«, hatte sie ihn geneckt.

Da William sich des Gemäldes, das er transportierte, ständig bewusst war, hielt er sich peinlich genau an die Geschwindigkeitsvorschriften. Lamont hatte ihm eingeschärft, dass Anwalt Booth Watson noch vor Ende der Woche eine Kompensationszahlung für seinen Mandanten einklagen würde, sollte das Bild nicht in makellosem Zustand zurückgegeben werden.

Als William das pittoreske Dorf Limpton in Hampshire erreichte, war es nicht schwierig herauszufinden, wo die Faulkners wohnten. Limpton Hall thronte stolz auf einem Hügel, der die Landschaft beherrschte. William folgte einem Hinweisschild, das ihn einige zusätzliche Meilen weit über eine gewundene Landstraße führte, bevor er an einem Doppeltor aus Gusseisen anhalten musste. Auf den Steinsäulen zu beiden Seiten saßen zwei Löwen in Kauerstellung.

William stieg aus dem Wagen und ging auf das Tor zu. In

die Mauer daneben waren zwei Knöpfe eingelassen. Neben einem befand sich ein Messingschild mit der Aufschrift »The Manor House« und neben dem anderen darunter ein Schild mit der Aufschrift »Lieferanten«. William drückte auf den obersten Knopf, bedauerte seine Entscheidung jedoch sofort, denn es schien ihm, seine Chancen, ins Haus zu gelangen, wären größer gewesen, wenn er den Lieferanteneingang angeläutet hätte. Eine Stimme aus der Sprechanlage fragte: »Wer ist da?«

»Ich habe eine Speziallieferung für Mr. Faulkner.«

Zu seiner Überraschung schwangen die Tore auf.

Langsam folgte er der langen Zufahrt, wobei er die jahrhundertealten Eichen bewunderte, die rechts und links seinen Weg säumten, während er den nächsten Schritt seines Plans erwog. Schließlich hielt er vor dem Haus, das auf dem Titel von *Country Life* gewiss nicht fehl am Platz gewesen wäre.

Die Eingangstür wurde von einem großen, schlanken Mann geöffnet, der einen schwarzen Gehrock und eine Nadelstreifenhose trug. Er musterte William, als sei dieser vor dem falschen Eingang vorgefahren. Sogleich eilten zwei jüngere Männer die Freitreppe herab und traten an das Heck des Van. Zweiter Teil des Plans.

William öffnete die Hecktür des Fahrzeugs und griff nach einem Klemmbrett, während die beiden jungen Männer die Kiste sorgfältig heraushoben, die Stufen hinauftrugen und in der Eingangshalle an eine Wand lehnten. Der Butler war gerade im Begriff, die Tür zu schließen, als William, der hoffte, er klänge in diesem Augenblick wie sein Vater, in entschiedenem Ton sagte: »Ich brauche eine Unterschrift, bevor ich meine Lieferung freigeben kann.«

William wäre nicht überrascht gewesen, hätte man ihm die Tür vor der Nase zugeschlagen. Doch widerwillig nahm der Butler einen Stift aus der Innentasche seines Gehrocks. Zeit für den dritten Teil des Plans.

»Es tut mir leid, aber das Freigabeformular muss von Mr. Faulkner unterschrieben werden«, sagte William und schob wie ein Handlungsreisender einen Fuß in die Tür. Hätte der Butler gesagt: *Nehmen Sie meine Unterschrift oder vergessen Sie's,* hätte William sich damit zufriedengeben müssen; jedes weitere Wort wäre sinnlos gewesen.

»Genügt auch Mrs. Faulkner?«, fragte eine Stimme im Hintergrund.

Eine elegante Frau mittleren Alters erschien in der Eingangshalle. Sie trug einen Morgenrock aus roter Seide, der ihre anmutige Gestalt betonte. Standen die Reichen wirklich nicht vor zehn Uhr vormittags auf? Doch es war das rabenschwarze Haar, die gebräunte Haut und eine Ausstrahlung ruhiger Autorität, die ihm keinen Zweifel daran ließen, dass sie die Hausherrin war.

Sie unterschrieb das Formular, und William wollte gerade gehen, als sie sagte: »Vielen Dank, Mr. ...«

»Warwick, William Warwick«, erwiderte er in einem Tonfall, der verriet, dass er die Regel, niemals wie ein Absolvent einer Privatschule zu klingen, in diesem Fall gebrochen hatte.

»Ich bin Mrs. Faulkner. Haben Sie Zeit, eine Tasse Kaffee mit mir zu trinken, Mr. Warwick?«

William zögerte nicht, obwohl das weder zum ersten noch zum zweiten oder dritten Teil seines Plans gehörte. »Vielen Dank«, sagte er.

»Kaffee im Salon, Makins«, sagte Mrs. Faulkner. »Und

wenn das Gemälde ausgepackt ist, möchte ich, dass es sogleich wieder aufgehängt wird.«

»Gewiss, Madam.«

»Miles wird so glücklich sein, das Bild wieder an Ort und Stelle zu sehen, wenn er schließlich wiederkommt«, sagte Mrs. Faulkner, wobei sie das Wort »schließlich« betonte, während sie William in den Salon führte.

William konnte seinen Blick nicht von den großartigen Gemälden lösen, die überall an den Wänden hingen. Miles Faulkner war zwar ein Gauner, aber er war zweifellos ein Gauner mit Geschmack. Der Sisley, der Sickert, der Matisse und der Pissarro hätten jeder Sammlung Ehre gemacht, doch am meisten galt Williams Aufmerksamkeit einem kleinen Stillleben, das Orangen in einer Schale darstellte und von einem Künstler stammte, von dem er noch nie zuvor ein Bild gesehen hatte.

»Fernando Botero«, sagte Mrs. Faulkner. »Ein Landsmann von mir, der, wie ich, in jungen Jahren aus Kolumbien fliehen konnte«, fügte sie hinzu, als der Butler mit einem Tablett erschien, auf dem sich der Kaffee befand.

William setzte sich und warf einen Blick auf die große freie Fläche über dem offenen Kamin, wo sich die Kopie des Rembrandt befunden haben musste. Der Butler stellte das Tablett auf den Couchtisch. Es war eine Antiquität, die William wiederzuerkennen glaubte, doch gleich darauf wurde er von zwei Männern abgelenkt, die, das Bild in den Händen, in den Salon kamen.

Der Butler überwachte das Aufhängen, und sobald sich das Gemälde wieder an seinem angestammten Platz befand, deutete er gegenüber Mrs. Faulkner eine Verbeugung an und zog sich diskret zurück.

»Gehe ich recht in der Annahme«, sagte Mrs. Faulkner, als sie ihrem Gast Kaffee einschenkte, »dass Sie ein Detective sind, Mr. Warwick?«

»Ja, das bin ich«, erwiderte William, ohne jedoch hinzuzufügen: aber einer ohne besonders viel Erfahrung.

»Wenn das so ist, frage ich mich, ob ich Sie in einer persönlichen Angelegenheit um Rat bitten dürfte«, sagte sie und schlug ein Bein über das andere.

William hörte auf, die *Tuchmacherzunft* anzustarren, und wandte sich seiner Gastgeberin zu. »Ja, sicher«, brachte er mühsam heraus.

»Doch bevor ich das tue, muss ich sicher sein, dass ich mich dabei ganz und gar auf Ihre Diskretion verlassen kann.«

»Sicher«, wiederholte er.

»Ich hätte gerne den Namen eines Privatdetektivs. Jemand, der diskret und professionell ist. Und vor allem: dem man vertrauen kann.«

»Es gibt mehrere pensionierte Mitarbeiter der Met, die als Privatdetektive arbeiten«, antwortete William. »Und ich bin sicher, mein Vorgesetzter wäre gerne bereit, einen von ihnen zu empfehlen. Inoffiziell, versteht sich«, fügte er hinzu.

»Das ist gut zu wissen, Mr. Warwick. Ich kann jedoch nicht genug betonen, wie wichtig es ist, dass mein Mann nichts davon erfährt. Er ist im Moment nicht hier und wird frühestens in einem Monat wiederkommen.«

»Ich bin sicher, ich werde den Richtigen für Sie finden, Mrs. Faulkner, und zwar lange bevor Ihr Mann wieder zurück ist.« Er warf einen letzten, verstohlenen Blick auf das Bild, das er vermutlich nie wiedersehen würde.

»Sie mögen dieses Gemälde wirklich, nicht wahr?«

»Ja, das tue ich«, sagte William aufrichtig.

»Es ist auch eines der Lieblingsbilder von Miles, was der Grund sein mag, warum wir genauso eines im Schlafzimmer unserer Villa in Monte Carlo haben. Ehrlich gesagt, kann ich nie den Unterschied zwischen beiden erkennen.«

Williams Hand begann so heftig zu zittern, dass er ein wenig Kaffee auf den Teppich schüttete. »Bitte entschuldigen Sie«, sagte er. »Wie ungeschickt von mir.«

»Machen Sie sich keine Sorgen, Mr. Warwick, das ist vollkommen unbedeutend.«

Wenn Sie wüssten, wie bedeutend es ist, dachte William, und seine Gedanken rasten noch immer angesichts der Implikationen dessen, was sie gerade gesagt hatte.

»Kann ich Sie überreden, zum Lunch zu bleiben?«, fragte Mrs. Faulkner. »Dann könnte ich Ihnen die übrige Sammlung zeigen.«

»Das ist sehr freundlich von Ihnen, aber mein Chef wird sich fragen, wo ich bin. Also sollte ich mich wohl verabschieden.«

»Dann vielleicht ein andermal.«

William nickte nervös, und Mrs. Faulkner begleitete ihn in die Eingangshalle, wo der Butler bereits an der Tür stand.

»Es war mir ein Vergnügen, Sie kennenzulernen, Mr. Warwick«, sagte sie, als die beiden einander die Hand gaben.

»Ganz meinerseits«, sagte William, der sich bewusst war, dass der Butler ihn aufmerksam musterte.

William konnte es nicht erwarten, zum Yard zurückzukommen und seine Kollegen darüber zu informieren, dass Mrs. Faulkner ihm ungewollt verraten hatte, dass das Original der *Tuchmacherzunft* in Faulkners Villa in Monte Carlo hing. Und er konnte geradezu vor sich sehen, wie Beth vor Freude auf und ab sprang, wenn er ihr die Neuigkeit mitteilte.

Doch als sich die Tore hinter ihm schlossen, legte er den Kopf in die Hände und schrie: »Du bist ein Idiot!« Warum hatte er die Einladung zum Lunch nicht angenommen? Er hätte sich die vollständige Sammlung ansehen und dabei vielleicht andere Gemälde identifizieren können, deren Verbleib ungeklärt war.

»Idiot!«, wiederholte er noch lauter. Vielleicht sollte er die verpasste Gelegenheit besser nicht erwähnen, wenn er seinen Bericht für Lamont schrieb.

Widerstrebend verließ William Limpton Hall, doch nicht ohne das Wort »Idiot« noch mehrere Male zu wiederholen, bevor er die Schnellstraße erreicht hatte.

Als er im Yard ankam, parkte er den Van, gab die Schlüssel zurück und ging unverzüglich hinauf ins Büro. Dort sah er, wie Lamont und Jackie sich über eine Landkarte beugten, welche mit kleinen roten Fähnchen bedeckt war, womit die beiden letzte Hand an die Operation Blaue Periode legten, die, wie er wusste, für die folgende Nacht geplant war. Beide sahen auf, als er das Büro betrat.

»Sind Sie über das Tor zum Grundstück hinausgekommen?«, fragte Lamont.

»Ich habe nicht nur das Tor überwunden, ich kann Ihnen sogar sagen, wo der Rembrandt ist.«

Die kleinen Fähnchen blieben plötzlich unbeachtet, während Lamont und Jackie sich anhörten, was William zu berichten wusste. Nachdem er den beiden alle – oder wenigstens fast alle – Informationen gegeben hatte, gab es für Lamont nichts weiter zu sagen als: »Wir müssen sofort den Commander informieren.«

Da William und Jackie vermuteten, dass Lamont, wenn er

von »wir« sprach, nicht den Pluralis Majestatis verwendete, folgten sie ihm durch den Flur zu Hawksbys Büro.

»Angela, ich muss dringend den Commander sprechen«, sagte Lamont zu Hawksbys Sekretärin, als sie den Vorraum betraten.

»Im Moment ist Chief Inspector Mullins bei ihm«, sagte sie. »Aber ich glaube nicht, dass es noch lange gehen wird.«

»Mullins?«, flüsterte William Jackie zu.

»Drogen. Bete darum, dass du nicht in seine Abteilung versetzt wirst. Nur wenige überleben das, und diejenigen, die es schaffen, sind nie mehr so wie früher.«

Wenige Minuten später öffnete sich die Tür, und begleitet von Commander Hawksby kam Chief Inspector Mullins aus dem Büro.

»Guten Morgen, Bruce«, sagte Mullins, wobei er weiterging, ohne innezuhalten.

»Ich hoffe, Sie haben ein paar gute Nachrichten für mich«, sagte Hawksby. »Denn bisher war es ein wirklich lausiger Tag.«

»Ein möglicher Durchbruch, was den verschwundenen Rembrandt betrifft, Sir.«

»Dann kommen Sie besser rein.«

Nachdem sie am Tisch in Hawksbys Büro Platz genommen hatten, berichtete William detailliert über seine Begegnung mit Mrs. Faulkner. Die erste Reaktion von the Hawk überraschte ihn.

»Ich glaube nicht, dass Mrs. Faulkners Äußerung bezüglich des Gemäldes ein Versehen war. Ich denke vielmehr, dass sie genau wusste, was sie einem jungen Detective, den sie auf einen Kaffee einlud, sagen wollte.«

»Das sehe ich genauso«, sagte Lamont. »Auch im Hinblick

auf die Tatsache, dass sie sich nach einem vertrauenswürdigen Privatdetektiv erkundigt hat. Kein Wunder, dass sich die Tore geöffnet haben.«

»Was hat sie vor?«, fragte William.

»Auf die Gefahr hin, das Offensichtliche auszusprechen«, sagte Jackie, »denke ich, dass sie wahrscheinlich einen Privatdetektiv braucht, weil sie sich scheiden lassen will und nicht die Absicht hat, sich mit der gewiss üppigen Summe aus der Scheidungsvereinbarung zufriedenzugeben. Sie ist auf Rache aus, und was wäre dazu besser geeignet, als uns wissen zu lassen, wo der Rembrandt ist?«

»Damit lässt sie sich auf ein riskantes Spiel ein«, sagte Hawksby, »wenn man bedenkt, wer ihr Gegner ist.«

»Sie hatte sieben Jahre Zeit, um darüber nachzudenken«, sagte William.

»Die aber vielleicht nicht genug sind«, sagte Lamont.

»Haben Sie irgendjemanden im Kopf für diese Aufgabe, Bruce?«, fragte Hawksby.

»Mike Harrison wäre meine erste Wahl. Fähig, zuverlässig und vertrauenswürdig. Außerdem hätten wir jemanden ganz dicht dran an Faulkner, wenn sie ihn engagiert.«

»Vereinbaren Sie einen Termin«, sagte Hawksby, »und wenn er einverstanden ist, kann William ihn Mrs. Faulkner vorstellen.«

»Ich werde die Sache sofort in die Wege leiten«, sagte Lamont.

»Übrigens, William, gut gemacht. Auch wenn es natürlich nicht einfach sein wird, den Rembrandt aus Monte Carlo herauszuschaffen, während Faulkner vor Ort ist. Aber vielleicht gelingt es uns diesmal ausnahmsweise, ihm eine Überraschung zu bereiten, wenn seine Frau auf unserer Seite ist.

Aber jetzt zu unseren aktuellen Aufgaben. Jackie, ist alles für die Operation Blaue Periode vorbereitet?«

»Wir haben grünes Licht für morgen Nacht, Sir. Wir haben das Gebiet so dicht umstellt, dass nicht einmal ein Maulwurf einen Tunnel rausbuddeln könnte, ohne dass wir es mitbekämen.«

»Sind Sie sicher, dass Ihnen die nötige Unterstützung zur Verfügung steht, Bruce?«

»Die Polizei von Surrey war überaus kooperativ, Sir. Sie stellen uns etwa zwanzig Beamte zur Verfügung, die in zwei Bussen an der Zu- und Ausfahrt stationiert sein werden. Wenn die Täter aus dem Haus kommen, sind wir bereit zuzuschlagen.«

»Und die Besitzer?«

»Sind im Urlaub auf den Seychellen, wodurch sie bei der Aktion nicht zu Schaden kommen können, was Faulkner bewusst sein muss.«

»Rufen Sie mich an, sobald Sie die Diebe festgenommen haben, egal, wie spät es ist.«

»Das wird wahrscheinlich so gegen zwei oder drei Uhr morgens sein, Sir«, sagte Jackie.

»Egal, wie spät es ist«, wiederholte Hawksby.

Lamont, William und Jackie standen auf. Die Besprechung war offensichtlich vorüber.

»DC Warwick«, sagte Hawksby, als die drei gehen wollten. »Könnten Sie noch einen Moment bleiben? Ich hätte gerne ein persönliches Wort mit Ihnen gewechselt.«

Die Formulierung »Könnten Sie?« amüsierte William, obwohl er vermutete, dass ihm eine ernsthafte Ermahnung wegen seiner mangelnden Vorbereitung im Amhurst-Fall bevorstand.

»William«, sagte Hawksby, nachdem Lamont und Jackie gegangen waren, »ich achte stets darauf, mich niemals in das Privatleben meiner Mitarbeiter einzumischen, sofern nicht zu befürchten steht, dass es Einwirkungen auf eine laufende Ermittlung hat.«

William saß angespannt auf der Stuhlkante.

»Es ist mir jedoch zur Kenntnis gekommen, dass Sie sich mit einer jungen Frau angefreundet haben, die für das Fitzmolean Museum arbeitet, wodurch sie zu einer Partei wird, die im Fall des vermissten Rembrandt ein eigenes Interesse hat.«

»Es ist mehr als eine Freundschaft, Sir«, gestand William. »Wir leben fast schon zusammen.«

»Was umso mehr ein Grund ist, vorsichtig zu sein. Und was ich Ihnen gleich sagen werde, ist keine Bitte, sondern eine offizielle dienstliche Anweisung. Habe ich mich klar ausgedrückt?«

»Ja, Sir.«

»Sie werden unter keinen Umständen irgendjemandem außerhalb dieser Abteilung mitteilen, dass wir möglicherweise wissen, wo sich der verschwundene Rembrandt befindet. Genau genommen wäre es sogar klug, Miss Rainsford überhaupt nichts über unsere Untersuchung mitzuteilen, und ich meine *überhaupt nichts*.«

»Ich verstehe, Sir.«

»Ich muss Sie nicht daran erinnern, dass Sie als Polizist eine Verschwiegenheitserklärung, den Official Secrets Act, unterschrieben haben, und sollten Sie dafür verantwortlich sein, diese oder irgendeine andere Operation zu sabotieren, an der Sie beteiligt sind, könnten Sie sich in kürzester Zeit vor dem Disziplinarausschuss wiederfinden, was Ihrer

Karriere zweifellos einen bedeutenden Rückschlag versetzen oder diese ganz ruinieren würde. Haben Sie irgendwelche Fragen?«

»Nein, Sir.«

»Dann werden Sie jetzt zu Ihrer Einheit zurückkehren und mit niemandem über diese Unterhaltung sprechen, nicht einmal mit Ihren Kollegen. Ist das klar?«

»Ja, Sir.«

William ging zurück an seinen Schreibtisch, setzte sich und betrachtete den Stapel zu bearbeitender Fälle, der vor ihm lag, doch er bekam die Worte des Commanders nicht aus dem Kopf. An diesem Morgen hatte er sich davor gefürchtet, zur Arbeit zu kommen. An diesem Abend fürchtete er sich, nach Hause zu gehen.

Als Beth hörte, wie die Haustür aufging, rannte sie sofort aus der Küche in den Flur.

»Wie ist dein Treffen mit Mrs. Faulkner gelaufen?«, fragte sie, bevor William auch nur die Jacke ausziehen konnte.

»Ich bin nicht mal durch das Tor zum Grundstück gekommen.«

»Du bist ein lieber, süßer Kerl«, sagte sie und schlang die Arme um seinen Hals, »aber als Lügner bist du absolut nicht überzeugend.«

»Doch, das ist die Wahrheit«, protestierte William.

Sie trat einen Schritt zurück und musterte ihn genauer. »Was haben sie dir über mich erzählt?«, fragte sie in plötzlich verändertem Ton.

»Nichts, ich schwöre. Nichts.« Und dann erinnerte er sich an Hawksbys Worte: »Sie werden unter keinen Umständen Miss Rainsford irgendetwas über unsere Untersuchung mitteilen, und ich meine überhaupt nichts.« Welche Umstände?, dachte William. Und dann erinnerte er sich an Jackies Worte, als er die Blumen gekauft hatte: »Rainsford ... Rainsford ... warum klingelt da nur was bei mir?«

Als William am nächsten Morgen zur Arbeit erschien, schrieb er als Erstes einen detaillierten Bericht über seinen Besuch in Limpton Hall. Nachdem er ihn Lamont übergeben hatte, rief er Mrs. Faulkner auf ihrem privaten Telefonanschluss an.

»Ich glaube, wir haben den Mann gefunden, der Ihnen am besten helfen kann, Mrs. Faulkner. Wann möchten Sie ihn treffen?«

»Ich fahre nächsten Montag nach London. Sollen wir uns zum Lunch treffen? Ich kann nicht riskieren, dass Sie noch einmal hierherkommen.«

»Warum nicht?«, fragte William enttäuscht.

»Makins würde meinen Mann anrufen, noch bevor Sie wieder durchs Tor wären. Tatsächlich hat mich Miles gestern Abend angerufen und gefragt, warum ich Sie überhaupt ins Haus gelassen habe.«

»Was haben Sie ihm gesagt?«

»Dass Ihnen versehentlich rausgerutscht wäre, die Rembrandt-Ermittlung sei aufgegeben und zusammen mit anderen ungelösten Fällen zu den Akten gelegt worden.«

»Denken Sie, er hat Ihnen geglaubt?«

»Bei Miles kann man da nie sicher sein. Ich glaube, er weiß selbst nicht einmal, wann er die Wahrheit sagt. Sagen wir um eins im Ritz? Ich lade Sie ein.«

Nun, Mrs. Walters würde ganz sicher nicht für die Kosten aufkommen, dachte William, als er auflegte.

Etwas später ging er mit Lamont zu einem ganz anderen Mittagessen. Im Sherlock Holmes gab es Schweinefleischpastete, Röstkartoffeln und dazu ein Pint Bitter, und dort hatten sie auch die Gelegenheit, Mike Harrison zu treffen. Lamont hatte ihn als »Polizist für Polizisten« beschrieben, und William verstand sofort, warum. Er war unkompliziert, offen und behandelte William vom ersten Augenblick an als gleichberechtigt. Doch noch wichtiger war, dass er den Rembrandt genauso nachdrücklich aufspüren wollte wie die anderen im Team. Er hatte in der Einheit gearbeitet, als das Bild sieben Jahre zuvor gestohlen worden war, weshalb er die Ermittlungen als eine Arbeit betrachtete, die noch zu Ende geführt werden musste.

Am Abend besorgte William auf dem Nachhauseweg einen Blumenstrauß als Friedensangebot für Beth, doch als er die Tür aufschloss, wusste er sofort, dass sie nicht da war. Und dann fiel es ihm ein: Am Dienstag fand im Fitzmolean die Nacht der Freunde des Museums statt. Räucherlachs-Sandwiches, Schalen mit Erdnüssen und Sekt, um die Brieftaschen der treuen Förderer des Museums zu öffnen. Sie würde kaum vor elf zurück sein. Die zweite Nacht hintereinander ging er ins Trenchard House, von wo aus er sie um halb elf und um elf anrief. Doch niemand nahm ab, weshalb er zu Bett ging.

20

05:43 Uhr westeuropäischer Zeit
William erwachte, als das Telefon klingelte. Er nahm ab und fragte sich, wer ihn zu so früher Stunde anrufen würde. Er hoffte, es sei Beth.

»Carter ist losgefahren«, sagte eine Stimme, die er sogleich erkannte. »Wir treffen uns in Heathrow, Terminal zwei. Ein Fahrzeug ist schon unterwegs. Es sollte in ein paar Minuten bei Ihnen sein. Nehmen Sie eine kleine Reisetasche mit, und vergessen Sie diesmal Ihren Pass nicht.«

Er legte auf und ging sofort ins Bad, wo er schnell duschte und sich noch schneller rasierte; zwei kleine Schnitte bewiesen, wie sehr er sich beeilt hatte. Dann ging er ins Schlafzimmer zurück und packte einige Sachen – Hemden, Socken, Unterwäsche, Hosen und eine Zahnbürste –, bevor er schließlich seinen Reisepass aus der Schublade seines Schreibtischs nahm. Draußen wartete ein Fahrzeug mit laufendem Motor. Er erkannte den Fahrer, der ihn nach Chelsea gebracht hatte.

»Guten Morgen, Dave«, sagte er.

06:37 Uhr westeuropäischer Zeit
Jackie brauchte an diesem Morgen keinen Anruf, der sie weckte. Sie war bereits unterwegs in Richtung Waterloo Station, als William über die M4 fuhr.

Lamont erwartete sie auf Bahnsteig 11, von wo aus sie um 07:29 Uhr den Zug nach Guildford nahmen, in einem Abteil zweiter Klasse. Als sie ankamen, wurden sie von Superintendent Wall empfangen, der der einzige Polizist außerhalb ihrer Einheit war, der die Pläne für den Rest des Tages in allen Einzelheiten kannte.

»Haben Sie keinen Fahrer?«, fragte Lamont, als Wall sich hinter das Steuer setzte und den Wagen startete.

»Sparmaßnahmen«, knurrte Wall.

07:14 Uhr westeuropäischer Zeit
Kaum hatte William das Terminal erreicht, sah er ihn auch schon. Dunkelblauer Zweireiher, weißes Hemd, gestreifte Krawatte. Wahrscheinlich schlief der Commander sogar in zweireihigen Pyjamas.

»Guten Morgen, Sir.«

»Guten Morgen, William. Carter hat den BA-Flug 003 nach Rom gebucht, der in anderthalb Stunden geht, und wir nehmen eine Maschine der Alitalia, die in vierzig Minuten startet. Leutnant Monti wird uns am Flughafen abholen und nach Civitavecchia bringen. Wir bleiben noch ein paar Minuten hier, um sicher zu sein, dass Carter tatsächlich eincheckt. Wenn er den Verdacht hat, dass er verfolgt wird, könnte er die ganze Reise abblasen, in welchem Fall wir zurück zum Yard fahren und nicht nach Rom fliegen würden.«
Der Commander hatte noch nicht geendet, als er William am Arm packte und in Richtung der Schalter von British Airways nickte. Carter ging zügig auf einen der Check-in-Schalter zu, begleitet von einem Mann, den William nicht kannte. Der Unbekannte trug eine anscheinend prall gefüllte Reisetasche und schob einen Trolley, auf dem zwei kleine Koffer standen.

»Ich glaube, ich weiß, was in dieser Reisetasche ist«, sagte Hawksby. »Aber vorerst lässt sich da nichts machen.«

»Wir könnten die beiden vom Zoll durchsuchen lassen, bevor er fliegt.«

»Das will ich auf gar keinen Fall.«

»Warum nicht?«

»Aus zwei Gründen«, sagte Hawksby, während Carters Boardingpass ausgestellt wurde. »Zunächst einmal bräuchten wir einen begründeten Verdacht, dass er ein Verbrechen begangen hat, bevor wir das Gepäck durchsuchen könnten. Und zweitens wären sie gewarnt, wenn wir nichts Verdächtiges finden, und unsere Tarnung wäre aufgeflogen.«

»Haben Sie den anderen Mann erkannt?«, fragte William, während sie zur Passkontrolle gingen.

»Damien Grant, verurteilt wegen schwerer Körperverletzung. Ehemaliger Gewichtheber und seit Kurzem Türsteher in einem Club. Er soll nur dafür sorgen, dass die Reisetasche ihr Ziel erreicht.«

»Letzter Aufruf für Alitalia, Flugnummer ...«

10:07 Uhr westeuropäischer Zeit
Nachdem sie in Superintendent Walls Büro Platz genommen hatten, gingen die drei jede Einzelheit der Operation Blaue Periode noch einmal durch. Als Lamont Walls letzte Frage beantwortet hatte, sah dieser auf die Uhr. »Es wird Zeit, zu den Fahrzeugen ins Untergeschoss zu gehen und die Leute zu informieren. Es ist der einzige Ort, der groß genug ist, um Ihre Privatarmee unterzubringen.«

Lamont und Jackie folgten ihm aus dem Büro über eine Treppe mit ausgetretenen Stufen in das unterirdische Parkhaus, wo mehrere Dutzend Polizisten und zwei Polizistinnen darauf warteten, dass man ihnen mitteilen würde, warum sie hier waren. Sie verstummten, sobald der Superintendent erschien.

»Guten Morgen«, sagte er und klopfte mit seinem Pace Stick gegen sein Bein. »Wir haben heute zwei Beamte der Met bei uns. Wir sind hier, um sie bei einer besonderen Operation zu unterstützen, die in den Zuständigkeitsbereich unseres Reviers fällt. DCI Lamont wird Sie über die Einzelheiten informieren.«

Lamont wartete, bis Jackie eine Staffelei aufgebaut und eine Luftaufnahme darauf abgestellt hatte, die einen großen Landsitz zeigte.

»Ladys und Gentlemen«, sagte Lamont, »die Met hat diese Operation über mehrere Monate hinweg vorbereitet, aber dabei war uns immer bewusst, dass das Ergebnis von der Professionalität der Beamten vor Ort abhängt.« Er deutete auf die Männer und Frauen vor sich. »Von Ihnen!«

Gelächter und Beifall erklangen.

»Wir haben Grund zur Annahme«, fuhr er fort, »dass eine gut organisierte Bande Krimineller heute Nacht diesen Landsitz ausrauben wird.« Jackie deutete auf das Foto des großen Lutyens-Landhauses, das von mehreren Morgen Parklandschaft umgeben war.

»Das Ziel dieser Bande ist es, einen Picasso zu stehlen, der mehrere Millionen wert ist, und längst über alle Berge zu sein, bevor die Polizei eintrifft. Genau deshalb werden wir bereits auf sie warten. Sie fragen sich vielleicht, warum wir so viele Beamte für eine derartige Operation benötigen, da doch nur drei oder vier Diebe direkt vor Ort sein werden. Der Grund dafür besteht darin, dass wir wissen, wer hinter dieser Sache steckt, und dieser Herr hat uns einmal zu oft an der Nase herumgeführt. Deshalb werden wir ihm diesmal die Eier abschneiden, sodass ihm die Lust vergeht, es noch ein weiteres Mal zu tun.«

Jetzt war der Beifall noch lauter.

»Ich kann Ihnen versichern«, fuhr Lamont fort, »dass die Diebe bei einer so sorgfältig geplanten Aktion ihre Hausaufgaben gemacht haben. Sie wissen, dass die Besitzer in Urlaub sind, und sie wissen ebenfalls, dass die nächste Polizeistation zwanzig Minuten entfernt ist, was ihnen scheinbar genügend Zeit gibt, sich in Luft aufzulösen, lange bevor die Polizei auftaucht. Meine Mitarbeiterin DS Roycroft wird nun die Einzelheiten der Operation Blaue Periode und die Rolle, die Sie dabei spielen werden, mit Ihnen durchgehen. DS Roycroft ...«

Jackie trat einen Schritt nach vorn und war erfreut, so viele begeisterte Gesichter von Polizisten zu sehen, die offensichtlich nur darauf warteten, einige echte Kriminelle zu verhaften und besonders einen von ihnen festzunageln.

12:45 Uhr mitteleuropäischer Zeit

Die Alitalia-Maschine landete mit wenigen Minuten Verspätung auf dem Flughafen Leonardo da Vinci. Das Erste, was William sah, als er die Flugzeugtreppe hinunterstieg, war Leutnant Monti, der neben einem unmarkierten Fahrzeug auf ihn wartete.

William stellte Hawksby Monti vor, der salutierte, die Hecktür öffnete und wartete, bis beide eingestiegen waren. Hawksby war überrascht, dass der Leutnant unrasiert war und sein Atem nach Knoblauch roch, sagte jedoch nichts.

»Keine Passkontrolle, kein Zoll?«, fragte William.

»Wenn du allein gekommen wärst, William«, sagte Monti,

»hätte ich dich in der Ankunftshalle abgeholt, doch als mein Commandante hörte, dass Commander Hawksby dich begleiten würde, hat er befohlen, alle Register zu ziehen. Sagt man das so?«

»Aber sicher«, antwortete William. »Der ursprüngliche Ausdruck bezieht sich zwar nur auf das Orgelspiel, bei dem durch das Ziehen der Register die Lautstärke erhöht wird, aber heute gebraucht man ihn meist in übertragenem Sinne.«

»Vielen Dank, Constable«, sagte Hawksby. »Das ist überaus interessant.«

»Die Fahrt nach Civitavecchia dauert nicht besonders lange«, sagte Monti und fuhr los. »Aber wir müssen vor Carter und Grant dort sein. Sie haben Zimmer im Grand Hotel gebucht ... das allerdings nur dem Namen nach ›groß‹ ist.«

»Und wo wird man uns unterbringen?«, fragte Hawksby.

»Ich fürchte, Ihr Hotel ist sogar noch weniger beeindruckend. Aber es hat Meerblick, weshalb ich Ihnen ein Zimmer gebucht habe, das auf den Hafen geht.«

»Und William?«

»Er wird die ganze Zeit bei mir sein. Der Hafenmeister hat mich darüber informiert, dass Carter für sieben Tage ein kleines, voll ausgerüstetes Such- und Bergungsschiff gemietet hat. Es ist perfekt geeignet zur Suche nach Schätzen auf dem Meeresgrund.«

»Warum sieben Tage?«, fragte William. »Sie haben doch schon, wonach sie angeblich suchen.«

»Das ist alles nur Fassade«, erklärte Monti, »obwohl wir natürlich nicht wissen können, wie viele Mitglieder der Mannschaft über den Betrug informiert sind. Der Kapitän und die beiden Taucher dürften jedoch Bescheid wissen.«

»Dann bleiben wir also einfach in Civitavecchia und warten ab, bis sie zurückkehren, um sie dann festzunehmen?«

»Definitiv nicht«, sagte Monti. »Ich habe uns beiden Jobs als Deckshelfer besorgt. Es ist offensichtlich, dass sie vorhaben, so viele unschuldige Zeugen wie möglich vorzuweisen, damit jeder von ihrer faszinierenden Entdeckung erfährt.«

»Aber so gut ist mein Italienisch nicht«, erinnerte William den Leutnant.

»Ich weiß«, sagte Monti. »Deshalb solltest du mir das Reden überlassen, sobald wir an Bord sind. Und ich muss dich warnen: Die Gewässer hier können ziemlich unruhig werden.«

»Auch ich muss dich warnen«, sagte William. »Ich bin kein besonders guter Matrose.«

12:21 Uhr westeuropäischer Zeit
»Irgendwelche Fragen?«, erkundigte sich Jackie, nachdem sie ihre Ausführungen beendet hatte.

Eine Hand reckte sich nach oben. »Welches der beiden Teams wird am ehesten gebraucht werden?«

»Das wissen wir erst im allerletzten Augenblick. Es gibt zwei Ausgänge aus dem Gebäude … da und da … und dort sind auch die Busse versteckt«, sagte Jackie, indem sie auf die Karte deutete. »Aber wir können einfach nicht im Voraus wissen, welchen sie nehmen werden. Wenn es uns aus irgendeinem Grund nicht gelingt, sie abzufangen, haben wir einen Hubschrauber in Bereitschaft.«

»Ich sollte Sie darauf hinweisen«, warf Lamont ein, »dass Sie während des Wartens weder Radio hören noch miteinander sprechen dürfen, da das geringste Geräusch die Diebe warnen würde. Sorgen Sie einfach nur dafür, nicht der Idiot zu sein, der die Täter aufgeschreckt hat.«

»Welche Art Fahrzeug werden sie vermutlich benutzen, Sir?«

»Angesichts der Größe des Bildes, das sie zu stehlen beabsichtigen«, antwortete Lamont, »dürfte es wahrscheinlich ein großer Van sein. Diese Leute wissen genau, wonach sie zu suchen haben, und Sie können sicher sein, dass die Täter ihre Fluchtroute längst in allen Einzelheiten durchgeplant haben. Was auch der Grund dafür ist, warum wir so viele Kolleginnen und Kollegen benötigen, um das Ziel einzukreisen.«

»Ist damit zu rechnen, dass sie bewaffnet sind?«

»Wir halten das für unwahrscheinlich«, sagte Lamont. »Für bewaffneten Raub kann man lebenslänglich bekommen, während es für Einbruch selten mehr als sechs Jahre gibt. Aber nur um auf der sicheren Seite zu sein, haben wir eine kleine, bewaffnete Einheit vor Ort. Sie ist gut versteckt.«

»Gibt es irgendwelche Erkenntnisse darüber, wann genau die Täter zuschlagen wollen?«, fragte ein junger Constable.

»Nicht vor sechs und nicht nach Mitternacht«, sagte Lamont, ohne eine weitere Erklärung abzugeben. Ein langes Schweigen folgte.

»Wenn es keine weiteren Fragen gibt«, sagte Jackie, »dann machen wir jetzt eine Pause und gehen zum Lunch. Versuchen Sie, heute Nachmittag ein wenig zu schlafen, und vergessen Sie nicht, auf die Toilette zu gehen, bevor Sie in den Bus steigen. Der erste Bus wird um zehn Minuten nach vier losfahren, der zweite folgt zwanzig Minuten später. So sehen wir nicht wie ein Konvoi aus.«

»Und vergessen Sie nicht«, sagte Lamont, »dass Schweigen Ihre wirksamste Waffe ist, sobald Sie an Ihrem Einsatzort sind.«

14:08 Uhr mitteleuropäischer Zeit
Monti fuhr William und Hawksby zum Hotel des Commanders, wo er und William Hawksby zu dessen Zimmer im dritten Stock begleiteten. Sogleich versicherte sich Hawksby, welche Perspektive ihm das Fenster bot. Er hatte freie Sicht auf den Hafen und würde nicht einmal ein Fernglas brauchen, um das von Carter gemietete Schiff im Auge zu behalten. Monti hatte ihm sogar ein Exemplar der Firmenbroschüre besorgt, auf deren Titelseite sich das Foto eines Schiffswracks befand, mit dem mögliche Kunden angelockt werden sollten. Die Broschüre verschwieg jedoch das Ausmaß, in welchem solche Expeditionen in den letzten Jahren in einem Misserfolg geendet hatten. Was kaum überraschend war, denn bei der Besatzung handelte es sich bestenfalls um Piraten und bei den meisten Kunden, die das Schiff mieteten, um Romantiker, die einem Traum nachjagten. Doch nicht so in diesem Fall.

William wollte gerade duschen, als Monti sagte: »Das kannst du dir sparen. Denk immer daran, dass du ein Deckshelfer bist. Da wollen wir doch nicht, dass du wie eine Lilie duftest.«

Plötzlich verstand Hawksby, warum sich der Leutnant mehrere Tage lang nicht rasiert hatte und nach Knoblauch roch.

Monti öffnete einen großen Koffer und holte die Dinge heraus, die sie für ihre Rolle brauchen würden: zwei abgewetzte Jeans; zwei einfache T-Shirts; zwei Pullover, einer davon blau, der andere grau; und zwei Paar Turnschuhe ohne

Markennamen. Alles sah nach Secondhand aus – und das war es auch.

»Hoffen wir, dass ich die richtige Größe für dich besorgt habe«, sagte Monti, als William die Jeans anzog.

»Und was ist mit mir?«, fragte Hawksby.

»Sie sehen gut aus, so wie Sie sind«, antwortete Monti. »Wenn Sie am Kai entlangschlendern und dabei Ihre übliche Kleidung tragen, wird jeder Sie für den Besitzer einer großen Jacht halten und nicht vermuten, dass Sie Carters Schiff beobachten.«

»Das würde ich mir wünschen.«

»Wir müssen Sie jetzt verlassen, Sir. Wir sollten an Bord sein, wenn Carter eintrifft.«

»Haben wir irgendeine Unterstützung, wenn es zu einer plötzlichen Planänderung kommt?«

»Sie werden unsere Leute erst sehen, wenn Sie sie brauchen«, sagte Monti. »Aber ich kann Ihnen versichern, dass dies nicht das einzige Zimmer ist, das wir gebucht haben.«

»Chapeau«, sagte Hawksby und führte die Hand an die Stirn.

Nachdem Monti und William gegangen waren, kehrte er auf seinen Beobachtungsposten zurück und sah zu, wie die beiden jungen Beamten die Kaimauer entlanggingen, das Schiff betraten und sich beim Chef der Deckshelfer meldeten. Er wäre so gerne zwanzig Jahre jünger gewesen.

12:51 Uhr westeuropäischer Zeit
Zusammen mit dem übrigen Team begaben sich Lamont und Jackie in die Kantine zum Lunch, und das erwartungsvolle Stimmengewirr um sie herum verriet, wie gespannt die Polizisten den Beginn des Einsatzes erwarteten.

Nach einer letzten kurzen Ansprache durch DS Roycroft um Punkt vier Uhr teilte Lamont die Männer und Frauen in zwei Gruppen ein, die daraufhin in die Busse stiegen. Zur selben Zeit brach eine bewaffnete Einsatzgruppe von Scotland Yard auf, die angewiesen worden war, sich mit DCI Lamont in Verbindung zu setzen, sobald sie ihr Ziel erreicht hatte.

Elf Minuten nach vier verließ der erste Bus das unterirdische Parkhaus, rollte die Rampe hinauf und hinaus auf die Straße. Der Bus fuhr in konstantem Tempo, blieb die ganze Zeit auf der Innenspur und überschritt kein einziges Mal die Geschwindigkeitsbeschränkung. Dreiunddreißig Minuten nach vier schlug der zweite Bus seinen Weg in Richtung der Hauptdurchgangsstraße ein, wo er nur langsam vorankam, denn er war von Pendlern auf dem Nachhauseweg umgeben, während sich die Polizisten erst noch auf den Weg zur Arbeit machten.

Lamont war überrascht gewesen, als er kurz zuvor erfahren hatte, dass Superintendent Wall ihn auf dieser Mission begleiten würde. Wenn Wall die Absicht hatte, in Zukunft seinem bisherigen Rang den Titel »Chief« hinzuzufügen, wäre es von Vorteil, die Operation Blaue Periode in seiner Personalakte stehen zu haben, begriff Lamont. Er selbst gestand sich im Stillen ein, dass auch ihm schon der Gedanke an eine Beförderung gekommen war.

Der Superintendent, Lamont und Jackie waren die Letzten, die die Polizeistation Guildford in einem unmarkierten Fahrzeug verließen, und als sie ihr Ziel erreichten, standen beide Busse bereits mit ausgeschalteten Motoren und Scheinwerfern an den vorgesehenen Stellen. Und dann konnten die sechsundzwanzig Männer und drei Frauen nur noch stumm warten.

16:23 Uhr mitteleuropäischer Zeit
Nachdem sie ihre Taschen in ihren Kojen verstaut hatten, meldeten sich die beiden neuen Helfer zur Arbeit auf dem Hauptdeck.

»Wie lange wird es dauern, bis wir das Gebiet erreicht haben?«, fragte Monti den Chef der Deckshelfer.

»Es ist etwa vierzig Seemeilen entfernt, also etwas mehr als fünf Stunden. Wir legen ab, sobald unsere Kunden und die Taucher an Bord kommen. Inzwischen könnt ihr beide beim Beladen helfen.«

William und Monti stürzten sich in die Arbeit. Sie verluden alles Mögliche, von Kisten mit Äpfeln bis zu einer neuen Seilwinde, denn der Kapitän versuchte nachdrücklich, den Eindruck zu erwecken, als würden sie mindestens sieben Tage auf See bleiben.

William hielt nur kurz mit der Arbeit inne, als ein Mercedes an der Gangway vorfuhr und zwei Männer auf das Pier traten. Zwei Deckshelfer übernahmen ihr Gepäck – es war nicht viel, wenn man sich vergegenwärtigte, dass sie das Schiff für eine Woche gemietet hatten, dachte William. Grant umklammerte immer noch die offensichtlich prall gefüllte Reisetasche und achtete darauf, dass die beiden Deckshelfer nicht einmal in ihre Nähe kamen.

William und Monti zogen sich unauffällig zurück, denn sie wollten den Passagieren nicht direkt gegenübertreten, als diese an Bord kamen.

»Ich kann mir nicht vorstellen, dass viel passieren wird, bevor wir das Tauchgebiet erreicht haben«, sagte Monti, »aber wir sollten trotzdem kein Risiko eingehen. Also werden wir bis acht Glasen an Deck bleiben müssen.«

18:22 Uhr westeuropäischer Zeit
»Die bewaffnete Einheit ist vor Ort, Sir«, sagte eine einzelne Stimme aus dem Funksprechgerät. Nachdem es so lange still gewesen war, klang sie geradezu wie ein Donnerschlag.

»Willkommen an Bord«, sagte Lamont. »Kein Funkverkehr, bis Sie sehen, wie die Diebe in das Haus eindringen.«

»Roger, Sir.«

21

22:06 Uhr mitteleuropäischer Zeit
Kurz nach zehn legte William sich in seine Koje, aber er schlief nicht. Einige Deckshelfer spielten Karten, während andere die unwahrscheinlichsten Geschichten darüber erzählten, welche Schätze sie vom Grund des Ozeans geborgen hätten. Schon bald wurde klar, dass sie keine Ahnung hatten, wie erfolgreich diese besondere Erkundung werden würde, und viele von ihnen waren nicht gerade optimistisch.

Während William sich ausruhte, arbeitete Monti weiter und hielt Wache auf Deck. Etwas später, als alles ein wenig ruhiger geworden war, trat er an Williams Koje. Jetzt konnte er ihn informieren, ohne fürchten zu müssen, dass jemand sie belauschte.

»An Deck ist nicht viel los. Seit dem Ablegen haben Carter und Grant ihre Kabine nicht verlassen. Ich bezweifle, dass wir einen von ihnen zu Gesicht bekommen werden, bevor es dämmert. Aber wir können es uns nicht leisten, irgendein Risiko einzugehen, weshalb du besser meinen Posten übernehmen solltest. Wenn du an Deck kommst, siehst du steuerbord ein Rettungsboot.«

»Wo ist steuerbord?«, fragte William.

»Rechts, du Idiot. Ich dachte, du entstammst einer Nation von Seefahrern. Kriech unter die Plane, damit dich niemand sieht, solange du oben Wache hältst. Achte darauf, dass du nicht einschläfst, und weck mich um vier, damit ich die nächste Schicht übernehmen kann.«

William ging über eine Wendeltreppe nach oben. Er sah das Rettungsboot, das leicht in der Brise schwankte, und schlich vorsichtig darauf zu, wobei er immer wieder beim kleinsten Geräusch innehielt.

Er sah sich ein letztes Mal um, um sicher zu sein, dass niemand ihn beobachtete. Dann hielt er das Rettungsboot fest, zog sich hoch und glitt unter die Plane. Sofort wurde ihm klar, dass er gewiss nicht einschlafen würde. Es war viel wahrscheinlicher, dass ihm schlecht würde.

Er versuchte mit dem Boot hin und her zu schwanken, doch der Minutenzeiger wollte sich einfach nicht schneller bewegen, so oft er auch auf die Uhr sah. Und dann hörte er plötzlich, wie schwere Schritte sich näherten, und kurz darauf eine Stimme, die Englisch sprach.

22:19 Uhr westeuropäischer Zeit
Jackie fand, dass dieser Einsatz noch schlimmer als eine Überwachung war, denn sie beobachteten niemanden, sondern warteten auf jemanden, der nicht da war und der irgendwann erscheinen würde.

00:58 Uhr mitteleuropäischer Zeit
»Es ist alles vorbereitet. Jetzt werden wir ...«

William rührte keinen Muskel, bis die Stimme verklang. Weitere Worte folgten, doch der Wind blies sie davon. Er hob die Plane leicht an, und sein Blick fiel auf vier Männer, die nur wenige Meter vom Rettungsboot entfernt standen.

Grant öffnete den Reißverschluss der Reisetasche und nahm eine Holzkiste heraus, die er vorsichtig abstellte. Rasch schlang der Chef der Deckshelfer ein Seil darum, als verpacke er ein großes Weihnachtsgeschenk. Sobald er sich davon überzeugt hatte, dass das Seil sicher saß, ging er über das Deck und befestigte es an einer Winde, die William bis dahin nicht bemerkt hatte. Ein älterer Mann mit einem wettergegerbten Gesicht und einem dunklen, wild wuchernden Bart, der eine Mütze mit einer Litze trug, stabilisierte die Kiste, die langsam Zentimeter für Zentimeter vom Deck gehoben wurde.

Als sie etwa einen Meter hoch in der Luft schwebte, schob der Kapitän sie vorsichtig über die Reling, und dann nickte er. Der Chef der Deckshelfer begann die Winde vorsichtig in die andere Richtung zu drehen. Die Kiste senkte sich langsam in Richtung Wasseroberfläche, und William verlor sie erst aus den Augen, als sie in den Wellen verschwand. Es dauerte mehrere Minuten, bis der Mann an der Winde seine Arbeit beendet hatte und die Kiste in gut fünfzig Metern Tiefe auf dem Meeresgrund zum Ruhen kam. Dann ließen der Kapitän und der Chef der Deckshelfer einen kleinen Anker über Bord, an dem eine blinkende Boje befestigt war, die die genaue Stelle kennzeichnete.

Carter nickte. Grant nahm die leere Reisetasche, und dann gingen sie zurück über das Deck. William glitt wieder unter die Plane, doch er konnte erst wieder verstehen, was sie sagten, als sie direkt am Rettungsboot vorbeikamen.

»Ich hoffe, wir können ihnen trauen.«

»Sie bekommen genug, und wenn ...«

Wieder verharrte William vollkommen regungslos. Er würde so lange warten, bis er sicher sein konnte, dass alle zurück in ihren Kabinen waren.

00:00 *Uhr westeuropäischer Zeit*
Der Superintendent schlug die Beine übereinander. Er musste unbedingt pinkeln, doch er würde gewiss nicht der Erste sein, der ein solches Bedürfnis eingestand. Nach wie vor starrte Lamont hoffnungsvoll auf die lange Auffahrt zur Villa, während er konzentriert auf mögliche Motorengeräusche lauschte.

Während der letzten drei Stunden hatte Jackie immer wieder auf die Uhr gesehen, und inzwischen wurde sie von Minute zu Minute besorgter.

02:00 *Uhr mitteleuropäischer Zeit*
William hob die Plane um wenige Zentimeter und spähte in alle Richtungen. Nirgendwo war jemand zu sehen. Er warf einen Blick auf die Uhr und kroch dann aus dem schwankenden Rettungsboot, indem er sich unsicher an der Seite hinabschob. Fast wäre er mit dem Kopf voraus auf dem rutschigen Deck gelandet.

Er versuchte, einen sicheren Stand zu finden und sich aufzurichten, doch er war so schwach und benommen, dass er sich an der Reling festhalten musste. Schließlich wehrte er sich nicht mehr, beugte sich über die Seite des Schiffs und übergab sich heftig. Als er wieder aufsah, bemerkte er, dass das Schiff inzwischen die auf den Wellen schaukelnde Boje umkreiste.

Es dauerte eine gewisse Zeit, bis er sich so weit erholt hatte, dass er die Wendeltreppe hinabsteigen und sich in seine Koje fallen lassen konnte, wo er erschöpft liegen blieb und gegen das Bedürfnis ankämpfte, sich erneut zu übergeben.

Er beschloss, Monti nicht zu wecken, denn es war

nicht nötig, dass einer von ihnen die nächsten zwei Stunden im Rettungsboot verbrachte, wenn vor Tagesanbruch nichts weiter geschehen würde. Trotzdem konnte William nicht schlafen.

01:07 *Uhr westeuropäischer Zeit*
Lamont hörte das Geräusch eines Fahrzeugs hinter sich. Er befürchtete das Schlimmste. Wenige Augenblicke später fuhr ein grüner Jaguar mit hell erstrahlenden Scheinwerfern an ihnen vorbei, folgte der Auffahrt, hielt schließlich vor der Villa.

Der Fahrer stieg aus, öffnete die Haustür und verschwand im Inneren des Gebäudes. Gleich darauf gingen die Lichter in der Eingangshalle an.

Lamont fluchte mehrere Male, bevor er die Funkstille aufhob und den Befehl gab, vor dem er sich gefürchtet hatte.

»Abbruch Operation Blaue Periode. Rückkehr zur Basis.«

Vielleicht war es gut, dass er das Stöhnen und Fluchen nicht hören konnte, das sich in den beiden Bussen erhob, in denen seine treuen Mitkämpfer mehr als fünf Stunden lang lautlos verharrt hatten. Viele eilten unverzüglich ins Freie, um sich zu erleichtern.

06:09 *Uhr mitteleuropäischer Zeit*
»Warum hast du mich nicht um vier geweckt?«, fragte Monti. Er starrte William an, dessen Gesicht dieselbe Farbe wie das schweißtriefende Laken hatte und der noch immer schwitzte. William legte einen Finger auf die Lippen und gab ihm mit einer stummen Geste zu verstehen, dass sie an Deck gehen sollten.

Kreischende Möwen schwebten über ihnen, als William

auf die blinkende Markierungsboje deutete, die auf den Wellen schwankte, und dann erklärte er Monti, warum er darauf verzichtet hatte, ihn zu wecken.

»Gut mitgedacht«, sagte Monti.

Sie sahen hinauf zur Brücke, wo der Kapitän das Schiff inzwischen in immer engeren Kreisen um die Boje steuerte. Carter und Grant waren nirgendwo zu sehen, doch William bezweifelte, dass sie schliefen.

Während der nächsten vierzig Minuten befolgten Monti und William alle Anweisungen, die ihnen der Chef der Deckshelfer gab. Doch ihre Blicke kehrten dabei immer wieder zum Eingang zu den Privatkabinen zurück, während sie darauf warteten, dass die beiden Hauptpersonen des Stücks ihren Auftritt haben würden.

Kurz nach sieben erschien Carter, begleitet von zwei Männern in Taucheranzügen. Die Taucher zogen ihre Masken und Schwimmflossen an, setzten sich auf die Reling, stellten ihre Atemgeräte ein, ließen sich rückwärts ins Wasser fallen und verschwanden in den Wellen.

05:20 *Uhr westeuropäischer Zeit*
Superintendent Wall fuhr Lamont und Jackie zurück nach Guildford, wo er sie im Stadtzentrum aussteigen ließ. »Ich bin sicher, Sie finden den Weg zum Bahnhof«, sagte er und fuhr davon.

»Man kann ihm wohl kaum einen Vorwurf machen«, sagte Jackie, als sie auf dem kalten grauen Bahnsteig standen und auf den ersten Zug in Richtung Bahnhof Waterloo warteten.

»Wenn wir wieder im Yard sind«, sagte Lamont, »werden wir wahrscheinlich erfahren, dass Chief Inspector Warwick der neue Leiter der Abteilung Kunst und Antiquitäten ist und man mich zum Detective Sergeant degradiert hat, sodass ich ihn jetzt mit ›Sir‹ ansprechen muss.«

»Was bedeutet, dass ich wieder auf Streife gehen und mich um den Straßenverkehr kümmern muss«, sagte Jackie.

08:30 Uhr mitteleuropäischer Zeit
Viermal kamen die Taucher an die Wasseroberfläche zurück, und jedes Mal senkten sie den Daumen nach unten, bevor sie sich wieder an ihre Aufgabe machten. Ein paar Stunden später kletterten sie an Bord und legten sich auf das Deck, um sich zu erholen. William vermutete, dass sie nie mehr als ein paar Meter unter Wasser gewesen waren.

Carter und Grant schienen angemessen enttäuscht, und die Besatzung begann bereits das Interesse an ihren Bemühungen zu verlieren. Doch William wusste, dass die einfachen Seeleute bisher nur den ersten Akt der Pantomime gesehen hatten und dass sich der Vorhang nach der Pause wieder heben würde.

Nachdem sich die Taucher erholt hatten, kehrten sie ins Meer zurück. Während der nächsten Stunden senkten sich gut sichtbar für alle noch dreimal die Daumen. Es war Monti, der bemerkte, dass die blinkende Markierungsboje nirgendwo mehr zu sehen war. »Anscheinend haben sie die Kiste gefunden«, flüsterte er.

»Aber sie sind noch nicht bereit, es zuzugeben«, sagte William.

Wieder verschwanden die Taucher im Wasser, doch als sie diesmal zurückkehrten, winkte der eine heftig mit den Armen, während der andere den Daumen hob. Sofort rannte die Besatzung zur Reling und begann zu jubeln, wenn auch, wie William bemerkte, der Kapitän auffällig ruhig blieb. Aber das war nicht überraschend; schließlich hatte er den zweiten Akt schon vorher gelesen.

Rasch kehrte der Chef der Deckshelfer an die Winde zurück und begann das Seil abzulassen und gleich darauf einzuholen. Carter und Grant traten zu den Seeleuten, die sich erwartungsvoll über die Seite des Schiffs beugten, und als die Kiste wenige Minuten darauf an der Wasseroberfläche erschien, wirkten sie genauso erfreut und überrascht wie die Besatzung.

Der Chef der Deckshelfer verlangsamte die Bewegung der Winde, damit die kostbare Fracht sicher über die Reling auf Deck gehoben werden konnte. Dann kniete er nieder und begann das Seil zu lösen, als der Kapitän von der Brücke kam. Die Seeleute standen im Kreis um ihn und warteten ungeduldig darauf, zu sehen, was sich in der Kiste befand. Jedenfalls die meisten von ihnen.

Nachdem das Seil gelöst war, trat der Chef der Deckshelfer beiseite, um Carter das feierliche Öffnen der Kiste zu überlassen, doch dieser tat so, als benötige er Grants Hilfe beim Aufbrechen des alten, rostigen Schlosses. William musste sich unweigerlich fragen, in welchem Antiquitätengeschäft Carter auf ein so überzeugendes Requisit gestoßen war. Als der Deckel schließlich aufgeklappt war, kam es zu einem Augenblick vollkommener Stille, denn jeder an Deck starrte ungläubig auf die Silbermünzen, deren genaue Zahl – 712 – natürlich nur Carter kannte.

Die Schiffsbesatzung jubelte, als Grant die Kiste hochhob und an seine Brust drückte, als handle es sich um sein einziges Kind, das aus dem Meer gerettet worden war. Dann ging er langsam in Richtung der Privatkabinen, und Carter folgte ihm lächelnd.

Der Kapitän verkündete der Besatzung, dass das Schiff unverzüglich in den Hafen zurückkehren würde, aber jeder Deckhelfer den vollen Wochenlohn erhalten sollte. Daraufhin erhob sich noch lauterer Jubel.

10:54 Uhr westeuropäischer Zeit
»Büro Commander Hawksby.«
»Hier ist Bruce Lamont, Angela. Können Sie mich zum Boss durchstellen?«
»Er ist noch in Italien, Bruce. Ich erwarte ihn nicht vor Montag zurück.«
»Besteht die Hoffnung, dass er für immer dort bleibt?«
»Wie bitte, Chief Inspector?«
»Sie haben nichts gehört, Angela.«
»Kann es bis Montag warten?«
»Das muss es wohl. Andererseits bin ich inzwischen ziemlich gut darin, auf jemanden zu warten, der nicht kommt.«

12:36 Uhr mitteleuropäischer Zeit
Nachdem das Schiff angelegt hatte, beugten sich William und Monti über die Reling und sahen zu, wie Grant die Kiste die Gangway hinabtrug. Er umklammerte sie noch immer mit beiden Armen, als er sich auf die Rückbank eines wartenden Autos setzte.

William erkannte den Fahrer. Seltsam, dachte er, dass dieser Mann genau wusste, wann er seine beiden Fahrgäste abholen musste, obwohl sie in den Stunden zuvor nicht miteinander hatten kommunizieren können. Carter gab dem Kapitän, dem Chef der Deckshelfer und den beiden Tauchern die Hand, bevor er ebenfalls die Gangway hinabging und neben Grant auf der Rückbank des Fahrzeugs Platz nahm.

Als das Auto losfuhr, blieb William keine Zeit, die entsprechende Frage zu stellen, denn Monti sagte bereits: »Mach dir keine Sorgen, unsere Leute beschatten sie. Obwohl wir ohnehin genau wissen, wo sie hinwollen.«

»Und wenn sie ihre Pläne doch noch ändern?«, fragte William.

»Dann nehmen wir sie fest, stehlen die Kiste und setzen uns zur Ruhe.«

William lachte, als ein elegant gekleideter Mann in einem Zweireiher am Schiff vorbei und zurück in sein Hotel schlenderte. Irgendwie gelang es diesem Herrn, wie ein Filmstar auszusehen.

Zusammen mit dem Rest der Mannschaft stellten sich William und Monti in eine Reihe, um ihren Wochenlohn in Empfang zu nehmen. Nicht gerade billig, dachte William, aber Carter brauchte diese Art von Nebendarstellern, damit sie ihren Familien, ihren Freunden und jedem, der sonst noch bereit war, ihnen zuzuhören, eine plausible Version der Ereignisse geben würden, deren Zeuge sie geworden waren.

Nachdem William und Monti den Empfang des Geldes bestätigt hatten, gingen sie zurück zu Hawksbys Hotel, wo dieser sie bereits erwartete. Jetzt durfte William duschen, und Monti konnte sich zum ersten Mal seit zehn Tagen rasieren.

Nachdem sie wieder ihre eigenen Kleider trugen, schlossen sie sich Hawksby zum Lunch an, auch wenn William nicht besonders hungrig war. Sie beendeten gerade das Hauptgericht, als ein Kellner an ihren Tisch trat und Leutnant Monti mitteilte, dass ein Anrufer ihn sprechen wolle; er könne das Gespräch an der Rezeption entgegennehmen.

»Ein guter Mann, Monti«, sagte Hawksby und hob sein Glas, nachdem der Leutnant den Tisch verlassen hatte.

»Absolut«, sagte William und schenkte sich noch etwas Wein nach. »Ich frage mich, wie Operation Blaue Periode gelaufen ist.«

Hawksby warf einen Blick auf die Uhr. »Sie dürfte inzwischen vorüber sein ... so oder so«, sagte er, als Monti zurückkam und sich wieder zu ihnen setzte.

»Ich kann bestätigen, dass eine Holzkiste, die über siebenhundert Silbermünzen enthält, dem italienischen Amt für Meeresangelegenheiten in Rom übergeben wurde. Ein gewisser Mr. Carter hat eine gültige Lizenz vorgewiesen und beansprucht die Entdeckung als offiziellen Schatzfund. Ein gewisser Booth Watson weicht ihm dabei nicht von der Seite.«

The Hawk und William schlugen mit der flachen Hand auf den Tisch.

»Mr. Carter wurde zuletzt gesehen, als mehrere Pressefotografen Aufnahmen von ihm machten, während er sich mit Journalisten über diesen bemerkenswerten Fund unterhielt«, sagte Monti, als William ihm Wein nachschenkte. »Möchten Sie von nun an übernehmen, Sir?«

»Ich hab's nicht eilig«, erwiderte Hawksby. »Die Räder der Regierung mahlen schon seit jeher langsam, also gönnen wir unseren Schurken noch ein paar angenehme Tage, um ihren unverdienten Gewinn zu genießen, bevor wir die Welt darüber informieren, dass diese sagenhafte Entdeckung eben doch keine siebenhunderttausend Pfund wert ist, sondern bestenfalls wenige Tausend.«

»Und nicht einmal die werden sie bekommen«, sagte Monti, »da wir die Kiste samt Inhalt als Beweisstück für ihren bevorstehenden Prozess beschlagnahmen werden... einen Prozess, der frühestens in einem Jahr beginnen wird.«

18:43 Uhr westeuropäischer Zeit
William und der Commander trennten sich in Heathrow.

»Wir sehen uns in meinem Büro um neun am Montagmorgen zu einer Lagebesprechung«, sagte Hawksby. »Ich wünsche Ihnen ein schönes Wochenende.«

Zum ersten Mal hatte William das Gefühl, als gehöre er nun voll und ganz zum Team.

Als er in die U-Bahn nach London stieg, fragte er sich, ob Lamont und Jackie mit der Operation Blaue Periode einen vergleichbaren Erfolg gehabt hatten. Er dachte kurz daran, Jackie privat anzurufen, entschied sich dann aber dagegen; das konnte bis zur Besprechung mit Hawksby am Montagmorgen warten.

Er verließ die U-Bahn-Station South Kensington und ging in Richtung seines neuen Zuhauses. Aber war das überhaupt noch sein Zuhause? Würde Beth ihm verzeihen und ihren ersten Streit bereits vergessen haben, oder würde sie ihn ausschließen? Wenn sie das tat, blieb ihm nichts anderes übrig, als eine weitere Nacht in seiner eigenen Wohnung im Trenchard House zu verbringen. Voller Sorgen trat er an ihre Haustür, doch als er den Schlüssel ins Schloss steckte, öffnete sich diese nicht nur problemlos, sondern auch seine Blumen standen in einer Vase auf einem Tischchen im Flur.

Beth eilte aus der Küche und umarmte ihn.

»Es tut mir so leid«, sagte sie. »Ich habe mich wie eine Idiotin verhalten. Natürlich ist mir klar, dass du nicht über deine Arbeit sprechen kannst, besonders wenn sie den Rembrandt betrifft. Aber ruf mich bitte das nächste Mal wenigstens an, wenn du mitten in der Nacht verschwindest, und sag mir, wann du ungefähr wieder zurück sein wirst. Ich habe mich in den letzten drei Tagen gefragt, ob du die Absicht hast, mich zu verlassen, und als du nicht angerufen hast ...«

»Es ging um die Arbeit.«

»Ich muss das gar nicht wissen«, sagte Beth und führte ihn in die Küche. Der Tisch war bereits gedeckt, nur die Kerzen mussten noch angezündet werden.

»Ich habe ein spezielles Versöhnungsmahl für Verliebte gekocht, um mein schreckliches Verhalten wiedergutzumachen. Es ist in etwa einer halben Stunde fertig, und dann kann ich dir erzählen, was es bei mir Neues gibt.«

William umarmte und küsste sie. »Ich habe dich vermisst.«

»Ich habe dich auch vermisst. Ehrlich gesagt, habe ich gedacht, ich hätte dich verloren.«

Er nahm ihre Hand und ging mit ihr aus der Küche.

»Aber wir haben doch noch gar nicht gegessen!«, sagte sie, als er sie die Treppe nach oben führte.

»Früher hatten die Menschen auch schon vor dem Essen Sex.«

»Höhlenmensch«, sagte Beth und begann die Knöpfe ihres Kleids zu öffnen.

William las einen Artikel im *Guardian*, einer Zeitung, der er vor seiner Begegnung mit Beth nie die geringste Aufmerksamkeit gewidmet hatte. Er sah den Bericht des Rom-Korrespondenten ein zweites Mal durch, bevor er Beth das Blatt reichte und auf ihre Reaktion wartete.

»Wow, siebenhunderttausend Pfund«, sagte sie. »Welch ein Coup. Ist das der Grund, warum du so schnell losmusstest? Entschuldige, ich sollte nicht fragen.«

William nickte. »Die wahre Geschichte wird schon ziemlich bald rauskommen, und die wird nicht auf Seite zwölf, sondern auf der Titelseite stehen.«

»Ich kann's gar nicht erwarten«, sagte Beth und köpfte ihr Ei.

»Gestern Abend hast du angedeutet, dass es bei dir auch interessante Neuigkeiten gibt.«

»Das war, bevor du mich unterbrochen hast, Höhlenmensch.«

»Willst du es mir nicht sagen?«

»Ich habe einen neuen Job.«

»Dann wirst du das Fitzmolean verlassen?«

»Nein, nicht bevor du das Bild wiederbesorgt hast, über das ich dir keine Fragen stellen darf.«

»Was dann?«

»Ich wurde zur Assistenz-Gemäldekustodin befördert.«

»Mir gefällt die Vorstellung, mit einer Assistenz-Gemäldekustodin zusammenzuleben, auch wenn ich mir nicht sicher bin, was eine solche Dame macht.«

»Ich bin für die Organisation von besonderen Veranstaltungen verantwortlich, unter anderem für die Van-Eyck-Ausstellung nächsten Monat, und Mark Cranston, der Kustode, ist mein direkter Vorgesetzter.«

»Verbunden mit einer Gehaltserhöhung?«

»Die jedoch nicht so hoch ausfällt, dass man sie spüren würde. Aber um fair zu sein, ich wusste nicht einmal, dass man mich für diese Position in Betracht gezogen hat.«

»Deine Eltern müssen stolz auf dich sein«, sagte William.

»Ich habe sie gestern Abend angerufen und ihnen die guten Neuigkeiten mitgeteilt.«

William war überrascht, äußerte sich jedoch nicht dazu.

»Und es gibt noch eine Neuigkeit. Jez verlässt mich.«
»Um endlich mit einem Mann zusammenzuleben?«
»Ja, er zieht zu seinem Freund Drew. Deshalb suche ich nach einem neuen Mitbewohner. Und bevor du fragst: Die Antwort lautet Nein.«

22

William und Beth verließen früh am Montagmorgen zusammen das Haus. Die neue Assistenz-Gemäldekustodin wollte am ersten Arbeitstag in ihrer neuen Position besonders pünktlich sein, und William hatte noch seinen Bericht über den Aufenthalt in Italien zu schreiben.

Sie trennten sich vor der U-Bahn-Station South Kensington, von wo aus Beth zu Fuß weiterging. William dachte über das Wochenende nach, das sie zusammen verbracht hatten. Es hätte nicht besser laufen können, und er wünschte sich mehr als je zuvor, dass Beth seine Eltern kennenlernen würde. Er hatte sie gefragt, ob sie ihn zum Lunch am Sonntag begleiten würde, doch wieder hatte sie abgelehnt und erklärt, sie habe bereits versprochen, an jenem Nachmittag eine Freundin im Krankenhaus zu besuchen, und könne so kurzfristig nicht absagen. Vielleicht das Wochenende danach, hatte William vorgeschlagen. Doch dann war ihm plötzlich etwas eingefallen, das einem aufmerksamen Detective schon lange hätte zu denken geben sollen. Wenn er heute Abend wieder zu ihr käme, würde er einen gründlichen Blick auf die Postkarten werfen.

Als William ins Büro kam, war er überrascht, weder Lamont noch Jackie vorzufinden. Er setzte sich an seinen Schreibtisch und begann seinen Bericht abzufassen. Er durfte nicht vergessen, Toni anzurufen und sich bei ihm zu bedanken, denn ohne die tatkräftige Unterstützung des Leutnants hätte Carter möglicherweise schon längst seinen Fund zu Geld gemacht und würde von seinem unrechtmäßig erworbenen Profit leben.

Fünf Minuten vor neun holte er sich Carters Akte und klopfte an die Tür zum Büro des Commanders. Angela winkte ihn durch ins Allerheiligste, wo Lamont und Jackie bereits am Tisch saßen und dem Commander aufmerksam zuhörten.

Hawksby nickte William zu, als dieser sich auf seinen üblichen Platz neben Jackie setzte.

»Ich habe den größten Teil meines Wochenendes damit verbracht, mit dem Chief Constable von Surrey und einem gewissen Superintendent Wall von der Guildford Police zu sprechen«, sagte Hawksby, »und ich kann Ihnen versichern, dass sich keiner von ihnen zimperlich ausgedrückt hat. ›Inkompetent, unprofessionell, amateurhaft‹ waren noch die harmloseren Worte. Der Chief Constable ging sogar noch weiter und hat mir versichert, er selbst würde den Assistant Commissioner informieren, sollte ich das bis heute Mittag nicht erledigt haben. Und ich kann ihm keinen Vorwurf machen.«

»Das ist meine Schuld, Sir«, sagte Jackie leise. »Ich war überzeugt, der Tipp, den ich bekommen habe, sei zuverlässig, doch anscheinend wurde ich reingelegt.«

»Zusammen mit sechsundzwanzig anderen Polizisten, ganz zu schweigen von einer bewaffneten Elite-Einheit, einer Hubschrauber-Besatzung, die sich in Bereitschaft zu halten hatte, und einem vor Wut schäumenden Superintendent, dessen mögliche Beförderung sich über das Wochenende in Luft aufgelöst hat.«

Weder Lamont noch Jackie versuchten sich zu verteidigen.

»Und als wäre das noch nicht genug«, fuhr Hawksby fort, »hat sich das Ganze am Ende als eine gewaltige Ablenkungsaktion herausgestellt, denn während Sie umsonst darauf gewartet haben, dass irgendein Dieb auftaucht, sind die Täter nur wenige Meilen entfernt in eine andere Villa eingebrochen, wo sie einen Renoir im Wert von mehreren Millionen gestohlen haben. Sie sollten also nicht überrascht sein, wenn Booth Watson schon bald eine weitere Versicherung dazu bringt, zugunsten eines unbekannten Mandanten eine weitere hohe Summe zu bezahlen.«

William sah, dass Jackie Mühe hatte, ihre Gefühle im Zaum zu halten.

»Das ist ganz allein meine Schuld«, wiederholte sie und sah Hawksby dabei direkt an. Der Commander schloss die Akte, und William nahm an, dass er sich einem anderen Thema zuwenden würde, doch er sagte: »Warum haben Sie sich nicht an die fundamentale Regel gehalten, die jeder Polizist an seinem ersten Tag auf Streife lernt? Akzeptiere nichts. Besser, du glaubst niemandem. Check erst, ob's auch stimmt.« William würde nie vergessen, wer ihm diese Regel beigebracht hatte. »Vielleicht war Ihre jüngste Beförderung ein Schritt zu viel für Sie, DS Roycroft«, fuhr Hawksby fort. »Wahrscheinlich würden Ihnen ein paar Wochen bei der Verkehrspolizei nicht schaden.« Wenigstens das traute er ihr zu.

Langes Schweigen folgte, bis Lamont schließlich sagte: »Wie ich höre, hätte Ihre Angelpartie in Italien nicht besser laufen können, Sir.«

»Bis auf die Tatsache, dass, wie der Commissioner erklärt

hat, die italienische Polizei Carter verhaften wird, wenn es so weit ist. Sie, und nicht die Met, wird den Ruhm für eine Operation einstreichen, die in Wahrheit wir geplant haben.«

»Aber wenn wir den verschwundenen Rembrandt finden und ihn dem Fitzmolean zurückgeben...«, meldete sich William zum ersten Mal zu Wort.

»Hoffen wir, dass sich das nicht auch noch als falscher Alarm herausstellt«, sagte Hawksby. »Steht Ihr heutiger Lunch-Termin mit Mrs. Faulkner noch?«

»Ja, Sir. Ich werde DCI Lamont unverzüglich über das Ergebnis Bericht erstatten, wenn ich heute Nachmittag wieder zurück bin.«

»Und Mike Harrison geht mit Ihnen?«, fragte der Commander, der inzwischen ein wenig ruhiger klang.

»Nein, Sir. Mrs. Faulkner hat heute um vier einen Termin bei ihm in seinem Büro.«

»Diese Frau hat irgendetwas vor«, sagte Lamont. »Wir sollten besser davon ausgehen, dass sie genauso verschlagen ist wie ihr Mann. Gut möglich, dass sie uns mit dem Rembrandt nur ködern will, besonders wenn sie weiß, dass Williams Freundin im Fitzmolean arbeitet.«

»Wie um alles in der Welt sollte sie das wissen?«

»Versuchen Sie ausnahmsweise mal, wie ein Krimineller zu denken«, knurrte Lamont.

»Sehe ich genauso«, sagte Hawksby. »Und wenn sich herausstellen sollte, dass sie uns ebenfalls reinlegt, dann wird nicht nur DS Roycroft wieder auf Streife gehen. Na schön, und jetzt sollten wir uns alle wieder an die Arbeit machen. Ich will keinen von Ihnen sehen, solange er nicht etwas Positives zu berichten hat.«

Die Atmosphäre im Büro der drei glich der in einer

Gefängniszelle, in dem eine zum Tode Verurteilte auf den Priester wartet, um die Letzte Ölung zu empfangen.

William war erleichtert, als er sich kurz nach halb eins zum Lunch mit Mrs. Faulkner zurückziehen konnte.

Mit raschem Schritt ging William durch den Park in Richtung St. James's, sodass er besonders pünktlich zu seiner Lunch-Verabredung kam. Als er das Ritz betrat, begrüßte ihn der livrierte Portier wie einen Stammgast, doch in Wahrheit musste William an der Rezeption haltmachen und nachfragen, wo sich der Speisesaal befand.

»Am Ende des Flurs, Sir. Sie können ihn gar nicht verpassen.«

Er schlenderte durch den mit einem dicken Teppichboden belegten Flur an mehreren kleinen Alkoven vorbei, in denen Menschen miteinander plauderten, während sie ihre Cocktails genossen. Er fand, dass F. Scott Fitzgerald recht hatte: Die Reichen sind anders.

»Guten Morgen, Sir«, sagte der Oberkellner, als William den Eingang zum Restaurant erreicht hatte. »Haben Sie reserviert?«

»Ich bin ein Gast von Mrs. Faulkner.«

Der Oberkellner warf einen Blick auf seine Liste. »Madam ist noch nicht eingetroffen, aber ich bringe Sie gerne an ihren Tisch.«

William folgte ihm in den großen, reich verzierten Speisesaal zu einem Fenstertisch, von dem aus man einen Blick auf den Green Park hatte. Während er wartete, musterte er diskret die anderen Gäste. Besonders auffällig fand er, dass es sich um eine Zusammenkunft der Vereinten Nationen hätte handeln können.

Er erhob sich, als er sah, dass Mrs. Faulkner den Saal betrat. Sie trug ein elegantes grünes Kleid, das ihr bis knapp unters Knie reichte, und einen dazu passenden Schal. In den Händen hielt sie eine beigefarbene Handtasche, die Beth fasziniert hätte. Sie schwebte geradezu durch den Saal, und William begriff, dass sie, im Gegensatz zu ihm, nicht zum ersten Mal im Ritz war. Trotz seiner Warnung hätte nicht einmal Hawksby bestreiten können, dass sie Stil und Klasse besaß.

Während ein Kellner den Stuhl für sie zurückzog, näherte sich auch schon ein zweiter.

»Darf ich Ihnen etwas zu trinken bringen, Madam?«

»Nur ein Glas Champagner, während ich unsere Mahlzeit auswähle.«

»Gewiss, Madam«, sagte er und zog sich zurück.

»Ich bin so froh, dass Sie sich mit mir zum Lunch treffen konnten, William«, sagte sie, als der Kellner zurückkam und ihr ein Glas Champagner einschenkte. »Ich hatte befürchtet, dass Sie noch in der letzten Minute absagen würden.«

»Warum sollte ich das tun, Mrs. Faulkner?«

»Christina, bitte. Weil Commander Hawksby der Ansicht sein könnte, dass es unangemessen ist, wenn man bedenkt, wie viel auf dem Spiel steht.«

»Sie kennen den Commander?«, fragte William überrascht.

»Ich kenne nur die Meinung meines Mannes über ihn, weshalb ich ihn gerne auf meiner Seite hätte«, sagte sie, während der Kellner jedem von ihnen eine Speisekarte reichte.

»Ich werde den Räucherlachs nehmen, Charles«, sagte sie, ohne sich auch nur die Mühe zu machen, die Karte aufzuschlagen. »Und vielleicht noch ein Glas Champagner.«

»Ja, gewiss, Madam.«

William musterte die Gerichte, bei denen nirgendwo ein Preis angegeben war.

»Und für Sie, Sir?«

»Ich nehme einfach nur Fish and Chips, Charles.« Und er konnte nicht widerstehen hinzuzufügen: »Und ein halbes Pint Bitter.«

Christina bemühte sich, nicht zu lachen.

»Ja, gewiss, Sir.«

»Sind Sie sicher, dass Sie sich nicht eher mit Mike Harrison hätten zum Lunch treffen sollen?«, fragte William, nachdem der Kellner gegangen war.

»Absolut sicher. Wenn irgendetwas schiefgeht, möchte ich die Kavallerie auf meiner Seite wissen und nicht nur einen ehemaligen Fußsoldaten.«

»Dann hätten Sie vielleicht Commander Hawksby zum Lunch bitten sollen.«

»Wenn ich das getan hätte«, sagte Christina, »dann wüsste Miles Bescheid, noch bevor der Kaffee serviert würde, und ich hätte keine Möglichkeit mehr, meinen kleinen Coup durchzuziehen.«

»Aber warum ich?«

»Wenn man Miles berichtet, dass ich gesehen wurde, wie ich mich mit einem gut aussehenden jungen Mann zum Lunch getroffen habe, wird er annehmen, dass wir eine Affäre haben, denn so denkt er. Und solange Sie Ihren Boss davon überzeugen können, dass ich keine Mata Hari bin, besteht eine echte Chance, dass das Fitzmolean seinen Rembrandt zurückbekommt, und damit meine ich keine Kopie.«

William wollte ihr glauben, doch Lamonts Worte – »Diese Frau hat irgendetwas vor« – gingen ihm immer wieder im

Kopf herum. »Und was erwarten Sie als Gegenleistung?«, fragte er.

»Ich bin sicher, Sie wissen, dass mein Mann letzte Woche mit seiner neuesten Nutte nach Monte Carlo geflogen ist, und ich werde Mr. Harrison den Auftrag geben, so viel Material darüber zu sammeln, dass eine Scheidung in die Wege geleitet werden kann.«

Dann hatte Jackie also in dem Punkt recht, dachte William.

»Und ich muss wissen, wo er während des nächsten Monats Tag und Nacht ist.«

»Warum ist das so wichtig?«, fragte William, während ihr ein Teller mit einer hauchdünnen Scheibe Räucherlachs und ihm eine Portion Kabeljau mit Kartoffelchips serviert wurde.

»Dazu komme ich gleich«, antwortete Christina, während ihr ein anderer Kellner Champagner nachschenkte und danach für ihren Gast ein halbes Pint Bitter in ein Kristallglas schenkte. »Aber zunächst sollen Sie erfahren, was ich mit Miles vorhabe, den Sie, wie ich annehme, genauso verachten wie ich.«

William versuchte sich zu konzentrieren, denn er wusste, dass der Commander Wort für Wort würde hören wollen, was Mrs. Faulkner zu sagen hatte – und zwar vom ersten Augenblick ihres Erscheinens bis zu dem Moment, in dem sie sich wieder von ihm verabschieden würde.

»Kennen Sie den großen Shakespeare-Schauspieler Dominic Kingston?«

»Ich habe letztes Jahr seinen Lear im National gesehen. Wirklich beeindruckend.«

»Nicht so beeindruckend wie die Vorstellung, die seine Frau kürzlich abgeliefert hat.«

»Ich wusste gar nicht, dass sie eine Schauspielerin ist.«

»Das ist sie auch gar nicht«, sagte Christina, »aber diese besondere Vorstellung, von der ich spreche, hat, wie man so sagt, wie eine Bombe eingeschlagen.«

William hörte auf, zu essen. »Offensichtlich wusste Mrs. Kingston bis auf die Minute genau über den Ablauf der Auftritte ihres Gatten Bescheid und hat das ausgenutzt. Ich habe vor, genau dasselbe zu tun. Wenn Kingston im National als Lear auftrat, folgte er einer Routine, die er nie variierte. Gegen fünf Uhr nachmittags verließ er sein Haus in Notting Hill, um gegen sechs in seiner Garderobe im National zu sein, was ihm mehr als genügend Zeit gab, sich in den alternden König zu verwandeln, bevor sich um halb acht der Vorhang heben würde. Die erste Hälfte des Auftritts dauerte etwas über eine Stunde, und gegen zwanzig Minuten nach zehn senkte sich der Vorhang nach der zweiten Hälfte. Wenn der Applaus verklungen war, zog Kingston sich zurück in seine Garderobe, entfernte sein Make-up, duschte und zog sich um, woraufhin er sich wieder nach Notting Hill fahren ließ, wo er etwa um halb zwölf eintraf. Zwischen seinem Aufbruch und seiner Rückkehr lagen also über sechs Stunden. Mehr als genügend Zeit.«

»Mehr als genügend Zeit wofür?«, fragte William.

»An einem Donnerstagabend«, fuhr Christina fort, »erschienen kurz nach sechs drei Umzugswagen vor Mr. Kingstons Haus und verschwanden fünf Stunden später mit jedem einzelnen Möbelstück und, wichtiger noch, jedem einzelnen Werk seiner berühmten Kunstsammlung. Somit stand Mr. Kingston buchstäblich in einem leeren Heim, als er gegen halb zwölf zurückkam.«

»Wünschen Sie noch etwas zu trinken, Sir?«, fragte der Weinkellner.

»Nein, danke«, sagte William, der unbedingt hören wollte, wie es weiterging.

»Ich bin Mr. Kingston wirklich dankbar«, fuhr Christina fort, »denn ich habe die Absicht, Miles eine noch verheerendere Überraschung zu bereiten, und für meine kleine List habe ich sieben Tage, nicht sieben Stunden.«

»Warum sieben Tage?«

»Weil ich, wie Mrs. Kingston, genau weiß, was er im nächsten Monat vorhat. Am dreiundzwanzigsten Dezember wird er seine Nutte loswerden und ihr ein Ticket zurück nach Stansted geben, bevor er nach Melbourne fliegt, um Weihnachten mit einigen seiner dubiosen Freunde zu verbringen. Am sechsundzwanzigsten Dezember wird er in einer Loge sitzen und sich die Eröffnung des zweiten Test-Matches gegen Australien ansehen, sodass er frühestens am einunddreißigsten Dezember nach England oder Monte Carlo zurückkehren kann. Während er atemlos ein Cricket-Spiel auf der anderen Seite der Welt verfolgt, werde ich seine wertvollsten Gemälde in Monte Carlo packen und nach Southampton schicken. Dann werde ich nach England zurückkehren und dasselbe in Limpton Hall machen, sodass, wenn er wieder nach Hause kommt, seine hochgeschätzte Gemäldesammlung nur noch aus einem einzigen Bild besteht: der Kopie des Rembrandt.«

Rasch und sicher trug der für die Speisen zuständige Kellner ihre Teller ab, während der Weinkellner Mrs. Faulkner ein weiteres Glas Champagner einschenkte.

»Aber was ist mit Makins? Er wird nicht einfach tatenlos zusehen, wie Sie die Gemälde Ihres Gatten einpacken.«

»Makins verbringt Weihnachten mit seiner Tochter und seinem Schwiegersohn im Lake District und kehrt erst am zweiten Januar zurück. Zu diesem Zeitpunkt werde ich bereits in New York sein und die Bilder aus unserer Wohnung in der Fifth Avenue entfernen. Unter anderem ein paar Rothkos, einen Warhol und einen wunderbaren Rauschenberg.«

»Aber er wird sich sofort an Ihre Fersen heften.«

»Das glaube ich nicht. Denn mein letztes Ziel wird ein Land sein, in dem er eine *persona non grata* ist und in dem man ihn festnehmen würde, noch bevor er die Passkontrolle erreicht hat. Ich muss Ihnen gestehen, dass ich dabei zwischen mehreren Ländern wählen kann.«

»Ist Ihnen klar, dass ich alles, was Sie ausgeführt haben, Wort für Wort gegenüber Commander Hawksby wiederholen werde?«

»Ich habe sogar gehofft, dass du das sagen würdest.« Sie strich William vorsichtig über die Hand, bevor sie weitersprach. »Ich weiß nicht, wie es dir geht, Liebling, aber ich würde mir jetzt gerne die Dessertkarte ansehen.«

»Besteht überhaupt eine Chance, dass sie es ehrlich meint? Was denken Sie?«, fragte Lamont, nachdem William in allen Einzelheiten über seinen Lunch mit Mrs. Faulkner berichtet hatte.

»Möglich wäre es«, sagte Hawksby, »obwohl ich nicht darauf wetten würde. Aber abgesehen davon, dass Mike Harrison am anderen Ende der Welt ein Auge auf Faulkner wirft, können wir nicht viel tun, bevor sie William zu sich nach Monte Carlo einlädt.«

»Warum glauben Sie, dass sie das tun wird?«, fragte William.

»Weil es eine viel zu heiße Sache für sie wäre, sich allein

um den Rembrandt zu kümmern. Und weil sie weiß, dass das die einzige Möglichkeit ist, uns vorerst aus dem Spiel zu halten. Ich wette, sie wird wenigstens ein paar Wochen lang keinen Kontakt mehr zu Ihnen aufnehmen. Bis dahin sollte Carter festgenommen und die nächtliche Aktion in Surrey ein wenig in Vergessenheit geraten sein.«

Das Telefon auf dem Schreibtisch des Commanders klingelte. »Commander Hawksby.«

»Guten Tag, Sir. Hier ist Leutnant Monti. Ich dachte, ich rufe Sie kurz an und bringe Sie auf den neuesten Stand im Hinblick auf die Entwicklungen hier.«

»Das weiß ich zu schätzen, Leutnant«, sagte Hawksby und schaltete den Lautsprecher ein, damit William und Lamont das Gespräch mithören konnten.

»Wie Sie wissen, hat Carter beim italienischen Amt für Meeresangelegenheiten einen Antrag auf Überlassung von fünfzig Prozent des Wertes der Münzen gestellt, die, wie er der Presse gegenüber erklärt, siebenhunderttausend Pfund wert sein sollen.«

»Was ein fairer Preis wäre, wenn sie aus Madrid um 1649 stammen würden und nicht aus Barnstaple im Jahr 1985.«

»Eine Münze wurde als Probe an das Museum für historische Artefakte in Florenz geschickt, wo sie vom dortigen Professor für Numismatik begutachtet werden soll. Ich rechne damit, seinen Bericht irgendwann nächste Woche auf den Schreibtisch zu bekommen.«

»Er wird sie zweifellos für *bogus* erklären«, sagte Hawksby.

»*Bogus?*«

»Für unecht.«

»Da stimme ich Ihnen zu, Sir«, sagte Monti. »Und sobald er das getan hat, brauche ich nur noch einen Auslieferungsantrag, damit Sie Carter und Grant festnehmen können, sobald sie ihren Fuß auf britischen Boden setzen.«

»Was machen die beiden im Augenblick?«

»Sie wohnen im Hotel Albergo Del Santo und warten darauf, dass der Experte seine Einschätzung verkündet.«

»Das wird sie einen Arm und ein Bein kosten«, sagte Hawksby.

»Wie passend«, sagte William.

»Ich bin nicht sicher, ob ich das verstehe«, sagte Monti.

»Im sechzehnten Jahrhundert malten italienische Porträtisten Kopf und Schultern eines Kunden für eine feststehende Summe, aber wenn man ein Ganzkörperporträt wollte, musste man für Arme und Beine zusätzlich bezahlen. Heute bedeutet es einfach: ein Vermögen.«

»Faszinierend«, sagte Monti.

Hawksby unterbrach die beiden. »Rufen Sie mich unverzüglich an, wenn Sie den Bericht des Professors vorliegen haben.«

»Genau das werde ich tun, Sir.«

»Vielen Dank, Leutnant.«

»Ehrlich gesagt, werde ich wahrscheinlich Hauptmann sein, wenn wir das nächste Mal miteinander sprechen.«

»Meinen Glückwunsch«, sagte Hawksby. »Das haben Sie wirklich verdient.«

William ging zurück in sein Büro und warf einen Blick auf den Stapel Fallakten auf seinem Schreibtisch, der anscheinend niemals abnahm. Eine arbeitsreiche Woche lag vor ihm, wenigstens konnte er sich auf ein ruhiges Wochenende freuen, denn es war nichts weiter geplant als der jährliche Check-up beim Arzt und am Sonntag der Lunch mit seinen Eltern. Beth hatte versprochen, früh vom Besuch ihrer kranken Freundin zurück zu sein, damit sie am Abend ins Kino gehen konnten, doch er war enttäuscht, dass sie seine Familie noch immer nicht kennengelernt hatte. Denn solange das noch nicht geschehen war, konnte er ihr keinen Antrag machen.

23

William kam ein paar Minuten zu früh zu seinem Termin in der Wimpole Street 31a, wo er auf die Klingel neben dem Namensschild von Dr. Ashton drückte. Er war sicher, in jeder Hinsicht gute Ergebnisse vorweisen zu können, denn immerhin joggte er dreimal die Woche und spielte regelmäßig Squash. Außerdem hatte er, wenn er am Abend nach Fulham zurückgekehrt war, es in der Regel geschafft, seinen neuen Vorsatz einzuhalten, täglich fünf Meilen zu gehen.

»Mein Junge, Sie müssen nichts weiter tun«, hatte Lamont ihm gesagt, »als mit den Fingern Ihre Zehen berühren, zwanzig Liegestütze absolvieren und husten, wenn er Ihnen an die Eier greift, dann sind Sie für ein weiteres Jahr durch.«

Ein Summer erklang. William drückte die Tür auf, ging hoch in den zweiten Stock und nannte der Arzthelferin seinen Namen.

»Der Doktor ist im Moment noch mit einem anderen Patienten beschäftigt, Mr. Warwick, aber er wird gleich bei Ihnen sein. Nehmen Sie bitte Platz.«

Er setzte sich in einen abgewetzten Ledersessel und betrachtete die bescheidene Auswahl an Lesematerial, das auf dem Tisch vor ihm lag. Alte Ausgaben von *Punch* und *Country Life* schienen im Wartezimmer eines englischen Arztes geradezu Pflicht zu sein. Die einzige andere Lektüre, die ihm hier angeboten wurde, waren zahllose Nummern des

Job, eines zweiwöchig erscheinenden Magazins der Metropolitan Police.

Nachdem er Witz und Weisheit von Mr. Punch genossen hatte, bewunderte er die Fotos mehrerer Landhäuser, die er sich nie würde leisten können, und wandte sich schließlich den alten Ausgaben der Met-Zeitschrift zu. Er überflog mehrere Exemplare und hielt nur inne, als er auf ein Foto von Fred Yates auf einem alten Titelblatt stieß. Er blätterte zum Editorial und sah, dass der Artikel über den heldenhaften Einsatz seines Mentors, jenes Constables, der ihm das Leben gerettet hatte, volle vier Seiten umfasste. Stumm widmete William seinem Freund ein weiteres Gebet. Er wollte das Exemplar des Magazins gerade weglegen, als ihm die Überschrift des Artikels auf der nächsten Seite ins Auge fiel. RAINSFORD ZU LEBENSLANGER HAFT WEGEN MORDES AN GESCHÄFTSPARTNER VERURTEILT. Zwei Beamte der Met wurden für ihre Ermittlungen in diesem Fall belobigt.

»Sie können jetzt zum Doktor gehen, Detective Constable Warwick«, sagte die Arzthelferin, als er den Artikel zur Hälfte gelesen hatte.

Wie Lamont vorhergesagt hatte, war die Untersuchung nicht allzu aufwendig, obwohl Dr. Ashton Williams Ruhepuls ein zweites Mal überprüfte, denn er war für einen Mann seines Alters recht hoch.

Nachdem alle Kästchen des Untersuchungsprotokolls einen Haken bekommen hatten, wurde William ohne Einschränkung für diensttauglich erklärt. »Wir sehen uns nächstes Jahr«, sagte Dr. Ashton.

»Vielen Dank«, erwiderte William und zog den Reißverschluss seiner Hose hoch.

Im Wartezimmer nahm er das Met-Magazin noch einmal zur Hand und las die Überschrift. Wenn der Name des Mörders Smith oder Brown gewesen wäre, hätte er keinen weiteren Gedanken an diesen Zufall verschwendet, aber Rainsford war kein so häufiger Name. Er legte die Zeitschrift zurück auf den Tisch und versuchte, nicht weiter darüber nachzudenken. Doch es gelang ihm nicht.

»Du bist ein Idiot«, sagte er. Die Arzthelferin wirkte verletzt. »Entschuldigen Sie«, sagte William. »Ich, nicht Sie.« Doch auch auf dem Weg zur U-Bahn-Station konnte er den Gedanken nicht beiseitewischen. Immerhin kannte er den einen Menschen, der ihn von seinen Befürchtungen befreien konnte.

William verließ die U-Bahn an der Station St. James's Park und überquerte die Straße, als handele es sich um einen normalen Arbeitstag. Er ging direkt an seinen Schreibtisch und suchte die Nummer heraus. Er wusste, dass er vom Büro aus keine Privatgespräche führen sollte, doch ebenso war ihm bewusst, dass er einfach nicht anders konnte.

»SO Rose«, sagte eine Stimme.

»Guten Morgen, Sir«, sagte William. »Hier ist DC Warwick von Scotland Yard. Sie erinnern sich vielleicht nicht an mich, aber ich ...«

»Wie könnte ich Sie vergessen, Constable? Der bedauernswerte Kerl, der ein Fan von Fulham ist. Wie kann ich Ihnen diesmal helfen?«

»Ich habe eine Frage zu einem Ihrer Kunden, Arthur Rainsford, der wegen Mordes sitzt.«

»Wenn Rainsford ein Mörder ist«, antwortete Rose, »bin ich Jack the Ripper. Haben Sie die Absicht, ihn aufzusuchen?«

»Nein, Sir. Aber ich wüsste gerne, ob Rainsford heute Besuch bekommt.«

»Bleiben Sie einen Augenblick dran, ich sehe nach.« William spürte, wie sein Herz hämmerte, und er war froh, dass Dr. Ashton nicht gerade jetzt seinen Puls überprüfte. »Ja, Rainsford bekommt heute Nachmittag Besuch. Seine Tochter. Sie kommt regelmäßig. Betet ihren Vater geradezu an, und natürlich ist sie vollkommen von seiner Unschuld überzeugt. Aber das sind sie immer.«

»Und ihr Name?«, fragte William, wobei ihm fast die Stimme versagte.

Eine weitere kurze Pause. »Elizabeth Rainsford.«

»Wissen Sie, wo sie arbeitet?«

»Jeder, der eine Einrichtung der Kategorie A besucht, muss angeben, wo er arbeitet.« Noch eine Pause, dann fügte Rose hinzu: »Sie ist die Assistenz-Gemäldekustodin im Fitzmolean Museum. Und bevor Sie fragen: Ich verwette meine Pension, dass sie nichts mit dem Diebstahl des Rembrandt zu tun hat.«

»Es ist nicht der Rembrandt, um den ich mir Sorgen mache.«

»Das freut mich zu hören.«

»Vielen Dank für Ihre Hilfe, Sir«, sagte William und legte auf.

Er saß wohl mehr als eine Stunde so da und versuchte, aus dem Gehörten schlau zu werden. Jetzt verstand er, warum sich keine Fotos von Beths Vater in der Wohnung befanden. Und als sie ihm gesagt hatte, sie habe am Vorabend seiner Rückkehr aus Rom mit ihren Eltern in Hongkong telefoniert, hatte sie offensichtlich vergessen, dass es im Fernen Osten um diese Zeit mitten in der Nacht war. Er wurde aus seinen Gedanken gerissen, als die Tür aufging und Hawksby erschien.

»Ich habe Licht unter der Tür gesehen«, sagte er, »und ich dachte, ich schaue mal nach.«

William sah zu seinem Vorgesetzten auf, und Tränen rannen ihm über das Gesicht.

»Was ist los, William?«, fragte Hawksby und setzte sich neben ihn.

»Wie lange wissen Sie es schon?«

Hawksby antwortete nicht sofort. »Nachdem der Rembrandt gestohlen worden war, haben wir jeden, der im Fitzmolean arbeitet, unter die Lupe genommen, und dabei ist der Name ihres Vaters aufgetaucht. Ich habe mit Bruce gesprochen, nachdem Sie anfingen, sich mit ihr zu treffen, und wir beide nahmen an, Sie würden das mit ihrem Vater wissen.«

»Ich habe es gerade eben erst herausgefunden.«

»Das tut mir wirklich leid«, sagte Hawksby und legte ihm die Hand auf die Schulter. »Wir alle wissen, was Sie für diese Frau empfinden, und Jackie hat uns gewarnt, dass es etwas Ernstes sein könnte.«

»Ich merke gerade, wie ernst«, erwiderte William. »Und jetzt weiß ich nicht, was ich tun soll.«

»Wenn ich Ihnen einen Rat geben dürfte, so würde ich vorschlagen, dass Sie alles Ihrem Vater erzählen sollten. Er ist ein kluger, nachdenklicher Mensch, und Sie können sich darauf verlassen, dass er Ihnen niemals etwas sagen würde, nur weil Sie es hören wollen.«

»Erinnern Sie sich an den Fall, Sir?«

»Nicht sehr gut, aber ich weiß noch, dass die Beamten Stern und Clarkson damit befasst waren. DI Stern ist sofort nach Prozessende in Pension gegangen, und offen gestanden war das keinen Tag zu früh. Was wollen Sie machen, jetzt, da Sie Bescheid wissen?«

»Nach Hause gehen und darauf warten, dass Beth aus Belmarsh zurückkommt.«

»Warum fahren Sie nicht gleich zum Gefängnis? Seien Sie da, bevor sie rauskommt, dann können Sie sie nach Hause bringen.«

William antwortete nicht. Er starrte ins Leere, als hätte er ihn nicht gehört.

»Und wenn Sie es noch schaffen wollen«, fügte Hawksby mit einem Blick auf die Uhr hinzu, »dann sollten Sie sich jetzt auf den Weg machen.«

»Natürlich haben Sie recht, Sir«, sagte William. Er sprang auf und eilte fast schon aus dem Zimmer, drehte sich dann aber noch einmal um und sagte: »Vielen Dank.«

Vor dem Gebäude winkte er das erste Taxi heran, das er sah.

»Wohin, Chef?«

»Gefängnis Belmarsh.«

»Auch das noch«, sagte der Fahrer, als William sich auf die Rückbank setzte.

»Wo liegt das Problem?«

»Es könnte gar keine schlimmere Fuhre für einen Taxifahrer geben.«

»Wieso?«

»Wenn man jemanden nach Belmarsh bringt, will einen keiner für die Fahrt zurück, denn die meisten bleiben lebenslang, und bisher hat es noch keiner geschafft auszubrechen!« William lachte, obwohl er das noch vor wenigen Minuten für unmöglich gehalten hätte. »Fahren Sie ein, oder geht's nur zu Besuch?«

»Ich hole meine Freundin ab.«

»Ich wusste gar nicht, dass dort auch Frauen einsitzen.«

»Das tun sie auch nicht. Sie besucht ihren Vater.«

»Nichts Ernstes, hoffe ich.«

»Mord.«

Das lange Schweigen, das folgte, gab William die Gelegenheit, seine Gedanken zu ordnen und zu entscheiden, was er sagen würde, wenn Beth sah, dass er vor dem Gefängnis wartete. Zuerst wäre sie gewiss schockiert und würde wahrscheinlich nicht glauben, dass er gewillt war, ihre Probleme zu teilen, anstatt sie einfach zu verlassen.

Das Taxi bog von der Hauptroute ab und folgte einer Nebenstraße auf eine hohe Backsteinmauer zu, welche fast die Sonne verdeckte. Sie hielten vor einer Schranke, und der Fahrer sagte: »Weiter darf ich nicht.«

William starrte ein gewaltiges Holztor hinauf. Ein offizielles Schild verkündete »HMP BELMARSH«, doch jemand hatte die Inschrift ungelenk mit leuchtend roten Buchstaben zu »HELLMARSH« geändert.

»Werden Sie reingehen, Chef?«

»Nein, ich werde draußen warten.«

»Soll ich Sie beide zurück in die Stadt fahren?«

»Das wird nicht gehen, fürchte ich«, sagte William mit einem Blick auf das Taxameter und reichte ihm sein letztes Geld. »Ich habe kaum noch genug für eine Busfahrt.«

»Die Rückfahrt übernehme ich, Chef. Ich muss sowieso wieder in die Stadt.«

»Das ist sehr großzügig von Ihnen, aber es könnte ein wenig dauern, bis…«

»Kein Problem. Dann lerne ich vielleicht ein wenig, mich um meine eigenen Angelegenheiten zu kümmern.«

»Vielen Dank«, sagte William, als sich eine Seitentür öffnete und eine Reihe von Besuchern – und zwar immer nur jeweils eine Person zur selben Zeit – aus dem Gefängnis kam. Es war eher ein Rinnsal und kein Strom von Menschen, die auf der Straße erschienen.

Für viele, die hier Freunde oder Verwandte besucht hatten, war dies nichts weiter als ein normaler Samstagnachmittag. Doch andere schlichen mit gesenktem Kopf davon, und wieder andere bemühten sich, so rasch wie möglich von hier zu verschwinden. Mütter, Väter, Ehefrauen, Freundinnen, einige davon mit Babys auf dem Arm – sie alle hatten ihre eigene Geschichte. Und dann erschien *sie*; sie wirkte erschöpft, und Tränen strömten ihr über das Gesicht. Beth erstarrte, als sie William sah. Sie war offensichtlich entsetzt darüber, dass ihr Geheimnis entdeckt worden war.

Rasch ging William auf sie zu und umarmte sie.

»Ich liebe dich«, sagte er. »Ich werde dich immer lieben.«

Er fühlte, wie alle Anspannung ihren Körper verließ, und fast musste er sie allein auf den Beinen halten, denn sie schien keine Kraft mehr zu haben. Mehrere Besucher gingen an ihnen vorbei, während sie sich an ihn klammerte wie eine Gefangene, die gerade eben entlassen worden war.

»Es tut mir so leid«, sagte sie, ohne ihn loszulassen. »Ich hätte dir das schon bei unserer ersten Verabredung sagen sollen, doch es wurde von Tag zu Tag schwieriger. Ich hatte nicht vorgehabt, mich in dich zu verlieben. Kannst du mir jemals verzeihen?«

»Es gibt nichts zu verzeihen«, sagte William und nahm ihre Hand.

Er öffnete ihr die Tür des Taxis und setzte sich dann neben sie auf die Rückbank.

»Wohin, Chef?«

»Fulham Gardens Nummer zweiunddreißig«, sagte er, als Beth ihren Kopf an seine Schulter lehnte.

»Wann hast du es herausgefunden?«

»Heute Morgen.«

»Ich würde es verstehen, wenn du einfach gehen würdest.«

»Ich werde dir das nur einmal sagen, Beth. Wir bleiben zusammen, also solltest du dich besser daran gewöhnen.«

»Aber ...«

»Es gibt kein Aber.«

»Doch. *Ein* Aber gibt es«, sagte sie leise. »Du musst wissen, dass ich absolut davon überzeugt bin, dass mein Vater unschuldig ist.«

Das sind sie immer, konnte William SO Rose geradezu sagen hören. »Das spielt für mich keine Rolle«, versuchte er sie zu beruhigen. »Egal ob so oder so.«

»Aber für mich spielt es eine Rolle«, sagte Beth, »denn ich bin entschlossen, seinen Namen reinzuwaschen, und wenn es das Letzte ist, was ich mache.«

Sie schwiegen eine Weile. Schließlich sagte William: »Darf ich dich um etwas bitten?«

»Natürlich. Ich war immer davon ausgegangen, dass du mich sofort verlassen würdest, wenn du es herausfindest. Also bitte mich, worum du willst.«

»Wie du weißt, ist mein Vater einer unserer führenden Strafverteidiger.«

»Und ich war so dumm, mich in seinen Sohn zu verlieben.«

»Wenn ich ihn darum bitten würde, sich den Fall anzusehen und eine unvoreingenommene Einschätzung dazu abzugeben, wärst du dann bereit, sein Urteil zu akzeptieren?«

Beth antwortete nicht sofort, doch nach einigem Nachdenken antwortete sie: »Das wäre wahrscheinlich nur fair.«

»Und wärst du darüber hinaus bereit, das Thema hinter dir zu lassen, wenn es nicht das ist, was du hören willst?«

»Das könnte ein wenig schwieriger sein.«

»Nun, es ist wenigstens ein Anfang«, sagte William. »Wenn du morgen zu uns zum Lunch kommst, kannst du meinem alten Herrn erklären, warum du so sehr davon überzeugt bist, dass dein Vater unschuldig ist.«

»Ich bin noch nicht bereit dazu«, sagte Beth und nahm seine Hand. »Der Tag nachdem ich meinen Vater besucht habe, ist fast noch schlimmer als der Besuch selbst. Manchmal weine ich den ganzen Tag und kann es gar nicht erwarten, bis wieder Montag ist und ich wieder zur Arbeit gehen kann. Ich bitte dich, ein Schritt nach dem anderen. Wenn wir nach Hause kommen, werde ich dir die ganze Geschichte erzählen, aber es könnte noch einige Zeit dauern, bis ich mich dem Urteil deines Vaters stellen kann.«

»Aber irgendwann wirst du ihn treffen müssen, zu welchem Schluss er auch immer kommen mag. Denn meine Eltern werden die Frau kennenlernen wollen, die ich heiraten werde.«

Die Folgen der meisten Heiratsanträge sind Freude und eine Feier; Beth weinte.

Als der Wagen vor Beths Haus hielt, stieg William aus und bedankte sich bei dem Taxifahrer.

»Es war mir ein Vergnügen, Chef. Und ich muss zugeben, das war das erste Mal, dass jemand in meinem Taxi einen Heiratsantrag gemacht hat.«

William musste zum zweiten Mal über eine seiner Bemerkungen lachen.

William öffnete die Haustür und machte einen Schritt beiseite, damit Beth eintreten konnte. Als Erstes ging sie ins Arbeitszimmer und nahm alle Postkarten vom Kaminsims, zerriss sie und warf sie in den Papierkorb. Dann öffnete sie die unterste Schublade des Schreibtischs, nahm ein Foto ihrer Eltern heraus und stellte es auf den Kaminsims.

»Keine Geheimnisse mehr«, sagte sie, während die beiden in die Küche durchgingen. »In Zukunft nur noch die Wahrheit.«

William nickte, beugte sich über den Tisch und hielt ihre Hand, während sie ihm erzählte, wie und warum ihr Vater wegen Mordes angeklagt und zu einer lebenslangen Gefängnisstrafe verurteilt worden war.

Gelegentlich unterbrach er sie, um ihr eine Frage zu stellen, und als sie zu Bett gingen, wollte auch er am liebsten glauben, dass Arthur Rainsford unschuldig war. Aber er wusste, sein Vater wäre bei der Beurteilung der Fakten dieses Falles weitaus anspruchsvoller und skeptischer als ein unerfahrener Detective Constable und eine junge Frau, die voller Verehrung für ihren Vater war. Beide einigten sich darauf, Sir Julians Urteil abzuwarten.

Nach einer schlaflosen Nacht musste William am Sonntagmorgen über viel mehr Fragen als Antworten nachdenken, während er sich darauf vorbereitete, mit seinem Vater zu sprechen. Als er nach dem Frühstück zum Bahnhof ging, war beiden bewusst, was auf dem Spiel stand.

Obwohl William während der ganzen Fahrt aus dem Fenster seines Abteils sah, nahm er die vorbeifliegende Landschaft kaum wahr. Als er in Shoreham ausstieg, beschloss er, die wenigen letzten Meilen bis Nettleford zu Fuß zu gehen, damit er Gelegenheit hatte, seine Gedanken zu ordnen und noch einmal durchzugehen, was er sagen wollte. Denn ihm war klar, dass er nicht einfach mit seinem Vater sprechen, sondern einem der bedeutendsten Anwälte des Landes gegenübertreten würde.

Als das reetgedeckte Cottage, in dem er seine Kindheit und Jugend verbracht hatte, in Sichtweite war, begann er, langsamer zu gehen. Er öffnete die Tür, die, wie er wusste, nur eingeklinkt war, und sah, dass sein Vater am Feuer im Arbeitszimmer saß und den *Observer* las.

»Schön, dich zu sehen, mein Junge«, sagte er und legte die Zeitung weg. »Hast du den Rembrandt inzwischen gefunden?«

»Vater, ich habe die Frau kennengelernt, die ich heiraten werde.«

»Das sind ja wunderbare Neuigkeiten. Deine Mutter wird begeistert sein. Aber warum ist die junge Dame nicht zum Lunch mit dir gekommen?«

»Weil ihr Vater lebenslang wegen Mordes im Gefängnis sitzt.«

Kronanwalt Sir Julian Warwick saß am Kopfende des Tisches und hörte aufmerksam zu, als William seiner Familie davon erzählte, wie sich sein Leben in den letzten vierundzwanzig Stunden verändert hatte.

»Ich kann es gar nicht erwarten, sie kennenzulernen«, sagte seine Mutter. »Es hört sich an, als sei sie etwas ganz Besonderes.«

Sir Julian äußerte keine Meinung zu dem Gehörten.

»Erinnerst du dich noch an den Fall, Vater?«, fragte Grace, als William seine Geschichte beendet hatte.

»Ich kann mich noch vage an den Prozess erinnern, aber mehr auch nicht. Rainsford hat sich selbst das Urteil gesprochen, als er das Verbrechen in Anwesenheit von zwei leitenden Polizeibeamten gestanden hat.«

»Aber ...«, begann William.

»Aber ich werde die Verhandlungsprotokolle lesen, und wenn ich auch nur den geringsten Anlass für irgendwelche Zweifel entdecke, werde ich Rainsford in Belmarsh besuchen und mir seine Version der Geschichte anhören. Aber ich muss dich warnen, William. Die Staatsanwaltschaft wird nur dann einem Wiederaufnahmeverfahren zustimmen, wenn es neue Beweise gibt, die einen Justizirrtum möglich erscheinen lassen. Das kommt zwar tatsächlich vor, aber nur sehr selten. Deshalb bin ich froh, dass Beth bereit ist, nach vorne zu blicken, wenn ich zu dem Schluss komme, dass es nichts nützen würde, sich weiter mit dem Fall ihres Vaters zu beschäftigen.«

»Vielen Dank, Vater. Um mehr bitte ich dich ja auch gar nicht.«

»Wenn du Mr. Rainsford besuchst«, sagte Grace, »kann ich dich dann begleiten?«

»Zu welchem Zweck, wenn ich fragen darf?«

»Wenn du zur Ansicht gelangst, dass er unschuldig sein könnte, wenn sich neue Beweise finden lassen, und wenn ...«

»Wenn, wenn, wenn. Wo soll das alles hinführen?«

»Wenn du dich entschließt, den Fall zu übernehmen und er vor Gericht kommt, dann brauchst du einen Junior Barrister.«

24

Die drei setzten sich zu ihrer üblichen Besprechung am Montagmorgen an den Tisch in Hawksbys Büro. Sie alle wussten, dass eigentlich ein ganz bestimmtes Thema im Raum stand, doch der Commander war entschlossen, so zu tun, als wäre nichts geschehen.

»Ich habe gerade erfahren, dass man Kevin Carter in Barnstaple gesehen hat«, begann Lamont, »und die örtliche Polizei berichtet, dass sein Haus zum Verkauf steht.«

»Dann ist es Faulkner nicht einmal gelungen, seine Ausgaben zu decken. Vielleicht ist es an der Zeit, dass wir uns noch einmal mit Leutnant Monti unterhalten«, sagte Hawksby. »Er sollte die Ergebnisse des Numismatik-Professors inzwischen vorliegen haben. Und Sie sollten die Vorbereitungen für Carters Festnahme treffen.«

»Nichts würde ich lieber tun«, erklärte Lamont, »als nach Barnstaple zu fahren und diesen Bastard selbst festzunehmen.«

»Und vielleicht auch noch den Mann, der hinter dieser ganzen Aktion steckt«, sagte William.

»Umso besser.«

»Vielleicht weiß Monti, wer das ist«, sagte Hawksby. »Ich werde ihn gleich anrufen und den Lautsprecher einschalten, damit wir alle hören können, was er zu sagen hat. Wenn einer von Ihnen eine Bemerkung machen möchte, unterbrechen Sie mich nicht. Schreiben Sie sie auf, und reichen Sie sie mir.« Er wartete nicht auf eine Antwort, sondern sah die Nummer nach und begann sogleich, zu wählen.

Ein fremdartig klingendes Freizeichen war zu hören, und es dauerte eine Weile, bis abgenommen wurde.

»Guten Morgen, ich bin Commander Hawksby...«

»Entschuldigung, nicht sprechen Englisch.«

Langes Schweigen folgte, doch der vibrierende Ton, der anzeigen würde, dass die Verbindung beendet war, erklang nicht.

»Guten Morgen, Hauptmann Loretti am Apparat. Wie kann ich Ihnen helfen?«

»Guten Morgen, Hauptmann. Hier ist Commander Hawksby von Scotland Yard. Ich wollte eigentlich mit Leutnant Monti sprechen. Es geht um einen Fall, an dem wir beide arbeiten.«

»Leutnant Monti ist nicht mehr bei uns, aber ich kann Ihnen mitteilen, dass der Fall, von dem Sie sprechen, auf zufriedenstellende Weise gelöst wurde.«

»Gelöst? Aber wir waren uns einig zu warten, bis Leutnant Monti den Bericht eines Professors für historische Artefakte in Florenz vorliegen hätte. Dann wollten wir gleichzeitig erklären, dass die spanischen Münzen gefälscht sind und die ganze Bergungsoperation nichts weiter als Betrug war.«

»Dies entspricht nicht der Situation, wie sie sich mir darstellt«, sagte der Hauptmann. »Ein Professor aus Florenz hat eine der Münzen, die ihm als Probe überlassen worden waren, für authentisch erklärt, und deswegen hat das italienische Amt für Meeresangelegenheiten sie offiziell als historischen Schatzfund anerkannt. Darüber wurde ausführlich in der italienischen Presse berichtet. Und die gute Nachricht ist, Commander, dass Leutnant Monti eine Meisterleistung für diese Abteilung vollbracht hat.«

»Wie sieht diese Meisterleistung denn aus?«, fragte Hawksby, der sich bemühte, ruhig zu bleiben.

»Nach mehreren Tagen intensiver Verhandlungen hat das Amt für Meeresangelegenheiten der Auffassung zugestimmt, dass der Wert der restlichen Münzen weit unter dem Wert lag, den Carters Vertreter angegeben hatte.«

»Wie viel?«, knurrte Hawksby.

»Sechshunderttausend Pfund, von denen die italienische Regierung nur dreihunderttausend auszubezahlen hatte. So konnte die Regierung durch Leutnant Montis Verhandlungsgeschick eine Menge Geld sparen.«

»*Eine* Münze?«, flüsterte William, womit er sich der Anweisung des Commanders widersetzte.

»Leutnant Monti hat nur eine einzige Münze zur Untersuchung an den Professor geschickt?«, fragte Hawksby.

»Ja«, antwortete der Hauptmann. »Die übrigen wurden in Rom unter Verschluss gehalten. Monti war der Ansicht, es sei überflüssig und unnötig riskant, die gesamte Kiste nach Florenz zu schicken.« Lamont schrieb ein paar Worte auf ein Blatt Papier und reichte es Hawksby.

»Sie sagten, Leutnant Monti sei nicht mehr bei Ihnen.«

»Das stimmt, Commander. Er ist kürzlich in den Vorruhestand gegangen.«

»Aber als ich mit ihm gesprochen habe, meinte er, es stünde vielleicht sogar eine Beförderung an.«

»Ja, es ging alles sehr schnell«, sagte Hauptmann Loretti. »Anscheinend hat seine Mutter Krebs, und als ihr einziges Kind hielt er es wohl für angebracht, den Dienst zu quittieren und sich um sie zu kümmern. Das war ein ziemliches

Opfer, denn Sie haben recht, er stand kurz davor, zum Leiter der Abteilung befördert zu werden.«

Wo ist er?, schrieb William.

»Gibt es irgendeine Möglichkeit, Verbindung zu ihm aufzunehmen?«, fragte Hawksby.

»Wir haben eine Adresse in Sizilien. Ich glaube, seine Familie kommt von dort.«

Lamont riss die Arme hoch. »Ich hätte in Italien auf die Welt kommen sollen«, murmelte er, während William eine weitere Frage für Hawksby aufschrieb.

»Vielleicht noch eine Frage, wenn Sie gestatten«, sagte Hawksby. »Können Sie mir sagen, wer die Verhandlungen für Carter geführt hat?«

»Einen Augenblick, Commander, ich werde nachsehen.«

William notierte einen Namen und wartete darauf, dass der Hauptmann seine Vermutung bestätigen würde.

»Ah, hier ist er«, sagte Loretti. »Ein Jurist aus Lincoln's Inn in London. Ein gewisser Mr. Booth Watson, Kronanwalt.«

»Vielen Dank, Hauptmann«, sagte Hawksby, wobei er sich bemühte, nicht zu verzweifelt zu klingen.

»Es war mir ein Vergnügen, Commander. Es ist immer ein Privileg, mit unseren Kollegen von der Metropolitan Police zusammenzuarbeiten.«

Hawksby rammte den Hörer auf die Gabel, während Lamont immer wieder ein und dasselbe Wort wiederholte. Es hatte vier Buchstaben.

»Warum machen wir nicht einfach weiter und nehmen Carter trotzdem fest?«, fragte William vollkommen ruhig.

»Und kappen damit alle Verbindungen, die wir immer noch zur italienischen Polizei haben? Nein, ich glaube nicht, dass das den Politikern in beiden Ländern gefallen würde.«

»Dann gibt es absolut nichts, das wir in dieser Sache tun können?«, fragte William.

»Höchstens Miles Faulkner erschießen und hoffen, dass wir noch eine Kugel für Booth Watson übrig haben«, sagte Lamont.

»Beruhigen Sie sich, Bruce. Wir haben keinen Beweis dafür, dass Faulkner in die Sache verwickelt ist. Wir alle sollten kräftig durchatmen und dann die ganze Angelegenheit hinter uns lassen.«

»Wie Sie meinen, Boss«, erwiderte Lamont. »Aber da gibt es eine Frage, die ich gerne noch gestellt hätte.« Hawksby gab ihm mit einem Nicken zu verstehen, dass er fortfahren möge. »Wie viele Menschen, die im italienischen Amt für Meeresangelegenheiten arbeiten, sind ebenfalls in den Vorruhestand gegangen?«, sagte er, bevor er aus dem Büro stürmte.

William wollte ihm gerade folgen, als Hawksby sagte: »Vergessen Sie Ihre Akten nicht, DC Warwick.«

»Aber ich habe keine...«, begann William, doch als er sich umdrehte, sah er, dass zwei dicke Akten auf dem Tisch lagen. Er nahm sie und verließ wortlos den Raum. Als er in sein Büro zurückkam, sah er, wie Lamont auf ein Telefonbuch einschlug.

»Faulkner oder Carter?«, fragte William unschuldig.

»Das System«, erwiderte Lamont mit bellender Stimme. »Immer sind es die Gauner, denen es einen Vorsprung verschafft.«

William setzte sich an seinen Schreibtisch und schlug die erste der beiden Akten auf, die Hawksby auf den Tisch gelegt hatte. Schon nach wenigen Seiten erkannte er, welches Risiko der Commander einging.

»Wo hast du die her?«, fragte Grace, nachdem sie einen kurzen Blick auf den Inhalt geworfen hatte.

»Das kann ich dir nicht sagen«, antwortete William.

Grace schlug die nächsten Seiten um. »Das sieht vielversprechend aus, aber ich muss sie mir erst noch gründlicher ansehen, wenn ich heute Abend nach Hause komme. Morgen früh werde ich dann sofort den leitenden Verteidiger in diesem Fall darüber informieren.«

»Soll das etwa heißen, dass Dad einverstanden ist, Mr. Rainsford in Belmarsh zu besuchen?«

»Ja. Er hat den Rest des Wochenendes damit verbracht, das Protokoll des ursprünglichen Verfahrens zu lesen, wobei er ständig ›hmm‹ und ›ah‹ und gelegentlich sogar ein ›erbärmlich‹ von sich gab.«

»Dann denkt er also, es besteht eine Chance …«

»Nein, keineswegs«, erwiderte Grace in nachdrücklichem Ton. »Er meint jedoch, dass er dir einen Besuch bei Mr. Rainsford schuldet, bevor er eine wohlabgewogene Einschätzung äußern kann.«

»Darf ich mitkommen?«

»Ja, aber nur unter einer Bedingung.«

»Und die wäre?«

»Wenn Vater Mr. Rainsford ins Kreuzverhör nimmt, wirst du ihn unter gar keinen Umständen unterbrechen. Solltest du es trotzdem tun, wird er den Besuch beenden und sich vollständig von dem Fall zurückziehen.«

»Ich möchte trotzdem mitkommen.«

»Dann solltest du seine Drohung nicht auf die leichte Schulter nehmen.«

»Wirst du auch dabei sein?«

»Ja. Er hat mich als seinen Junior Barrister für diesen Fall benannt und mir die wenig beneidenswerte Aufgabe übertragen, neue Beweise zu finden, mit deren Hilfe er ein Wiederaufnahmeverfahren beantragen könnte.«

»Hast du schon irgendetwas gefunden?«

»Bisher noch nicht, aber ich stehe ja auch noch ganz am Anfang. Und wenn ich es schaffen soll, diese Akten über DI Stern und DC Clarkson noch vor Mitternacht durchzuarbeiten, dann sollte ich jetzt wohl besser damit anfangen.«

»Wirst du sie auch deiner Freundin Clare zu lesen geben?«

»Sie hat sich bereit erklärt, in diesem Fall als beratender Solicitor aufzutreten.«

»Das ist wirklich nett von ihr«, sagte William. »Dann bleibt uns im Augenblick nichts weiter, als Dads Urteil abzuwarten.«

»Sei einfach nur dankbar dafür, dass er auf deiner Seite ist. Denn wenn er wirklich zur Überzeugung kommt, dass hier ein Justizirrtum vorliegt, dann wird er nicht nur als das juristische Schwergewicht antreten, das er tatsächlich ist … er wird den Kampf auch über die vollen fünfzehn Runden führen.«

25

Sir Julian, William und Grace benutzten verschiedene Fahrzeuge, um das Gefängnis Ihrer Majestät Belmarsh zu erreichen: William nahm den Bus von Fulham und musste zweimal umsteigen; Grace nahm die U-Bahn von Notting Hill und musste einmal umsteigen; und Sir Julian ließ sich von einem Chauffeur in seinem eigenen Wagen von Shoreham in Kent in die Stadt fahren.

Sie alle trafen sich im Empfangsbereich, wo ein Gefängnisbeamter sie als Besucher in seine Unterlagen eintrug.

»Rainsford erwartet Sie«, sagte er und führte die drei in das Verhörzimmer. Arthur Rainsford erhob sich, als sie den Glaswürfel betraten, und gab seinen drei Besuchern die Hand.

»Ich weiß nicht, wie ich Ihnen für Ihre Großzügigkeit danken soll, Sir Julian«, sagte er. »Es kommt mir fast so vor, als würde ich Ihren Sohn schon ein wenig kennen, denn jedes Mal, wenn Beth mich besucht, spricht sie von kaum etwas anderem. Obwohl ich es ein wenig ironisch finde, dass meine Tochter sich ausgerechnet in einen Detective verliebt hat, da meine Erfahrungen mit der Polizei nicht besonders glücklich waren.«

»Ich glaube, Sie werden noch erfahren, dass ich es war, der sich in *sie* verliebt hat«, sagte William, als die beiden Männer einander zum ersten Mal die Hand gaben und sich alle an den Tisch setzten. »Sie lässt Sie übrigens grüßen, und sie freut sich schon darauf, Sie am Samstag wiederzusehen.«

»Vielen Dank«, sagte Rainsford. »Ich freue mich auch, sie bald wiederzusehen.«

Bis jetzt hatte Sir Julian geschwiegen, obwohl er den Gefangenen nicht aus den Augen ließ. Er versuchte einzuschätzen, was für einen Menschen er vor sich hatte, wie er es immer tat, wenn er zum ersten Mal einen potenziellen Mandanten traf. Er wusste aus Rainsfords Anklageprotokoll, dass sein Gegenüber dreiundfünfzig Jahre alt war und aus seinen Tagen als Boxer im College eine gebrochene Nase hatte, und er nahm an, dass sein Haar erst während seiner Zeit im Gefängnis grau geworden war. Rainsford sah fit aus, was darauf schließen ließ, dass er seine freie Stunde am Nachmittag eher in der Sporthalle zubrachte, anstatt auf dem Hof herumzuschlendern und zu rauchen, und dass er, so gut es ging, die übliche Gefängniskost mied, die aus Wurst, Bohnen und Bratkartoffeln bestand. Er sprach leise und gewählt und sah zweifellos nicht wie ein Mörder aus. Sir Julian hatte jedoch mit den Jahren gelernt, dass die unterschiedlichsten Menschen zu Mördern wurden; einige hatten die Universität mit Bestnoten abgeschlossen, andere waren mit vierzehn von der Schule abgegangen.

»Mr. Rainsford, ich habe ...«, begann Sir Julian.

»Arthur, bitte.«

»Mr. Rainsford, ich habe die Mitschrift Ihres Prozesses überaus sorgfältig gelesen und mir ebenso sorgfältig die Beweismittel angesehen, die die Krone vorgelegt hat. Darüber hinaus habe ich lange über Ihre Aussage im Zeugenstand nachgedacht und bin Ihre Erklärung Wort für Wort durchgegangen. Doch da wir alle heute zum ersten Mal persönlich zusammengekommen sind, würde ich gerne Ihre Version der Geschichte hören. Ich entschuldige mich im Voraus dafür, dass ich Sie möglicherweise ab und zu unterbrechen werde, um Ihnen eine Frage zu stellen oder Sie zu bitten, den einen oder anderen Punkt zu verdeutlichen.«

»Gewiss, Sir Julian. Ich wurde in Epsom geboren, wo mein Vater als Arzt für Allgemeinmedizin gearbeitet hat. Schon früh hoffte er, ich würde in seine Fußstapfen treten. In der Schule waren meine Noten so gut, dass man mir einen Medizinstudienplatz am University College Hospital anbot, worüber mein Vater sehr erfreut war. Doch es dauerte nicht lange, bis mir klar wurde, dass ich einfach nicht zum Arzt gemacht war, weshalb ich zu seiner Enttäuschung meinen weißen Kittel an den Nagel hängte, stattdessen eine schwarze Robe überstreifte und an die London School of Economics wechselte, wo ich Wirtschaftswissenschaften studierte, ein Fach, das mir von der ersten Vorlesung an großen Spaß machte. Nach meinem Abschluss ging ich als Praktikant zur Barclays Bank, doch ich begriff sehr schnell, dass mir auch die Arbeit in einem so großen Unternehmen nicht besonders lag. Also ging ich an die LSE zurück, wo ich Abendkurse nahm und einen zusätzlichen Abschluss in Betriebswirtschaft machte. Auf diese Weise fand ich schließlich meine Berufung. Mit viel zu vielen Titeln hinter meinem Namen und viel zu geringem Gehalt begann ich, für eine Handelsbank in der City zu arbeiten.«

»Für welche?«, fragte Sir Julian.

»Kleinwort Benson. Ich fing in ihrer Abteilung für Kleinunternehmen an und half den Bankkunden während der nächsten drei Jahre, ihre Firmen zu vergrößern. Nichts gefiel mir besser, als zu sehen, wie sie ihre Geschäfte erweitern konnten. Damals hatte ich zwei Freunde, Hamish Galbraith, ein alter Schulkamerad, und Gary Kirkland, den ich an der LSE kennengelernt hatte. Hamish ging nach seinem Abschluss als Managementtrainee zu John Lewis. Er konnte schon immer sehr gut mit Menschen umgehen und hatte die Gabe, das Beste aus ihnen herauszuholen. Gary war viel klüger als wir beide, doch er verbrachte die meiste Zeit damit, mit den Studienanfängern zu trinken und auf ihren Partys zu erscheinen. Ehrlich gesagt, war ich überrascht, dass er überhaupt seinen Abschluss schaffte, ganz zu schweigen davon, dass er fast zu den Besten seines Jahrgangs gehörte, als er die LSE verließ. Er wurde Wirtschaftsprüfer in der City, der lieber Bilanzen als Romane las.

An einem Freitagabend, als wir alle ein wenig zu viel getrunken hatten, schlug Hamish vor, wir sollten unser eigenes Unternehmen gründen. Das ganze Wochenende über fragte ich mich, ob er recht hatte. Nachdem ich immerhin drei Jahre damit verbracht hatte, andere zu beraten, wie sie mit ihren Firmen expandieren konnten, war es vielleicht an der Zeit, mich selbstständig zu machen. Ich bereitete meinen Unternehmensplan genauso sorgfältig vor, wie ich das von einem potenziellen Kunden erwartet hätte, nur dass in diesem Fall ich der Verkäufer sein würde, Hamish der Büroleiter und Gary der Buchhalter. Dann unterbreitete ich meinen möglichen Partnern meine Vorstellungen.«

»Mit welchem Ergebnis?«, fragte Sir Julian.

»Beide wollten natürlich wissen, was das Unternehmen eigentlich tun würde. Ich sagte ihnen, wir sollten eine Investmentfirma gründen und dabei auf mein Wissen und meine Kontakte aus dem Medizinbereich zurückgreifen. In jener Zeit wurden einige faszinierende Entdeckungen gemacht, die vielversprechende Investitionsmöglichkeiten boten.

Es dauerte weitere sechs Monate, bis wir drei den Mut aufbrachten, zu kündigen, und ich hätte es vielleicht nicht geschafft, wenn mein Vorgesetzter bei Kleinwort mich nicht ermutigt und mir angeboten hätte, uns im Austausch gegen eine fünfzigprozentige Beteiligung das Startkapital zur Verfügung zu stellen.«

Grace machte sich fleißig Notizen, und William hätte am liebsten mehrere Fragen gestellt. Nur Sir Julian saß da wie eine Sphinx und hörte gelassen zu.

»Im Jahr 1961 gründeten wir die RGK Limited und mieteten drei Büros in Marylebone, konnten uns aber nur eine gemeinsame Sekretärin leisten. Ich reiste durchs Land und besuchte Ärzte und Kliniken und nahm an Medizinkongressen teil. Während der ersten fünf Jahre kam unsere Firma gerade so über die Runden, doch alles änderte sich über Nacht, als ich einen Teil des Geldes unserer Kunden in ein kleines Pharmaunternehmen investierte, das kurz darauf Betablocker entwickelte. Im darauffolgenden Jahr erwirtschafteten wir eine Rendite von vierzehn Prozent für unsere Anteilseigner, und plötzlich avancierten wir sowohl bei möglichen Investoren wie bei Forschungsunternehmen auf der Suche nach Kapital zum Tipp des Monats. Wir feierten den zehnten Jahrestag unseres Unternehmens, indem wir den fünfzigprozentigen Aktienanteil von Kleinwort's zurückkauften und ein zusätzliches Stockwerk in Marylebone mieteten.«

Jetzt gab es noch mehr Fragen, die William unbedingt stellen wollte, doch ein Blick zu seiner Schwester erinnerte ihn daran, dass es unklug wäre, diesen Weg einzuschlagen.

»Nur Beth wuchs während der nächsten Monate schneller

als unsere Firma. Trotz der wirtschaftlich angespannten Lage in den Siebzigerjahren sahen wir noch immer zuversichtlich in die Zukunft. Doch ich hatte unser Problem nicht kommen sehen, und ich erkannte es auch dann nicht, als es mir sozusagen direkt ins Gesicht starrte. Ich wusste, dass Garys Ehe in Schwierigkeiten steckte, und hätte nicht überrascht sein sollen, als sie mit einer teuren Scheidung endete. In den Jahren danach gingen so viele Frauen bei uns ein und aus, dass ich mir von den meisten nicht einmal die Namen merken konnte. Doch ich sagte nichts, nicht einmal dann, als Garys Verhalten im Büro dazu führte, dass eine unserer jungen Sekretärinnen kündigte und eine andere drohte, das Unternehmen zu verklagen, wobei wir gerade noch eine außergerichtliche Einigung erreichen konnten.

Ich war fünf Tage in der Woche unterwegs, um neue Aufträge an Land zu ziehen, weshalb mir das ganze Ausmaß des Problems erst am Abend der Weihnachtsfeier in unserem Büro klar wurde, als Gary sich betrank und sich an meine Sekretärin heranmachte, die verheiratet war. Sie kündigte einen Tag später, und die Firma bezahlte ihr eine großzügige Abfindung, nachdem sie sich einverstanden erklärte, eine Schweigevereinbarung zu unterzeichnen.

Hamish und ich schärften Gary ein, dass er aus der Firma ausscheiden müsse, wenn es noch einmal zu einem solchen Übergriff käme. Um fair zu sein, gab es von diesem Augenblick an nie wieder einen Grund zur Klage, und ein paar Jahre später verkündete Gary, dass er sich mit der Liebe seines Lebens verlobt habe und sich darauf freue, wieder zu heiraten und eine neue Familie zu gründen.

Seine Verlobte Bridget war attraktiv und intelligent und schien ihn wirklich zu lieben. Doch es zeigte sich, dass sie nur an seinem Geld interessiert war, und es dauerte nicht lange, bis sie sein Konto geleert hatte. Dann löste sie die Verlobung, machte sich auf die Suche nach ihrem nächsten Opfer und überließ es Gary, die Scherben zusammenzukehren. Unglücklicherweise dauerte es nicht lange, bis sich die Frauen im Büro erneut über sein Verhalten beklagten – sogar, wenn er nüchtern war. Doch als Beth mir nach der Abschiedsfeier für eine Kollegin sagte, sie wisse jetzt, warum Gary im Büro ›Hände auf Wanderschaft‹ genannt wurde, verlor ich die Geduld mit ihm und sah ein, dass er gehen musste.

Ich hätte verlangt, dass er schon am nächsten Tag seine Kündigung einreicht, doch ich hatte schon seit einem Monat ein Treffen mit einem potenziellen Investor in Coventry in meinem Terminkalender stehen. Ich rief Hamish an und teilte ihm meine Absicht mit, und wir kamen überein, dass ich bis zur Rückkehr am darauffolgenden Tag warten sollte. Dann würden wir Gary gemeinsam ein Ultimatum stellen können. Entweder er kündigte selbst, oder wir würden ihn rauswerfen.

Der Termin mit meinem potenziellen Investor war höchst ergiebig, und danach lud ich ihn zum Lunch ein. Beim Kaffee erwähnte er die Summe, die er in RGK investieren wollte. Sie war sogar noch höher, als ich erwartet hatte.

Als ich dem Kellner jedoch meine Firmenkreditkarte gab, um das Essen zu bezahlen, kam dieser ein paar Minuten später verlegen zurück und teilte mir flüsternd mit, dass sie nicht akzeptiert worden sei. Nicht gerade hilfreich in Gegenwart eines Investors in spe. Ich bezahlte mit meiner privaten Karte, doch da war es schon passiert. Noch am Bahnhof rief ich den für mich zuständigen Bankbeamten an und bat ihn um eine Erklärung. Immerhin hatte die Firma im zurückliegenden Jahr einen Gewinn von über einer Million Pfund ausgewiesen. Er sagte mir, wir hätten unseren Kreditrahmen überzogen, schon mehrmals habe er mit Mr. Kirkland über die Situation gesprochen.

Ich rief sofort Gary an, der bestritt, dass es irgendwelche Probleme gebe. Er meinte, ich solle auf meinem Rückweg bei ihm vorbeischauen, er würde alles erklären. Nachdem ich in Euston aus dem Zug gestiegen war, nahm ich unverzüglich ein Taxi ins Büro.

Als ich die Eingangstür öffnete, rannte ein kleiner, kräftiger Mann, den ich, so schien es mir, von irgendwoher kannte, an mir vorbei hinaus auf die Straße. Ich ging hinauf in den ersten Stock zu Garys Büro, der dort mit ausgebreiteten Armen und Beinen auf dem Boden lag.

Ich eilte sofort an seine Seite, aber auch ohne einen Abschluss in Medizin erkannte ich, dass er tot war. Sein Kiefer war gebrochen, und an seinem Hinterkopf befand sich eine klaffende Wunde. Ich wollte gerade die Polizei rufen, als ich hörte, wie auf der Straße eine Sirene erklang, und einen Moment später stürmte ein halbes Dutzend Polizisten ins Büro, wo ich neben der Leiche kniete. Als Nächstes weiß ich nur noch, dass man mir meine Rechte vorlas.«

»Haben Sie zu diesem Zeitpunkt irgendetwas gesagt?«, fragte Sir Julian.

»Nur dass sie den Falschen hätten. Ich nahm an, die ganze Angelegenheit ließe sich rasch aufklären. Ich wurde aufs nächste Polizeirevier gebracht, und man ließ mich ein paar Stunden allein in einer Zelle sitzen. Dann wurde ich in ein Verhörzimmer gebracht, wo mich bereits zwei Detectives erwarteten.«

»Handelte es sich dabei um DI Stern und DC Clarkson?«, fragte Sir Julian.

»Ja. Ich habe ihnen genau erklärt, was passiert ist, aber es war offensichtlich, dass sie sich bereits eine Meinung gebildet hatten und nichts sie davon abbringen konnte. Während des Verhörs äußerten sie ganz nebenbei, dass sie einen Tipp von einem anonymen Anrufer bekommen hätten, was erklärte, warum die Polizei so schnell vor Ort war.«

Grace machte eine Notiz und schob das Papier über den Tisch ihrem Vater zu, der das Geschriebene sorgfältig studierte.

»Und während Ihres Prozesses haben Sie darauf hingewiesen, dass dies der unwiderlegbare Beweis dafür war, dass jemand anderes Ihren Partner umgebracht haben musste.«

»Ja, und ich äußerte sogar die Vermutung, dass es sich bei dem Mann, der aus dem Gebäude gerannt kam, um denjenigen handelte, der die Polizei angerufen hatte, doch die beiden interessierten sich nicht dafür.«

»Und was geschah dann?«

»Stern fragte mich, ob ich bereit sei, eine offizielle Aussage zu machen. Natürlich war ich das, schließlich hatte ich nichts zu verbergen. Er schrieb meine Worte nieder, und ich las jede Seite genau durch, bevor ich sie unterzeichnete, nicht zuletzt deshalb, weil ich Alkohol in seinem Atem riechen konnte.«

Grace machte sich eine weitere Notiz.

»Sie haben während des Prozesses behauptet, dass Ihre ursprüngliche Aussage drei Seiten umfasst hatte, wohingegen die vor Gericht vorgelesene Version nur zwei Seiten lang war. Ich muss Sie deshalb Folgendes fragen, Mr. Rainsford: Haben Sie alle drei Seiten unterzeichnet?«

»Ja, das habe ich. Die ersten beiden mit den Initialen AR und die dritte Seite mit meinem vollen Namen.«

»Waren die drei Seiten nummeriert?«

»Daran kann ich mich nicht erinnern.«

»Wie bequem. Als die Polizei Ihre Aussage vor dem Prozess in die Reihe der Beweismittel aufgenommen hat, waren es nur zwei Seiten, eindeutig als Seite eins und Seite zwei nummeriert, und unten auf der zweiten Seite befand sich Ihre vollständige Unterschrift, zusammen mit den Unterschriften von DI Stern und DC Clarkson. Wie erklären Sie sich das?«

»Die einzige Erklärung, die ich mir vorstellen kann«, sagte Rainsford, »besteht darin, dass jemand die mittlere Seite entnommen und die Nummerierung später hinzugefügt hat.«

»Ein geheimnisvoller Unbekannter vielleicht?«, sagte Sir Julian. »Was ist danach passiert?«

»Ich erschien am folgenden Morgen vor dem Friedensrichter, und mein Antrag auf Freilassung auf Kaution wurde abgelehnt. Ich wurde in Untersuchungshaft genommen und nach Belmarsh gebracht, um dort auf meinen Prozess zu warten.«

»Welcher fünf Monate später stattfand, während Sie die ganze Zeit bis dahin in Haft waren.«

»Ja, aber ich vertraute immer noch darauf, dass die Geschworenen mir glauben würden, wenn ich sagte, meine Aussage habe aus drei und nicht nur aus zwei Seiten bestanden, denn ich war in der Lage, die fehlende Seite Wort für Wort zu wiederholen.«

»Doch Richter Melrose wollte eine solche Wiederholung nicht als Beweismittel zulassen. Hatten Sie am Ende des Prozesses den Eindruck, dass er die Verhandlung fair und ohne Voreingenommenheit oder Vorurteil zusammengefasst hat?«

»Ja, diesen Eindruck hatte ich. Seine Zusammenfassung war fair und wohlabgewogen, was meine Überzeugung, die Geschworenen würden zu meinen Gunsten entscheiden, nur bekräftigen konnte.«

»Aber das taten sie nicht.«

»Nein. Sie berieten sich vier Tage lang bis spät in die Nacht. Am fünften Tag befanden sie mich mit einer Mehrheit von zehn zu zwei Stimmen des Mordes schuldig. Am nächsten Morgen verurteilte mich der Richter zu lebenslanger Haft und empfahl, mir die Möglichkeit zu geben, nach zwölf Jahren einen Antrag auf Bewährung zu stellen. Bis jetzt habe ich zwei Jahre dieser Strafe abgesessen.«

Grace machte eine weitere Notiz und unterstrich das Wort »zwölf«, bevor sie ihrem Vater das Blatt zuschob.

»Haben Sie jemals erwogen, sich des Totschlags schuldig zu bekennen?«, fragte Sir Julian. »Nach dem Motto: Habe ihn in der Hitze des Gefechts niedergeschlagen, wollte ihn niemals umbringen, werde es für den Rest meines Lebens bereuen.«

»Aber ich habe ihn überhaupt nicht geschlagen, Sir Julian. Mein Verteidiger hat mir damals dasselbe vorgeschlagen. Er meinte, ich würde mit Sicherheit nur vier Jahre bekommen und sei nach zweien wieder draußen, aber ich habe abgelehnt.«

»Warum?«

»Weil mir mein Verteidiger, genau wie Sie, nicht geglaubt hat, dass ich unschuldig bin.«

»Aber Sie können nicht abstreiten, Mr. Rainsford, dass Sie außer sich waren, als Sie erfuhren, dass Mr. Kirkland

Ihre Tochter sexuell belästigt hatte, und dass Sie sogar noch wütender wurden, als Sie herausfanden, dass er Firmengelder unterschlagen und für mehrere Frauen ausgegeben hatte. Warum also sollten die Geschworenen Ihnen glauben, als Sie behaupteten, Ihre Aussage habe drei und nicht nur zwei Seiten umfasst und der Mord sei von einem Unbekannten begangen worden, der aus dem Nichts auftauchte und sich dann bequemerweise in Luft auflöste und nie wieder gesehen wurde?«

»Weil es die Wahrheit ist, Sir Julian«, sagte Rainsford. Er stützte die Ellbogen auf den Tisch und legte den Kopf in die Hände. »Aber ich kann natürlich verstehen, warum Sie mir nicht glauben.«

Ein langes Schweigen folgte, während die drei anderen darauf warteten, dass Sir Julian seine Gladstone-Tasche nehmen und gehen würde, um von diesem Gefangenen ebenfalls nie wieder gesehen zu werden.

»Aber ich glaube Ihnen, Arthur«, sagte er leise. »Ich habe keinerlei Zweifel daran, dass Sie Ihren Partner nicht ermordet haben.«

Ungläubig hob Arthur den Kopf und sah, wie der hochgeschätzte Kronanwalt ihn anlächelte.

»Was hat dich am Ende überzeugt, Vater?«, fragte William, indem er den luchsäugigen Blick seiner Schwester ignorierte.

»Drei Dinge, die in keiner Verbindung zueinander stehen. Hätten die Geschworenen sie damals ebenfalls bemerkt, wären sie möglicherweise zu einem anderen Urteil gekommen.« Sir Julian konnte der Versuchung nicht widerstehen, zunächst einen Augenblick lang auf und ab zu gehen, bevor er zu seiner Schlusserklärung kam. »In all meinen Jahren bei Gericht bin ich noch nie einem Mörder begegnet, der sich nicht des Totschlags für schuldig bekannt und dadurch eine geringere Strafe akzeptiert hätte.«

»Und der zweite Grund?«, fragte Grace.

»Die Länge der Zeit, bis Arthur einen Bewährungsantrag stellen kann.«

»Zwölf Jahre«, sagte William.

»Genau. Denn bei Gericht kennt jeder Melrose als ›Lebenslang-heißt-lebenslang-Melrose‹. Ich habe mir gestern Abend seine Akte angesehen. Seit er der Krone als Richter dient, hatte er in vierundzwanzig Mordprozessen den Vorsitz, bei denen es zu einem Schuldspruch kam. Arthur ist der Einzige, bei dem er sich für die minimale Dauer der Haftstrafe entschieden hat, nämlich zwölf Jahre. Warum sollte ›Lebenslang-heißt-lebenslang-Melrose‹ mit einer Handlungsweise brechen, die er bereits seit Ewigkeiten verfolgt? War er vielleicht ebenfalls davon überzeugt, dass Arthur nicht schuldig ist?«

»Und der dritte Grund?«, fragte Grace.

»Für den haben wir William zu danken.« Wieder konnte Sir Julian einigen Schritten durch das Verhörzimmer nicht widerstehen, bevor er bereit war, seine Gedanken mit den anderen zu teilen. Er tat, als zöge er an den Aufschlägen der Robe, die er in diesem Augenblick gar nicht trug; dann erst sprach er.

»William, du hast mir gesagt, SO Rose hätte spontan folgende Bemerkung gemacht, nachdem du zum ersten Mal ihm gegenüber Arthurs Namen erwähnt hast: ›Wenn Rainsford ein Mörder ist, bin ich Jack the Ripper.‹ Meiner Erfahrung nach würde ein leitender Gefängnisbeamter niemals, nicht einmal im privaten Kreis, zugeben, dass ein Häftling unschuldig sein könnte.«

»Soll das heißen, dass du den Fall übernehmen wirst, Vater?«, fragte Grace.

»Das haben wir bereits, meine Liebe. Und das bedeutet, wir stehen vor der gewaltigen Aufgabe, neues Beweismaterial zu finden, um die Staatsanwaltschaft davon zu überzeugen, ein Wiederaufnahmeverfahren in die Wege zu leiten. Denn wenn sie das nicht tut, ist unsere persönliche Meinung irrelevant.«

»Nicht ganz, Sir Julian«, sagte Arthur. »Denn ich bin froh, dass mein zukünftiger Schwiegersohn weiß, dass ich unschuldig bin.«

26

Das Telefon begann zu klingeln.

»Wer könnte nur auf die Idee kommen, uns am Weihnachtstag anzurufen?«, fragte Sir Julian. »Und noch dazu, wenn ich gerade dabei bin, den Truthahn zu zerlegen?«

»Mea culpa«, sagte William. »Ich fürchte, ich habe im Büro gesagt, wo ich bin.«

»Dann solltest du wohl besser drangehen, während wir unseren Weihnachtslunch genießen. Beth, Brust oder Keule?«

William ging ins Arbeitszimmer seines Vaters und nahm den Hörer ab. »William Warwick.«

»Christina Faulkner. Fröhliche Weihnachten, William.«

»Fröhliche Weihnachten, Christina. Von wo rufen Sie an?«

»Monte Carlo.«

»Zweifellos packen Sie dort Geschenke aus.«

»Nein. Genau genommen packe ich welche ein, weshalb ich auch anrufe. Ich brauche Sie hier so schnell wie möglich, damit ich Ihnen Ihr Geschenk geben kann, das ich in diesem Moment gerade anschaue.«

»Dazu muss ich zuerst meinen Vorgesetzten anrufen. Aber falls er einverstanden ist, könnte ich morgen Nachmittag fliegen.«

»Aber auf keinen Fall später«, sagte Christina. »Denn wenn ich gepackt habe, werden alle einundachtzig Kisten auf Miles' Jacht verladen werden.«

»Werden Sie auch an Bord sein?«

»Nein, das gehört zu meinem Plan. Sobald die *Christina* – das Schiff wurde in glücklicheren Tagen nach mir benannt – unterwegs nach Southampton ist, fliege ich zurück nach Heathrow. Von dort aus fahre ich nach Limpton Hall, um noch ein paar meiner Geschenke zu verpacken, die zum Abtransport bereitstehen müssen, wenn die Umzugsleute sie am Morgen darauf nach Southampton bringen werden, wo zu jenem Zeitpunkt die *Christina* vor Ort sein wird. Der zeitliche Ablauf ist genau durchgeplant.«

»Darf ich fragen, was danach geschieht?«

»Sie sollen alles erfahren, wenn wir uns morgen in Monte Carlo sehen. Rufen Sie mich an, wenn Sie wissen, welchen Flug Sie nehmen. Ich schicke Ihnen dann einen Wagen, der Sie abholen wird.«

»Ich rufe Sie zurück, sobald ich mit dem Commander gesprochen habe. Auf Wiederhören, Christina, und fröhliche Weihnachten.« William legte auf und kehrte ins Esszimmer zurück. Am liebsten hätte er ihnen allen, und Beth ganz besonders, davon erzählt, dass er am folgenden Tag um diese Zeit möglicherweise im Besitz des Rembrandt wäre. Er setzte sich neben seine Verlobte und sah den leeren Teller vor sich.

»Den Hauptgang hast du natürlich verpasst, mein Junge. Aber mach dir keine Sorgen, ich bin sicher, es ist noch etwas Pudding übrig.«

»Beachte ihn gar nicht«, sagte seine Mutter. »Wir haben noch nicht einmal angefangen. Joanna hat uns gerade erzählt, was sie in Arthurs Abwesenheit auf die Beine gestellt hat.«

William lächelte Beths Mutter an und nahm sich vom Rosenkohl.

»Als Arthur ins Gefängnis kam«, sagte Joanna, »haben wir

angenommen, dass die Firma am Ende wäre. Doch schnell zeigte sich, dass Hamish aus ganz anderem Holz geschnitzt war, denn er führte das Unternehmen so weiter, als sei Arthur noch immer irgendwo draußen im Land unterwegs. In der Zwischenzeit richtete sich Arthur in seiner Zelle in Belmarsh sein Büro ein, während ich an seinem Schreibtisch in Marylebone saß. Ich schrieb ihm jeden Tag, um ihn auf dem Laufenden zu halten.«

»Aber wie war es, wenn jemand den Chef des Unternehmens sprechen wollte und erfuhr, dass dieser im Gefängnis saß?«

»Nach einer Weile habe ich seinen Platz übernommen und sogar angefangen, im Land herumzureisen und die Kunden der Firma zu besuchen. Ich war angenehm überrascht, wie wenige von ihnen uns den Rücken kehrten.«

»Ein guter Name ist in schwierigen Zeiten der Schild der Aufrichtigen«, bemerkte Sir Julian.

»Von wem stammt das?«, fragte William.

»Von mir, du ungeratener Bengel. Aber erzähl weiter, Joanna. Ihr hattet euren Buchhalter verloren, und eure Bank dürfte in Sorge gewesen sein.«

»Barclays hat alles getan, um uns zu helfen«, sagte Joanna. »Aber es war Kleinwort Benson, die uns gerettet und dafür gesorgt haben, dass die Investoren uns weiter vertrauten und bei uns blieben. Und dann, als wir am wenigsten damit rechneten, hatten wir richtiges Glück.«

Alle am Tisch hörten auf, zu essen.

»Gary Kirkland war gestorben, ohne ein Testament zu hinterlassen, sodass sein Sohn Hugh alles von seinem Vater geerbt hat, sogar Garys Talent im Umgang mit Zahlen. Deshalb sitzt er heute in Garys altem Büro und legt über jeden Penny

Rechenschaft ab, den die Firma ausgibt. Und bevor jemand fragt: Im Gegensatz zu seinem Vater ist er glücklich verheiratet.«

»Soll das bedeuten, dass die Firma wieder auf dem richtigen Gleis ist?«, fragte Grace.

»Nein. Wir kommen gerade so über die Runden, aber sobald Arthur wieder bei uns ist, sollten wir erneut Gewinn machen.«

»Dann besteht wenigstens in der Hinsicht kein Druck«, sagte Sir Julian, als das Telefon erneut läutete. »Haben wir uns etwa im BT-Tower zu unserem Weihnachtslunch getroffen?«, sagte er und stieß ein übertriebenes Stöhnen aus. »Das ist sicher für dich, William. Vielleicht solltest du einfach jeden einladen, den du kennst. Dann könnten wir möglicherweise darauf hoffen, nicht mehr gestört zu werden.«

William eilte zum zweiten Mal in das Arbeitszimmer seines Vaters. Er nahm das Telefon ab und erwartete, den Commander am anderen Ende der Leitung zu hören. »William Warwick.«

»Es tut mir leid, Sie am Weihnachtstag zu stören«, sagte eine Stimme, deren Besitzer nur aus New York stammen konnte, »aber ich muss Ms. Grace Warwick in einer persönlichen Angelegenheit sprechen.«

»Darf ich fragen, wer am Apparat ist?«

»Leonard Abrahams.«

»Bitte bleiben Sie dran, Mr. Abrahams. Ich werde ihr sagen, dass Sie sie sprechen möchten.«

Rasch kehrte William ins Esszimmer zurück. »Es ist für dich, Grace. Ein gewisser Leonard Abrahams.«

»Wer immer das auch sein mag, Grace, würdest du ihm bitte ausrichten, dass wir liebend gerne wenigstens *einen*

Gang hätten, bei dem die ganze Familie gemeinsam an einem Tisch sitzt?«

»Das ist wahrscheinlich der Professor«, sagte Grace.

»Dann solltest du unverzüglich mit ihm sprechen«, erwiderte Sir Julian in plötzlich verändertem Ton.

Grace nickte und verließ sogleich das Esszimmer.

»Professor Abrahams, hier ist Grace Warwick. Es tut mir leid, wenn Sie warten mussten.«

»Nein, Ms. Warwick, ich bin es, der sich entschuldigen sollte. Ich würde Sie gewiss nicht am Weihnachtstag stören, wenn es nicht wirklich wichtig wäre, aber ich bin morgen in London.«

»Das sind ja wunderbare Neuigkeiten. Wo werden Sie wohnen?«

»Wahrscheinlich in einer Flughafenlounge. Ich bleibe nur vier Stunden, bevor mein Anschlussflug nach Warschau geht, wo ich meine liebe Mutter besuchen werde. Wir Juden haben Köpfchen«, fügte der Professor hinzu. »Wir wissen immer, wann ihr Nichtjuden einen Feiertag habt, aber sofern wir nach Weihnachten wieder an unserem Schreibtisch sitzen, bekommt ihr überhaupt nicht mit, dass wir weg waren.«

Grace lachte. »Hatten Sie schon eine Gelegenheit, die vor Gericht beeideten Aussagen zu lesen, die ich Ihnen geschickt habe?«

»Ich habe bisher nur einen flüchtigen Blick darauf geworfen, aber ich werde sie mir auf dem Flug gründlicher ansehen, sodass ich in der Lage sein sollte, Ihnen eine vorläufige Einschätzung zu geben, wenn ich in Heathrow eintreffe.«

»Ich werde im Hilton am Flughafen ein Zimmer für Sie buchen, damit wir ungestört sind. Wann kann ich mit Ihnen rechnen?«

»Ich komme mit Pan-Am-Flug 716 vom JFK und lande gegen zwanzig nach zehn vormittags Ihrer Zeit.«

»Dann werde ich in der Ankunftshalle auf Sie warten.«

»Das ist sehr freundlich von Ihnen. Aber wie werden Sie mich erkennen?«

»Machen Sie sich keine Sorgen, ich habe Ihr Buch gelesen.«

»Es ist schon ein paar Jahre her, dass dieses Foto gemacht wurde«, sagte er mit einem leisen Kichern. »Aber ich freue mich schon darauf, Sie morgen zu sehen, Ms. Warwick. Und ich möchte mich noch einmal dafür entschuldigen, dass ich Sie am Weihnachtstag gestört habe.«

»Kein Problem. Ich weiß, dass mein Vater erfreut sein wird, Ihre Neuigkeiten zu hören.«

Grace ging zurück ins Esszimmer und setzte sich wortlos wieder an den Tisch. William bemerkte jedoch, wie sich die beiden Anwälte in der Familie zunickten.

»Gestattet mir, dass ich eine Warnung ausspreche«, sagte Sir Julian, als Marjorie ihm die Weinbrandbutter reichte. »Sollte irgendjemand auf die Idee kommen, hier anzurufen, während Ihre Majestät um drei die Weihnachtsbotschaft an die Nation verliest, werden wir nicht abnehmen, und wenn es der Erzbischof von Canterbury ist.«

Am folgenden Morgen kam William um kurz nach neun in Heathrow an. Er hatte Beth nicht gesagt, wohin er fliegen würde, und sie hatte ihn nicht danach gefragt. Ein Ticket nach Nizza wartete auf ihn am Flugschalter von British Airways.

Sehr zum Missfallen seines Vaters hatte er nur wenige Augenblicke nach der Ansprache der Queen Scotland Yard angerufen. Die Telefonzentrale verband ihn unverzüglich mit dem Privatanschluss des Commanders.

Als Hawksby Williams Neuigkeiten hörte, sagte er: »Nehmen Sie den ersten verfügbaren Flug nach Nizza. Wenn Mrs. Faulkner den Rembrandt tatsächlich besitzt, können wir es uns nicht leisten, sie warten zu lassen. Und egal, was geschieht, geben Sie mir sofort Bescheid, wie spät es auch immer sein mag. Ich werde ohnehin keinen Schlaf finden, bis ich wieder von Ihnen gehört habe.«

William legte den Sicherheitsgurt an, und das Flugzeug rollte langsam auf die nördliche Startbahn zu.

Grace erreichte Heathrow um kurz nach zehn, und als sie einen Blick auf die Ankunftstafel warf, sah sie, dass Pan-Am-Flug 716 zwanzig Minuten Verspätung hatte. Sie kaufte sich ein Exemplar des *Guardian* und einen Cappuccino, nahm irgendwo Platz und wartete.

Als auf der Anzeigetafel neben Flug 716 das Wort »Gelandet« erschien, trat sie mit anderen ungeduldig Wartenden an die Absperrung.

Professor Abrahams war einer der ersten Passagiere, die durch die Tür kamen, während sein Gepäck direkt zu seinem Weiterflug nach Warschau in die nächste Maschine transportiert wurde. Er blieb stehen und musterte die Menge. Grace war überrascht, als sie ihn sah. Das Foto auf der Rückseite seines Buches verriet nicht, dass er höchstens um die ein Meter fünfzig groß war. Sie erkannte ihn jedoch sofort aufgrund seiner mächtigen, gewölbten Stirn und seiner Brille mit den ungewöhnlich dicken Gläsern, obwohl sein gelber Jogginganzug und das neueste Modell an Nike-Turnschuhen, die er trug, einigermaßen ungewöhnlich waren.

»Auf Langstreckenflügen trage ich immer einen Jogginganzug«, erklärte er, als sie einander die Hand gaben. »Ich habe die Idee dazu von Joan Collins, aber im Gegensatz zu ihr ziehe ich mich nicht für die Fotografen um, bevor ich aus dem Flugzeug steige.«

»Ich dachte, wir gehen zu Fuß zum Hilton«, sagte Grace. »Es ist nicht weit, und am Taxistand bilden sich immer lange Schlangen, sodass wir so wahrscheinlich schneller sind.«

»Und ein paar Dollar sparen«, sagte der Professor, während sie sich auf den kurzen Weg zum Hotel machten und dabei über alles plauderten, nur nicht über das, was sie beide beschäftigte. Grace hatte die Suite für zwei Stunden gebucht, und der Dame am Empfang erschien es ungewöhnlich, dass gerade ein solches Paar um diese Zeit am Vormittag ein privates Zimmer nutzen wollte.

Nachdem Grace dem Professor eine Tasse dampfend heißen Kaffee gemacht hatte, nahm er seine Unterlagen aus seinem Aktenkoffer und legte sie auf den Tisch zwischen sich und Grace. Er begann die Seiten umzublättern, was er mit einem durchgehenden Kommentar begleitete, als unterrichte er eine besonders aufgeweckte Studienanfängerin, die eine seiner Vorlesungen besuchte; das Thema dieser Vorlesung bestand darin, dass sein besonderes Fachwissen möglicherweise – und das Wort »möglicherweise« wiederholte er mehrmals – im Rainsford-Fall eine Hilfe sein könnte. Nachdem er die letzte Seite umgeschlagen hatte, ging er mit einer Sicherheit, die keinen Widerspruch duldete, auf alles ein, was Grace wissen wollte. Nachdem er ihre letzte Frage beantwortet hatte, wusste Grace, dass sie den Richtigen gefunden hatte.

Abrahams warf einen Blick auf seine Uhr und schob die Unterlagen zurück in seinen Aktenkoffer. »Ich muss los, wenn ich meinen Flug bekommen soll«, sagte er und erhob sich. »Ich kann es mir nicht leisten, zu spät zu meiner Mutter zu kommen. Wahrscheinlich wartet sie am Flughafen auf mich.«

Grace begleitete ihn zurück zu Terminal zwei, und bevor er durch die Sicherheitsschleuse ging, dankte sie ihm noch einmal und fragte: »Kann ich meinem Vater mitteilen, dass Sie bereit wären, als Sachverständiger aufzutreten, sollte es zu einem Wiederaufnahmeverfahren kommen?«

»Ich hätte Ihre Zeit nicht verschwendet, wenn ich nicht damit einverstanden wäre, junge Dame. Trotzdem muss ich immer noch Rainsfords zwei Seiten umfassende Aussage sehen, die dem Gericht als Beweismittel vorgelegt wurde, bevor ich weiß, ob ich *meine* Zeit verschwenden würde.«

Professor Abrahams bestieg das Flugzeug nach Warschau, als William in Nizza landete. Da William nur Handgepäck dabeihatte, ging er direkt zur Passkontrolle und war einer der Ersten, die aus dem Gebäude traten, wo er von einem Mann in Empfang genommen wurde, der ein Schild mit dem Namen »WARWICK« hochhielt.

Während er sich auf die Rückbank eines Bentley sinken ließ, versuchte er seine Gedanken zu ordnen, bevor er Christina Faulkner wiedertreffen würde. Der Fahrer jedoch hatte etwas anderes für ihn vorgesehen.

Als sie die Villa Rosa erreichten, kannte William die Ansichten des Fahrers zu allen möglichen Themen, vom Centre Pompidou, das von einem Engländer entworfen worden war, bis zum Gemeinsamen Markt, dem Britannien niemals hätte beitreten sollen. Keine einzige seiner Bemerkungen galt jedoch dem einen Thema, das William wirklich interessiert hätte: Mr. und Mrs. Faulkner.

Der Bentley war noch einhundert Meter entfernt, als vor ihnen ein gewaltiges gusseisernes Doppeltor aufschwang. Sie rollten auf eine lange Auffahrt, die zu beiden Seiten von hohen, schmalen Zypressen gesäumt wurde und die vor einer beeindruckenden Belle-Époque-Villa endete, die Limpton Hall wie ein Cottage auf dem Land aussehen ließ.

Als William aus dem Wagen stieg, öffnete sich die Haustür, und Christina kam heraus, um ihn zu begrüßen. Er küsste sie auf beide Wangen, als wäre sie ein französischer General. Sie nahm ihn bei der Hand und führte ihn in eine weitläufige Eingangshalle, in der überall unterschiedlich große Holzkisten herumstanden. Er musste nur einen Blick auf die blassen Umrisse an den Wänden werfen, um sich vorzustellen, wie diese noch einen Tag zuvor ausgesehen hatten. Jetzt verstand er, warum Christinas Mann einen Monat lang weit weg sein musste, wenn sie ihren Plan ausführen wollte.

»Eines muss noch verpackt werden«, sagte sie, als er ihr in den Salon folgte, wo sich nur noch ein einziges gerahmtes Gemälde auf seinem Platz über dem Kaminsims befand.

Voller Verehrung betrachtete William das Bild, das sogar ein einfacher Handwerker wie er sofort als das Werk eines Genies erkannte. Er nahm eine Postkarte des Fitzmolean Museum aus seiner Tasche und überzeugte sich davon, dass sich Rembrandts typische Signatur RvR in der unteren rechten Ecke der Leinwand befand. Danach wandte er seinen Blick den sechs Vorstehern der Tuchmacherzunft zu, die lange schwarze Roben mit steifen weißen Rüschenkragen trugen, schwarze Hüte mit breiter Krempe in den Händen hielten und sich offensichtlich in ihrer gehobenen Stellung innerhalb der Amsterdamer Gesellschaft aalten.

»Wie ich sehe, gefällt Ihnen mein Weihnachtsgeschenk«, sagte Christina.

Nur wenige Minuten nachdem sie wieder in ihrer Wohnung in Notting Hill war, rief Grace ihren Vater an und erstattete ihm detailliert Bericht über ihr Treffen mit dem Professor.

»Ich denke, es ist an der Zeit, den Generalstaatsanwalt anzurufen und einen Termin mit ihm auszumachen, bevor meine Kollegen aus dem Weihnachtsurlaub zurückkommen«, sagte Sir Julian. »Ich muss dafür sorgen, dass so schnell wie möglich ein Verhandlungsdatum im Gerichtskalender eingetragen wird.«

»Das könnte nicht ganz einfach werden«, bemerkte Grace.

»Es gibt immer ein paar Termine, die abgesagt werden, sodass eine Lücke entsteht, die gefüllt werden muss. Ich muss mich einfach nur dafür einsetzen, dass mein Name möglichst weit oben auf der Liste steht.«

»Aber warum sollte der Ankläger deinen Antrag einem anderen, ebenso berechtigten vorziehen?«

»Das kann ich dir sagen, Grace. Aber nicht am Telefon.«

William ließ die Möbelpacker nicht aus den Augen, als sie den Rembrandt vorsichtig in die eigens dafür angefertigte Kiste senkten und ihn dann zu den anderen Stücken stellten.

Jede der Kisten besaß einen großen, rechteckigen Aufkleber mit der Aufschrift »Eigentum von Mrs. Christina Faulkner. An Bord zu belassen«. Die einzige Ausnahme war der Rembrandt, der einen noch größeren runden Aufkleber besaß, der lautete: »Eigentum des Fitzmolean Museum, Prince Albert Crescent, London SW7. Zur Abholung«.

»Sind Sie sicher«, fragte Christina, »dass der Commander

am Pier sein wird, um diesen exquisiten Passagier der *Christina* in Empfang zu nehmen, wenn das Schiff in Southampton eintrifft?«

»Er wird der erste Mensch an Deck sein, sobald wir anlegen, und die Kavallerie wird ihm auf den Fersen folgen«, sagte William. »Ich werde ihn morgen anrufen, sobald alle Bilder an Bord sind.«

»Er wird nur an einem einzigen von ihnen interessiert sein.«

»Was geschieht mit den Übrigen?«, fragte William, obwohl er annahm, dass Christina ihm wohl kaum den letzten Bestimmungsort der Werke mitteilen würde.

»Ihr nächster Halt nach Southampton wird New York sein, wo sie sich mit einer bemerkenswerten Sammlung moderner amerikanischer Künstler vereinigen werden, die gegenwärtig in unserer New Yorker Wohnung eine Heimat gefunden haben.«

»Wenn die Jacht anlegt, könnte Ihr Mann an der Kaimauer stehen und Sie schon erwarten.«

»Nein, das glaube ich nicht. Von Melbourne aus will er nach Sydney fliegen, denn er hat vor, unter den Ersten zu sein, die das neue Jahr begrüßen, und wenn es so weit ist, hängen seine Gemälde bereits in ihrem neuen Zuhause – meinem neuen Zuhause.«

William verschwendete keine Zeit damit, zu fragen, wo das wohl sein mochte.

Grace und ihr Vater verbrachten den Abend zurückgezogen in seinem Arbeitszimmer.

»Als nächsten Schritt«, sagte Grace, »muss Professor Abrahams das Original von Arthurs zwei Seiten umfassender Aussage untersuchen, die dem Gericht vorgelegt wurde. Er hat mich jedoch davor gewarnt, dass dabei ein anderes als das gewünschte Ergebnis herauskommen könnte. Die Untersuchung könnte beweisen, dass Arthur gelogen hat und die Geschworenen richtig entschieden haben.«

»Wenn das der Fall sein sollte«, sagte Sir Julian, »werden wir Joanna und Beth nichts davon sagen, sondern ihnen gegenüber erklären, dass wir nicht in der Lage waren, neues Beweismaterial vorzulegen, mit dem wir ein Wiederaufnahmeverfahren beantragen könnten.«

»Und wenn Arthur die Wahrheit gesagt hat?«

»Dann werde ich unverzüglich die Staatsanwaltschaft anrufen und um ein Wiederaufnahmeverfahren nachsuchen.«

»Vater, du hast mir immer noch nicht gesagt, warum der Generalstaatsanwalt diesem Fall Priorität einräumen sollte.«

»Desmond Pannel und ich haben zusammen in Oxford studiert, und ich habe seinen Wahlkampf geleitet, als er sich um das Amt des Präsidenten der University Law Society beworben hat. Du kommst nie darauf, wer sein Hauptgegner war. Den Posten des Präsidenten zu übernehmen, ist eine undankbare Aufgabe, aber Desmond war schon immer jemand, der gerne undankbare Aufgaben übernommen hat, weshalb er auch heute der oberste Strafverfolgungsbeamte dieses Landes ist. Und jetzt, nach dreißig Jahren, habe ich vor, einen Gefallen einzufordern.«

William lag noch nicht lange im Bett, als er hörte, wie die Tür geöffnet wurde. Plötzlich war er hellwach. Eine Gestalt, die einer Sylphide glich, huschte durch das Zimmer, glitt unter die Decke und begann seinen Nacken zu küssen.

Es gab nicht viele Fragen, die er sich stellen musste, wenn es darum ging, was als Nächstes zu tun war. Sein erster

Gedanke war, das Licht einzuschalten und seine Besucherin höflich darum zu bitten, dass sie ging; sein zweiter, den Dingen einfach ihren Lauf zu lassen und Beth nichts davon zu erzählen. Und dann fragte er sich, was Beth wohl sagen würde, wenn er ihr davon berichtete, dass er Christinas Annäherungsversuch zurückgewiesen und damit den Rembrandt geopfert hatte. Eine einzige gemeinsame Nacht im Austausch gegen ein Meisterwerk. Er zweifelte nicht im Geringsten daran, wie seine Entscheidung ausfallen würde.

Auf seinem Weg zurück nach New York legte Professor Abrahams einen weiteren Zwischenstopp in London ein, und wieder wurde er in der Ankunftshalle von Grace erwartet. Diesmal würde er, wie er das nannte, tief in seine Trickkiste greifen.

Am folgenden Morgen begleiteten Sir Julian und Grace ihn in einen Raum im Untergeschoss von Scotland Yard, wo er in Gegenwart eines unabhängigen Zeugen die nächsten Stunden damit verbrachte, die zwei Seiten umfassende Aussage, die in Arthurs Prozess vorgelegt worden war, genau unter die Lupe zu nehmen.

Sir Julian und Grace kehrten in die Anwaltsbüros zurück, während sie angespannt darauf warteten, was der Professor herausfinden würde. Es war Grace, die schließlich sah, wie er in Richtung Lincoln's Inn schlenderte, seine Trickkiste in der einen und eine Flasche Champagner in der anderen. Sie sprang auf und jubelte.

Nachdem sie schweigend den Erklärungen des Professors gefolgt waren, bombardierten ihn die beiden mit Fragen, auf die er jedoch stets eine Antwort hatte. Am Ende griff Sir Julian zum Hörer und wählte die Nummer eines Privatanschlusses. Als der Generalstaatsanwalt abhob, sagte Sir Julian nichts weiter als: »Desmond, du musst mir einen Gefallen tun.«

Am folgenden Morgen um neun Uhr erschien ein großer Umzugstransporter vor der Villa Rosa, und die Möbelpacker benötigten fast zwei Stunden, um die einundachtzig Kisten einzuladen. Dann wurden die kostbaren Stücke langsam, sehr langsam zum Hafen gefahren, wo es weitere drei Stunden dauerte, die Bilder im Laderaum der *Christina* zu verstauen. Nachdem William mit angesehen hatte, wie die Tür zum Laderaum verschlossen und verriegelt wurde, ging er an Land und rief Commander Hawksby an. Er teilte seinem Vorgesetzten mit, dass er den nächsten Flug zurück nach Hause nehmen würde.

»Nein, das werden Sie nicht«, sagte Hawksby in entschiedenem Ton. »Gehen Sie zurück aufs Schiff, und lassen Sie den Rembrandt nicht aus den Augen, bis Sie in Southampton anlegen.«

»Aber sollte ich nicht vielmehr Mrs. Faulkner im Auge behalten?«

»Nein. Es sind die sechs Vorsteher der Tuchmacherzunft, von denen Sie sich nicht einen Moment abwenden sollten.«

William widersprach nicht.

»Und wenn Sie morgen Abend anlegen, werde ich zusammen mit einer kleinen Armee am Pier stehen«, sagte Hawksby, »und dafür sorgen, dass das Gemälde sicher ins Fitzmolean zurückgebracht wird.«

Christina war enttäuscht, weil der Commander darauf bestanden hatte, dass William an Bord blieb, denn sie hatte gehofft, er würde seinen Blick nicht von ihr wenden. William beugte sich über die Reling und winkte ihr zu, als die Jacht den Hafen verließ. Sobald das Schiff außer Sichtweite war, bat Christina ihren Fahrer, sie zum Flughafen zu bringen, damit sie den zweiten Teil ihres Plans ausführen konnte.

27

Wenn alles darauf ankam, den zeitlichen Ablauf genau durchzuplanen, wie Christina Faulkner zu William gesagt hatte, dann hatte sie einen entscheidenden Fehler begangen. Sie hatte nämlich ihren Anwalt gebeten, den Scheidungsantrag am zweiundzwanzigsten Dezember zu stellen. Am vierundzwanzigsten lagen die Papiere auf Booth Watsons Tisch.

Der Zeitpunkt überraschte Booth Watson nicht, da er annahm, Mrs. Faulkner habe, wenn auch auf ungeschickte Weise, das Datum gewählt, um seinem Mandanten Weihnachten zu verderben. Er beschloss, Miles nicht zu kontaktieren, bis er am achtundzwanzigsten wieder in seinem Anwaltsbüro wäre. Welchen Unterschied konnten ein paar Tage schon machen? Er legte den Antrag in seinen Safe und ging nach Hause.

Mike Harrison rief Mrs. Faulkner am siebenundzwanzigsten Dezember von Melbourne aus an und berichtete ihr, dass ihr Gatte den ganzen Tag in einer Besucherloge des Melbourne Cricket Ground verbracht hatte, um sich den zweiten Tag der Test-Matches anzusehen. Danach war er mit Freunden zum Dinner gegangen und hatte kurz nach Mitternacht den Schlüssel zu seinem Zimmer an der Hotelrezeption abgeholt.

»War er allein?«, fragte Christina.

»Nein. Er war in Begleitung einer jungen Dame, die als

Cocktailkellnerin in der Besucherloge arbeitet. Ich habe ein Foto von ihr und ihren Namen.«

»Vielen Dank, Mike.«

Danach rief Harrison DCI Lamont im Yard an, wiederholte die Nachricht und ging zu Bett.

Am Morgen des achtundzwanzigsten Dezember kam Booth Watson um kurz nach zehn in sein Anwaltsbüro. Er war froh, dass Weihnachten vorbei war und er sich wieder an die Arbeit machen konnte. Nachdem er den Scheidungsantrag ein zweites Mal gelesen hatte, wurde ihm klar, dass Grund zu ernsthafter Sorge bestand. Faulkners Ehefrau hatte diesen Schritt offensichtlich aufwendig vorbereitet, denn als Scheidungsgrund waren mehrere Frauen genannt. Er beschloss, sich bei seinem Mandanten zu melden und ihn über die in Kürze bevorstehende Scheidung zu informieren, obwohl er annahm, dass ihn diese Nachricht kaum überraschen dürfte.

Zuerst rief er in Limpton Hall an, doch als niemand abnahm, ging er davon aus, dass Makins noch in den Ferien war. Hätte er den Anruf eine Stunde später getätigt, hätte Mrs. Faulkner abgenommen. Dann rief er in Faulkners Villa in Monte Carlo an, und eine Hausangestellte nahm den Hörer ab. Es konnte kein Zweifel daran bestehen, dass Englisch nicht ihre Muttersprache war.

»Könnte ich Mr. Faulkner sprechen?«, fragte er.

»Nix hier.«

»Wissen Sie, wo er ist?«, fragte Booth Watson, indem er jedes Wort sorgfältig betonte.

»Nein. Junger Mann sagen Australien.«

Booth Watson schrieb »Australien/junger Mann« auf seinen Notizblock.

»Und ist Mrs. Faulkner anwesend?«, fragte er ebenso langsam.

»Nein. Madame fliegen heim.«

»Heim?«

»*Angleterre*.«

»Vielen Dank«, sagte Booth Watson. »Das war überaus hilfreich.«

Er fragte sich, was um alles in der Welt Miles in Australien wollte und in welcher Stadt er sich vielleicht aufhielt. Reg Bates, der Kanzleivorsteher des historischen Anwaltsgebäudes, in dem sich Watsons Büro befand, konnte ihm helfen.

»Das muss Melbourne sein, Sir. Er wird sich wahrscheinlich den zweiten Tag der Test-Matches ansehen.«

Booth Watson interessierte sich nicht für Cricket und bat den Kanzleivorsteher einfach nur, seinen Mandanten ausfindig zu machen.

Bates verbrachte den Rest des Vormittags damit, alle führenden Hotels in Melbourne abzutelefonieren, und als Booth Watson am Nachmittag vom Lunch zurückkehrte, fand er ein gelbes Post-it mit den notwendigen Informationen auf seinem Schreibtisch. Sofort rief er das Sofitel an und bat, zu Miles Faulkners Suite durchgestellt zu werden.

»Bevor ich das tue, Sir«, sagte die Stimme am anderen Ende der Leitung, »muss ich Sie fragen: Wissen Sie, dass es hier halb zwei Uhr nachts ist?«

»Nein, das war mir nicht bewusst«, gestand Booth Watson. »Ich werde später anrufen.«

Nachdem er aufgelegt hatte, rechnete er kurz nach und entschied sich dann dafür, es noch einmal zu versuchen, wenn er spät am Abend zu Hause war.

Miles Faulkner war gerade dabei, sich zu rasieren, als das Telefon in seiner Suite klingelte, doch er legte seinen Rasierer sofort beiseite, als er Booth Watsons klangvolle Stimme hörte. Wenn Watson anrief, wusste er nur selten gute Neuigkeiten zu berichten. Faulkner setzte sich auf die Bettkante und hörte sich an, was sein Anwalt zu sagen hatte.

»Gibt es irgendeinen Grund, warum ich unverzüglich zurückkehren sollte?«, fragte er, nachdem Booth Watson ihn über den Scheidungsantrag informiert hatte. »Beim diesjährigen Test sind fast alle Mannschaften gleich stark. Ich hatte eigentlich vor, nach Sydney zu fliegen und das neue Jahr zu feiern, sodass ich frühestens am dritten Januar wieder zurück wäre.«

»Das sollte kein Problem sein. Wir haben vierzehn Tage Zeit, um den Eingang des Antrags zu bestätigen, weshalb wir uns darum kümmern können, wenn Sie zurück sind.«

»Gut. Dann werde ich Sie rechtzeitig anrufen. Gibt es sonst noch etwas?«

»Ja, da ist tatsächlich noch eine Sache. Anscheinend hat Ihre Frau Weihnachten in Monte Carlo zusammen mit einem jungen Mann verbracht. Bis Sie wieder hier sind, werde ich seinen Namen und alle Einzelheiten herausgefunden haben. Das könnte sich als nützlich erweisen, wenn es um die Scheidungsvereinbarung geht.«

»Setzen Sie sofort einen Privatdetektiv darauf an«, sagte Faulkner.

»Das habe ich bereits«, sagte Booth Watson, »und Sie sollten davon ausgehen, dass Ihre Frau genau dasselbe getan hat.«

»Gibt es irgendwelche guten Neuigkeiten?«, fragte Faulkner.

»Ich habe den Renoir an Standard Life übergeben, und sie haben eine halbe Million auf Ihr Konto auf den Cayman Islands überwiesen.«

»Eine halbe Million, die Christina nicht in die Finger bekommen wird.«

»Genießen Sie die Test-Matches, und rufen Sie mich an, wenn Sie wieder zurück sind.«

Faulkner legte auf und widmete sich wieder seiner Rasur. Nachdem die Cocktailkellnerin – an ihren Namen konnte er sich schon nicht mehr erinnern – gegangen war, beschloss er herauszufinden, ob seine Frau immer noch in Monte Carlo war.

Die Hausangestellte konnte ihrem Arbeitgeber viel mehr Informationen liefern, als ihr das bei Booth Watson gelungen war, was gewiss daran lag, dass Faulkner fließend Französisch sprach. Er fragte, wann genau Madame nach England aufgebrochen sei, und sie antwortete: »Ich bin mir nicht sicher, Sir. Ich weiß nur, dass sie dem Transporter zur Jacht gefolgt ist.«

»Welchem Transporter?«, wollte er wissen.

»Dem Möbeltransporter, der gekommen ist, um Ihre Bilder abzuholen.«

Faulkner rammte den Hörer auf die Gabel. Dann aber nahm er sogleich wieder ab.

»Ich checke aus«, sagte er der Dame am Empfang. »Besorgen Sie mir den ersten verfügbaren Flug nach London, egal mit welcher Airline.«

»Aber es sieht so aus, als würde Australien gewinnen …«, begann sie.

»Scheiß auf Australien.«

Auch Mike Harrison rief Mrs. Faulkners Nummer in Monte Carlo an und erfuhr ebenso von der Hausangestellten: »Madame fliegen heim.« Dann versuchte er es in Limpton Hall, aber dort nahm niemand ab. Schließlich rief er den Commander an, der an seinem Schreibtisch war.

»Faulkner hat einen Quantas-Flug nach Heathrow gebucht, der morgen um zwei Uhr nachmittags landen wird. Das gehörte nicht zu seinem ursprünglichen Plan.«

»Mehr muss ich nicht wissen«, sagte Hawksby. »Und ich habe keine Möglichkeit, mit DC Warwick Kontakt aufzunehmen und ihn zu warnen.«

Nachdem Christina Faulkners Flugzeug in Heathrow eingetroffen war, wurde sie vom Chauffeur ihres Mannes abgeholt und nach Limpton Hall gefahren, wo sie ein leichtes Abendessen zu sich nahm und dann bald zu Bett ging. Immerhin lag ein arbeitsreicher Tag vor ihr.

William saß in einem Liegestuhl, sonnte sich und genoss ein Glas Pinot Grigio, als Faulkners Flugzeug sich auf die dreiundzwanzigstündige Reise nach London machte. Dabei hatte William freien Blick zum Eingang des Laderaums, dem in den letzten beiden Tagen niemand auch nur nahe gekommen war. Und warum hätte das auch jemand tun sollen? Die Sonne schien, das Meer war ruhig, und er hatte keinerlei Sorgen auf der Welt.

Um neun Uhr am Morgen darauf fuhr ein Umzugswagen von Bishop's vor dem Haupteingang von Limpton Hall vor. Die Möbeltransporter ließen sich Zeit damit, die neunundsechzig Kunstwerke in Kisten zu packen, bevor sie sie in den

Wagen luden. Nach einer langen Mittagspause brachen sie nach Southampton auf.

»Fahren Sie unter keinen Umständen schneller als dreißig Meilen pro Stunde«, wies Christina den Fahrer an. »Wir können es nicht riskieren, eines der Bilder zu beschädigen.«

»Ganz wie Sie meinen, Madam«, erwiderte der Mann, der über diese Anweisung außerordentlich zufrieden war, denn das bedeutete, dass er und seine Männer für die Überstunden bezahlt werden würden.

Umgeben von nackten Bilderhaken genoss Christina ein gemütliches Mittagessen im Speisezimmer. Kurz nach drei brach auch sie nach Southampton auf, aber sie war nicht in Eile, denn die *Christina* würde erst am Abend anlegen. Sie hoffte, dass Miles sein Cricket-Spiel genoss. In der *Mail* hatte sie am Morgen mit Vergnügen gesehen, wie ausgeglichen das bisherige Turnier war.

Kurz nach zwei ging Miles Faulkner in Heathrow durch den Zoll. Schon in der Erste-Klasse-Lounge in Melbourne hatte er überlegt, Limpton Hall anzurufen und seinen Fahrer zu bitten, ihn abzuholen, sich dann jedoch dagegen entschieden, da dies Christina vor seiner unvorhergesehenen Rückkehr warnen könnte. Stattdessen machte er einen Taxifahrer glücklich, als er auf dessen Frage »Wohin, Chef?« antwortete: »Limpton, Hampshire. Und wenn Sie es in weniger als einer Stunde schaffen, verdopple ich den Fahrpreis.«

Mike Harrison war im selben Flugzeug wie Faulkner gereist, aber nicht in derselben Klasse. Er folgte dem Mann, den er beobachten sollte, nicht aus dem Terminal, denn er hielt es für wichtiger, Mrs. Faulkner anzurufen und sie darüber zu informieren, dass ihr Mann auf dem Weg nach Limpton Hall war. Doch niemand nahm ab.

Dann rief er Scotland Yard an und bat darum, mit DCI Lamont verbunden zu werden.

»Roycroft«, meldete sich eine Stimme.

»Hi, Jackie. Mike Harrison hier. Kann ich mit Bruce sprechen?«

»Er ist schon vor über einer Stunde zusammen mit Commander Hawksby nach Southampton gefahren.«

»Danke«, sagte Harrison. »Gut zu wissen, dass Sie wieder dabei sind, Jackie«, fügte er hinzu.

»Nur gerade eben so«, sagte Jackie und legte auf.

Harrison machte seinerseits einen anderen Taxifahrer glücklich, als er sagte: »Southampton.«

Es dauerte deutlich über eine Stunde, bis Faulkner Limpton Hall erreichte, aber er hatte immer gewusst, dass der Fahrer es unmöglich in weniger als einer Stunde schaffen konnte.

»Warten Sie hier«, sagte er, als er aus dem Taxi sprang. »Gut möglich, dass es nicht lange dauert.«

Er rannte die Freitreppe hinauf und schloss die Tür auf. Als er in die Eingangshalle trat, wurde ihm übel. Kein Constable, kein Turner. Sie hatte sogar den Henry Moore mitgenommen. Langsam ging er durch das Haus. Er war entsetzt über das Ausmaß der Plünderung, denn dort, wo einst die Bilder gehangen hatten, fand er nur noch leere Rechtecke und Quadrate an den Wänden, und auf den Podesten standen keine Skulpturen mehr. Doch die letzte Erniedrigung kam, als er in den Salon trat und das einzige Gemälde sah, das sie zurückgelassen hatte. Eddie Leighs Kopie des Rembrandt hing immer noch über dem Kaminsims. Wenn Christina in diesem Moment hereingekommen wäre, hätte er sie mit Freuden erwürgt. Er stürmte aus dem Haus und rief dem Fahrer zu: »Zum Tor.«

In hohem Tempo fuhr das Taxi die lange Auffahrt hinab und hielt am Tor. Faulkner sprang aus dem Auto und rannte zum Torhaus.

»Haben Sie Mrs. Faulkner heute schon gesehen?«, fragte er.

»Ja«, sagte der Torwächter, nachdem er einen Blick auf die Liste geworfen hatte, auf der jede Ankunft und jede Abfahrt verzeichnet war. »Sie ist vor gut einer Stunde gegangen.«

»Wohin?«

»Das weiß ich nicht, Sir.«

»Was ist mit denen hier?«, fragte Faulkner, indem er mit dem Finger auf die Worte »Bishop's Umzugsunternehmen, Ankunft 8:55 Uhr, Abfahrt 14:04 Uhr« deutete. »Wo sind die hingefahren?«

»Das weiß ich nicht, Sir«, erwiderte der unglückliche Wächter.

Faulkner griff nach dem Telefon, und er benötigte zwei Anrufe und jede Menge Drohungen, bevor ihm ein Bezirksleiter der Firma widerstrebend die Information gab, die er haben wollte. Dann sprang er zurück ins Taxi und sagte: »Southampton.« Der Fahrer konnte sein Glück kaum fassen.

Der Commander saß allein im Fond des vorausfahrenden Wagens. Ihm folgte ein Mannschaftswagen mit sechs Constables und einem Sergeant an Bord. Den Abschluss bildete ein Wolseley, in dem DCI Lamont am Steuer saß. Lamont hatte die Aktion als »richtigen Großeinsatz« bezeichnet, aber the Hawk war nicht bereit, irgendwelche Risiken einzugehen.

Der kleine Konvoi hielt sich stets auf der Innenspur der Schnellstraße, und obwohl die Fahrzeuge nirgendwo die vorgeschriebene Geschwindigkeit überschritten, gelang es ihnen, die Docks von Southampton so früh zu erreichen, dass sie noch ein paar Stunden übrig hatten.

Unverzüglich meldete sich Hawksby beim Hafenmeister, der ihm bestätigte, dass die MV *Christina* gegen sieben Uhr abends an Kai 29 anlegen würde. Dann reichte ihm der Commander eine spezielle Verfügung, die es ihm gestattete, eine ganz bestimmte Kiste von der Jacht abtransportieren zu lassen, ohne dass der Zoll einschreiten und Steuern erheben würde.

»Das müssen die Kronjuwelen sein«, sagte der Hafenmeister, nachdem er die Verfügung studiert hatte.

»Fast«, sagte Hawksby. »Ich kann Ihnen jedoch nur sagen, dass die Kiste mit äußerster Sorgfalt transportiert werden muss und ihr Inhalt nicht dem Sonnenlicht ausgesetzt werden darf.«

»Hört sich an wie Dracula.«

»Nein, das ist der gegenwärtige Besitzer.«

»Kann ich Ihnen irgendwie helfen?«

»Es würde nicht schaden, wenn ein paar von Ihren Jungs in der Nähe wären, nur für den Fall, dass es irgendwelche Schwierigkeiten gibt.«

»Hirn oder Muskeln?«

»Zwei von jeder Sorte, wenn das möglich ist.«

»Schon so gut wie erledigt. Sie werden eine halbe Stunde bevor die *Christina* anlegen soll, zu Ihnen stoßen. Und ich denke, dass ich selbst mitkommen werde«, sagte der Hafenmeister. »Denn es hört sich an, als könnte es interessant werden.«

Hawksby setzte sich wieder in seinen Wagen, und der kleine Konvoi fuhr zu Kai 29, um auf die sechs Vorsteher der Tuchmacherzunft zu warten, die friedlich im Laderaum der *Christina* ruhten.

Alle waren an Ort und Stelle und warteten ungeduldig, als ein Bentley am Dock erschien und fünfzig Meter entfernt parkte.

»Verdammt, was …«, sagte Lamont.

»Das muss Mrs. Faulkner sein«, sagte Hawksby. »Ignorieren Sie sie einfach. Sofern nur der Rembrandt übergeben wird, geht es uns nichts an, was sie mit dem Rest der Kunstsammlung ihres Mannes macht, obwohl ich um ihretwillen hoffe, dass sie weiß, dass er wieder im Land ist.«

»Sollten wir ihr Bescheid sagen?«, fragte Lamont.

»Auch das geht uns nichts an«, antwortete Hawksby.

»Und was machen die hier?«, fragte Lamont, als ein großes Umzugsfahrzeug von Bishop's langsam die Docks entlangrollte und hinter dem Bentley zum Stehen kam.

»Es ist nicht schwierig zu erraten, was da drin ist«, sagte Hawksby, als der Fahrer ausstieg und zum Bentley ging.

Mrs. Faulkner kurbelte das Fenster herunter.

»Was zum Teufel machen die Typen da?«, wollte der Fahrer wissen und deutete auf die drei Polizeifahrzeuge.

»Sie nehmen eine Kiste von der Jacht meines Mannes in Empfang und geben sie dem rechtmäßigen Besitzer in London zurück. Sobald die Kiste ausgehändigt ist, verschwinden die Beamten wieder, und Sie können damit anfangen, die Bilder an Bord zu bringen.«

»Woran sind die Cops denn so interessiert?«

»An sechs Herren aus Amsterdam, die das Land vor mehreren Jahren ohne Visum verlassen haben.«

»Wie witzig«, sagte der Chef der Möbelpacker und kehrte, ohne ein weiteres Wort zu verlieren, zu seinem Transporter zurück.

Christina kurbelte gerade das Fenster hoch, als ein schwarzes Taxi erschien. Mike Harrison bezahlte den Fahrer und setzte sich dann rasch zu seiner Auftraggeberin auf die Rückbank des Bentley, ohne irgendeinen seiner ehemaligen Kollegen zu grüßen.

»Ich kann unsere holländischen Freunde sehen«, sagte Lamont, der ein Fernglas auf die Hafeneinfahrt gerichtet hatte. Er reichte Hawksby das Gerät.

»Was schätzen Sie, wie lange wird die Jacht brauchen, bis sie bei uns ist?«, fragte Hawksby den Hafenmeister, ohne den Blick von der *Christina* abzuwenden.

»Zwanzig Minuten. Höchstens dreißig.«

»Ich habe gerade Warwick auf der Brücke stehen sehen«, sagte Hawksby. »Glauben Sie, dass er das Schiff übernommen hat?«

»Oder sie haben ihn in Ketten gelegt«, sagte Lamont. »Aber wie auch immer, ich denke, ich sollte unseren Leuten Bescheid sagen.«

Der Commander, der Hafenmeister, DCI Lamont, ein Sergeant und sechs Constables, Mrs. Faulkner, Mike Harrison und die Möbelpacker sahen zu, wie die MV *Christina* immer näher kam, längsseits ging und schließlich am Dock vertäut wurde. William war der Erste, der die Gangway herunterkam.

»Es ist alles vorbereitet, Sir. Die Kiste dürfte in wenigen Minuten entladen werden.«

»Nun, dann ...«, begann Hawksby gerade, als ein zweites Taxi an ihnen vorbeiraste und mit quietschenden Bremsen neben der Jacht anhielt. Faulkner sprang heraus, rannte die

Gangway hinauf, blieb stehen und wechselte einige Worte mit dem Kapitän, bevor er im Laderaum verschwand.

»Rühren Sie sich nicht von der Stelle«, sagte Hawksby zu William, der am liebsten selbst wieder an Bord gestürmt wäre. »Wenn unsere Kiste nicht entladen wird, haben wir ihn.«

»Aber ...«

»Nur Geduld, William. Er wird nirgendwo hingehen. Hafenmeister, sollte das Schiff versuchen ...«

»Er würde nicht einmal bis zur Hafeneinfahrt kommen, denn bis dahin hätten ihm meine Männer längst den Weg abgeschnitten.«

»Sollten sie auch nur versuchen abzulegen«, sagte Hawksby zu William, »haben Sie meine Erlaubnis, zurück an Bord zu gehen und Faulkner festzunehmen.«

»Es sieht nicht so aus, als sollte das nötig sein«, sagte Lamont, als vier Besatzungsmitglieder aus dem Laderaum kamen, die eine große Kiste trugen. Es dauerte einige Zeit, bis die Männer sie über Deck und die schmale Gangway hinab auf das Festland befördert hatten.

Hawksby nahm sich Zeit, den Aufkleber zu lesen: »Eigentum des Fitzmolean Museum, Prince Albert Crescent, London SW7. Zur Abholung«. Er nickte, und vier Constables traten an die Stelle der vier Seeleute. »Bringen Sie sie in den Mannschaftswagen, und lassen Sie sie nicht aus den Augen.«

Die vier jungen Constables hoben die Kiste an und transportierten sie krabbengleich Schritt für Schritt zu ihrem Fahrzeug.

»Okay, Bruce. Ich glaube, Sie haben sich das Recht verdient, den Konvoi zurück nach London zu führen. Warwick, Sie können mit mir kommen. Ich würde gerne etwas mit Ihnen besprechen.«

William rührte sich nicht von der Stelle. Noch immer wandte er den Blick nicht von Miles Faulkner, der mit einem selbstgefälligen Grinsen auf der Brücke stand, während die Besatzung das unverzügliche Ablegen vorbereitete.

»Kommen Sie, Warwick. Wir haben, weswegen wir gekommen sind.«

»Da wäre ich mir nicht so sicher, Sir.«

»Aber wir haben unsere Kiste. Sie selbst haben die Beschriftung gesehen.«

»Ja, ich habe die Beschriftung gesehen, aber ich bin nicht davon überzeugt, dass wir die richtige Kiste haben. Sind Sie befugt, irgendeine Kiste an Bord öffnen zu lassen?«

»Nein«, sagte Hawksby. »Dazu bräuchte ich einen Durchsuchungsbeschluss.«

»Aber ich bin dazu befugt«, sagte der Hafenmeister und bewegte sich Richtung Gangway. William hielt sich nur einen Schritt hinter ihm, und Hawksby und Lamont blieb nichts anderes übrig, als ihnen nachzueilen.

William ging direkt in den Laderaum, wo er sich achtzig Kisten verschiedener Größe gegenübersah. »Eine muss umetikettiert worden sein«, sagte er.

»Aber welche?«, fragte Hawksby.

»Nur zu«, sagte Faulkner, der, gefolgt vom Kapitän, in den Laderaum geschlendert kam. »Aber sollten Sie irgendeines meiner unbezahlbaren Meisterwerke beschädigen, kann ich Ihnen versichern, dass Ihre Pension nicht ausreichen wird, die Schadenersatzforderung zu begleichen«, fügte er mit einem schiefen Lächeln hinzu.

William sah sich Faulkner jetzt genauer an. Sollte er einen muskelbepackten, über und über tätowierten Schlägertypen mit gebrochener Nase erwartet haben, hätte er sich nicht mehr täuschen können. Faulkner war groß, schlank und elegant. Er hatte dichtes, gewelltes blondes Haar und dunkelblaue Augen. Sein auf den ersten Blick warmherziges Lächeln erklärte, warum viele Frauen sich so leicht von ihm bezaubern ließen. Er trug einen Blazer und eine Baumwollhose, ein kragenloses weißes Hemd und Halbschuhe, in denen er eher wie ein internationaler Playboy und weniger wie ein skrupelloser Krimineller wirkte.

Zum ersten Mal verstand William, warum der Commander ihn einst ermahnt hatte, keine voreiligen Schlüsse zu ziehen und zu warten, bis er Faulkner kennengelernt hatte.

»Vielleicht wäre es sinnvoll, Sie daran zu erinnern, was passiert ist, als Sie das letzte Mal eines meiner Besitztümer durchsucht haben«, sagte Faulkner. »Ich konnte Ihnen die Kaufbelege für jedes Einzelne meiner Kunstwerke vorlegen. Und nur für den Fall, dass Sie es vergessen haben: Auch damals dachten Sie schon, Sie hätten den Rembrandt in Händen.«

William zögerte und sah sich im Laderaum um. Doch das half ihm ganz und gar nicht.

»Nun, welche Kiste soll geöffnet werden, Detective Constable?«, fragte Hawksby in provozierendem Ton.

»Diese«, sagte William, ging zu einer großen Kiste und klopfte entschlossen dagegen.

»Sind Sie absolut sicher, dass das die richtige ist?«, fragte Faulkner.

»Ja«, sagte William, jedoch eher mit gespielter Tapferkeit denn aus Überzeugung.

»Wie ich sehe, Commander, leitet ein junger Constable jetzt Ihre Abteilung«, sagte Faulkner.

»Aufmachen«, erwiderte Hawksby.

Der Hafenmeister trat vor und zog zusammen mit zwei seiner Männer einen Nagel nach dem anderen aus dem Holz, bis er die Kiste schließlich aufstemmen konnte. Nachdem mehrere Lagen Dämmmaterial entfernt worden waren, sahen sich die Ermittler den sechs Vorstehern der Tuchmacherzunft aus Amsterdam gegenüber, die ihre Blicke zu erwidern schienen.

»Das will ich schon seit vielen Jahren tun«, sagte Commander Hawksby, machte einen Schritt nach vorn und teilte Faulkner mit, dass er festgenommen sei; dann las er ihm dessen Rechte vor. Lamont zog Faulkners Hände auf den Rücken, legte ihm Handschellen an und führte ihn mit sich von der Jacht, während vier Constables die zweite Kiste langsam die Gangway hinabtrugen und sie sorgfältig neben ihre unidentifizierte Doppelgängerin in den Mannschaftswagen stellten.

»Wie konnten Sie nur wissen, in welcher Kiste der Rembrandt war?«, fragte Lamont William, als sie wieder festen Boden unter den Füßen hatten.

»Absolut sicher war ich nicht«, gab William zu. »Aber es war die Einzige, die einen großen, runden Abdruck an der Stelle hatte, an der sich der ursprüngliche Aufkleber befunden haben musste. Offensichtlich hat Faulkner die Aufkleber ausgetauscht, aber es ist ihm nicht aufgefallen, dass die Kiste, die er gewählt hat, beträchtlich größer war als diejenige, die den Rembrandt enthält, und dort, wo er den Aufkleber abgerissen hat, ein runder Abdruck zurückgeblieben ist.«

»Vielleicht werden Sie ja doch noch mal ein richtiger Detective«, sagte Hawksby.

»Und was ist in der anderen Kiste?«, wollte Lamont wissen.

»Ich habe keine Ahnung«, sagte William. »Das werden wir erst herausfinden, wenn wir sie dem Fitzmolean übergeben haben, was das Etikett eindeutig von uns verlangt.«

Mrs. Faulkner war die ganze Zeit über im Bentley geblieben und hatte die Aktion aus der Ferne beobachtet. Erst als sie sah, dass Miles festgenommen worden war, rührte sie sich. Sie sprang aus dem Auto, rannte zur Anlegestelle und rief: »Haltet sie auf! Haltet sie auf!«

Mike Harrison war nur einen Meter hinter ihr, als beide zusahen, wie die *Christina* den Hafen in Richtung offenes Meer verließ.

»Mit welcher Begründung?«, fragte er, als er Christina eingeholt hatte.

»Sie haben noch immer meine Bilder an Bord.«

»Das dürfte sehr schwer zu beweisen sein«, sagte Harrison, »denn so, wie es aussieht, folgt der Kapitän nur den Anweisungen Ihres Mannes.«

»Auf welcher Seite stehen Sie eigentlich?«, fragte Christina.

»Auf Ihrer, Mrs. Faulkner. Ich bin sicher, Sie werden einen Weg finden, alle Bilder zurückzubekommen, sobald Ihr Mann hinter Schloss und Riegel sitzt.«

»Aber er wird hinter mir her sein«, protestierte Christina.

»Das glaube ich nicht«, sagte Harrison. »Ihr Mann kommt nach Belmarsh und wird dort aller Wahrscheinlichkeit nach mehrere Jahre verbringen. Und es dürfte Sie erleichtern, zu hören, dass aus diesem besonderen Gefängnis noch nie jemand ausgebrochen ist.«

»Dann wird er der Erste sein«, sagte Christina.

»Na schön, Leute«, sagte Hawksby. »Es wird Zeit, den Rembrandt seinem rechtmäßigen Besitzer zurückzugeben, zusammen mit dem, was auch immer in dieser anderen Kiste sein mag.«

»Entschuldigen Sie, wenn ich Sie belästige«, sagte ein Mann, der sogar noch deprimierter aussah als Mrs. Faulkner. »Aber der Kerl, den Sie gerade festgenommen haben, schuldet mir 274 Pfund fürs Taxi.«

»Welche Sie, so fürchte ich, in nächster Zeit auch nicht bekommen werden«, sagte Lamont. »Ich würde vorschlagen, Sie wenden sich an seinen Anwalt, Mr. Booth Watson in Lincoln's Inn. Ich bin sicher, er wird Ihnen gerne zu Diensten sein.«

»Sie haben diese Aufgabe sehr gut erledigt, DC Warwick«, sagte Hawksby, als William sich zu ihm auf die Rückbank seines Einsatzwagens setzte und der kleine Konvoi nach London aufbrach. »Sie können stolz sein auf die Rolle, die Sie bei alldem gespielt haben.«

William antwortete nicht.

»Wo liegt das Problem?«, fragte der Commander. »Faulkner ist festgenommen, wir haben den Rembrandt wieder und möglicherweise auch noch einen Bonus in der anderen Kiste, mit dem wir nicht einmal rechnen konnten. Was könnte man mehr verlangen?«

»Irgendetwas stimmt nicht«, sagte William.

»Was?«

»Das weiß ich nicht. Aber Faulkner hat gelächelt, als Sie ihn festgenommen haben.«

28

»Ich glaube, ich weiß, was in der anderen Kiste ist«, sagte William.

»Aber du wirst es mir nicht verraten, oder?«, sagte Beth.

»Nein, denn wenn ich unrecht habe, wärst du enttäuscht.«

»Dir ist schon bewusst, dass das Gemälde holländischen oder flämischen Ursprungs und vor 1800 entstanden sein muss, damit unser zuständiger Ausschuss eine Ausstellung überhaupt in Erwägung ziehen würde?«

»Wenn ich recht habe«, erwiderte William, »dann dürfte das kein Problem sein. Und seine Herkunft ist in jeder Hinsicht genauso beeindruckend wie die des Rembrandt. Aber sei's drum. Dank dir wurde ich zur feierlichen Öffnung der Kisten eingeladen.«

»Nicht dank mir«, sagte Beth. »Es war Tim Knox, der dich zur ›Kistenöffnungszeremonie‹ eingeladen hat.«

»Darf ich fragen, warum?«

»Wegen Christina Faulkner, der Frau, die das alles möglich gemacht hat. Ich kann es gar nicht erwarten, sie kennenzulernen und ihr persönlich zu danken.«

William hatte keineswegs die letzte Gelegenheit vergessen, bei der er mit Christina zusammen gewesen war, und er fragte sich, ob es jemals eine bessere Gelegenheit geben würde, Beth davon zu berichten, was genau in jener Nacht in Monte Carlo geschehen war.

»Es könnte sogar sein, dass ich sie zufällig am Samstag treffe, wenn sie nach Belmarsh kommt, um ihren Mann zu trösten«, fuhr Beth fort.

»Ich glaube nicht, dass es dazu kommen wird«, sagte William. »Aber mein Vater und Grace werden heute Vormittag ins Gefängnis fahren, um deinem Vater einige wichtige Neuigkeiten mitzuteilen.«

»Gute oder schlechte?«, fragte Beth. Sie hörte sich besorgt an.

»Das weiß ich nicht. Er wollte nicht einmal mit meiner Mutter darüber sprechen.«

»Ich wollte, ich könnte dabei sein und alles mit anhören«, sagte Beth. »Aber wir sollten uns wohl besser auf den Weg machen, wenn wir pünktlich zur feierlichen Öffnung der Kisten kommen wollen. Das ist einer jener Tage, an denen ich am liebsten an zwei Orten gleichzeitig wäre.«

»Guten Morgen, Sir Julian. Der Häftling erwartet Sie im Verhörzimmer.«

»Danke, Mr. Rose.« Der leitende Anwalt und seine Assistentin folgten dem Gefängnisbeamten durch einen langen Flur, der ihnen inzwischen fast schon zu vertraut war.

Als sie das Verhörzimmer betraten, gab Sir Julian seinem Mandanten die Hand. »Guten Morgen, Arthur.«

»Guten Morgen, Sir Julian«, sagte Arthur und küsste Grace dann auf beide Wangen.

»Ich würde gerne mit einer guten Nachricht beginnen«, sagte Sir Julian, indem er sich setzte und seine Gladstone-Tasche neben sich stellte. Unsicher musterte Arthur sein Gegenüber. »Dank der Fachkenntnisse von Professor Leonard Abrahams, einem forensischen Analytiker von Schriftstücken, hat die Staatsanwaltschaft einer Berufung gegen Ihr Urteil zugestimmt, was praktisch einem Wiederaufnahmeverfahren gleichkommt.«

»Das sind ja wunderbare Neuigkeiten«, sagte Arthur.

»Und es wird sogar noch besser«, sagte Grace, »denn man hat uns einen frühen Termin im Verhandlungskalender zugestanden, sodass man sich schon in ein paar Wochen mit Ihrem Antrag befassen wird.«

»Wie haben Sie das geschafft?«

»Manchmal hat man einfach Glück«, sagte Sir Julian.

»Besonders, wenn man zusammen mit dem Leiter der Anklagebehörde in Oxf…«

»Benimm dich, Grace«, sagte ihr Vater. »Obwohl ich zugeben muss, dass ich alle Gefälligkeiten, die man mir noch schuldete, aufgebraucht habe.«

»Ich bin Ihnen überaus dankbar«, sagte Arthur.

»Die Sache war es wert, sich auf die Langstrecke einzulassen«, sagte Sir Julian, ohne eine genauere Erklärung abzugeben. »Da wir jedoch nur eine Stunde haben, Arthur, sollten wir die Zeit konstruktiv nutzen. Zunächst möchte ich Ihnen sagen, dass ich die Absicht habe, nur drei Zeugen aufzurufen.«

»Werde ich einer von ihnen sein?«

»Das wäre sinnlos«, sagte Sir Julian. »Appellationsanhörungen finden vor drei Richtern statt, nicht vor einem Geschworenengericht, und Sie haben nichts Neues mitzuteilen. Die Richter sind ausschließlich an neuen Beweisen interessiert.«

»Wen werden Sie dann aufrufen?«

»Die beiden Polizisten, die im ursprünglichen Prozess ausgesagt haben.«

»Aber die werden ihre Geschichten wohl kaum ändern.«

»Da haben Sie wahrscheinlich recht. Doch William hat

aus einer über jeden Zweifel erhabenen Quelle Informationen erhalten, welche die ursprüngliche Aussage der beiden etwas weniger glaubhaft erscheinen lassen werden. Unser Hauptzeuge bleibt jedoch Professor Abrahams. Grace hat mit ihm gesprochen, und sie wird mit Ihnen das Material durchgehen, das er zusammengetragen hat, sowie vor allem die Schlussfolgerungen, die er daraus zieht.«

Grace nahm eine dicke Mappe aus ihrer Aktentasche und legte sie auf den Tisch.

»Zuerst möchte ich ...«

»Zuerst möchte ich Sie alle willkommen heißen«, sagte Tim Knox, der Direktor des Fitzmolean Museum, zu seinen Mitarbeitern und einigen geladenen Freunden des Hauses, »zu dem, was meine Kollegin Beth Rainsford die ›Kistenöffnungszeremonie‹ genannt hat. Sobald der Rembrandt aus seiner Kiste befreit ist und wieder seinen rechtmäßigen Platz eingenommen hat, werden wir die zweite Kiste öffnen, um zu erfahren, welcher verborgene Schatz sich darin befindet.«

Nun mach schon, hätte William am liebsten gesagt.

Beth beschränkte sich auf ein: »Ich kann's gar nicht erwarten.«

»Wenn Sie bereit sind, Mark«, sagte der Direktor.

Mark Cranston, der Gemäldekurator, trat vor und hob langsam den Deckel der Kiste an, als wäre er ein Bühnenzauberer, doch zunächst erschien nichts weiter als ein Meer aus Styroporchips. Seine Mitarbeiter benötigten einige Augenblicke, das Bild daraus zu befreien, das in mehrere Lagen Musselin eingewickelt war. Behutsam löste Cranston Schicht um Schicht, bis schließlich das lange verschwundene Meisterwerk erschien.

Die Gäste schnappten nach Luft und brachen einen Moment später in spontanen Beifall aus. Der Kurator und seine Mitarbeiter hoben das Gemälde sorgfältig an, senkten es dann behutsam in seinen Rahmen und sicherten es mit mehreren winzigen Klemmen. Wieder brach Beifall aus, als das Bild an die Haken gehängt wurde, die es bereits erwarteten, um jenen Raum auszufüllen, der sieben Jahre frei geblieben war.

»Willkommen daheim«, sagte der Direktor.

Voller Ehrfurcht betrachtete die kleine Gruppe die sechs Vorsteher der Tuchmacherzunft, die den bewundernden Blick der Betrachter verächtlich zu erwidern schienen. Es dauerte eine Weile, bis der Kurator vorschlug, die zweite Kiste zu öffnen, obwohl einige Freunde des Museums noch immer kaum in der Lage waren, sich von ihren lange vermissten Gefährten zu lösen.

Schließlich umringten alle zusammen mit dem Direktor die zweite Kiste, wobei manche zwar offensichtlich auf eine angenehme Überraschung hofften, aber nicht so recht daran zu glauben schienen. Stumm warteten sie auf die Wiederholung der Zeremonie. Zunächst hob der Kurator den Deckel, dann wurden die Styroporchips abgetragen, und am Ende wurde ein Bild aus mehreren Lagen Musselin gewickelt. Wie sich zeigen sollte, hatte der Rembrandt einen echten Konkurrenten bekommen.

Wieder mussten die Anwesenden tief Luft holen, als die wunderbare *Kreuzabnahme* von Peter Paul Rubens sichtbar wurde.

»Wie großzügig von Mrs. Faulkner«, sagte einer der Gäste, und ein anderer fügte hinzu: »Zwei zum Preis von einem. Wir sind wirklich zu beneiden.«

»Soll ich es neben den Rembrandt hängen?«, fragte der Kurator.

»Ich fürchte, das geht nicht«, sagte der Direktor. »Ich muss Sie sogar bitten, es wieder in die Kiste zurückzulegen und diese wieder zuzunageln.«

»Warum?«, fragte ein anderer Gast. »Das Etikett auf der Kiste erklärt eindeutig das Fitzmolean zum Besitzer des Gemäldes.«

»So verhält es sich in der Tat«, sagte der Direktor. »Und ich will nicht abstreiten, dass das Bild ein Schmuckstück unserer Sammlung gewesen wäre und Kunstliebhaber aus der ganzen Welt angezogen hätte. Doch unglücklicherweise habe ich heute Morgen einen Brief des Kronanwalts Mr. Booth Watson erhalten, der uns darüber informiert, dass irgendjemand, aber gewiss nicht sein Mandant, die Etiketten der beiden Kisten vertauscht hat. Mr. Faulkner hatte immer die Absicht, den Rembrandt zurückzugeben, und er ist erfreut darüber, dass sich das Bild wieder an seinem rechtmäßigen Ort befindet. Der Rubens jedoch ist schon seit zwanzig Jahren Teil seiner Privatsammlung und muss ihm sofort zurückgegeben werden.«

Jetzt verstand William, warum Faulkner gelächelt hatte, als er festgenommen worden war. Trotzdem konnte er nicht widerstehen und fragte: »Wo will er es aufhängen? In seiner Zelle?«

»Natürlich habe ich mich sofort juristisch beraten lassen«, sagte der Direktor, indem er die Unterbrechung ignorierte, »und unsere Anwälte haben mir bestätigt, dass uns nichts anderes übrig bleibt, als Mr. Watsons Forderung zu entsprechen.«

»Haben sie ihre Einschätzung begründet?«, fragte der Kurator.

»Sie waren der Ansicht, dass, sollte eine Auseinandersetzung bezüglich der Besitzverhältnisse zu einem Prozess führen, wir diesen nicht nur verlieren würden, sondern er auch außerordentlich kostspielig wäre. Vorerst werden wir das Gemälde sicher verwahren, bis der Museumsvorstand eine abschließende Entscheidung getroffen hat, obwohl ich nicht daran zweifle, dass sich die Vorstandsmitglieder dem Urteil unserer Anwälte anschließen werden.«

Einige der Förderer des Museums und andere Gäste betrachteten den Rubens nach wie vor voller Bewunderung, denn sie wussten, dass sie ihn nie wiedersehen würden. Nur William wandte sich ab, als der Deckel der Kiste schließlich wieder zugenagelt wurde. Ein kalter Schauer lief ihm über den Rücken, als er sah, dass Beth tief in ein Gespräch mit Christina Faulkner versunken war. Er fragte sich, ob Christina ihr die Wahrheit darüber erzählen würde, was in jener Nacht in Monte Carlo geschehen war.

Mr. Booth Watson grüßte Sir Julian nicht, als sie einander auf dem Flur begegneten.

»Nicht schwer zu erraten, wen er wohl aufsuchen wird«, sagte Grace. »Was erzählt man sich so im Ankleidezimmer der Kronanwälte?«

»Faulkner wird mindestens sechs Jahre bekommen, vielleicht sogar acht, aber das hindert die Sensationspresse nicht, ihn als eine Art Raffles unserer Tage darzustellen und nicht als den gewöhnlichen Kriminellen, der er in Wahrheit ist.«

»Aber es ist der Richter, der über die Länge seiner Haft entscheidet, nicht die Presse«, sagte Grace.

»Wozu es nur kommen wird, wenn die Geschworenen ihn nicht von aller Schuld freisprechen. Du kannst dich darauf verlassen, dass er eine gut eingeübte Geschichte präsentieren und diese mit brillant gespielter Aufrichtigkeit vortragen wird, wenn er vor Gericht erscheint.«

Sie verließen das Gefängnis zur selben Zeit, als Booth Watson das Verhörzimmer betrat.

»Guten Morgen, Miles«, sagte er und ließ sich in den Stuhl seinem Mandanten gegenüber fallen. »Ich wünschte, Sie wären in Melbourne geblieben und hätten die Test-Matches weiterverfolgt, wie ich es Ihnen empfohlen hatte.«

»Wenn ich das getan hätte«, sagte Faulkner, »würde sich meine gesamte Kunstsammlung jetzt am anderen Ende der Welt befinden.«

»Nicht, wenn Sie mir gestattet hätten, mich in Southampton um Warwick zu kümmern, bevor er von Bord der *Christina* gegangen ist.«

»Wer ist Warwick?«

»Der junge Detective, der Ihre Frau in Monte Carlo besucht hat und dort eine Vereinbarung mit ihr traf, die danach in jener Nacht im Bett besiegelt wurde.«

»Dann können Sie Warwick in die Tasche stecken, wenn Sie ihn im Zeugenstand vor sich haben.«

»Vorausgesetzt, er erscheint dort überhaupt. Was er definitiv nicht tun würde, wenn ich die Gegenseite beraten würde. Ich würde einen alten Profi wie Hawksby als Zeugen benennen, nicht Warwick. Deshalb müssen wir ihn vorläufig vergessen und uns auf Ihre Verteidigung konzentrieren, die, offen gestanden, ein wenig fadenscheinig aussieht.«

»Was werfen die mir vor?«

Booth Watson nahm ein Blatt Papier aus seiner Aktentasche. »»Dass Sie wissentlich und willentlich ein nationales Kulturgut gestohlen haben, ohne dass Sie die Absicht gehabt hätten, es seinem rechtmäßigen Besitzer zurückzugeben.‹ Und bevor Sie irgendetwas sagen, möchte ich Sie darauf hinweisen, dass es schwierig würde, wollten Sie behaupten, dass Sie den Rembrandt nie zuvor gesehen haben, da Ihre Frau aussagen wird, dass er sich während der letzten sieben Jahre in Ihrer Villa in Monte Carlo befunden hat. Und die Krone wird Sie auch fragen, wer außer Ihnen denn die Etiketten der Kisten vertauscht haben könnte.«

»Was heißt das alles unterm Strich?«, fragte Faulkner.

»Höchstens acht Jahre, aber eher sechs, je nachdem, welchen Richter wir bekommen.«

»Können Sie da was drehen, BW?«

»Nicht in England, Miles. Aber ich habe ein Public-Relations-Team, das an Ihrem Bild in der Öffentlichkeit arbeitet, und im Moment erscheinen Sie in den Medien als eine Kreuzung zwischen Scarlet Pimpernel und Raffles. Aber unglücklicherweise ist es nicht die öffentliche Meinung, sondern eine Reihe von Geschworenen, die über Ihr Schicksal entscheidet.«

»Haben Sie irgendwo eine ›Gehe nicht ins Gefängnis‹-Karte im Ärmel, BW?«

Booth Watson sah seinem Mandanten direkt in die Augen, bevor er sagte: »Nur wenn Sie bereit sind, ein riesiges Opfer zu bringen.«

29

Die Presse hatte ihren großen Tag. Eine Berufung in einem Mordfall im Old Bailey und die Rückgabe eines nationalen Kulturguts in ein und derselben Woche. Die Redakteure der Fleet Street waren sich uneins, welche Geschichte es am Montagmorgen auf die Titelseite schaffen würde.

Der *Guardian* gab Arthur Rainsford und dem möglichen Justizirrtum den Vorrang, während die *Daily Mail* mehr an Miles Faulkner interessiert war und ihre Leser fragte: »Raffles oder Rasputin?«

Die *Sun* nahm beide auf die erste Seite und brachte die Exklusivmeldung, welche die Verbindung zwischen den beiden Männern beschrieb: DC William Warwick hatte nicht nur den Meisterdieb festgenommen, der Kunstwerke stahl, er war auch mit der Tochter des »Marylebone-Mörders« verlobt.

Mehrere Zeitungen brachten Porträts der prominenten Verteidiger in beiden Fällen, Sir Julian Warwick QC und Mr. Booth Watson QC. Die *Times* deutete an, dass beide sich nicht besonders mochten, während der *Mirror* behauptete, sie seien »Todfeinde«.

Auch William und Beth hatten ihre eigenen Präferenzen. Zwar verließen sie am entscheidenden Morgen gemeinsam die Wohnung in Fulham, doch in The Strand trennten sie sich auf den Stufen der Royal Courts of Justice: William ging in den Gerichtssaal vierzehn, um die Verhandlung gegen Faulkner zu verfolgen, und Beth begab sich in den Gerichtssaal zweiundzwanzig, um an der Seite ihres Vaters zu sein.

Beide erhoben sich, als die Richter in ihrem jeweiligen Saal erschienen.

Die Krone gegen Rainsford

Drei Richter betraten Saal zweiundzwanzig und nahmen auf der Richterbank Platz, wobei Lordrichter Arnott den Vorsitz führte, während seine beiden Kollegen sorgfältig Notizen machten und ihm zur Verfügung stehen würden, sollte es nötig sein, einige subtilere juristische Aspekte zu besprechen.

Nachdem Lordrichter Arnott sich auf dem mittleren Stuhl niedergelassen hatte, zog er seine Robe zurecht, während sich alle Besucher im Saal wieder setzten. Sir Julian stellte sich gerne vor, dass Richter wie Schiedsrichter beim Cricket waren, nämlich unparteiisch und fair, und obwohl er und Lordrichter Arnott zuvor schon mehrfach die Klingen gekreuzt hatten, hatte er ihn nie ungerecht erlebt.

»Sir Julian«, sagte der Richter und blickte wohlwollend zu dem Anwalt der Verteidigung hinab, »meine Kollegen und ich haben sehr viel Zeit damit verbracht, sich die in der ursprünglichen Verhandlung dargelegten Beweise anzusehen, in welcher der Angeklagte des Mordes an seinem Geschäftspartner Mr. Gary Kirkland für schuldig befunden wurde. In der heutigen Verhandlung gilt daher unser einziges Interesse der Frage, ob dem Gericht irgendwelche neuen Beweise vorgelegt werden können, die einen Justizirrtum in jener ursprünglichen Verhandlung nahelegen würden. Ich möchte Sie bitten, Sir Julian, sich dies ständig bewusst zu machen.«

»Das werde ich ganz gewiss, Mylord«, sagte Sir Julian und erhob sich. »Es könnte jedoch gelegentlich nötig sein, auf den ursprünglichen Prozess Bezug zu nehmen. Aber ich werde alles in meiner Macht Stehende tun, die Geduld Eurer Lordschaft nicht überzustrapazieren.«

»Dafür wäre ich Ihnen überaus dankbar«, sagte Lordrichter Arnott, der sich keineswegs dankbar anhörte. »Vielleicht könnten Sie dann mit Ihrer einleitenden Erklärung beginnen.«

Die Krone gegen Faulkner

In Gerichtssaal vierzehn kam Mr. Booth Watson zum Schluss seiner einleitenden Erklärung. Nach den Ausführungen des Anwalts Mr. Adrian Palmer, der die Krone vertrat, hätte man es den Geschworenen nachsehen können, wenn sie Miles Faulkner für den leibhaftigen Teufel gehalten hätten, wohingegen sie, nachdem Mr. Booth Watson wieder Platz genommen hatte, der Illusion hätten anhängen können, sein Mandant stünde kurz vor der Heiligsprechung.

»Sie können nun Ihren ersten Zeugen aufrufen, Mr. Palmer«, sagte Mr. Justice Nourse von seinem Stuhl auf dem Podest aus.

»Wir rufen Mrs. Christina Faulkner«, sagte Palmer.

Kaum hatten die Journalisten auf der Pressetribüne die auffallend schöne Frau gesehen, die jetzt den Gerichtssaal betrat, fragte sich fast keiner von ihnen mehr, wer wohl am nächsten Morgen die Titelseiten dominieren würde.

Mrs. Faulkner, die ein einfaches, gut geschnittenes graues Armani-Kleid und eine einreihige Perlenkette trug, trat in den Zeugenstand, als handle es sich um ihren persönlichen Besitz, und legte den Eid in ruhigem, sicherem Ton ab.

Mr. Palmer erhob sich und lächelte seiner Hauptzeugin zu.

»Mrs. Faulkner, Sie sind die Ehefrau des Angeklagten Mr. Miles Faulkner.«

»Das bin ich im Augenblick, Mr. Palmer, aber ich werde es hoffentlich nicht mehr lange sein«, sagte sie, während ihr Mann sie von der Anklagebank aus wütend anstarrte.

»Mrs. Faulkner«, sagte der Richter, »Sie werden sich darauf beschränken, die Fragen der Anwälte zu beantworten, und keine persönlichen Meinungen äußern.«

»Entschuldigen Sie, Euer Ehren.«

»Wie lange waren Sie mit dem Angeklagten verheiratet?«, fragte Palmer.

»Elf Jahre.«

»Und kürzlich haben Sie wegen Untreue und seelischer Grausamkeit die Scheidung eingereicht.«

»Ist das relevant, Mr. Palmer?«, fragte der Richter.

»Ich möchte nur klarstellen, dass die Ehe der beiden unwiderruflich zerrüttet ist.«

»Dann haben Sie Ihr Ziel erreicht, Mr. Palmer. Fahren Sie also fort.«

»Wie Sie wünschen, Euer Ehren. Dieses Verfahren, Mrs. Faulkner, betrifft, wie Sie wissen, den Diebstahl des Bildes *Die Vorsteher der Tuchmacherzunft* von Rembrandt, ein Werk von unschätzbarem Wert, das von Kunstliebhabern als nationales Kulturgut betrachtet wird. Ich muss Sie daher fragen, wann Sie zum ersten Mal in Berührung mit dem Gemälde kamen.«

»Vor etwas mehr als sieben Jahren, als ich es im Salon in Limpton Hall, unserem damaligen gemeinsamen Zuhause, hängen sah.«

»Vor etwas mehr als sieben Jahren«, wiederholte Palmer, indem er sich direkt den Geschworenen zuwandte.

»Das ist korrekt, Mr. Palmer.«

»Und hat Ihr Mann Ihnen erzählt, wie er in den Besitz eines so großartigen Kunstwerks gelangt ist?«

»Zunächst hat er versucht, mir auszuweichen, doch als ich immer wieder nachgefragt habe, erzählte er mir, er habe das Bild von einem Freund gekauft, der in wirtschaftlichen Schwierigkeiten steckte.«

»Haben Sie diesen Freund jemals getroffen?«

»Nein, das habe ich nicht.«

»Und wann wurde Ihnen bewusst, dass das Bild in Wahrheit aus dem Fitzmolean Museum gestohlen worden war?«

»Ein paar Wochen später, als ich einen Bericht darüber in *News at Ten* sah.«

»Haben Sie Ihrem Mann von diesem Bericht erzählt?«

»Gewiss nicht. Ich war viel zu verängstigt, da ich nur allzu gut wusste, wie er reagieren würde.«

»Verständlich.«

»Mr. Palmer«, sagte der Richter in strengem Ton.

»Ich entschuldige mich, Euer Ehren«, sagte Palmer und deutete eine Verbeugung an, wobei er natürlich wusste, dass er allen klargemacht hatte, worauf es ihm ankam. Danach wandte er sich wieder seiner Zeugin zu. »Und als Sie diese Täuschung nicht mehr ertragen konnten, haben Sie es selbst auf sich genommen, etwas dagegen zu unternehmen.«

»Ja. Ich hatte den Eindruck, dass ich stillschweigend ein Verbrechen dulden würde, sollte ich nichts unternehmen. Deshalb habe ich, als mein Mann letztes Weihnachten in Australien war, das Bild sicher verpackt und auf unserer Jacht nach England zurückgeschickt mit der klaren Anweisung, dass es dem Fitzmolean zurückgegeben werden sollte.«

Booth Watson schrieb etwas auf seinen Notizblock vor sich.

»Aber waren Sie nicht besorgt angesichts der Konsequenzen, die ein solches Verhalten für Sie haben würde, wenn Ihr Mann zurückkäme?«

»Ich war überaus besorgt. Weshalb ich auch die Absicht hatte, das Land zu verlassen, bevor er wiederkäme.«

Booth Watson machte sich eine weitere Notiz.

»Warum haben Sie das dann nicht getan?«

»Weil Miles irgendwie herausfand, was ich vorhatte, den nächsten Flug nach London nahm und versuchte, mich davon abzuhalten, das Bild dem rechtmäßigen Besitzer zurückzugeben.« Schüchtern senkte sie den Kopf.

»Und wann sahen Sie Ihren Mann wieder?«

»In Southampton, als er auf unsere Jacht kam. Er wollte den Rembrandt unter keinen Umständen verlieren, weshalb er das Etikett der Kiste, in der sich das Gemälde befand, mit dem einer anderen Kiste vertauschte.«

Booth Watson machte eine dritte Notiz.

»Aber dieser Versuch, die Polizei zu täuschen, schlug fehl.«

»Glücklicherweise ja, aber nur, weil ein Detective von Scotland Yard, der nach Southampton gefahren war, um das Gemälde in Empfang zu nehmen, Verdacht schöpfte und darauf bestand, dass jene andere Kiste geöffnet werden sollte. So wurde der verschwundene Rembrandt entdeckt.«

Ohne innezuhalten huschten die Stifte der Journalisten über das Papier.

»Und dank Ihres Mutes und Ihrer Entschlossenheit, Mrs.

Faulkner, hängt dieses nationale Kulturgut jetzt wieder an der Wand des Fitzmolean Museum.«

»So ist es in der Tat, Mr. Palmer. Ich habe das Museum kürzlich besucht und durfte mit ansehen, wie dieses Meisterwerk wieder an seinen ursprünglichen Platz gehängt wurde. Es bereitete mir großes Vergnügen, zu sehen, wie viele Besucher diese Erfahrung ebenso genossen wie ich.«

»Vielen Dank, Mrs. Faulkner. Keine weiteren Fragen, Euer Ehren.«

Booth Watson sah hinüber zu den Geschworenen, die wirkten, als wollten sie in Beifall ausbrechen, als Mr. Palmer wieder Platz nahm.

»Mr. Booth Watson«, sagte der Richter, »möchten Sie die Zeugin ins Kreuzverhör nehmen?«

»Durchaus, Euer Ehren«, sagte Booth Watson, indem er sich erhob und die Zeugin mit einem süßlichen Lächeln bedachte.

»Helfen Sie meinem Gedächtnis auf die Sprünge, Mrs. Faulkner. Wann haben Sie den Rembrandt zum ersten Mal gesehen?«

»Vor etwa sieben Jahren, in unserem Haus auf dem Land.«

»Dann muss ich unweigerlich fragen, warum Sie so lange gebraucht haben.«

»Ich bin mir nicht sicher, ob ich verstehe, worauf Sie mit dieser Frage abzielen«, sagte Christina.

»Ich glaube, Sie wissen nur zu gut, worauf meine Frage abzielt, Mrs. Faulkner, aber ich werde es Ihnen gerne erklären. Es geht einfach um Folgendes: Wenn Sie schon vor sieben Jahren wussten, dass das Gemälde gestohlen war, warum haben Sie dann bis jetzt gewartet, bis Sie die Polizei darüber informiert haben?«

»Ich habe auf die passende Gelegenheit gewartet.«

»Und eine solche Gelegenheit hat sich im Laufe von sieben Jahren kein einziges Mal ergeben?«, sagte Booth Watson in ungläubigem Ton.

Christina zögerte, was Booth Watson die Möglichkeit gab, das metaphorische Messer tiefer in die Wunde zu drücken.

»Ich würde meinen, Mrs. Faulkner, dass Sie in Wahrheit auf die Gelegenheit warteten, die gesamte Kunstsammlung Ihres Mannes zu stehlen, während dieser weit weg am anderen Ende der Welt war.«

»Aber ich hatte nicht geplant ...«, begann Christina, wiederum zögernd, wodurch Booth Watson das Messer in der Wunde umdrehen konnte.

»Ich glaube, Sie hatten diesen empörenden Akt eines so umfangreichen Diebstahls schon sehr lange geplant, Mrs. Faulkner, und den Rembrandt als Trick benutzt, um sich eine bessere Chance zu verschaffen, damit durchzukommen.«

Plötzlich wurde überall im Gerichtssaal geflüstert, doch Booth Watson wartete geduldig, bis wieder Ruhe herrschte, bevor er das Messer langsam aus der Wunde zog.

»Während Ihr Mann in Melbourne war, Mrs. Faulkner, haben Sie da alle Kunstwerke aus seiner Villa in Monte Carlo in Kisten verpacken und zum Hafen bringen lassen, wo sie in den Laderaum der Jacht Ihres Mannes verfrachtet wurden?«

»Die Hälfte von ihnen hätte mir ohnehin gehört«, protestierte Christina.

»Mir ist durchaus bewusst, dass Sie sich von Ihrem Mann scheiden lassen wollen, woran uns mein geschätzter Kollege ja auch auf so subtile Weise erinnert hat«, sagte Booth Watson. »Aber in diesem Land, Mrs. Faulkner, entscheidet nach wie vor ein Gericht darüber, welcher Teil des Vermögens eines Mannes an seine Ehefrau fallen soll. Es ist offensichtlich, dass Sie darauf nicht warten wollten.«

»Aber es war nur etwa ein Drittel der Sammlung.«

»Das mag ja sein, aber was taten Sie als Nächstes, nachdem die Jacht mit einem Drittel der Kunstsammlung Ihres Mannes von Monte Carlo nach Southampton aufgebrochen war?«

Wieder senkte Christina den Kopf.

»Da Sie meine Frage anscheinend nicht beantworten wollen, Mrs. Faulkner, gestatten Sie mir bitte, Sie daran zu erinnern, was genau Sie taten. Sie nahmen den nächsten Flug zurück nach London, fuhren zu Ihrem Landsitz und begannen auch hier, alle Kunstwerke aus dem Haus zu entfernen.«

Der eine oder andere Geschworene schnappte nach Luft, während Booth Watson geduldig auf eine Erwiderung der Zeugin wartete. Als keine kam, schlug er ein Blatt mit seinen Notizen um und fuhr fort. »Am Morgen darauf erschien ein Umzugsfahrzeug vor dem Haus, lud die Bilder ein und brachte sie gemäß Ihrer Anweisung nach Southampton, um dort das Eintreffen der Jacht Ihres Mannes abzuwarten, damit die Werke an Bord gebracht werden konnten. Damit hatten Sie jetzt zwei Drittel der Sammlung beisammen«, sagte Booth Watson und fixierte sein Opfer mit strengem Blick.

»Und nicht einmal das war Ihnen genug«, fuhr Booth Watson fort, »denn Sie wiesen den Kapitän der Jacht an, mit Ihnen an Bord nach New York zu fahren, sodass Sie sich direkt in das Appartement Ihres Mannes an der Fifth Avenue würden begeben können, um ihn um den Rest seiner berühmten Sammlung zu bringen. Danach hofften Sie, wie die Eule und das Kätzchen für ein Jahr und einen Tag in Ihrem wunderschönen Boot davonzusegeln, oder genauer gesagt in der schönen Jacht Ihres Mannes.«

»Aber nichts davon ändert etwas an der Tatsache, dass Miles den Rembrandt gestohlen und dann die Etiketten auf den Kisten vertauscht hat, um zu verhindern, dass das Gemälde dem Fitzmolean zurückgegeben wird.«

Der Richter nickte weise, was Booth Watson wie einen klugen Steuermann veranlasste, die Richtung zu wechseln.

»Gestatten Sie mir eine einfache Frage, Mrs. Faulkner«, sagte er fast im Flüsterton. »Würden Sie Ihren Mann als gerissenen Menschen beschreiben?«

»Gerissen, manipulativ und nie um einen Einfall verlegen«, lautete die unverzügliche Antwort.

»Dann muss ich Sie fragen, Mrs. Faulkner, wie es dazu kommen konnte, dass Ihr Mann, wenn er doch ein so gerissener, manipulativer und nie um einen Einfall verlegener Mensch ist, das Etikett beim Austauschen auf eine Kiste geklebt hat, die ein Gemälde enthielt, das sogar noch wertvoller ist als der Rembrandt, den er, wie die Krone behauptet, angeblich gestohlen haben soll?« Booth Watson gab der Zeugin keine Chance, zu antworten, sondern sprach sofort weiter: »Nein, Mrs. Faulkner, Sie selbst sind es, die gerissen, manipulativ und nie um einen Einfall verlegen ist, und dadurch wäre es Ihnen fast gelungen, mit dem Diebstahl einer der wertvollsten Kunstsammlungen der Welt durchzukommen und dabei die Sache so einzufädeln, dass mein Mandant für eine Tat, die er nicht begangen hat, ins Gefängnis geworfen werden soll. Keine weiteren Fragen, Mylord.«

Die Krone gegen Rainsford

»Sir Julian, Sie können jetzt Ihren ersten Zeugen aufrufen.«
»Vielen Dank, Mylord. Ich rufe Mr. Barry Stern.«

»Handelt es sich dabei um jenen Detective Inspector, der im ursprünglichen Prozess als Hauptzeuge der Krone aufgetreten ist?«, fragte der Richter.

»Ja, Mylord. Und ich musste ihn offiziell vorladen lassen, da er kein Polizeibeamter mehr ist und deshalb als ein der Appellation gegenüber ablehnend gesinnter Zeuge betrachtet werden sollte.«

»Ich hoffe, Sie können uns bald einige neue Beweise vorlegen, Sir Julian, und haben nicht vor, uns auf eine Irrfahrt ohne klar erkennbares Ziel zu führen.«

»Ich werde sie vorlegen, glauben Sie mir, Mylord, aber genau wie Sie bin ich gewillt, bis an die Grenzen des juristisch Möglichen zu gehen, sofern auch nur die geringste Chance besteht, dass einem Unschuldigen endlich Gerechtigkeit widerfährt.«

Lordrichter Arnott wirkte nicht gerade begeistert, doch er beschränkte sich auf ein Stirnrunzeln, als die Tür geöffnet wurde und ein stämmiger Mann Anfang fünfzig den Gerichtssaal betrat. Stern hatte einen Bürstenschnitt und trug Jeans und Lederjacke. Er legte den Eid ab, ohne einen Blick auf die Karte mit dem entsprechenden Text zu werfen, die ihm der Gerichtsdiener hinhielt. Dann starrte er den Verteidiger an wie ein Boxer, der darauf wartet, dass der Gong ertönt und der Kampf beginnt.

»Wie viele Jahre haben Sie als Polizeibeamter gearbeitet, Mr. Stern?«

»Achtundzwanzig. Die besten Jahre meines Lebens.«

»Tatsächlich?«, fragte Sir Julian. »Warum sind Sie dann vorzeitig aus dem Dienst ausgeschieden, wo Ihnen doch nur noch zwei Jahre bis zur vollen Pensionsberechtigung gefehlt hatten?«

»Ich wollte wohl aussteigen, wenn es am besten läuft, oder?«

»Indem Sie Ihre Karriere mit einer Verurteilung wegen Mordes beendeten? Aber bevor ich dazu komme, Mr. Stern, muss ich Sie fragen, wie oft Sie wegen der besten Jahre Ihres Lebens vom Dienst suspendiert worden sind.«

»Geht diese Frage in eine für uns relevante Richtung, Sir Julian?«, fragte Lordrichter Arnott.

»Sie zielt auf das Herz des ganzen Falles, Mylord«, antwortete Sir Julian und griff nach der ersten der zwei Personalakten, die er von William erhalten hatte. Mit theatralischer Geste schlug er die erste Seite auf, die mit einem großen roten Lesezeichen markiert war. »Wie oft?«, wiederholte er.

»Dreimal«, sagte Stern, der nicht mehr ganz so zuversichtlich aussah.

»Und geschah dies das erste Mal deshalb, weil Sie im Dienst getrunken hatten?«

»Mag sein, dass ich mir am Freitagabend gelegentlich das eine oder andere Bier gegönnt habe«, gestand Stern.

»Während Ihrer Dienstzeit?«

»Nur wenn wir einen Kriminellen festgenommen hatten.«

»Und wie oft genau kam es bei Ihnen zu disziplinarischen Maßnahmen wegen Trunkenheit im Dienst, nachdem Sie am Freitagabend einen Kriminellen festgenommen hatten?«

»Zweimal, wenn ich mich recht entsinne.«

»Denken Sie noch einmal darüber nach, Mr. Stern«, sagte Sir Julian und ließ dem Zeugen Zeit, eine andere Antwort zu erwägen.

»Es könnten auch dreimal gewesen sein.«

»Ich denke, Sie werden feststellen, dass es viermal waren, Mr. Stern. Und wie oft hatten Sie sonst noch im Dienst getrunken, ohne dass es zu einer disziplinarischen Maßnahme gekommen wäre?«

»Nie«, sagte Stern, indem er seine Stimme hob. »Es waren nur diese viermal in achtundzwanzig Jahren.«

»Und immer am Freitagabend?«

Stern wirkte verwirrt.

»Könnten Sie dem Gericht den Grund dafür mitteilen, warum es zur zweiten Disziplinarstrafe kam? Was hat man Ihnen vorgeworfen?«

»Ich erinnere mich nicht. Das alles ist schon so lange her.«

»Dann werde ich Ihrer Erinnerung nachhelfen, Mr. Stern. Sie wurden dabei ertappt, wie Sie mit einer Prostituierten Verkehr hatten, als diese sich in einer Zelle befand. Können Sie sich jetzt erinnern?«

»Ja. Aber sie war...«

»Sie war *was*, Mr. Stern?«

Stern antwortete nicht.

»Dann sollte ich Ihnen vielleicht ins Gedächtnis rufen, was Sie bei jener Gelegenheit äußerten.« Sir Julian warf einen Blick in die Akte, während Stern schwieg. »›Sie war ein billiges Flittchen und hat nicht mehr, aber ganz sicher auch nicht weniger bekommen, als sie verdient hat.‹«

Plötzlich wurde überall im Publikum getuschelt, und Lordrichter Arnott wartete, bis wieder Ruhe eingekehrt war, bevor er fragte: »Ist das nicht nur Hörensagen, Sir Julian?«

»Nein, Mylord. Ich habe lediglich Mr. Sterns eigene Worte vorgelesen, die er vor dem Disziplinarausschuss zu Protokoll gegeben hat.«

Der Richter nickte mit gewichtiger Miene.

»Mr. Stern, Sie haben vorhin dem Gericht gegenüber

angegeben, dass Sie nur bei drei Gelegenheiten eine Diszi‑ plinarstrafe bekommen haben, doch hierbei handelte es sich um das fünfte Mal, und ich bin noch nicht fertig.«

Alle drei Richter hatten sich inzwischen dem Zeugen direkt zugewandt.

»Ich meinte, für drei verschiedene Vergehen.«

»Dann sagen Sie also nicht immer, was Sie meinen.«

Stern sah aus, als wolle er etwas darauf entgegnen, schwieg dann aber und ballte stattdessen nur die Fäuste.

»Dann wollen wir zum sechsten Mal übergehen, das damals eine umfassende Untersuchung nach sich zog, woraufhin Sie für sechs Monate vom Dienst suspendiert wurden.«

»Bei vollen Bezügen, und danach wurden die Vorwürfe fallen gelassen.«

»Das ist nicht ganz korrekt, oder, Mr. Stern? In Wahrheit sind Sie wenige Wochen vor Abschluss der Untersuchung auf eigenen Wunsch vorzeitig aus dem Dienst ausgeschieden. Damals warf man Ihnen vor, einem Häftling viertausend Pfund gestohlen zu haben.«

»Er war ein Drogendealer.«

»Tatsächlich?«, sagte Sir Julian. »Dann sind Sie also der Ansicht, dass es in Ordnung ist, wenn ein Polizeibeamter einen Drogendealer bestiehlt?«

»Das habe ich nicht gesagt. Sie legen mir die Worte in den Mund. Und außerdem hat er schon einen Tag später die Anschuldigung zurückgezogen.«

»Ich zweifle nicht daran, dass er das getan hat, doch ...«

»Ich glaube«, unterbrach der Lordrichter, »wir sollten übergehen zu der Rolle, welche dieser ehemalige Polizeibeamte in Mr. Rainsfords Fall gespielt hat.«

»Wie Sie wünschen, Mylord«, sagte Sir Julian und nickte

Grace zu, die ihm die zweite Akte reichte. »Können wir davon ausgehen, Mr. Stern, dass Sie in Mr. Rainsfords Fall der leitende Beamte waren, der das Verbrechen untersucht hat?«

»Ja, das war ich«, sagte Stern, der zu glauben schien, er habe wieder sichereren Boden unter den Füßen.

»Ist es Ihnen im Verlauf der Ermittlungen jemals in den Sinn gekommen, zu versuchen, jenen kleinen, kräftig gebauten Mann zu finden, der, wie mein Mandant Ihnen gegenüber mehrfach ausgesagt hat, am Abend des Mordes im Flur zu seinem Büro an ihm vorbeigerannt ist?«

»Sie meinen den großen Unbekannten?«, sagte Stern. »Warum sollten wir uns diese Mühe machen, wenn er nichts weiter als die Ausgeburt von Rainsfords Fantasie war?«

»Und Sie haben ebenfalls nicht versucht, den anonymen Anrufer zu ermitteln, der Mr. Kirklands Tod der Polizei gemeldet hat?«

»Ist es nicht genau das, was das Wort ›anonym‹ bedeutet?«, fragte Stern. Er lachte, aber niemand lachte mit.

»Haben Sie bedacht, Mr. Stern, dass der anonyme Anruf nur von jemandem gekommen sein konnte, der tatsächlich Zeuge des Verbrechens gewesen ist?«

»Aber Rainsford hat gestanden. Was wollen Sie denn noch?«

»Ich will Gerechtigkeit«, sagte Sir Julian. »Und mit Ihrer scheinbar unschuldigen Bemerkung, Mr. Stern, haben Sie die entscheidende, bisher unbeantwortete Frage in diesem Fall angesprochen. Wer ist der ehrliche Makler? Sie oder Mr. Rainsford?«

»Ich, wie die Geschworenen geurteilt haben«, sagte Stern.

»Dann dürfte es Ihnen auch nicht schwerfallen, drei Richter zu überzeugen, oder?«

Stern starrte zur Richterbank hinauf, doch die drei Männer ließen nicht erkennen, was sie dachten.

Sir Julian schwieg einen Augenblick, damit alle Anwesenden die bisherigen Ausführungen in sich aufnehmen konnten, und fuhr dann fort: »Hat Mr. Rainsford die Wahrheit gesagt, als er behauptete, seine ursprüngliche Aussage, die Sie aufgenommen haben, hätte aus drei Seiten bestanden, von denen eine später verschwunden ist? Oder sollen wir glauben, dass, wie Sie unter Eid im Zeugenstand während des Prozesses erklärt haben, es immer nur zwei Seiten gegeben hatte?«

»Es gab niemals eine mittlere Seite«, sagte Stern.

»Mittlere Seite, Mr. Stern? Ich habe keine mittlere Seite erwähnt.«

»Hat das irgendetwas zu bedeuten?«

»Es bedeutet, dass Sie wissen, welche Seite gefehlt hat. Ich frage Sie, haben Sie die Seiten von Mr. Rainsfords Geständnis markiert?«

»Natürlich habe ich das, mit den Ziffern eins und zwei, und Rainsford hat beide unterschrieben. Und das ist noch nicht alles: DC Clarkson und ich haben seine Unterschrift bezeugt.«

»Aber wann hat DC Clarkson diese Unterschrift bezeugt, Mr. Stern?«

Stern zögerte und sagte dann: »Am folgenden Morgen.«

»Wodurch Sie Zeit hatten, die mittlere Seite zu entfernen.«

»Wie oft soll ich Ihnen noch sagen, dass es niemals eine mittlere Seite gab?«

»Wir haben nur Ihr Wort dafür, Mr. Stern.«

»Und DC Clarkson, der später befördert wurde, ganz zu schweigen von den Geschworenen, die nie an der Schuld Ihres Mandanten zu zweifeln schienen.«

»Die sogar massiv daran zweifelten, würde ich sagen«, unterbrach ihn Sir Julian, »denn sie benötigten vier Tage, um zu einem Schuldspruch zu kommen, und diesen erreichten sie dann auch nur mit einer Mehrheit von zehn zu zwei.«

»Mir hat das genügt«, sagte Stern mit leicht erhobener Stimme.

»Aber sicher doch«, sagte Sir Julian. »Denn das gab Ihnen die Möglichkeit, Ihre Karriere zu beenden, ›als es am besten gelaufen ist‹, wie Sie das so elegant formuliert haben, und aus dem Dienst auszuscheiden, ohne sich einer weiteren Untersuchung stellen zu müssen.«

Mr. Alun Llewellyn, der für die Krone erschienen war, erhob sich widerstrebend vom anderen Ende der Bank und sagte: »Dürfte ich meinen geschätzten Kollegen darauf hinweisen, dass es sein Mandant ist, über den hier verhandelt wird, und nicht Mr. Stern?«

Ein selbstgefälliges Lächeln erschien auf Sterns Gesicht.

»Waren Sie nüchtern, als Sie Arthur Rainsford an jenem Freitagabend um halb sechs festgenommen haben?«, fragte Sir Julian.

»Nüchtern wie ein Richter, wie man in diesem Land sagt«, erwiderte Stern und grinste Lordrichter Arnott an, der nicht auf ihn reagierte.

»Und auch, als Sie ihm um zweiundvierzig Minuten nach sechs erklärten, was ihm zur Last gelegt wurde?«, fragte Sir Julian mit einem Blick in die Unterlagen.

»Wie ein Richter«, wiederholte Stern.

»Und als Sie ihn elf Minuten vor sieben in seine Zelle einschlossen und ihn danach fast zwei Stunden lang allein ließen?«

»Ich wollte ihm genügend Zeit geben, über das nachzudenken, was er aussagen würde, nicht wahr?«, sagte Stern und lächelte zu den drei Richtern hinauf.

»Während Sie genügend Zeit hatten, sich das eine oder andere Bier zu genehmigen, nachdem Sie am Freitagabend wieder einen Kriminellen hinter Schloss und Riegel gebracht hatten.«

Wieder ballte Stern die Fäuste und starrte seinen Gegenspieler provozierend an. »Und was wäre denn, wenn ich ein paar Biere intus gehabt hätte. Ich war noch immer nüchtern genug, um ...«

»Nüchtern genug, um Mr. Rainsfords Geständnis um dreiundzwanzig Minuten nach acht aufzunehmen.«

»Ja, ja, ja«, sagte Stern, der mit jedem Wort lauter wurde. »Wie oft soll ich Ihnen das denn noch sagen?«

»Und nüchtern genug, um irgendwann später an jenem Abend die mittlere Seite der Aussage meines Mandanten zu entfernen, damit Sie zu einem Zeitpunkt, ›als es am besten lief‹, aus dem Dienst ausscheiden konnten.«

»Ich habe an jenem Abend überhaupt nichts entfernt«, blaffte Stern zurück.

»Dann vielleicht am nächsten Morgen?«, sagte Sir Julian ruhig. »Ich könnte mir vorstellen, dass Sie am nächsten Morgen nüchtern genug waren, um die Seite zu entfernen.«

»Und ich war am Abend zuvor nüchtern genug, um dafür zu sorgen, dass dieser Bastard nicht mehr, aber ganz sicher auch nicht weniger bekam, als er verdient hat«, schrie Stern und zielte mit dem Finger wie mit einem Messer in Richtung des Verteidigers.

Steinernes Schweigen erfüllte den Gerichtssaal, während alle Anwesenden den Zeugen anstarrten.

»›Und ich war am Abend zuvor nüchtern genug, um dafür

zu sorgen, dass dieser Bastard nicht mehr, aber ganz sicher auch nicht weniger bekam, als er verdient hat«, wiederholte Sir Julian, wobei er Sterns wütenden Blick erwiderte. »Keine weiteren Fragen, Mylords.«

»Sie dürfen den Zeugenstand verlassen, Mr. Stern«, sagte Lordrichter Arnott in mattem Ton.

Als Stern den Gerichtssaal verließ, sah Sir Julian zu den drei Richtern auf, die intensiv miteinander diskutierten. Grace riss ihn aus seinen Gedanken, indem sie sich zu ihm beugte und sagte: »Ich muss dich für einen Augenblick verlassen. Es dauert nicht lange.«

Sir Julian nickte. Sein Junior Barrister verließ rasch den Gerichtssaal, eilte die breite Marmortreppe hinab und trat hinaus auf die Straße, wo eine Gruppe von Fotografen darauf wartete, das Bild des Tages zu schießen, wenn Faulkner aus dem Gericht käme. Von Arthur Rainsford würden sie nur dann ein Foto bekommen, wenn er das Gericht als freier Mann verließ.

Grace beobachtete sie eine Weile aus der Ferne, bevor sie sich für einen Mann entschied, der ständig nach einem geeigneten Bild für die Titelseite Ausschau zu halten schien. Sie überquerte die Straße und fragte: »Kann ich mich kurz mit Ihnen allein unterhalten?«

Der Fotograf löste sich vom Rest der Gruppe und hörte sich ihre Bitte an.

»Ich helfe nur zu gerne«, sagte er, als Grace ihm eine Fünfpfundnote in die Hand drückte. »Das ist nicht nötig, Miss«, fügte er hinzu und gab ihr das Geld zurück. »Man hätte Arthur Rainsford überhaupt nie ins Gefängnis stecken sollen.«

30

Am folgenden Morgen traf Sir Julian bereits eine Stunde vor der Fortführung des Prozesses in den Royal Courts of Justice ein. Ein Mitarbeiter des Gerichts begleitete ihn und Grace zu den Zellen im Untergeschoss des Gebäudes, wo sie sich mit ihrem Mandanten beraten konnten.

»Sie haben Stern auseinandergenommen«, sagte Arthur und schüttelte Sir Julian herzlich die Hand. »Wenn Sie mich schon bei meinem ersten Prozess vertreten hätten, wäre das Urteil vielleicht ganz anders ausgefallen.«

»Es ist sehr freundlich von Ihnen, so etwas zu sagen, Arthur, aber obwohl wir hier und da einen Treffer gelandet haben, habe ich Stern noch nicht auf die Bretter geschickt. Und nach wie vor haben wir es mit drei Richtern zu tun, nicht mit zwölf Geschworenen. Die Entscheidung der Lordschaften wird sich nicht auf berechtigte Zweifel stützen, sondern auf weitaus anspruchsvollere Kriterien, bevor sie es überhaupt in Erwägung ziehen werden, die bisherige Gerichtsentscheidung zu verwerfen und diese zu einem Justizirrtum zu erklären. Jetzt wird sehr viel von Professor Abrahams' Aussage abhängen.«

»Ich bin mir nicht ganz sicher, wie die drei ehrwürdigen Salomons auf den Professor reagieren werden«, sagte Grace.

»Ich auch nicht«, gestand Sir Julian. »Aber er ist unsere größte Hoffnung.«

»Sie können immer noch Detective Sergeant Clarkson ins Kreuzverhör nehmen«, erinnerte ihn Arthur.

»Sterns Kumpel wird nur papageienhaft nachplappern, was sein Herr und Meister bereits gesagt hat. Sie können davon ausgehen, dass er und Stern letzte Nacht in einem Pub jede Einzelne meiner Fragen gründlich durchgegangen sind.« Sir Julian warf einen Blick auf seine Uhr. »Wir sollten uns wohl besser auf den Weg machen. Ich kann es mir nicht leisten, die Richter warten zu lassen.«

»Sie haben meine Frau gestern in die Tasche gesteckt, BW«, sagte Faulkner während des Frühstücks mit seinem Anwalt im Savoy.

»Vielen Dank, Miles. Aber wenn Palmer Sie ins Kreuzverhör nimmt, werden Sie den Geschworenen nach wie vor erklären müssen, wo der Rembrandt während der letzten sieben Jahre war, und vor allem, wie Sie überhaupt zu ihm gekommen sind und warum Sie die Etiketten auf den Kisten ausgetauscht haben. Sie sollten besser überzeugende Antworten auf diese Fragen haben und auf noch ein paar mehr, denn Palmer wird alles auf Sie abfeuern, was er hat.«

»Ich bin bereit, ihm gegenüberzutreten. Und ich habe beschlossen, das Opfer zu bringen, das Sie mir empfohlen haben.«

»Das ist sehr klug. Aber behalten Sie diese besondere Karte vorerst noch in Ihrem Ärmel, und lassen Sie mich entscheiden, wann Sie sie ausspielen sollten.«

»Alles klar, BW. Und was passiert jetzt?«

»Die Krone wird Hawksby aufrufen, und er wird zweifellos die Version Ihrer Frau unterstützen. Für ihn ist sie das geringere von zwei Übeln.«

»Dann müssen Sie ihn vernichten.«

»Ich habe nicht die Absicht, ihn ins Kreuzverhör zu nehmen.«

»Warum nicht?«, wollte Faulkner wissen, als der Kellner ihnen Kaffee nachschenkte.

»Hawksby ist ein alter Profi, und die Geschworenen vertrauen ihm, weshalb wir den Commander so schnell wie möglich loswerden müssen.«

»Aber das gilt nicht für den Chorknaben«, sagte Faulkner.

»Da stimme ich Ihnen zu, aber die Krone wird ihn nicht einmal in die Nähe des Zeugenstands kommen lassen. Das Risiko wäre zu hoch.«

»Warum berufen Sie ihn dann nicht?«

»Auch dafür ist das Risiko zu hoch. Warwick ist eine unbekannte Größe, und Anwälte kennen gerne die Antwort, bevor sie eine Frage stellen. So können sie nicht überrascht werden. Deshalb müssen Sie, Miles, offen gestanden einen absolut glänzenden Auftritt hinlegen, denn wenn die Geschworenen über das Urteil beraten, ist es am wichtigsten, dass sie Sie für glaubwürdig halten.«

»Machen Sie mir keinen Druck«, sagte Faulkner verängstigt.

»Sie waren auch früher schon in schwierigen Situationen.«

»So schwierig war es noch nie.«

»Genau deshalb müssen Sie vollkommen auf der Höhe sein.«

»Und wenn ich es nicht bin?«

Booth Watson trank seinen Kaffee aus, bevor er antwortete. »Dann werden Sie für lange Zeit keine Speckeier mehr im Savoy essen können.«

»Mylords, es entspricht der Tradition englischer Strafprozesse, dass der leitende Verteidiger seinem Junior Barrister während der Verhandlung die Befragung eines Zeugen in der Hauptsache übertragen kann. Mit Erlaubnis Eurer Lordschaften möchte ich deshalb meinen Junior Barrister bitten, den nächsten Zeugen zu befragen.«

»Erlaubnis erteilt, Sir Julian«, erwiderte Lordrichter Arnott nach einer kurzen Beratung mit seinen Kollegen. Dann bedachte er Grace mit dem wärmsten Lächeln, zu dem er sich während des bisherigen Prozesses durchringen konnte.

Grace erhob sich unsicher, denn sie war sich nicht nur bewusst, dass alle Anwesenden sie ansahen, sondern auch, dass Arthur Rainsfords Schicksal jetzt in ihren Händen lag. All die vielen Jahre des Studiums und der praktischen Erfahrung, ganz zu schweigen von den zahllosen Stunden, die sie mit ihrem Vater verbrachte, in denen er ihr die Feinheiten des Gesetzes und die Abläufe bei Gericht erklärt hatte – und jetzt gab er den Stab an sie weiter und erwartete von ihr, dass sie die letzte Runde lief.

Sir Julian lehnte sich zurück und hoffte, niemandem würde auffallen, dass er genauso nervös war wie seine Tochter. Es war auch keine Hilfe für Grace, dass ihre Mutter auf einer der hinteren Bänke des Saals zwischen Beth und Joanna Rainsford saß, die sich vorbeugten und dabei wie Fußballfans wirkten, die kaum das erste Tor abwarten können.

Grace legte ihre Akte auf das kleine Pult, das ihr Vater ihr geschenkt hatte, nachdem sie als Anwältin zugelassen worden war. Sie schlug die Akte auf, betrachtete die erste Seite, und dann verschwand jeder Gedanke an andere Dinge, den sie vielleicht noch im Kopf gehabt haben mochte.

»Sind Sie bereit, den nächsten Zeugen aufzurufen, Ms.

Warwick?«, fragte Lordrichter Arnott, der sich dabei wie ein wohlwollender Onkel anhörte.

»Wir rufen Professor Leonard Abrahams«, sagte Grace, die selbst davon überrascht war, wie fest ihre Stimme klang, denn ihre Beine bekamen von dieser ruhigen Sicherheit nichts mit.

Wenn die Tür des Gerichtssaals nicht geöffnet und wieder geschlossen worden wäre, hätten die Anwesenden sich möglicherweise gefragt, ob der nächste Zeuge überhaupt eingetreten sei, doch man hätte ihnen diese Verwirrung nachsehen müssen. Abrahams blinzelte, sah sich um und entdeckte den Zeugenstand schließlich am anderen Ende des Saals. Als er ihn erreicht hatte, musste er feststellen, dass sich dort kein Stuhl befand und man von ihm erwartete, dass er während des ganzen Kreuzverhörs stand. Typisch für diese Briten, dachte er.

Der Gerichtsdiener hielt eine Karte hoch und zeigte sich nicht überrascht, dass der Zeuge einen kurzen weißen Laborkittel und ein kragenloses grünes Hemd trug. Abrahams legte eine Hand auf die Bibel – oder jedenfalls auf das Alte Testament – und las dann die Worte vor, die auf der Karte standen: »Ich schwöre bei dem allmächtigen Gott, dass die Aussage, die ich machen werde, die Wahrheit ist, die ganze Wahrheit und nichts als die Wahrheit.« Und er fügte hinzu: »So wahr mir Gott helfe.«

Dann sah er sich erneut im Gerichtssaal um und stellte erleichtert fest, dass man seine Trickkiste seinen Wünschen entsprechend zwischen den drei Richtern und dem Zeugenstand auf den Boden gestellt hatte. Sein Blick blieb schließlich auf Grace ruhen, einer der intelligentesten jungen Frauen, denen er im Laufe vieler Jahre, in denen er intelligente junge Frauen unterrichtet hatte, begegnet war. Er hatte sie gleich gemocht, als sie sich in Heathrow das erste Mal begegnet waren, aber erst später verstand er voller Respekt ihren Sinn für Details, ihr geduldiges Recherchieren von Fakten und ihren leidenschaftlichen Glauben an Gerechtigkeit. Er fragte sich, ob Sir Julian begriff, wie begabt seine Tochter war.

»Professor Abrahams«, begann Grace. »zuerst würde ich Ihnen gerne einige Fragen zu Ihrem Hintergrund stellen, um den Lordschaften Ihre besonderen Fertigkeiten und das Fachwissen zu verdeutlichen, das Sie in diesen Fall einbringen.« Er hatte sich so daran gewöhnt, dass Grace ihn Len nannte, dass er überrascht war, als sie ihn mit seinem akademischen Titel ansprach. »Was ist Ihre Nationalität, Professor?«

»Ich bin Amerikaner, obwohl ich in Polen geboren wurde. Ich bin mit siebzehn Jahren in die Vereinigten Staaten ausgewandert, als ich das Stipendium für einen Physikstudienplatz an der Columbia University in New York erhalten habe. Meinen Abschluss habe ich an der Brown gemacht, als ich meine Doktorarbeit über den Einsatz des ESDA bei Gerichtsverfahren geschrieben habe.«

»ESDA?«, wiederholte Grace für alle bis auf zwei Anwesende im Gerichtssaal.

»Elektrostatischer Detektionsapparat.«

»Und seither haben Sie zwei umfangreiche Arbeiten über dieses Thema geschrieben und kürzlich die Wissenschaftsmedaille des Kongresses erhalten.«

»Das ist korrekt.«

»Zusätzlich haben Sie...«

»Ms. Warwick, ich denke, Sie haben klargemacht«, unterbrach Lordrichter Arnott sie, »dass der Professor auf seinem Gebiet außerordentlich kompetent ist. Vielleicht wäre es an der Zeit, dass Sie uns erklären, welche Bedeutung sein Fachwissen für diesen besonderen Fall hat. Ich kann nur hoffen«, fügte er hinzu, indem er sich an den Zeugen wandte, »dass meine Kollegen und ich in der Lage sein werden, Ihnen zu folgen, Professor.«

»Seien Sie unbesorgt, Euer Ehren«, sagte Abrahams. »Ich werde Sie drei behandeln wie Studienanfänger in ihrem ersten Jahr.«

Sir Julian hielt den Atem an, während Grace besorgt zu den Richtern sah und auf eine scharfe Zurechtweisung wartete, doch es kam keine. Die Lordschaften lächelten nur, als Lordrichter Arnott sagte: »Das ist überaus aufmerksam von Ihnen, Professor, und ich hoffe, Sie werden mir vergeben, wenn ich es als notwendig erachten werde, Ihnen die eine oder andere Frage zu stellen.«

»Nur zu, Euer Ehren, wann immer Sie wollen. Und um sogleich Ihre erste Frage bezüglich der Relevanz des ESDA in diesem besonderen Fall zu beantworten, so muss ich gestehen, ich hätte diesen Auftrag nicht angenommen, hätte er mir nicht die Gelegenheit verschafft, meine Mutter zu besuchen.«

»Ihre Mutter lebt in England?«, fragte Lordrichter Arnott.

»Nein, Euer Ehren, in Warschau. Aber England liegt auf dem Weg.«

»Ich habe England noch nie als einen Ort betrachtet, der auf dem Weg nach irgendwohin liegt«, sagte der Richter, »aber fahren Sie fort.«

»Dazu muss ich, Euer Ehren, zunächst erläutern, warum die amerikanische Anwaltsvereinigung den ESDA inzwischen als wichtige Waffe in ihrem Arsenal betrachtet. Das war nicht immer der Fall. Zu dieser Sinnesänderung kam es erst vor Kurzem, als ein Kongressabgeordneter, gegen den ich eine entschiedene Abneigung hege, in seinem Prozess wegen Betruges dem Gericht gegenüber erklärte, er habe jede Seite eines vertraulichen Dokumentes zur Beschaffung von militärischen Ausrüstungsgegenständen gelesen und sei der Ansicht, einige Seiten seien zu einem späteren Zeitpunkt hinzugefügt worden. Ich konnte beweisen, dass er das Gericht angelogen hatte, was dazu führte, dass er nicht nur von seinem Amt zurücktreten, sondern auch für lange Zeit ins Gefängnis gehen musste.«

»Aber wenn ich es richtig verstehe«, sagte Lordrichter Arnott, »versuchen Sie in diesem Fall das genaue Gegenteil zu beweisen, nämlich dass ein Blatt Papier entfernt anstatt hinzugefügt wurde.«

»Das ist korrekt, Euer Ehren. Und wenn man mir gestattet, den Beweis in Ihrer Gegenwart zu erbringen, werde ich vermutlich ebenfalls in der Lage sein nachzuweisen, ob Arthur Rainsford oder DI Stern unter Eid gelogen hat. Denn es ist unmöglich, dass beide zugleich die Wahrheit sagen.« Jetzt hatte der Professor die ungeteilte Aufmerksamkeit aller im Gerichtssaal Anwesenden.

»Jenseits vernünftiger Zweifel?«, fragte Arnott und hob eine Augenbraue.

»Wissenschaftler beschäftigen sich nicht mit Zweifeln, Euer Ehren. Etwas ist entweder Fakt oder Fiktion.«

Das brachte Seine Lordschaft zum Schweigen.

»Um diesen Beweis jedoch anzutreten, Euer Ehren, brauche ich Ihre Erlaubnis, den Zeugenstand zu verlassen und ein Experiment durchzuführen.«

Der Richter nickte. Professor Abrahams verließ den Zeugenstand und ging zu seiner Maschine, die aussah wie ein kleiner Fotokopierer. Er zog ein Paar Latexhandschuhe an und wandte sich dann den drei Richtern zu.

»Mylord«, sagte Grace, »dürfte ich vorschlagen, dass Sie und Ihre Kollegen zu uns treten, sodass wir alle dem Experiment besser folgen können?«

Wieder nickte Lordrichter Arnott, und dann schritt er gemeinsam mit den beiden anderen Richtern vom Podest auf den Saalboden, wo die drei, zusammen mit den beiden Anwälten, einen Kreis um den ESDA bildeten.

»Und nun passen Sie auf«, sagte Abrahams, wie er es immer tat, wenn er sich in einer Vorlesung direkt an seine Studenten wandte. »Niemand hat unterstellt«, begann er, »Mr. Rainsford habe die erste Seite seiner Aussage, die später dem Gericht als Beweisstück vorgelegt wurde, nicht mit seinen Initialen gekennzeichnet. Die einzige Uneinigkeit besteht darüber, ob es ursprünglich drei oder nicht vielmehr doch immer nur zwei Seiten waren. Wenn ich das eine oder das andere beweisen soll, benötige ich das Original der zwei Seiten umfassenden Aussage.«

»Beide Parteien haben diesem Nachsuchen zugestimmt, Mylords«, warf Grace ein.

Arnott nickte dem Gerichtsdiener zu, der Professor Abrahams die beiden Originale reichte.

»Und nun wird es wohl am sinnvollsten sein«, sagte Abrahams, »wenn wir uns alle die genaue Formulierung der Aussage ins Gedächtnis rufen. Ich weise noch einmal darauf hin, dass es keine Uneinigkeit zwischen den Parteien bezüglich der ersten Seite gibt.« Er begann zu lesen.

»Mein Name ist Arthur Edward Rainsford. Ich bin einundfünfzig Jahre alt und wohne gegenwärtig in Fulham Gardens Nummer 32, London SW7. Ich bin der Verkaufsleiter eines kleinen Finanzunternehmens, das sich auf Investitionen in aufstrebende Pharmafirmen spezialisiert hat. Am fünften Mai 1983 fuhr ich mit dem Zug nach Coventry, um mit einem möglichen neuen Investor zu sprechen. Nach unserem Gespräch gingen wir zusammen zum Lunch. Als die Rechnung kam, wollte ich sie mit meiner Firmenkreditkarte bezahlen. Als diese nicht akzeptiert wurde, geriet ich in arge Verlegenheit, da so etwas bei einem potenziellen Kunden wohl kaum Vertrauen schaffen würde.
Ich war äußerst wütend und rief unseren Finanzdirektor Gary Kirkland an, um zu erfahren, wie so etwas geschehen konnte. Er versicherte mir, dass kein Anlass zur Sorge bestand und es sich schlicht um einen Buchungsfehler handeln müsse. Er schlug vor, dass ich noch am selben Abend auf dem Nachhauseweg im Büro vorbeischauen sollte, damit er mit mir die Geschäftsbücher durchgehen könne. Später bedauerte ich, dass ich ihm gegenüber meine Selbstbeherrschung verloren habe. Ich muss ihn furchtbar...«

Der Professor legte das erste Blatt beiseite und griff nach dem zweiten.

»Wie Sie wissen«, sagte er zu seinen aufmerksamen Zuhörern, »ist dies das zweite Blatt der bei der Polizei gemachten Aussage, obwohl Mr. Rainsford noch immer behauptet, es handle sich in Wahrheit um die dritte Seite.« Wieder begann er zu lesen.

»... geschlagen haben. Als ich die tiefe Wunde an seinem Hinterkopf sah, wurde mir sofort klar, dass er beim Sturz auf den Boden gegen die Kante des Kaminsimses oder das aus Messing bestehende Kamingitter geprallt sein musste. Als Nächstes, so erinnere ich mich, hörte ich den Klang einer Sirene, und wenige Augenblicke später stürmte ein halbes Dutzend Polizisten ins Büro. Einer von ihnen, Detective Inspector Stern, nahm mich fest und erklärte mir später, mir werde die Ermordung von Gary Kirkland, einem meiner ältesten Freunde, zur Last gelegt. Ich werde seinen Tod für den Rest meines Lebens bedauern.

Arthur Rainsford.
Ich habe diese Aussage im Beisein von
DI Stern und DC Clarkson gelesen.«

Professor Abrahams hielt einen Augenblick inne, um sich zu versichern, dass seine heutigen besonderen Studenten ihm noch immer konzentriert zuhörten. Als er sah, dass dies der Fall war, fuhr er fort. »Ich bitte Sie nun, Ihre Aufmerksamkeit dem ESDA zuzuwenden, dem Elektrostatischen Detektionsapparat. Ich werde gleich diese zweite Seite auf die Bronzeplatte des ESDA legen. Noch irgendwelche Fragen?«

Niemand sagte auch nur ein Wort.

»Gut. Ich werde die Seite jetzt mit einem Mylar-Blatt abdecken und dann versiegeln.«

Der Professor nahm einen kleinen Roller aus seiner Trickkiste und fuhr damit so lange über das Mylar-Blatt, bis er sicher war, sämtliche Luftblasen beseitigt zu haben. Dann nahm er ein dünnes Metallgerät aus seiner Tasche und erklärte, dass es sich um eine sogenannte »Korona« handle. Als er sie einschaltete, gab sie ein leise summendes Geräusch von sich. Er hielt sie einen Zentimeter über die Platte und fuhr damit mehrmals über die Seite.

»Was macht die Korona?«, fragte Lordrichter Arnott.

»Sie bombardiert die Mylar-Schicht mit positiver Ladung, Euer Ehren, die von Abdrücken auf der Seite angezogen wird.«

Nachdem er diesen Schritt beendet hatte, schaltete der Professor die Korona aus und erklärte: »Ich werde jetzt etwas Fotokopier-Toner auf die Oberfläche des Papiers sprühen. Danach werden wir sehr schnell erfahren, ob mein Experiment seinen Zweck erfüllt hat oder nichts weiter als Zeitverschwendung war.«

Die gebannten Zuschauer starrten auf das Stück Papier, als der Professor eine Seite der Bronzeplatte anhob und das Blatt mit winzigen, Pfefferkörnern gleichenden Farbpigmenten besprühte, die über das Blatt rannen und in einer schmalen Rinne am unteren Ende der Platte verschwanden. Sobald er sich davon überzeugt hatte, dass das Papier mit schwarzen Farbpigmenten bedeckt war, senkte er die Bronzeplatte zurück an ihren ursprünglichen Platz und betrachtete seine Arbeit.

»Sieh dir Arthur an«, flüsterte Grace.

Sir Julian sah zu dem Angeklagten, der immer noch an der ihm vorgeschriebenen Stelle im Gerichtssaal stand. Arthur schien nicht im Geringsten daran zu zweifeln, wie das Experiment ausfallen würde, wohingegen Lordrichter Arnott und seine beiden Kollegen immer noch skeptisch wirkten und Mr. Llewellyn vollkommen ungläubig aussah.

Professor Abrahams beugte sich über die Maschine, legte

eine klebstoffbeschichtete Kunststofffolie über das Mylar-Blatt und löste es dann geschickt von der Platte. Schließlich löste er die klebstoffbeschichtete Kunststofffolie vom Mylar-Blatt, schob ein weißes Blatt Papier dahinter und hielt es hoch, sodass jeder es betrachten konnte.

Niemand hätte die unmissverständlichen Abdrücke der fehlenden Seite übersehen können.

Mr. Llewellyn gab sich noch immer vollkommen ungerührt, als Lordrichter Arnott sagte: »Vielleicht hätten Sie die Güte, Professor, die Worte vorzulesen, die sich auf der Seite abgedrückt haben, denn wenn ich nicht irre, haben Sie das auch früher schon getan.«

»Sogar bei mehreren Gelegenheiten, Euer Ehren. Aber ich muss Sie warnen, es wird unweigerlich ein paar Lücken geben.« Er nahm ein mächtiges Vergrößerungsglas aus der Tasche und musterte die Seite sorgfältig, bevor er zu lesen begann.

»... *im Stillen verflucht haben bevor ich s Versio Ereigni*
gehört hatte. Als ich am B   Euston   nahm ich
ein   Taxi zu unserem«, der Professor zögerte, *»Büro*
in   Marylebone. Als ich die Tür öffn   sah ich wie
ein   kräftig gebauter Ma   auf mich zustürmte.
Ich hielt ihm   die Tür a   aber er schoss an mir
vorbei hinaus a   Straße. In jenem Augenb   dachte ich
ni   über ihn   nach später jedo   wurde mir klar
dass er möglicherw   der Mörder gewes   ist.
Stattdessen ging ich hinau   in Gary Büro im Stock
und fand ihn vor dem Kami   auf dem Bo   liegen.
Ich eilte zu i   abe es war   berei   zu spät. Jeman
mus   ihn wohl ...«

Der Professor wandte sich erneut dem dritten Blatt der Aussage zu und fuhr fort: »... *geschlagen haben*.« Mehrere Personen, die um die Maschine herumstanden, brachen in spontanen Beifall aus, während andere eisern schwiegen.

»Vielen Dank«, sagte Lordrichter Arnott und fügte hinzu: »Ladys und Gentlemen, bitte begeben Sie sich wieder auf Ihre Plätze.«

Grace wartete, bis alle sich gesetzt hatten, bevor sie aufstand und sagte: »Keine weiteren Fragen, Mylords.« Dann sank sie erschöpft auf die Bank zurück.

»Chapeau«, flüsterte ihr Vater und führte die Finger seiner rechten Hand an die Stirn.

»Mr. Llewellyn, möchten Sie den Zeugen ins Kreuzverhör nehmen?«, fragte Lordrichter Arnott.

Professor Abrahams bereitete sich auf den Widerstand der Krone vor.

»Nein, Mylords«, sagte der Hauptanklagevertreter der Krone, wobei er sich kaum von seinem Platz erhob.

»Wir stehen in Ihrer Schuld, Professor Abrahams«, sagte Lordrichter Arnott. »Ich bin wirklich froh, dass Ihre Mutter in Warschau wohnt und Sie auf Ihrer Reise zu ihr kurz bei uns vorbeigeschaut haben. Sie dürfen den Zeugenstand verlassen.«

»Vielen Dank, Euer Ehren«, sagte der Professor, trat vom Zeugenstand weg und nahm seine Trickkiste wieder an sich.

Grace hätte ihn am liebsten umarmt, als er den Gerichtssaal verließ und dabei Arthur kurz zuzwinkerte, bevor er die Tür hinter sich schloss.

»Haben Sie noch weitere Zeugen, Sir Julian?«, fragte Lordrichter Arnott.

»Nur noch einen, Mylords. Detective Sergeant Clarkson,

der als ein weiterer Zeuge Mr. Rainsfords Aussage unterschrieben hat. Er wurde vorgeladen, morgen um zehn vor den Lordschaften zu erscheinen.«

»Dann werden wir das Verfahren bis dahin unterbrechen.«

Sir Julian verbeugte sich und blieb stehen, bis die drei Richter ihre zahlreichen Unterlagen eingesammelt und den Saal verlassen hatten.

»Denkst du, Clarkson wird morgen wirklich erscheinen?«, fragte Grace.

»Ich würde nicht darauf wetten«, erwiderte ihr Vater.

31

»Bitte nennen Sie uns Ihren Namen und Ihren Beruf für das Protokoll«, sagte Kronanwalt Booth Watson.

»Miles Adam Faulkner. Ich bin Farmer.«

»Mr. Faulkner, das Gericht hat gehört, dass Sie eine beeindruckende Kunstsammlung, eine Wohnung in New York, eine Villa in Monte Carlo, ein Gut in Hampshire, eine Jacht und einen Privatjet besitzen. Wie sollte einem Farmer so etwas möglich sein?«

»Mein guter Vater hat mir die Farm in Limpton hinterlassen sowie dreitausend Morgen Land.«

Kronanwalt Palmer schrieb sogleich etwas auf seinen Notizblock.

»Aber das erklärt immer noch nicht Ihren luxuriösen Lebensstil und die Tatsache, dass Sie teure Kunstwerke sammeln können.«

»In Wahrheit verhält es sich folgendermaßen. Trotz der Tatsache, dass meine Familie seit über vierhundert Jahren im Besitz von Limpton Hall ist, hat die Regierung vor einigen Jahren den Zwangsverkauf eines Teils meines Grund und Bodens angeordnet, um eine sechsspurige Schnellstraße zu bauen, die direkt durch mein Land führen soll, wodurch mir nur das Haus und ein paar Hundert Morgen blieben. Ich ging vor Gericht, um die Entscheidung anzufechten, ich unterlag. Am Ende hat mir die Regierung jedoch eine Kompensation bezahlt, die es mir ermöglicht hat, meinen lebenslangen Kunstinteressen nachzugehen. Und dank der einen oder anderen klugen Investition an der Börse ist es mir im Laufe der Jahre gelungen, eine vernünftige Sammlung aufzubauen.«

Mr. Palmer machte sich eine zweite Notiz.

»Welche Sie zweifellos der nächsten Generation zu vermachen beabsichtigen«, sagte Booth Watson mit einem Blick auf seine Liste sorgfältig vorbereiteter Fragen.

»Nein, Sir. Ich fürchte, das wird nicht möglich sein.«

»Warum nicht?«

»Unglücklicherweise wollte meine Frau keine Kinder, und da ich nicht möchte, dass die Sammlung in alle Winde verstreut wird, habe ich beschlossen, sie als ganze unserem Land zu vermachen.«

Faulkner drehte sich um und lächelte den Geschworenen zu, genau wie Booth Watson ihn angewiesen hatte. Ein paar Geschworene erwiderten sein Lächeln.

»Ich würde nun gerne auf ein besonderes Gemälde zu sprechen kommen, Mr. Faulkner, *Die Vorsteher der Tuchmacherzunft* von Rembrandt.«

»Zweifellos ein Meisterwerk«, sagte Faulkner. »Ich habe es vom ersten Tag an bewundert, seit ich es als Schuljunge gesehen habe, als meine Mutter mich ins Fitzmolean mitnahm.«

»Die Krone möchte, dass wir glauben, dass Sie das Bild so sehr bewunderten, dass Sie es gestohlen haben.«

Faulkner lachte. »Ich gestehe«, sagte er und wandte sich wieder den Geschworenen zu, »dass ich ein Kunstliebhaber und sogar kunstverrückt bin, aber ich bin kein Kunstdieb, Mr. Watson.«

»Wie erklären Sie sich dann, dass Ihre Frau unter Eid ausgesagt hat, der Rembrandt habe während der letzten sieben Jahre Ihnen gehört?«

»Sie hat recht. Ich habe *Die Vorsteher der Tuchmacherzunft* sieben Jahre lang besessen.«

Jetzt starrten die Geschworenen den Angeklagten ungläubig an.

»Dann geben Sie den Diebstahl also zu?«, fragte Booth Watson mit gespielter Überraschung. Auch die Geschworenen wirkten verwirrt, während Kronanwalt Palmer misstrauisch dreinblickte. Nur der Richter blieb vollkommen regungslos, während Faulkner einfach lächelte.

»Ich glaube, ich verstehe nicht ganz, was Sie andeuten wollen«, fuhr Booth Watson fort, der ganz genau wusste, worauf sein Mandant hinauswollte.

»Wäre es möglich, Sir«, sagte Faulkner, indem er sich an den Richter wandte, »dass ich dem Gericht das Gemälde zeige, das während der letzten sieben Jahre über dem Kaminsims im Salon meines Hauses in Hampshire gehangen hat, um so meine Unschuld zu beweisen?«

Jetzt sah sogar Mr. Justice Nourse verwirrt aus. Er blickte hinüber zu Mr. Palmer, der mit den Schultern zuckte, und wandte sich dann wieder dem Anwalt der Verteidigung zu.

»Wir sind alle sehr gespannt darauf, Mr. Watson, herauszufinden, was Ihr Mandant uns zeigen möchte.«

»Ich bin Ihnen überaus dankbar, Euer Ehren«, sagte Booth Watson. Er nickte seinem Junior Barrister zu, einer jungen Dame, die am Eingang zum Gerichtssaal stand. Sie öffnete die Tür, und zwei kräftige Männer trugen eine große Kiste herein, die sie zwischen dem Richter und den Geschworenen auf den Boden stellten.

»Euer Ehren«, sagte Mr. Palmer und sprang auf. »Die Krone wurde nicht darüber informiert, welche Scharade die Verteidigung hier aufzuführen gedenkt. Ich möchte Sie bitten, diese Aktion als das zu behandeln, was sie ist, und deshalb abzulehnen.«

»Und was wäre dies wohl, Mr. Palmer?«

»Nichts weiter als eine Zirkusnummer, die dem Versuch dienen soll, die Geschworenen abzulenken.«

»Dann wollen wir herausfinden, ob dieser Plan aufgeht, Mr. Palmer«, sagte der Richter. »Ich vermute, die Geschworenen würden genauso gerne herausfinden wie ich, was sich in dieser Kiste befindet.«

Alle Blicke hefteten sich auf die Kiste, als aus den Möbelpackern Auspacker wurden. Zuerst zogen sie die Nägel aus dem Holz, dann schaufelten sie die Styroporchips beiseite, und schließlich falteten sie die Musselin-Decken auf, um ein Gemälde zu enthüllen, das einige Anwesende nach Luft schnappen ließ, während andere einfach nur amüsiert wirkten.

»Mr. Faulkner, wären Sie so freundlich, uns zu erklären, wie es möglich ist, dass Rembrandts *Die Vorsteher der Tuchmacherzunft* in diesen Gerichtssaal kommt«, sagte Booth Watson, »und nicht, wie Ihre Frau zuvor behauptet hat, an der Wand des Fitzmolean Museum hängt?«

»Nur keine Panik, Mr. Watson«, sagte Faulkner zu einem Mann, der nie in Panik geriet. »Das Original hängt immer noch im Fitzmolean. Dieses Bild hier ist nichts weiter als eine ausgezeichnete Kopie, die ich vor mehr als sieben Jahren in einer Galerie in Notting Hill gekauft habe.«

»Dann ist also dies das Gemälde«, sagte Booth Watson, »das Ihre Frau während der letzten sieben Jahre vor sich hatte und dabei dem falschen Eindruck anhing, es handle sich um das Original?«

»Ich fürchte, so ist es, Sir. Aber andererseits hat Christina niemals echtes Interesse gegenüber meiner Sammlung aufgebracht und sich stets nur für den Wert der Bilder interessiert. Welcher in diesem Fall bei fünftausend Pfund liegt.«

»Mr. Faulkner«, sagte der Richter, indem er das Gemälde aufmerksam musterte, »wie kann ein Laie wie ich sicher sein, dass es sich bei diesem Bild wirklich um eine Kopie handelt und nicht um das Original?«

»Indem er einen Blick auf die untere rechte Ecke wirft, Euer Ehren. Wenn dies das Original wäre, würden Sie dort Rembrandts Initialen RvR sehen. Nur selten ließ der Künstler eines seiner Gemälde unsigniert. Aber um fair zu sein, das wusste meine Frau natürlich nicht.«

»Zwar akzeptiere ich Ihre Erklärung, Mr. Faulkner«, sagte Booth Watson, »aber trotzdem bleibt für mich nach wie vor unklar, wie das Original, das sich jetzt wieder im Fitzmolean befindet, überhaupt in Ihren Besitz kam.«

»Um das zu verstehen, Mr. Watson, müssen Sie zunächst wissen, dass ich als Sammler in der Kunstwelt allgemein bekannt bin. Jedes Jahr erhalte ich Hunderte von Kunstausstellungskatalogen, die ich niemals angefordert habe, und ebenso einige Anfragen, ob ich ein bestimmtes Bild zu kaufen wünsche. Diese kommen oft von alteingesessenen Familien, die nicht wollen, dass irgendjemand etwas von ihren finanziellen Schwierigkeiten erfährt.«

»Kaufen Sie jemals eines dieser Werke?«

»Nicht besonders oft. Es ist viel wahrscheinlicher, dass ich meine Bilder und Skulpturen von einem angesehenen Kunsthändler oder einem etablierten Auktionshaus erstehe.«

»Aber das erklärt immer noch nicht, wie das Original eines Rembrandt in Ihren Besitz kam.«

»Vor ein paar Wochen hat mir jemand ein Bild angeboten, bei dem es sich, wie er behauptete, um einen Rembrandt handelte. Nachdem er es beschrieben hatte, wusste ich, dass es sich dabei um jenes Werk handeln musste, das aus dem Fitzmolean gestohlen worden war.«

»Was brachte Sie zu dieser Annahme?«, fragte der Richter.

»Es ist fast ausgeschlossen, Euer Ehren, dass ein Rembrandt in den Verkauf gelangt. Fast alle seine Werke sind im Besitz staatlicher Museen oder Galerien. Nur sehr wenige befinden sich noch in privater Hand.«

»Warum wollten Sie dann überhaupt irgendetwas damit zu tun haben, wo Sie doch wussten, dass das Bild gestohlen war?«, fragte Booth Watson.

»Ich muss zugeben, dass ich der Herausforderung nicht widerstehen konnte. Als mir jedoch mitgeteilt wurde, dass ich nach Neapel fahren musste, um mir das Bild anzusehen, begriff ich, dass es die Camorra gewesen sein musste, die es gestohlen hatte. Ich hätte den Kontakt einfach abbrechen sollen. Aber wie ein Fußballer, der davon überzeugt ist, dass er das entscheidende Tor auf dem Fuß hat, bin ich einfach losgestürmt.«

Booth Watson hatte diese besondere Metapher noch nie geschätzt, aber jetzt übernahm er sie. »Und haben Sie das entscheidende Tor geschossen?«

»Ja und nein«, antwortete Faulkner. »Ich bin nach Neapel geflogen, wo mich ein elegant gekleideter junger Anwalt in Empfang nahm, der von zwei Gangstertypen begleitet wurde, die die ganze Zeit über kein einziges Wort sagten. Ich wurde in ein heruntergekommenes Viertel der Stadt gefahren, das sogar von der Polizei gemieden wird. Nie habe ich so viel Armut in meinem Leben gesehen. Die einzigen Bilder an den Wänden der Mietskasernen zeigten entweder die Jungfrau Maria oder den Papst. Man führte mich über eine lange Steintreppe in einen spärlich beleuchteten Keller, wo ein großes Gemälde an einer Wand lehnte. Selbst in diesem Halbdunkel war offensichtlich, dass es sich um ein Bild handelte, das man nie wieder vergessen würde.«

»Was geschah dann?«

»Wir fingen an, zu verhandeln, und es wurde schnell klar, dass sie das Bild loswerden wollten, weshalb wir uns auf einhunderttausend Dollar einigen konnten. Ich wusste genauso gut wie sie, dass dieses Werk das Hundertfache wert war, aber es war nicht gerade so, dass ihnen mögliche Interessenten die Bude einrannten. Ich sagte ihnen, ich würde ihnen das Geld noch am selben Tag aushändigen, an dem das Bild dem Fitzmolean zurückgegeben würde. Sie sagten, sie würden sich wieder melden, machten sich aber nicht die Mühe, mich zum Flughafen zurückzufahren, sodass ich eine ganze Weile zu Fuß gehen musste, bis ich zufällig auf ein Taxi stieß.«

»Haben Sie irgendjemandem von Ihrem Erlebnis erzählt, als Sie wieder zu Hause waren?«

»Ja, ich musste mit irgendjemandem darüber sprechen, was ich durchgemacht hatte, und so beging ich den Fehler und habe Christina davon erzählt. Ich hätte nie gedacht, dass sie das ausnützen und unter Eid lügen würde.«

»Und die Herren, die Sie in Italien getroffen hatten, haben ihre Seite des Handels nicht eingehalten und das Gemälde keineswegs dem Fitzmolean zurückgegeben.«

»Die Camorra wird nur selten außerhalb ihres eigenen Territoriums aktiv«, sagte Faulkner. »Mehr als einen Monat lang habe ich nichts mehr in dieser Sache gehört, weshalb ich annahm, der Handel sei geplatzt.«

Der Richter machte sich eine Notiz.

»Aber dann war das doch nicht der Fall?«

»Nein. Die zwei Gangstertypen, die ich am Flughafen von Neapel zum ersten Mal gesehen hatte, tauchten plötzlich mitten in der Nacht mit dem Bild in meiner Wohnung in Monte Carlo auf und verlangten ihre einhunderttausend Dollar. Einer der beiden fuchtelte ständig mit einem Messer herum.«

»Sie müssen zutiefst erschrocken gewesen sein.«

»Das war ich allerdings. Besonders, als sie mir sagten, sie würden einem Vorsteher der Tuchmacherzunft nach dem anderen und schließlich auch mir die Kehle durchschneiden, sollte ich sie nicht bezahlen.«

Der Richter machte sich eine weitere Notiz.

»Sie hatten einfach so einhunderttausend Dollar in bar zur Hand?«

»Die meisten Menschen, die ein Familienerbstück verkaufen wollen, Mr. Watson, würden sich nicht damit zufriedengeben, nur einen Scheck zu erhalten.«

»Was taten Sie als Nächstes?«

»Am folgenden Morgen rief ich den Kapitän meiner Jacht an und sagte ihm, dass in Kürze eine große Kiste an die Anlegestelle geliefert würde. Er solle sie nach Southampton bringen und persönlich dem Fitzmolean Museum übergeben.«

»Und, Euer Ehren«, sagte Booth Watson, »wenn es die Krone wünscht, kann ich Kapitän Menegatti aufrufen lassen, der bestätigen wird, dass dies in der Tat die Anweisungen waren, die Mr. Faulkner ihm gegeben hat.«

»Darauf wette ich«, sagte William, »wenn er seine Stelle behalten will.«

»Am Tag darauf sind Sie nach Australien geflogen, im Vertrauen darauf, dass Ihre Anweisungen ausgeführt würden.«

»Ja. Ich hatte gehofft, meine Frau würde mit mir kommen, doch sie entschied sich im letzten Augenblick dagegen. Wie sich später herausstellen sollte, hatte sie eine Verabredung mit einem jüngeren Mann.«

William ballte die Fäuste und versuchte, ein Zittern zu unterdrücken.

»Sie wusste schließlich, dass ich für den sechsundzwanzigsten Dezember Tickets für die Test-Matches in Melbourne hatte, was bedeutete, dass ich mindestens bis Neujahr nicht wieder im Land wäre.«

»Aber Sie sind mitten im Turnier nach England zurückgekehrt?«

»Ja. Kapitän Menegatti hat mich in meinem Hotel in Melbourne angerufen und mich darüber informiert, dass meine Frau bei der Jacht erschienen war, aber nicht mit der einzelnen Kiste, von der ich Ihnen gerade berichtet habe, sondern mit dem vollständigen Teil meiner Sammlung, die sich in Monte Carlo befunden hatte. Sie wies ihn an, alles nach Southampton zu transportieren, wo sie ihn wieder treffen wollte, bevor sie nach New York gehen würde.«

»Wie haben Sie reagiert?«

»Ich habe das nächste Flugzeug zurück nach London genommen, und ich brauchte keineswegs den ganzen dreiundzwanzigstündigen Flug, um zu begreifen, was sie vorhatte. Sobald ich in Heathrow gelandet war, nahm ich ein Taxi zu unserem Gut in Hampshire, denn ich war mir bewusst, dass ich keinen Augenblick zu verlieren hatte.«

»Warum haben Sie nicht Ihren Fahrer gebeten, Sie abzuholen?«, fragte Booth Watson.

»Weil Christina dadurch möglicherweise erfahren hätte, dass ich wieder im Land war, und so etwas hätte ich gewiss nicht brauchen können.«

»Und war Ihre Frau zu Hause, als Sie dort eintrafen?«

»Nein, das war sie nicht, ebenso wenig wie meine Kunstwerke, die, wie ich herausfand, sich gleichermaßen auf dem Weg nach Southampton befanden. Ich kam gerade noch rechtzeitig, um zu verhindern, dass sie nach New York verschifft wurden.«

»Danach betraten Sie also die Jacht und gaben Anweisung, dass die Kunstwerke zurück auf Ihr Gut in Hampshire und in Ihre Villa in Monte Carlo geschickt werden sollten, und ...«

»Mit einer bedeutenden Ausnahme«, unterbrach Faulkner seinen Anwalt. »Es war schon immer meine Absicht gewesen, den Rembrandt an das Fitzmolean zurückzugeben, unbeschadet der Folgen, die sich für mich daraus ergeben mochten.« Wieder wandte er sich den Geschworenen zu, und diesmal bedachte er sie mit einem genau einstudierten ernsten Blick.

»Aber bevor Sie das tun konnten, stürmte die Polizei an Bord, nahm Sie fest und warf Ihnen vor, Sie hätten die Etiketten auf zwei der Kisten vertauscht, damit man Sie nicht mit dem Rembrandt erwischen würde.«

»Das, Mr. Watson, ist eine höchst lächerliche Unterstellung, und zwar aus drei Gründen. Erstens war ich nur wenige Minuten auf der Jacht, bevor ich festgenommen wurde, weshalb es offensichtlich ist, dass meine Frau die Polizei bereits darüber informiert hatte, dass der Rembrandt noch an Bord war. Zweitens muss sie das Etikett der Kiste für das Fitzmolean bereits ausgetauscht haben, bevor die Werke in Monte Carlo verladen worden waren.«

»Aber warum hätte sie die Etiketten austauschen und der Polizei dann mitteilen sollen, dass sich der Rembrandt noch auf dem Schiff befand?«, fragte Booth Watson mit Unschuldsmiene.

»Ganz einfach. Nach meiner Festnahme hätte sie nichts mehr daran hindern können, nach New York zu fahren und den Rest meiner Sammlung zu stehlen, was sie zweifellos geplant hatte, solange ich am anderen Ende der Welt war.«

»Sie sagten, es gebe noch einen dritten Grund, Mr. Faulkner.«

»Den gibt es in der Tat, Mr. Watson. Commander Hawksby wurde von zwei anderen Polizeibeamten begleitet. Offensichtlich war auch ihnen von meiner Frau mitgeteilt worden, dass der Rembrandt noch an Bord war. Welchen Sinn hätte es gehabt, die Etiketten auszutauschen, da doch der Hafenmeister das Recht besaß, jede Einzelne der Kisten zu öffnen? Nein, Christinas Plan bestand darin, dafür zu sorgen, dass ich festgenommen wurde und gleichzeitig auch noch meinen Rubens verlieren sollte. Sie hat nicht nur die Etiketten vertauscht, sie wusste auch, dass es sich um mein Lieblingsbild handelte.«

»Wenigstens wurde der Rubens seinem rechtmäßigen Besitzer zurückgegeben, zusammen mit dem Rest Ihrer Sammlung.«

William bemerkte, dass Booth Watson gegenüber seinem Mandanten ein unauffälliges Nicken andeutete.

»Ja, so ist es in der Tat, Mr. Watson. Tim Knox, der Direktor des Fitzmolean, war sich sogleich darüber im Klaren, dass ein Versehen vorliegen musste, und hat den Rubens nach

Limpton Hall bringen lassen. Nach ein paar Tagen jedoch habe ich mir die Sache anders überlegt. Wie Sie wissen, besitzt nur noch das Rijksmuseum in Amsterdam eine größere Sammlung niederländischer und flämischer Gemälde. Ich begann mich also zu fragen, ob Rubens' *Kreuzabnahme* wirklich sein rechtmäßiges Zuhause gefunden hatte, und nach eingehender Gewissensprüfung habe ich beschlossen, das Bild unserem Land zu schenken, damit andere so viel Freude daran haben können wie ich während der letzten dreißig Jahre.«

Wort für Wort perfekt, dachte Booth Watson und sah zu den Geschworenen hinüber. Er war davon überzeugt, dass inzwischen wenigstens die Hälfte von ihnen auf der Seite seines Mandanten war.

»Ich muss Ihnen noch eine letzte Frage stellen, Mr. Faulkner. Hat man Sie vor diesem bedauerlichen Missverständnis jemals einer schweren Straftat angeklagt?«

»Nein, Sir. Niemals. Ich muss jedoch gestehen, dass ich während meiner Zeit auf der Kunsthochschule einem Verkehrspolizisten den Helm gestohlen und diesen beim Ball des Chelsea Art Club getragen habe. Dafür habe ich eine Nacht im Gefängnis verbracht.«

»Tatsächlich, Mr. Faulkner? Dann wollen wir hoffen, dass Sie keine weiteren Nächte mehr dort verbringen werden. Keine weiteren Fragen, Euer Ehren.«

»Worauf willst du hinaus?«, fragte Sir Julian, als Grace mehrere große Schwarzweißfotos auf die Bank zwischen ihnen legte.

»Die Aufnahmen zeigen Stern beim Verlassen des Gerichts, nachdem du ihn ins Kreuzverhör genommen hast.«

»Das sehe ich. Aber was beweisen sie, außer dass er gerne im Rampenlicht steht?«

»Was er in Zukunft lieber vermeiden wird, vermute ich. Sieh sie dir genauer an, Dad, und dir wird etwas auffallen, das Stern uns nicht wissen lassen wollte.«

»Ich habe immer noch keine Ahnung«, gab ihr Vater zu, nachdem er sich die Fotos ein zweites Mal angesehen hatte.

»Die Lederjacke ist von Versace, und die Halbschuhe sind von Gucci, beides alleroberste Preisklasse.«

»Und die Uhr?«, fragte Sir Julian, dem ein Licht aufging.

»Eine Cartier Tank. Und alles an ihr ist echt, im Gegensatz zu dem Mann, der sie trägt.«

»Stern könnte sich solche Dinge unmöglich von der Pension eines Detective Inspector leisten.«

»Und es kommt noch besser«, sagte Grace und deutete auf einen kleinen Stapel weiterer Fotos, auf denen Stern in einen Jaguar S-Type stieg und davonfuhr. »Das Auto ist auf seinen Namen zugelassen.«

»Ich denke, es ist an der Zeit, dass wir uns an einen Richter wenden. Vielleicht erhalten wir die Genehmigung, uns Einblick in seine Bankkonten zu verschaffen.«

»Denken Sie, die Geschworenen haben auch nur ein Wort von diesem Schwachsinn geglaubt?«, fragte William, nachdem Mr. Justice Nourse die Sitzung unterbrochen hatte.

»Ich bin mir nicht sicher«, sagte Hawksby. »Aber es ist nicht gerade eine Hilfe, dass Mrs. Faulkner so offensichtlich die Absicht hatte, die Kunstsammlung ihres Mannes zu stehlen. Dadurch werden die Geschworenen die wenig beneidenswerte Aufgabe haben, darüber zu entscheiden, wer der größere Lügner von beiden ist. Wie stehen die Dinge in Gerichtssaal zweiundzwanzig?«

»Ich bin gerade auf dem Weg, um mit Beth zu sprechen und genau das herauszufinden. Übrigens«, fügte er hinzu, indem er seine Stimme senkte, »die Akten, die Sie auf dem Tisch in Ihrem Büro hatten liegen lassen, haben sich als überaus hilfreich erwiesen.«

Als William den Gerichtssaal zweiundzwanzig betrat, sah er, wie Arthur Rainsford von einem Polizisten die Treppe hinab zu den Zellen ins Untergeschoss geführt wurde.

»Für heute sind wir fertig«, sagte Beth, als William sich neben sie setzte. »Wir können also genauso gut nach Hause gehen.«

William erwog kurz, ein paar Worte mit seinem Vater zu wechseln, doch als er sah, dass dieser tief mit Grace ins Gespräch versunken war, beschloss er, die beiden nicht zu unterbrechen. Beth nahm seine Hand, sagte jedoch nichts weiter, bis sie das Gebäude verlassen hatten und im Freien standen.

»Deine Schwester war absolut professionell, als sie Professor Abrahams befragt hat«, begann Beth, als die beiden über die Straße gingen.

»Mein Vater hat zugelassen, dass Grace den Hauptzeugen befragt?«, sagte William ungläubig.

»Und Abrahams war so überzeugend, dass die Krone sich nicht einmal die Mühe gemacht hat, ihn ins Kreuzverhör zu nehmen.«

»Anscheinend habe ich den alten Herrn ein weiteres Mal unterschätzt«, erwiderte William. »Aber konnte Grace beweisen, dass es eine fehlende Seite gab?«

»Als Professor Abrahams den Zeugenstand verließ, hat sogar der Hauptanklagevertreter der Krone akzeptiert, dass es ursprünglich drei Seiten waren«, sagte Beth, als sie zu einer Reihe Menschen traten, die auf einen Bus warteten.

»Das sind gute Nachrichten. Aber was ist mit den Richtern? Immerhin sind sie die Einzigen, deren Meinung wirklich zählt.«

»Das weiß niemand. Wie erfahrene Pokerspieler lassen sie sich nichts anmerken.«

»Wen wird mein Vater als Nächstes auseinandernehmen?«, fragte William, nachdem sie in den Bus gestiegen waren.

»Detective Sergeant Clarkson, Sterns ehemaligen Partner. Der ist ein schwächerer Mensch als Stern, also könnte es gut sein, dass er unter Druck zusammenbricht.«

»Woher willst du das wissen?«

»Ich wünschte, du hättest Hawksby im Zeugenstand erlebt«, sagte William. »Sogar der Richter war beeindruckt.«

Beth verstand die unausgesprochene Botschaft und ging auf das neue Thema ein. »Aber hat Booth Watson ihm nicht heftig zugesetzt?«

»Nein, er hat ihn nicht einmal ins Kreuzverhör genommen. Anscheinend war er der Ansicht, dass dabei nichts für ihn zu holen war.«

»Und wie war Faulkner im Zeugenstand?«

»Beeindruckend«, musste William zugeben, »wenn auch nicht völlig überzeugend. Alles wirkte ein wenig zu sehr einstudiert. Außerdem hat er ständig versucht, seiner Frau für alles die Schuld zu geben.«

»Das wird den Geschworenen sicher nicht gefallen.«

»Booth Watson hat Christina gestern wirklich schwer in die Mangel genommen«, sagte William und bedauerte sofort, sie »Christina« genannt zu haben. Deshalb fuhr er schnell fort: »Und Faulkner hat es heute geschafft, sozusagen einen Fuß in die Tür zu bekommen. Darüber hinaus hat er ein Versprechen abgegeben, das für uns alle völlig überraschend kam, obwohl ich nicht glaube, dass er gedenkt, es auch zu halten.«

»Dass er dem Fitzmolean den Rubens schenken will?«

»Woher weißt du das?«

»Als die Verhandlung über Mittag unterbrochen wurde, habe ich im Museum angerufen, und Tim Knox hat mir gesagt, dass Booth Watson sich bei ihm gemeldet und ihm mitgeteilt hätte, dass Faulkner den Rubens nach dem Prozess stiften werde.«

»Das hört sich für mich schwer nach einer Bestechung an«, sagte William, als der Bus in der Fulham Road hielt. »Ich bin sicher, dass der Richter dieses Manöver durchschauen wird, oder?«

»Vielleicht solltest du Faulkner in dieser Frage ausnahmsweise nach dem Motto ›Im Zweifel für den Angeklagten‹ behandeln.«

»Ich fürchte, genau das werden die Geschworenen tun. Aber es braucht schon sehr viel mehr, um mich davon zu überzeugen, dass er kein Gauner ist.«

»Glaubst du, wir werden jemals wieder einen ganzen Tag für uns haben, ohne über einen der beiden Fälle zu diskutieren?«

»Das hängt davon ab, ob dein Vater freikommt und Faulkner für sehr lange Zeit hinter Gittern verschwindet.«

»Aber was machen wir, wenn es genau umgekehrt kommt?«

32

»Ich bin der Überbringer guter Nachrichten«, sagte Booth Watson, als ein Kellner zu ihm trat. »Aber lassen Sie uns zunächst das Frühstück bestellen.«

»Nur schwarzen Kaffee, Toast und Orangenmarmelade für mich«, sagte Faulkner. »Mir ist der Appetit vergangen.«

»Ich werde ein komplettes englisches Frühstück nehmen«, sagte Booth Watson. Er sprach erst weiter, als der Kellner außer Hörweite war. »Die Gegenseite hat mich angesprochen. Die Herren sind bereit, die Anklage wegen vorsätzlichem Diebstahl fallen zu lassen, sofern Sie sich gegenüber einem milderen Vorwurf, nämlich der wissentlichen Entgegennahme von gestohlenen Gütern, für schuldig erklären.«

»Was heißt das unterm Strich?«, fragte Faulkner.

»Wenn wir ihr Angebot annehmen, bekommen Sie wahrscheinlich zwei Jahre aufgebrummt und sind nach zehn Monaten wieder draußen.«

»Wie das?«

»Bei guter Führung wird Ihnen die Hälfte der Strafe erlassen, und weitere zwei Monate werden Ihnen abgezogen, weil es Ihre erste Verurteilung ist.«

»Zehn Monate Belmarsh sind nicht das, was ich mir unter einem großzügigen Angebot vorstelle. Und was noch wichtiger ist: Dadurch bliebe Christina genügend Zeit, meine gesamte Sammlung zu stehlen.«

»Das sollte kein Problem sein«, sagte Booth Watson, »denn solange Sie nicht da sind, werde ich dafür sorgen, dass Christina nicht einmal in die Nähe Ihres Besitzes kommt.«

Faulkner wirkte nicht überzeugt. »Und was ist, wenn ich das Angebot nicht annehme?«

»Wenn Sie in beiden Anklagepunkten für schuldig befunden werden, also Diebstahl und Entgegennahme, beträgt das maximale Strafmaß acht Jahre, wozu noch eine beträchtliche Geldbuße kommen würde.«

»Das Geld ist mir vollkommen gleichgültig. Ich habe so das Gefühl, Palmer weiß, dass er auf verlorenem Posten steht, weshalb er jetzt irgendwie versucht, das Gesicht zu wahren. Aber wie auch immer, ich glaube, dass die Geschworenen auf meiner Seite sind. Wenigstens zwei von ihnen haben mir gestern zugelächelt.«

»Zwei sind nicht genug«, sagte Booth Watson und hielt dann inne, während der Kellner ihnen Kaffee nachschenkte. »Der Geschworenensprecher wirkt auf mich wie ein pensionierter Colonel oder der Rektor einer privaten Grundschule, der der Ansicht sein dürfte, dass die Strafe dem Vergehen angemessen sein sollte.«

»Ich bin bereit, dieses Risiko einzugehen, BW. Sie können Palmer sagen, dass er sich verziehen soll. Wie wär's mit einem Glas Champagner?«

Die Krone gegen Rainsford

»Wir rufen Detective Sergeant Bob Clarkson«, sagte der Gerichtsdiener mit lauter Stimme.

Grace wandte den Blick nicht von Clarkson ab, als dieser

durch den Gerichtssaal ging und den Zeugenstand betrat. Er legte den Eid ohne die Großspurigkeit ab, die Stern hatte erkennen lassen.

Ein ehrlicher, anständiger Polizist, der leicht zu führen ist, nur manchmal auch in die falsche Richtung, lautete einer der Sätze, die sich Grace bei der Lektüre von Clarksons Personalakte notiert hatte.

Während der eher nachlässigen Befragung durch die Krone blieb Sir Julian geduldig auf seinem Platz sitzen, denn dabei ergaben sich wie erwartet keine Überraschungen.

»Möchten Sie den Zeugen ins Kreuzverhör nehmen?«, fragte Lordrichter Arnott.

Sir Julian erhob sich und nickte. Es war von Anfang an seine Absicht gewesen, dass Stern ihn als Feind betrachtete, aber nicht Clarkson.

»Detective Sergeant Clarkson«, begann er in ebenso sanftem wie überzeugendem Ton, »als Polizist wissen Sie, welche Konsequenzen ein Meineid haben kann. Deshalb möchte ich Sie bitten, sorgfältig nachzudenken, bevor Sie meine Fragen beantworten.« Clarkson schwieg.

»Waren Sie an jenem Tag, als Arthur Rainsford festgenommen wurde und man ihm den Mord an seinem Geschäftspartner Mr. Gary Kirkland vorwarf, am Tatort anwesend?«

»Nein, Sir. Ich war auf dem Revier.«

»Dann wurden Sie nicht Zeuge der Festnahme?«

»Nein, Sir, das wurde ich nicht.«

»Aber Sie waren der nachrangige Beamte, der die Aussage unterzeichnet hat, die Mr. Rainsford später an jenem Abend machte.«

»Ja, Sir, der war ich.«

»Bestand die Aussage, die DI Stern aufgenommen hatte

und die auch von Ihnen bezeugt wurde, aus zwei oder aus drei Seiten?«

»Ursprünglich hatte ich den Eindruck, es seien drei Seiten gewesen, doch DI Stern hat mir am folgenden Morgen versichert, es seien nur zwei, und ich habe sein Wort akzeptiert.«

Das war nicht die Antwort, die Sir Julian erwartet hatte. Er hielt einen Augenblick inne, denn ihm wurde bewusst, dass seine ursprünglich vorgesehenen nächsten fünf Fragen damit überflüssig wurden. Stattdessen beschloss er, sich bestätigen zu lassen, was er gerade gehört hatte.

»Es kam Ihnen also zunächst so vor, als bestünde die Aussage aus drei, nicht aus zwei Seiten, wie Mr. Stern behauptete?«

»Ja, Sir. Und nachdem ich das gestrige Gerichtsprotokoll gelesen habe, akzeptiere ich Professor Abrahams' Erkenntnisse, ohne sie in Zweifel zu ziehen.«

»Aber das würde bedeuten, Sie akzeptieren ebenfalls, dass Mr. Stern eine Seite der ursprünglichen Aussage entfernt haben muss?«, erwiderte Sir Julian in fragendem Ton.

»Ja, das tue ich, Sir. Und ich bedaure, ihn damals nicht zur Rede gestellt zu haben.«

»Haben Sie ihn auf die mögliche Existenz eines Unbekannten angesprochen, der, wie Mr. Rainsford ausgesagt hat, an ihm vorbeistürmte, als er das Bürogebäude betrat, und der, wie Mr. Rainsford immer wieder betonte, der Mörder gewesen sein konnte?«

»Ja, das habe ich, aber DI Stern meinte, dieser Mann sei nichts weiter als die Ausgeburt von Mr. Rainsfords Fantasie, weshalb wir uns nicht weiter damit beschäftigen sollten.«

»Was ist mit dem anonymen Anrufer, der die Polizei über

Mr. Kirklands Ermordung informiert hat? War er ebenfalls eine Ausgeburt von Mr. Rainsfords Fantasie?«

»Nein, Sir. Wir erhielten damals einen Anruf von einem Mann mit ausländischem Akzent, der uns gegenüber erklärte, er sei zufällig an dem Gebäude vorbeigekommen und habe laute Stimmen und das Geräusch zweier sich streitender Männer gehört, gefolgt von plötzlichem Schweigen, weshalb er unverzüglich die Polizei angerufen habe.«

»Hat dieser Mann seinen Namen genannt?«

»Nein, Sir, aber das ist in solchen Fällen nichts Ungewöhnliches.«

»Wie auf der fehlenden Seite von Mr. Rainsfords Aussage zu lesen ist, erreichte die Polizei nur wenige Augenblicke nach ihm die Büros von RGK.«

»Das würde jeder Täter behaupten, wenn er einem anderen die Schuld in die Schuhe schieben wollte«, erwiderte Clarkson, »weshalb ich mir nicht die Mühe gemacht habe, der Sache nachzugehen, nicht zuletzt deshalb, weil der Versuch, anonyme Anrufer zu ermitteln, eine undankbare Aufgabe ist und sich in der Regel als komplette Zeitverschwendung erweist.«

»Also haben Sie nie herausgefunden, wer der Unbekannte war?«

»Doch, Sir, das habe ich«, sagte Clarkson.

Erneut war Sir Julian überrascht, weshalb ihm nichts anderes übrig blieb, als den Schritt ins Unbekannte zu wagen.

»Bitte erzählen Sie dem Gericht in Ihren eigenen Worten, wie Sie herausgefunden haben, wer der Unbekannte war, Detective Sergeant.«

»Ein paar Tage nachdem Mr. Rainsford angeklagt worden war, erschien der Fahrer eines Taxis auf dem Revier und erzählte uns, er habe den Bericht über den Fall in den Abendnachrichten gesehen. Er erklärte, er habe Mr. Rainsford am Nachmittag des Mordes von Euston zu einem Bürogebäude in der Marylebone High Street gefahren. Kaum hatte er sein ›Frei‹-Schild wieder eingeschaltet, kam ein Mann aus dem Gebäude gerannt und bat darum, zum Admiral Nelson Pub in West Ham gefahren zu werden, doch schon nach etwa einhundert Metern bat der Mann den Fahrer, wieder anzuhalten. Der Fahrgast stieg aus und eilte zu einer Telefonzelle. Wenige Minuten später kam er wieder zurück, und der Fahrer nahm seinen Weg nach West Ham wieder auf.«

»Konnte der Fahrer Ihnen eine Beschreibung des Mannes geben?«

»Dürfte ich auf meine Notizen zurückgreifen, die ich damals gemacht habe?«, fragte Clarkson, indem er sich an die Richter wandte.

Lordrichter Arnott nickte. Clarkson schlug ein kleines, schwarzes Notizbuch auf, blätterte mehrere Seiten um und fuhr dann fort. »Der Taxifahrer erklärte, der Mann sei knapp über einen Meter siebzig groß, habe schwarzes Haar, und es könne nicht schaden, wenn er ein paar Kilo abnehmen würde. Außerdem sagte er, er würde darauf wetten, dass der Mann Grieche oder Türke war.«

»Wie kam er darauf?«, sagte Sir Julian.

»Der Taxifahrer hatte seinen Wehrdienst zur Zeit des Krieges in Zypern geleistet und war ziemlich sicher, den Akzent zu erkennen.«

»Haben Sie DI Stern von dieser Aussage berichtet?«

»Ja, das habe ich. Er war nicht gerade begeistert, meinte aber, er werde den Admiral Nelson Pub aufsuchen, um zu sehen, ob etwas an der Geschichte dran sei.«

»Und hat er herausgefunden, wer der Unbekannte war?«

»Ja, das hat er. Aber er meinte, der Mann habe ein wasserdichtes Alibi. Er sei zum Zeitpunkt des Mordes im Admiral Nelson gewesen, was der Wirt und mehrere Gäste bestätigten, die sich zur selben Zeit im Pub aufhielten. Und wir hatten ja ohnehin, betonte Stern mir gegenüber, ein unterschriebenes Geständnis. Was brauchten wir denn noch darüber hinaus?«

»Also haben Sie diese Richtung der Ermittlungen nicht weiterverfolgt?«

»Nein, das habe ich nicht. Immerhin war Stern der leitende Beamte in diesem Fall, und ich war ein Anfänger, der gerade mal seine Probezeit hinter sich hatte, weshalb ich nicht viel tun konnte.«

»Und es gibt keine Unterlagen, die beweisen, dass DI Stern den Admiral Nelson Pub aufgesucht oder mit dem sogenannten Unbekannten gesprochen hat.«

»DI Stern hatte es nicht so mit Protokollen. Er meinte, entscheidend sei es, Kriminelle zu schnappen, und nicht, ihre Fälle zu den Akten zu nehmen.«

»Soweit ich weiß, hat man Sie niemals aufgefordert, in Mr. Rainsfords Prozess auszusagen?«

»Nein, Sir, dazu kam es in der Tat nicht. Als Mr. Rainsford verurteilt wurde, nahm ich an, dass DI Stern von Anfang an recht gehabt hatte, und dieser Ansicht blieb ich auch, bis ich in der *Daily Mail* von Mr. Rainsfords Wiederaufnahmeverfahren las. Da begann ich mir zu wünschen, ich hätte damals selbst mit Mr. Fortounis gesprochen und es nicht ...«

»Vasilis Fortounis?«, sagte Arthur und sprang von der Anklagebank auf.

»Ja, ich bin ziemlich sicher, dass das sein Name war«, sagte Clarkson.

»Seine Tochter war Gary Kirklands Sekretärin«, rief Arthur.

»Sir Julian, sorgen Sie dafür, dass Ihr Mandant sich zurückhält, oder ich werde es tun«, sagte Lordrichter Arnott nachdrücklich.

Arthur nahm wieder Platz, fing jedoch an, hektisch in Sir Julians Richtung zu winken.

»Ich denke, dies könnte der geeignete Zeitpunkt für eine Unterbrechung sein, Sir Julian, denn es ist offensichtlich, dass Ihr Mandant sich mit Ihnen beraten möchte. Sollen wir in einer Stunde fortfahren?«

Die Krone gegen Faulkner

»Meine Damen und Herren Geschworene«, sagte Mr. Justice Nourse. »Inzwischen haben Sie die Argumente sowohl der Anklage wie auch der Verteidigung gehört, und meine Aufgabe besteht nun darin, diesen Fall sachlich und ohne Voreingenommenheit zusammenzufassen. Es sind jedoch Sie, und Sie ganz allein, die ein Urteil darüber fällen werden, ob Mr. Faulkner in den drei Anklagepunkten, welche die Krone gegen ihn vorgebracht hat, schuldig oder nicht schuldig ist.

Lassen Sie uns jeden einzelnen dieser Punkte für sich genommen betrachten. Erstens, hat Mr. Faulkner ein Rembrandt-Gemälde aus dem Fitzmolean Museum gestohlen? Sind Sie der Ansicht, dass die Krone dafür genügend Beweise vorgetragen hat, sodass dieser Tatbestand nach menschlichem Ermessen als gesichert gelten kann? Sollte das nicht der Fall sein, müssen Sie zugunsten des Angeklagten entscheiden.

Zweitens, sollte Mr. Faulkner nicht direkt in den Diebstahl verwickelt gewesen sein, war er dann vielleicht auf andere Weise daran beteiligt? Ihre Entscheidung muss dabei ausschließlich auf den Fakten basieren, die hier im Gerichtssaal zur Sprache gekommen sind.«

Faulkner gestattete sich ein kurzes Lächeln, während Booth Watson sich mit verschränkten Armen auf seiner Bank zurücklehnte. Er war sich bewusst, dass der Richter bisher das am wenigsten überzeugende Beweismittel noch nicht angesprochen hatte.

»So bleibt noch drittens der Vorwurf, dass Mr. Faulkner wissentlich das gestohlene Gemälde gekauft hat, wie dies auch seine Frau behauptet. Obwohl Mr. Faulkner eine Kopie des Rembrandt vorgelegt hat, müssen Sie sich fragen, wie lange sich das Original in seinem Besitz befunden hat.

Glauben Sie Mr. Faulkners Aussage, dass er nach Neapel geflogen ist und versucht hat, mit der Camorra einen Handel abzuschließen, um das Gemälde für einhunderttausend Dollar zu erwerben mit dem einzigen Ziel, es dem Fitzmolean zurückzugeben? Und halten Sie es für wahrscheinlich, dass die Camorra sein ursprüngliches Angebot abgelehnt hat, einige Zeit später dann aber mit dem Bild in seiner Villa in Monte Carlo aufgetaucht ist und die einhunderttausend Dollar verlangt hat? Und zwar trotz der Tatsache, dass, wie Mr. Faulkner uns selbst versichert hat«, der Richter warf einen Blick auf seine Notizen, »die Camorra seiner Erfahrung nach nur selten außerhalb ihres eigenen Territoriums aktiv wird?

Und erscheint es Ihnen glaubwürdig, dass einer dieser Männer, der bei Mr. Faulkners Aufenthalt in Neapel kein Wort mit ihm wechselte, plötzlich damit gedroht hat, den sechs Vorstehern der Tuchmacherzunft und dann Mr. Faulkner selbst die Kehle durchzuschneiden, sollte er nicht bezahlen? Oder sind Sie der Ansicht, dass das die eine Ausschmückung zu viel in einer unglaubwürdigen Geschichte war? Nur Sie können entscheiden, wem zu glauben ist, Mr. oder Mrs. Faulkner, denn es kann nicht sein, dass beide gleichzeitig die Wahrheit sagen. Sie müssen sich jedoch ebenso fragen, ob die Argumente von Mrs. Faulkner stichhaltig sind, denn immerhin hat sie in aller Offenheit erklärt, dass sie versucht hat, sämtliche Kunstwerke ihres Mannes aus der Villa in Monte Carlo und dem Gut Limpton Hall zu schaffen, während ihr Mann in Australien war, und ich zweifle nicht daran, dass sie nach New York gefahren wäre, um dort dasselbe zu tun, hätte ihr Mann nicht eingegriffen. Und schließlich, meine Damen und Herren Geschworene, haben Sie die Tatsache in Betracht zu ziehen, dass der Angeklagte bisher nicht vorbestraft ist.

Meine Damen und Herren Geschworene«, schloss er, indem er sich den fünf Männern und sieben Frauen direkt zuwandte, »vor allem müssen Sie nach Abwägung aller vorgelegten Beweise so sicher sein, dass für Sie nach menschlichem Ermessen keine Zweifel mehr möglich sind, bevor Sie zu einem Urteilsspruch kommen. Wenn Sie unsicher sind, müssen Sie den Angeklagten freisprechen. Lassen Sie sich deshalb bitte Zeit. Wenn Sie während Ihrer Beratungen in irgendeiner juristischen Frage Hilfe benötigen, sollten Sie nicht zögern, in diesen Gerichtssaal zurückzukehren. Ich werde dann mein Bestes tun, um Ihre Fragen zu beantworten. Der Gerichtsdiener wird Sie nun in das Geschworenenzimmer begleiten, wo Sie mit Ihren Beratungen beginnen können. Noch einmal möchte ich Sie bitten, sich Zeit zu lassen, um alle Beweise abzuwägen, bevor Sie zu einem Urteil kommen.«

Die Krone gegen Rainsford

»Sir Julian.«

»Mylords, ich danke Ihnen dafür, dass Sie mir die Möglichkeit gegeben haben, mich mit meinem Mandanten zu beraten. Ich möchte das Gericht bitten, Mr. Stern zu einem weiteren Erscheinen aufzufordern und ebenso Mr. Vasilis Fortounis vorzuladen, denn die Verteidigung würde beide gerne unter Eid befragen.«

»Ich entspreche Ihrem Antrag, Sir Julian, und würde vorschlagen, die Verhandlung morgen Vormittag fortzusetzen, da ich hoffe, dass der Gerichtsdiener die beiden Gentlemen bis dahin ausfindig gemacht haben wird.«

»Vielen Dank, Mylord«, sagte Sir Julian, wobei er versuchte, überzeugt zu klingen.

Die drei Richter standen auf, verbeugten sich und verließen den Gerichtssaal.

»Ich kann es gar nicht abwarten«, sagte Beth.

»Du solltest dir nicht zu viel erhoffen«, erwiderte Grace, während sie ihre Unterlagen ordnete. »Stern und Fortounis werden zweifellos mitbekommen, was sich heute Nachmittag vor Gericht abgespielt hat. Deshalb glaube ich nicht, dass einer von ihnen in Richtung The Strand unterwegs ist.«

Die Krone gegen Faulkner

»Sie wünschen meinen Rat?«, sagte Mr. Justice Nourse, nachdem die Geschworenen wieder in den Gerichtssaal gekommen waren und ihre angestammten Plätze eingenommen hatten.

»Ja, Euer Ehren«, antwortete der Geschworenensprecher, ein eleganter älterer Herr, der einen dunkelgrauen Zweireiher und eine Krawatte trug, die ihn als ehemaliges Mitglied der berittenen Garde auswies. »Im ersten und zweiten Anklagepunkt sind wir zu einem Urteil gelangt, doch was den dritten betrifft, die Entgegennahme gestohlener Güter, sind wir uns uneins.«

»Halten Sie es für möglich, wenigstens zu einer Mehrheitsentscheidung zu gelangen, die von zehn Geschworenen getragen wird?«

»Ich halte das für unwahrscheinlich, Euer Ehren, aber wir könnten es versuchen.«

»In diesem Fall werde ich die Verhandlung vorzeitig unterbrechen. Wir werden sie morgen Vormittag um zehn fortführen, was den Geschworenen die Möglichkeit gibt, alles zu überschlafen.«

Alle im Gerichtssaal Anwesenden standen auf und verbeugten sich. Mr. Justice Nourse verbeugte sich ebenfalls und verließ seinen ganz speziellen Herrschaftsbereich.

»Wünschen Sie sich manchmal, Sie könnten vierundzwanzig Stunden überspringen, um herauszufinden, was geschehen wird?«, fragte William.

»In meinem Alter wünscht man sich das nicht mehr«, antwortete Hawksby.

33

»Sir Julian, bitte rufen Sie jetzt Ihren nächsten Zeugen auf.«

»Das kann ich nicht, Mylord. Obwohl gestern entsprechend Ihrer Anweisung beide Vorladungen angefertigt wurden, war der Gerichtsdiener nicht in der Lage, sie Mr. Stern oder Mr. Fortounis zuzustellen.«

»Dann werden wir warten müssen, bis eine solche Zustellung erfolgt ist«, sagte der Richter.

»Dies könnte noch sehr lange nicht der Fall sein, Mylord.«

»Warum sind Sie dieser Ansicht, Sir Julian?«

»Wie ich in Erfahrung bringen konnte, ist Mr. Fortounis wenige Tage vor Eröffnung dieses Prozesses nach Nikosia zurückgekehrt, woher er ursprünglich stammt, und seither hat nie wieder jemand etwas von ihm gesehen oder gehört.«

»Woher stammt diese Information?«

»Vom Besitzer des Admiral Nelson Pub in West Ham Grove, wo Mr. Fortounis Stammgast war.«

»Und Mr. Stern?«

»Anscheinend hat er letzte Nacht vom Flughafen Birmingham aus ein Flugzeug genommen.«

»Lassen Sie mich raten«, sagte der Richter. »Ebenfalls mit Ziel Nikosia.«

»Und da Mr. Stern nur den Hinflug gebucht hat, könnte der Gerichtsdiener einige Probleme haben, die von Ihnen angeordnete Aufforderung zu überbringen, Mylord, da ich Sie gewiss nicht daran erinnern muss, dass Britannien kein Auslieferungsabkommen mit Nordzypern hat.«

»Dann werde ich die Anweisung geben, dass Mr. Sterns Güter einzuziehen sind und er festzunehmen ist, sollte er jemals wieder einen Fuß in dieses Land setzen. Obgleich wir wohl nicht darauf hoffen können, dass für ihn die Verbannung schwerer zu ertragen sein wird als Kerkerhaft, auch wenn es sich für Bolingbroke so verhalten hat.«

Niemand äußerte sich dazu.

Mr. Llewellyn erhob sich. »Dürfte ich vortreten, Mylords?«

Lordrichter Arnott nickte, und Mr. Llewellyn und Sir Julian gingen nach vorn zu den Lordschaften. Dann wandten sie sich für einige Augenblicke im Flüsterton an die drei Richter, bis Lordrichter Arnott die Hand hob und sich mit seinen Kollegen zu beraten begann.

»Worüber unterhalten sie sich?«, fragte Beth Grace mit leiser Stimme.

»Das weiß ich nicht. Aber ich vermute, wir werden es gleich herausfinden.«

Die Krone gegen Faulkner

»Würden sich bitte alle im Miles-Faulkner-Fall beteiligten Parteien in den Gerichtssaal Nummer vierzehn begeben«, dröhnte es aus dem Lautsprecher. »Das Gericht wird unverzüglich wieder zusammentreten.«

Mehrere Personen, die in der Lobby standen, beendeten ihre Unterhaltung, während andere ihre Zigaretten ausdrückten und rasch in den Gerichtssaal zurückgingen. William schloss sich Commander Hawksby an und folgte Anwälten, Journalisten und all jenen, die einfach nur neugierig waren, als der Gerichtsdiener die Geschworenen zurück auf ihre Bänke führte.

Nachdem alle Platz genommen hatten, sagte der Gerichtsdiener: »Ich bitte den Sprecher der Geschworenen, sich zu erheben.«

Der Geschworenensprecher, der am Ende der vorderen Reihe gesessen hatte, stand auf.

»Sind Sie in allen drei Anklagepunkten zu einem Urteil gekommen?«, fragte Mr. Justice Nourse.

»Das sind wir, Euer Ehren«, erwiderte der Geschworenensprecher.

Der Richter nickte dem Gerichtsdiener zu.

»Befinden Sie den Angeklagten Mr. Miles Faulkner schuldig oder nicht schuldig des Diebstahls eines Gemäldes von Rembrandt mit dem Titel *Die Vorsteher der Tuchmacherzunft* aus dem Fitzmolean Museum in London?«

»Nicht schuldig, Euer Ehren.«

Faulkner gestattete sich ein Lächeln. Booth Watson zeigte keinerlei Regung. William runzelte die Stirn.

»Und was den zweiten Anklagepunkt betrifft, die Beteiligung an jenem Diebstahl? Befinden Sie den Angeklagten für schuldig oder nicht schuldig?«

»Nicht schuldig.«

Lamont fluchte mit zusammengebissenen Zähnen.

»Und hinsichtlich des dritten Anklagepunkts, der wissentlichen Entgegennahme gestohlener Güter, in diesem Falle des besagten Gemäldes von Rembrandt? Befinden Sie den Angeklagten für schuldig oder nicht schuldig?«

»Wir befinden den Angeklagten mit einer Mehrheit von zehn zu zwei für schuldig, Euer Ehren.«

Überall im Gericht erklangen plötzlich laute Diskussionen,

und mehrere Journalisten stürmten nach draußen auf das erste erreichbare Telefon zu, um ihre Nachrichtenredaktionen über das Urteil zu informieren. Der Richter wartete, bis im Saal wieder Ruhe herrschte, und wandte sich dann dem Angeklagten zu.

»Der Angeklagte möge sich erheben«, sagte der Gerichtsdiener.

Ein Mann, der jetzt deutlich weniger zuversichtlich war als zuvor, stand auf, stolperte einen Schritt nach vorn und hielt sich am Geländer der Anklagebank fest, um sich einen sichereren Stand zu verschaffen.

»Miles Faulkner«, sagte der Richter in gemessenem Ton, »Sie wurden der Entgegennahme gestohlener Güter, und zwar eines Kunstwerks im Rang eines nationalen Kulturerbes, für schuldig befunden. Wegen der Schwere Ihres Verbrechens habe ich die Absicht, einige Tage lang über das angemessene Strafmaß nachzudenken. Dessen Verkündung wird somit erst am nächsten Dienstagvormittag um zehn Uhr erfolgen.«

»Was hat er vor?«, fragte Hawksby, während Booth Watson sich erhob.

»Euer Ehren, ich möchte beantragen, dass mein Mandant bis dahin auf freiem Fuß bleibt.«

»Ich werde dem Antrag stattgeben«, sagte Mr. Justice Nourse, »unter der Bedingung, dass Ihr Mandant dem Gericht seinen Pass aushändigt. Des Weiteren, Mr. Booth Watson, verlasse ich mich darauf, dass Sie Ihren Mandanten über die Konsequenzen eines Nichterscheinens vor mir in diesem Gerichtssaal am nächsten Dienstagvormittag aufklären werden.«

»Das werde ich ganz gewiss tun, Euer Ehren.«

»Mr. Booth Watson und Mr. Palmer, wären Sie beide so freundlich, mir in mein Büro zu folgen?«

»Was hat er vor?«, wiederholte der Commander.

Die Krone gegen Rainsford

Die Besucher saßen bereits dicht an dicht im Gerichtssaal, bevor Lordrichter Arnott und seine beiden Kollegen Punkt zehn Uhr am folgenden Vormittag eintraten.

Lordrichter Arnott legte eine rote Akte vor sich auf den Tisch und deutete den Anwesenden gegenüber eine Verbeugung an. Dann setzte er sich auf den Stuhl in der Mitte, zog seine lange rote Robe zurecht und setzte seine Brille auf, bevor er die Akte aufschlug.

Im Saal war es so still geworden, dass er aufblicken musste, um sich davon zu überzeugen, dass die ganze Aufmerksamkeit der Anwesenden auch wirklich ihm galt. Er musterte die erwartungsvollen Gesichter und wandte sich dann dem Häftling auf der Anklagebank zu. Sogleich würde er sein abschließendes Urteil verkünden. Rainsford tat ihm leid.

»In meinem langen Leben als Richter hatte ich den Vorsitz über zahlreiche Verhandlungen«, begann Arnott, »und bei jeder habe ich versucht, distanziert zu bleiben und mich emotional in keinen der Fälle verwickeln zu lassen, um nicht nur sicherzustellen, dass Recht gesprochen wird, sondern auch deutlich zu machen, *wie* Recht gesprochen wird.

Ich fürchte jedoch, dass ich in diesem Fall durchaus emotional beteiligt bin. Nachdem ich Mr. Sterns Aussage gehört hatte, habe ich begriffen, dass möglicherweise ein Fehlurteil vorliegen könnte. Dieser Eindruck verstärkte sich, als Professor Abrahams seine Fachkenntnisse in das Verfahren einbrachte. Für mich und meine Kollegen wurde der bloße Eindruck schließlich zur Überzeugung, als wir Zeuge des Kreuzverhörs von Detective Sergeant Clarkson wurden, dessen offene und ehrliche Aussage ihm als Vertreter seines Berufsstandes zur Ehre gereicht.

Obwohl die wahren Schuldigen bei diesem Verbrechen wohl nie gefasst werden dürften, hege ich keinen Zweifel daran, dass Arthur Edward Rainsford fälschlich des Mordes an seinem Geschäftspartner und Freund Gary Kirkland angeklagt wurde. Ich ordne deshalb an, dass das Urteil des ursprünglichen Gerichts aufgehoben wird.« Jubel erhob sich, der erst wieder verstummte, als der Richter den Anwesenden mit einem Stirnrunzeln zu verstehen gab, dass er noch nicht fertig war. »Ein Urteil dieser Art sollte niemals leichtgenommen werden«, fuhr er fort. »Ich denke jedoch nicht, dass man den Geschworenen des ursprünglichen Prozesses die Schuld an ihrer Einschätzung geben darf, denn sie verließen sich auf das Wort eines Detective Inspector. Wegen der Doppelzüngigkeit dieses Mannes bekamen sie nie die fehlende Seite der Aussage von Mr. Rainsford zu Gesicht, welche dieser noch am Abend seiner Festnahme machte, was zur Folge hatte, dass ein Unschuldiger schweres Unrecht erleiden musste. Es bereitet mir daher nicht nur große Freude, die Freilassung des Häftlings zu verfügen, sondern überdies öffentlich zu erklären, dass der Charakter dieses Menschen niemals von einer solchen Tat befleckt wurde und auch niemals der Eindruck hätte entstehen dürfen, dass ein solcher Makel existieren könnte. Mr. Rainsford, Sie dürfen das Gericht als freier Mann verlassen.«

Beth und Joanna Rainsford waren die Ersten, die aufsprangen und applaudierten, als sich, metaphorisch gesprochen, der Vorhang senkte. Es war jedoch eine andere Geste, die Arthur noch lange, nachdem sich die ganze Aufregung um die juristische Schlacht gelegt hatte, im Gedächtnis bleiben sollte: Als Mr. Llewellyn seinen Platz auf der Bank der Krone verlassen hatte, ging er zur Anklagebank und gab dem ehemaligen Häftling die Hand. Arthur musste sich vorbeugen, um angesichts des Lärms der Menge zu hören, was der Vertreter der Anklage ihm zu sagen hatte.

»Zum ersten Mal in meinem Leben, Sir«, flüsterte Llewellyn, »bin ich glücklich darüber, einen Fall verloren zu haben.«

Mr. Justice Nourse zog seine Robe aus, legte seine Perücke ab und schenkte sich ein Glas Malt-Whisky ein, als an seine Tür geklopft wurde.

»Herein!«, sagte er. Die Tür ging auf, und Booth Watson und Palmer traten ein.

»Wo ich gerade dabei bin, kann ich Ihnen auch etwas anbieten, BW, Adrian?«

»Nein, vielen Dank, Martin«, sagte Booth Watson und streifte seine Perücke ab. »Ich weiß, Sie werden mir nicht glauben, aber ich versuche immer noch abzunehmen.«

»Adrian?«

»Ja, bitte, Richter«, sagte Palmer. »Wenn's recht ist, würde ich auch einen Malt nehmen.«

»Bitte nehmen Sie Platz«, sagte der Richter und reichte dem Vertreter der Anklage das gewünschte Getränk. Er nahm einen Schluck Whisky und wartete, bis sie sich gesetzt hatten, bevor er weitersprach. »Ich wollte ein vertrauliches Wort mit Ihnen wechseln, BW, aber mir scheint, auch Adrian sollte dabei sein, damit es später nicht zu irgendwelchen Missverständnissen kommen kann.«

Booth Watson hob eine Augenbraue, was ihm vor Gericht nie in den Sinn gekommen wäre.

»Ich würde gerne erfahren, ob es Ihrem Mandanten ernst damit ist, dem Fitzmolean seinen Rubens zu überlassen.«

»Ich habe keinen Grund, an seiner Ernsthaftigkeit zu zweifeln«, sagte Booth Watson. »Aber wenn Sie denken, dass das wichtig ist, könnte ich es sicherlich herausfinden und Sie wissen lassen.«

»Nein, nein. Ich war einfach nur neugierig. Und da Sie beide schon einmal hier sind, möchte ich Ihnen dazu gratulieren, wie Sie Ihre Sache vertreten haben. Ich denke, man könnte das Ergebnis guten Gewissens als ein Unentschieden bezeichnen.«

»Ich glaube nicht, dass mein Mandant das so sieht«, sagte Booth Watson.

»Vielleicht hätte er mein Angebot annehmen sollen«, erwiderte Palmer und leerte sein Glas.

»Dürfte ich fragen, worin das bestand?«, erkundigte sich der Richter.

»Die Krone hätte den Vorwurf des Diebstahls fallen lassen, hätte er sich der Entgegennahme für schuldig erklärt.«

»Dann haben die Geschworenen also die richtige Entscheidung getroffen«, sagte Nourse und nahm noch einen Schluck. »Noch ein Glas, Adrian?«

»Ja, vielen Dank, Richter.«

»Und Sie, BW? Sind Sie sicher, dass ich Sie nicht in Versuchung führen kann?«

»Nein, danke, Martin. Ich habe in ein paar Minuten ein Gespräch mit meinem Mandanten und sollte mich deshalb wohl besser auf den Weg machen.«

»Ja, natürlich, BW. Wir sehen uns Dienstagvormittag.«

Booth Watson stand auf und wollte gehen.

»Und vielleicht könnten Sie mir Bescheid sagen, ob Ihr Mandant dem Fitzmolean den Rubens«, er hielt kurz inne, »bis Dienstag übergeben wird, wie er unter Eid erklärt hat.«

Booth Watson nickte, äußerte sich jedoch nicht dazu.

Palmer nahm einen Schluck Whisky und wartete, bis sich die Tür wieder geschlossen hatte. Erst dann fragte er: »Habe ich hier gerade eine subtile Form des Armdrückens mitbekommen?«

»Aber nicht doch«, antwortete der Richter und hob sein Glas. »Ich habe bereits über Faulkners Schicksal entschieden, doch ich muss gestehen, dass ich vielleicht bereit wäre, ein gewisses Zugeständnis zu erwägen, sollte er auch nur das geringste Anzeichen von Reue zeigen. Aber andererseits vielleicht auch nicht.«

»Warum hat er Sie das gefragt, was glauben Sie?«, wollte Faulkner wissen.

»Richter sind im Allgemeinen bekannt dafür, dass sie im letzten Augenblick Zugeständnisse machen, aber nur, wenn sie davon überzeugt sind, einen Angeklagten vor sich zu haben, der echte Reue zeigt.«

»Wie echt?«

»Wenn Sie den Rubens noch vor Dienstag dem Fitzmolean übergeben, hätte ich Grund zur Annahme, dass Seine Lordschaft dies als Zeichen aufrichtiger Zerknirschung betrachten könnte.«

»Und was dürfte ich im Gegenzug erwarten?«

»Nourse ist viel zu klug, um mehr als nur den Hauch eines Hinweises zu geben, aber es liegt in seiner Macht, die vorgesehene Höchststrafe, vier Jahre, oder die Mindeststrafe, sechs Monate, auszusprechen. Es besteht sogar die Möglichkeit einer Aussetzung der Haft und der Beschränkung auf eine Geldstrafe von ein paar Tausend Pfund. Aber das ist nur eine Möglichkeit, also würde ich lieber nicht darauf hoffen.«

»Wie Sie wissen, BW, wäre mir eine Geldstrafe vollkommen gleichgültig, aber sollte ich auch nur sechs Wochen im Gefängnis verbringen müssen, könnte Christina weiß Gott welchen Unsinn in meiner Abwesenheit anstellen.«

»Soll das heißen, dass Sie bereit sind, den Rubens dem Fitzmolean zu überlassen?«

»Es bedeutet, dass ich darüber nachdenken werde.«

»Vor Dienstag.«

Arthur schlief um zehn Uhr abends ein, was für den Rest der Familie ein wenig peinlich war, weil sie alle seine Haftentlassung bei einem Dinner im San Lorenzo feierten, seinem Lieblingsrestaurant, wo er empfangen wurde, als wäre er nie fort gewesen.

»Licht aus um zehn«, erklärte er. »Nach fast drei Jahren lässt sich nicht so leicht mit dieser Gewohnheit brechen.«

»Was werden Sie morgen als Erstes machen, wenn Sie aufwachen?«, fragte Grace.

»Um sechs«, sagte Arthur.

»Würstchen, Eier, Schinken und Bohnen?«, fragte William.

»Rührei, das nicht aus der Packung kommt, und vielleicht genehmige ich mir eine Scheibe Räucherlachs, etwas nicht verbrannten Toast und eine Tasse dampfend heißen Kaffee«, erwiderte Arthur.

»Und nach dem Frühstück?«

»Werde ich einen langen Spaziergang im Park machen und danach einkaufen. Ich werde einen neuen Anzug brauchen, damit ich gut aussehe, wenn ich morgen wieder im Geschäft erscheinen soll.«

»Warum schieben Sie nicht eine kleine Pause ein, bevor Sie wieder an die Arbeit gehen«, schlug Sir Julian vor. »Und fahren irgendwohin in Urlaub?«

»Definitiv nicht«, sagte Arthur entschieden. »Ich hatte bereits eine Pause von mehr als zwei Jahren. Nein, ich habe vor, so bald wie möglich wieder ins Büro zu gehen.«

»Könntest du dich entschließen, das wenigstens noch einen einzigen Tag aufzuschieben, Dad?«, fragte Beth. »Du und Mum, ihr wurdet zur feierlichen Enthüllung des Rembrandt ins Fitzmolean eingeladen, und ich erwarte von euch allen, dass ihr im Augenblick meines Triumphs zugegen seid.«

»Im Augenblick *deines* Triumphs?«, fragte William.

Alle lachten, bis auf Arthur, der bereits wieder eingeschlafen war.

Lange vor zehn Uhr vormittags drängten sich die Besucher im Gerichtssaal Nummer vierzehn, und sie unterhielten sich wie ein Theaterpublikum, bevor der Vorhang sich hob.

Commander Hawksby, DCI Lamont, DS Roycroft und DC Warwick saßen einige Reihen hinter Kronanwalt Palmer, dem Vertreter der Anklage.

Verteidiger Booth Watson und der mit ihm zusammenarbeitende Solicitor Mr. Mishcon saßen am anderen Ende der Bank und sprachen über die zahlreichen Berichte, die an diesem Morgen in der landesweiten Presse über ihren Mandanten erschienen waren. Sie waren sich einig, dass die Berichterstattung kaum hätte besser ausfallen können.

Auf mehreren Titelseiten war ein Foto zu sehen, das Miles Faulkner neben einer Christusdarstellung zeigte, und daneben fanden sich meistens auch die Worte, die Booth Watson seinem Mandanten aufgeschrieben hatte und welche dieser wörtlich zu wiederholen wusste: »*Natürlich ist es schade, wenn man sich von seinem Lieblingsbild trennen muss, es ist fast so, als verlöre man sein einziges Kind, aber mein Rubens hätte keine bessere Heimat als das Fitzmolean finden können.*«

Die Pressebänke, die sich auf einer der Seiten des Gerichtssaals befanden, waren so gut besetzt, dass einige alte Hasen, die keinen Platz mehr gefunden hatten, hinter ihren weniger bekannten jüngeren Kollegen standen. Sobald das Strafmaß verkündet wäre, würden alle in Richtung des nächsten Telefons stürmen und die Entscheidung des Richters ihrem zuständigen Nachrichtenredakteur übermitteln.

Der *Evening Standard* würde zuerst erscheinen. Die Schlagzeile auf der Titelseite war schon gesetzt: »Faulkner bekommt X Jahre«. Es musste nur noch die entsprechende Ziffer eingefügt werden. Bereits in der Nacht zuvor hatte der Gerichtsreporter der Zeitung zwei Berichte abgeliefert, und ein Redakteursmitarbeiter würde entscheiden, welcher davon gedruckt würde.

Von sieben Uhr morgens an hatte sich eine Schlange aus Neugierigen und Besuchern, die ein morbides Interesse trieb, vor dem öffentlichen Eingang der Royal Courts of Justice zu formen begonnen, und schon wenige Minuten nachdem ein Mitarbeiter des Gerichts die Tür geöffnet hatte, war jeder Platz auf der Galerie besetzt. Alle Anwesenden wussten, dass sich der Vorhang zu dieser ganz besonderen Vorstellung heben würde, sobald die Uhr im Südwestturm von St. Paul's zehn schlug. Obwohl natürlich keiner der Besucher, die sich im Gericht drängten, einen Sinn für die Glockenklänge hätte.

Kaum dass Mr. Justice Nourse erschien, verstummten die Gespräche, und wortlose Erwartung breitete sich aus. Der Richter nahm auf seinem hochlehnigen, mit rotem Leder bezogenen Stuhl Platz, ließ seine Blicke über sein Reich schweifen und musterte seine Untertanen, wobei er so tat, als interessiere es ihn nicht im Geringsten, dass sein Gericht nie zuvor so gut besucht gewesen war. Er erwiderte die Verbeugung der Anwesenden und legte zwei rote Akten vor sich auf den Tisch.

William sah zu Faulkner hinüber, als dieser vor die Anklagebank trat. Mit seinem blauen Anzug, dem weißen Hemd und der Krawatte, die ihn als ehemaligen Schüler von Harrow auswies, sah er eher wie ein Aktienhändler auf dem Weg in die City aus und weniger wie ein Mann, der schon bald als Häftling nach Belmarsh überstellt werden würde. Er hielt sich besonders aufrecht, fast stolz, als er sich dem Richter zuwandte, und wirkte äußerlich ruhig und gefasst.

Mr. Justice Nourse schlug die erste rote Akte auf, die mit dem Wort »Urteil« beschriftet war, warf einen Blick auf den Angeklagten und las dann sein handgeschriebenes Skript vor.

»Mr. Faulkner, Sie wurden der Entgegennahme eines gestohlenen Guts für schuldig befunden, bei dem es sich nicht um wertlosen Tand ohne weitere Bedeutung handelt, sondern um ein nationales Kulturerbe von unschätzbarem Wert, nämlich Rembrandts *Die Vorsteher der Tuchmacherzunft*. Ich hege nicht den geringsten Zweifel daran, dass Sie sich sehr lange Zeit im Besitz dieses einzigartigen Kunstwerks befunden haben, wahrscheinlich sogar während der gesamten sieben Jahre, seit es aus dem Fitzmolean Museum gestohlen worden war, und dass Sie niemals die Absicht hatten, es seinem rechtmäßigen Besitzer zurückzugeben. Hätte Ihre Frau das Gemälde nicht ohne Ihre Zustimmung nach England gebracht, würde es wahrscheinlich noch immer in Ihrer Villa in Monte Carlo hängen.«

Mr. Adrian Palmer gestattete sich ein schiefes Lächeln im Namen der Krone.

»Obwohl einige Sensationsblätter uns das gerne glauben machen wollen«, fuhr der Richter fort, »sind Sie, Mr. Faulkner, kein Gentlemandieb, der einfach nur die Faszination der Jagd genießt. Ganz im Gegenteil. Sie sind nichts weiter als ein gewöhnlicher Krimineller, dessen einziges Ziel es war, einer nationalen Einrichtung einen ihrer edelsten Schätze vorzuenthalten.«

Booth Watson rutschte unruhig auf seiner Bank hin und her.

Der Richter schlug die nächste Seite seines Manuskripts auf und verkündete dann: »Miles Edward Faulkner, Sie werden eine Strafe von zehntausend Pfund bezahlen, das Maximum, das ich verhängen darf, obwohl ich die Summe in diesem Fall als in beklagenswertem Maße zu gering erachte.« Er schloss die erste rote Akte. Faulkner musste ihm zustimmen, der Betrag war wirklich »in beklagenswertem Maße zu gering«, und er musste ein Grinsen unterdrücken bei dem Gedanken, so leicht davonzukommen.

Der Richter öffnete die zweite Akte, warf einen Blick auf den obersten Absatz der ersten Seite und fuhr dann fort. »Zusätzlich zu der Geldstrafe verurteile ich Sie zu vier Jahren Gefängnis.«

Faulkner sank in sich zusammen, während er ungläubig zu dem Richter aufsah.

Der Richter schlug die Seite um und betrachtete einen Absatz, den er in der Nacht zuvor gestrichen und am Morgen neu formuliert hatte.

»Ich muss jedoch zugeben«, fuhr er fort, »dass die Großzügigkeit, mit der Sie Rubens' *Kreuzabnahme* dem Fitzmolean Museum gestiftet haben, nicht ohne Wirkung auf mich geblieben ist. Ich bin bereit zuzugestehen, dass es Sie große Überwindung gekostet haben muss, sich vom Stolz Ihrer Sammlung zu trennen, und es wäre eine Vernachlässigung meiner Pflichten, wollte ich diese großzügige Geste nicht als Zeichen aufrichtiger Reue anerkennen.«

»Er wird auf die Geldstrafe verzichten«, flüsterte der Commander, »die Faulkner ohnehin nicht interessiert.«

»Oder die Haftstrafe verringern«, sagte William, der nicht wusste, wen er ansehen sollte, den Richter oder Faulkner.

Faulkner verharrte vollkommen regungslos. Er hoffte verzweifelt, ein ganz bestimmtes Wort nicht hören zu müssen, und dieses Wort war »Geldstrafe«.

»Weil ich«, fuhr der Richter fort, »vielleicht gegen mein besseres Wissen, ebenfalls eine gewisse Großherzigkeit zu zeigen gedenke, habe ich beschlossen, Ihre Strafe zur Bewährung auszusetzen, mit der unmissverständlichen Anweisung, dass Sie automatisch Ihre volle Haftstrafe werden absitzen müssen, sollten Sie sich während der nächsten vier Jahre ein weiteres Vergehen, gleichgültig wie gering es auch immer sein mag, zuschulden kommen lassen.«

Faulkner schien es, seine »großzügige Geste«, wie der Richter es genannt hatte, habe sich ausgezahlt.

»Sie dürfen dieses Gericht deshalb als freier Mann verlassen, Mr. Faulkner«, sagte der Richter, und es klang, als bereue er seine Entscheidung bereits.

William war maßlos wütend, und er ließ niemanden in seiner Nähe darüber im Unklaren, wie er sich fühlte. Lamont war sprachlos und Hawksby nachdenklich, denn immerhin lautete die Formulierung von Richter Nourse: *ein weiteres Vergehen, gleichgültig wie gering auch immer es sein mag.*

Als Beth an jenem Nachmittag die Neuigkeit erfuhr, sagte sie nichts weiter als: »Wenn ich die Wahl hätte, Faulkner für vier Jahre ins Gefängnis zu schicken oder dafür zu sorgen, dass das Fitzmolean ein unbezahlbares Kunstwerk erhält, müsste ich nicht lange darüber nachdenken.«

»Ich hatte gehofft, beides wäre möglich«, sagte William. »Dass das Fitzmolean den Rubens bekommt und Faulkner die nächsten vier Jahre in Belmarsh einsitzt.«

»Aber wofür hättest du dich entschieden, wenn sich nur eines von beiden erreichen ließe und du entscheiden müsstest, ob Faulkner vier Jahre im Gefängnis verbringt oder das Fitzmolean dauerhaft den Rubens bekommt?«

»Natürlich für das Fitzmolean«, sagte William, der sich bemühte, seine Antwort so klingen zu lassen, als meine er es ernst.

34

»Königliche Hoheit, Mylords, Ladys und Gentlemen. Mein Name ist Tim Knox, und es ist mir eine besondere Freude, Sie als Direktor des Fitzmolean Museum willkommen zu heißen bei der offiziellen Vorstellung von Rembrandts Meisterwerk *Die Vorsteher der Tuchmacherzunft*. Wie Sie wissen, verschwand das Gemälde vor etwas über sieben Jahren aus dem Museum, und einige Menschen waren davon überzeugt, es würde nie wieder hierher zurückkehren. Wir jedoch waren in dieser Frage so zuversichtlich, dass wir die ganzen Jahre über kein anderes Bild an jene Stelle gehängt haben, die der *Tuchmacherzunft* vorbehalten war.«

Spontaner Beifall erhob sich. Der Direktor wartete, bis er verklungen war, bevor er weitersprach.

»Ich möchte nun Ihre Königliche Hoheit bitten, das verlorene Meisterwerk zu enthüllen.«

Die Prinzessin trat an das Mikrofon. »Bevor ich das tun werde, Tim«, sagte sie, »möchte ich uns allen ins Gedächtnis rufen, dass es mein Urgroßvater war, der dieses Museum vor mehr als einhundert Jahren eröffnet hat. Ich vertraue also darauf, dass, sobald ich an dieser Kordel ziehe, was übrigens eine Tätigkeit ist, in der meine Familie beträchtliche Erfahrung besitzt, sich ein Rembrandt dahinter befindet und kein ausgebleichtes, rechteckiges Stück Wand.« Alle lachten. Prinzessin Anne zog an der Kordel, und der rote Vorhang teilte sich, damit die Gäste das Gemälde bewundern konnten; einige sahen es sogar zum ersten Mal überhaupt. William warf einen Blick auf die untere rechte Ecke, um sich davon zu überzeugen, dass sich das RvR an Ort und Stelle befand, bevor er sich dem erneuten Beifall anschloss.

»Vielen Dank«, sagte Knox. »Heute Abend jedoch bekommen Sie zwei zum Preis von einem, denn es kann Ihnen nicht entgangen sein, dass hier noch ein weiteres Bild auf seine offizielle Präsentation wartet. Zunächst aber wollen wir ein Glas Champagner genießen und den Rembrandt bewundern, bevor wir Ihnen unsere jüngste Erwerbung vorstellen werden.«

William rührte sich nicht von der Stelle, während er das Gemälde bewunderte, das er zum ersten Mal in Monte Carlo gesehen hatte; damals hatte er nicht gewusst, ob er es jemals wieder zu Gesicht bekommen würde. Er bemerkte erst, dass der Commander neben ihn getreten war, als dieser ihn aus seinen Gedanken riss.

»Herzlichen Glückwunsch, William«, sagte Hawksby. »Das muss ein persönlicher Triumph für Sie gewesen sein.«

»Es war eine Leistung der gesamten Abteilung, Sir«, erwiderte William, dem es schwerfiel, seinen Blick von dem Bild loszureißen und sich seinem Vorgesetzten zuzuwenden.

»Unsinn. Es wäre nie an seinen rechtmäßigen Ort zurückgekehrt, wenn Sie nicht zu dieser Abteilung gestoßen wären. Doch ich muss Sie warnen. Sobald wir wieder im Yard sind, werde ich dem Commissioner Bericht erstatten und alle Lorbeeren selbst einstreichen.«

William lächelte. »Ich bin froh, dass Jackie heute Abend eingeladen wurde«, sagte er und warf einen Blick durch den Raum, wo sie sich mit Beth unterhielt. »Sie hat so viele Vorarbeiten geleistet, bevor ich überhaupt aufgetaucht bin.«

»Das sehe ich genauso. Und obwohl sie degradiert wurde, bin ich glücklich darüber, dass die Abteilung sie nicht ganz verloren hat. Aber genau das ist ein Problem, denn uns steht nur ein Detective Constable zu.«

William hatte sich bereits mit der Regel abgefunden, dass bei Etatkürzungen derjenige zuerst gehen musste, der als Letzter Mitglied einer Einheit geworden war. Er konnte nur hoffen, nicht wieder auf Streife gehen zu müssen.

»Ich fürchte, wir werden Sie in eine andere Abteilung versetzen lassen müssen, William. Aber erst, wenn Sie die Prüfung zum Sergeant abgelegt haben.«

»Aber es dauert mindestens noch ein Jahr, bis ich mich überhaupt zu einer solchen Prüfung anmelden kann, Sir.«

»Dessen bin ich mir durchaus bewusst, weshalb ich Sie in das beschleunigte Beförderungsprogramm für Bewerber mit einem Hochschulabschluss nehmen werde, obwohl Sie das unbedingt vermeiden wollten, als Sie zur Polizei kamen.«

»Und welche Abteilung schwebt Ihnen dabei für mich vor, Sir?«

»Ich habe mich noch nicht zwischen Drogen, Betrug und Mord entschieden.«

»Von Mord habe ich genug, Sir, obwohl ich Ihnen ewig dafür dankbar sein werde, dass Sie mir geholfen haben, meinen zukünftigen Schwiegervater aus dem Gefängnis freizubekommen.«

»Erwähnen Sie das nie wieder, weder öffentlich noch privat«, sagte Hawksby, als Arthur auf sie zukam.

»Ich will unbedingt sehen, was hinter dem anderen Vorhang ist. Ich kann es gar nicht erwarten«, sagte Arthur. »Beth macht ständig dramatische Andeutungen deswegen.«

»Aus gutem Grund«, erwiderte William. »Aber ich kann vorerst nur sagen, dass du nicht enttäuscht sein wirst.«

Tim Knox klopfte mehrmals mit einem Löffel gegen sein Champagnerglas, denn es dauerte eine Weile, bis alle Besucher ihre Gespräche beendet hatten und sich ihm zuwandten.

»Früher«, sagte er, »hielten wir alle *Die Vorsteher der Tuchmacherzunft* für den größten Stern in unserer Galaxie, doch wenn dieser zweite Vorhang gehoben sein wird, sind Sie vielleicht der Ansicht, dass ein echter Rivale am Firmament erschienen ist.«

Ohne ein weiteres Wort zu verlieren, zog er an der Kordel und gab den Blick frei auf Rubens' *Kreuzabnahme*. Einige Besucher rangen hörbar nach Luft, und gleich darauf erhob sich donnernder Applaus.

»Diese ganz erstaunliche Erweiterung unserer Sammlung«, sagte er, nachdem die Ovationen verklungen waren, »wurde uns ermöglicht durch die unglaubliche Großzügigkeit des renommierten Sammlers und Philanthropen Mr. Miles Faulkner. Da er heute Abend unter uns ist, bitte ich Sie alle, das Glas zu erheben und auf seine Gesundheit zu trinken.«

»Ohne mich«, murmelte William trotz der »Hört, hört!«-Rufe und der klingenden Gläser.

»Ich bin dabei«, sagte Beth und hob ihr Glas, »solange er noch so viele seltene Werke an seinen Wänden hängen hat, die wir liebend gerne im Fitzmolean sehen würden.«

»Ihn würde ich zuerst aufhängen«, sagte William.

»Ich glaube, ich hole wohl besser meinen Vater«, sagte Beth, »und bringe ihn nach Hause. Es ist fast schon seine übliche Schlafenszeit, und wir dürfen nicht vergessen, dass er morgen wieder zur Arbeit gehen wird.«

William nickte. »Ich bin sofort bei dir«, sagte er. Es fiel ihm schwer, sich von dem Rubens zu lösen.

»Ich werde mein liebstes Kunstwerk vermissen«, sagte eine Stimme hinter ihm.

William drehte sich um und sah, wie Faulkner den Rubens ebenfalls bewunderte, aber er verzichtete darauf, auf die Bemerkung dieses Mannes einzugehen. Was Faulkner nicht davon abhielt fortzufahren. »Rufen Sie mich an, falls Sie jemals in New York sind, Constable Warwick, denn ich würde Sie gerne auf einen Drink in meine Wohnung an der Fifth Avenue einladen.«

»Warum das denn?«, erwiderte William, der die Worte fast ausspuckte.

Faulkner beugte sich vor und flüsterte ihm ins Ohr: »Weil ich Ihnen dann das Original zeigen kann.«

Mein großer Dank gilt folgenden Menschen für ihre außerordentlich hilfreichen Ratschläge und Recherchen:

Simon Bainbridge, Jonathan Caplan QC, Gregory Edmund, Colin Emson, Eric Franks, Vicki Mellor, Alison Prince, Ellen Radley (forensische Handschriften- und Dokumentanalytikerin, i. R.), Catherine Richards, Michelle Roycroft (Detective bei der Metropolitan Police, i. R.), John Sutherland (Chief Superintendent, i. R.) und Susan Watt.

Die Klassiker von Jeffrey Archer

978-3-453-42203-2

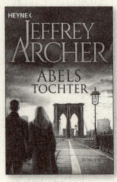

978-3-453-42204-9

978-3-453-42205-6

Leseproben unter **www.heyne.de**

HEYNE

DAS NEUE MEISTERWERK VON BESTSELLERAUTOR
JEFFREY ARCHER

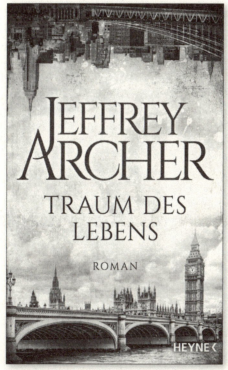

978-3-453-27187-6

Leseprobe unter **www.heyne.de**

HEYNE ‹